Robert Corvus
Weißes Gold

PIPER

Zu diesem Buch

Die Söldnerlegion Klingenrausch hat auf dem vergangenen Feldzug herbe Verluste erlitten. Mächtige Feinde im Rat von Eisen und Gold erschweren jedoch neue Rekrutierungen. Zudem ist der Mord an einem Offizier ungeklärt – gibt es Verräter in den eigenen Reihen? Die junge Kampfherrin Eivora verdächtigt eine Freundin, aber ihr fehlen Beweise. Diese will sie erlangen, indem sie sich mit zwei Bannern in den Dienst eines Rivalen stellt. Er könnte wissen, wer hinter dem Mord steckt – und er braucht dringend Beistand auf einer Wallfahrt, die ihn durch das Land entschlossener Feinde führt. Bald findet sich Eivora mit ihren Gefährten Fiafila-Ignuto und Gonter nicht nur inmitten von Rivalen und Verrätern wieder, sondern auch in einem Kampf zwischen Göttern und Dämonen.

Robert Corvus wurde 1972 geboren. Der Diplom-Wirtschaftsinformatiker veröffentlichte zahlreiche Romane in den Reihen »Das schwarze Auge« und »Battletech« sowie einen apokalyptischen Vampirthriller. Mit der Trilogie »Die Schattenherren« und dem Einzelroman »Schattenkult« etablierte er sich auf der dunklen Seite der Fantasy. Zuletzt erschienen »Grauwacht« und sein High-Fantasy-Roman »Drachenmahr«. Die »Schwertfeuer-Saga« ist seine neuste epische Fantasyserie. Weiteres zum Autor unter: www.robertcorvus.net

Robert Corvus

WEISSES GOLD

DIE SCHWERTFEUER-SAGA II

Mit sieben Illustrationen von Timo Kümmel

PIPER
München Berlin Zürich

Von Robert Corvus liegen bei Piper vor:
Feind. Die Schattenherren
Knecht. Die Schattenherren
Herr. Die Schattenherren
Schattenkult
Grauwacht
Drachenmahr
Rotes Gold. Die Schwertfeuer-Saga 1
Weißes Gold. Die Schwertfeuer-Saga 2

Originalausgabe
Januar 2017

Umschlaggestaltung und -abbildung: www.buerosued.de
Illustrationen: Timo Kümmel
Satz: Satz für Satz, Wangen im Allgäu
Druck und Bindung: CPI books GmbH, Leck
Printed in Germany ISBN 978-3-492-28076-1

WEISSES GOLD

Herrenhaus
Speicher
Gesinde
Schmiede
Scheune
Salzzacken
Togusos Wehrhof
Etain

Mirschargebirge
Handelsstraße
Staubtalbrücke
Pilgerweg
Tempel der Würgerin
Tempel der Erneuerung
Sternmühl
Elchforst
a
Kapelle des göttlichen Jägers
Handelsstraße
Etain
Ugor
Arohns Pfeil
Golf von Ägora
Alton
Der Pilgerweg

1. Rivalen

»Mir würde das nicht munden.« Zweifelnd betrachtete Gonter den schwarzen Wurm, der sich im Maul des Feuersalamanders wand.

»Gebraten können sie ganz lecker sein«, meinte Eivora.

Sie lachte, weil Gonter sein Gesicht verzog, sodass es wie ein zerknautschter Lederball aussah.

»Mit Gemüse«, fuhr sie, noch immer lachend, fort. »Man nimmt nur ganz wenig Öl, dann knistern die Würmer in der Pfanne. Am besten schmecken sie auf Kohlblättern, wenn man etwas Butter darübergießt.«

»Hör auf!« Gonter schüttelte sich und spuckte aus.

Aglix, der Feuersalamander, bevorzugte seine Mahlzeit roh. Mit einem Ruck des gelb-schwarzen Köpfchens schleuderte er den Wurm in die Luft und fing ihn geschickt so wieder auf, dass er ihn wie eine Nudel einschlürfen konnte. Für einen Moment sah es so aus, als wände sich eine ungewöhnlich dicke, schwarze Zunge aus seinem Maul.

»Außerdem sind Felswürmer nützlich«, erklärte Eivora. »Sie bohren sich durchs Lavagestein und machen Mutterboden daraus. Ohne sie würde hier nichts wachsen.«

Jetzt wirkte Gonter interessiert. Der große, breitschultrige Mann ging sogar in die Hocke und strich das brünette Haar zurück, um zu beobachten, wie der letzte Zipfel des Wurms in Aglix' Maul verschwand. Eivora dagegen betrachtete lieber das Spiel der Muskeln unter dem Stoff von Hose und Hemd. Die Erinnerung daran, wie sie den kräftigen Körper in der vergangenen Nacht erkundet hatte, wärmte sie.

Gonter schob seine Pranke durch das Gras, das hier im Ascheland spröde und dunkelgrün war, auf Aglix zu. Es war eine Einladung an den Feuersalamander, aufzuspringen und sich in die Höhe heben zu lassen.

Aglix' Kehle zuckte. Der kleine Körper ruckte herum und huschte zwei Handspannen weit in Sicherheit.

»Er hat noch immer Angst vor mir«, stellte Gonter fest.

Eivora schmunzelte, als der Lurch ihren Stiefel und dann ihr Bein heraufkletterte.

»Er weiß eben, wo er bequem sitzt.«

Aglix verharrte am Gehänge des Kurzschwerts, bevor er seinen Weg auf die linke Schulter fortsetzte.

Gonter stand wieder auf. »Wird es hier niemals heller?« Wenn er in die Ferne schaute, die Augen leicht zusammengekniffen und das Kinn vorgereckt, ähnelte er einer Heldenstatue. Solche Standbilder bröckelten mit der Zeit. Der Gedanke gefiel Eivora nicht.

Die milchige Sonnenscheibe sah aus, als läge sie hinter einem Schleier, so wie auch der Himmel, der grau erschien, obwohl die Wolken weitergezogen waren. »Das Ascheland kennt kaum sonnige Stunden«, antwortete sie. »Irgendeiner von Rorgators Vulkanen spuckt immer, und der Seewind treibt die Asche über das Land westlich der Stadt.«

»Ohne den Staub in der Luft wäre es ein schöner Tag.«

»Windstill ist es hier beinahe nie. Aber wir können zur Hornspitze reiten. Der Hügel ist so hoch, dass wir dort klare Sicht über das Umland haben müssten.«

»Dürfen wir die anderen denn allein lassen?« Gonter sah zu den Ochsenkarren hinüber. Einer stand vor der Scheune, dem einzigen größeren Gebäude außerhalb der Mauer von Togusos Wehrhof, der wie eine kleine Burg wirkte. Wer dort eingeteilt war, hatte es leicht. Man brauchte das Heu nur mit Forken aus der Dachluke zu befördern. Die anderen drei Fuhrwerke warteten vor dem Tor. Die Öffnung in der Bruchsteinmauer war zu eng für sie, sodass die Sklaven die Abgaben für die Stadt ächzend herausschleppen mussten. Ein Wagen war schon beinahe mit Fässern und Säcken gefüllt.

»Hier gibt es keine Schwierigkeiten«, stellte Eivora fest.

Der durch den Rat von Eisen und Gold bestellte Schreiber trug auf seiner Liste die Menge an Getreide und Äpfeln ein. Neben ihm standen zwei Hellebardiere. Einer von ihnen lehnte sich auf den Schaft der Waffe und kämpfte augenscheinlich gegen seine Müdigkeit.

Pirlitu kam aus dem Tor. Die schwarze Frau hielt eine große Armbrust lässig über die Schulter gelegt. Drei Halbwüchsige folgten ihr. Einer trug eine strahlend grüne Tunika und hatte das flachsblonde Haar sauber auf Kinnlänge geschnitten. Die beiden anderen, ein Junge und ein Mädchen, kleideten sich einfacher. Da kein Reif um ihren Hals lag, waren sie Freie, also wohl Kinder von Pächtern, die das Land für den Wehrbauern beackerten.

»Ihr stellt euch gut an«, lobte Pirlitu. »Probieren wir es auf etwas weitere Entfernung!«

»Sollen diese Kinder die nächsten Armbruster des Klingenrauschs werden?«, zweifelte Gonter.

»Ich war zwölf, als ich meinen Vater auf den ersten Feldzug begleitet habe«, erinnerte Eivora.

Gonter seufzte. »Ich muss mich erst daran gewöhnen, wie anders ihr lebt.«

»Pirlitu weiß, was sie tut.« Eivora zeigte auf die kleine Gruppe. »Vor drei Stunden sind die Werber ausgeritten. Während du bei den Ochsen geholfen hast, haben sich bestimmt vier Dutzend Interessenten eingefunden. Die meisten sind mit hängenden Köpfen wieder abgezogen. Jetzt sind es noch drei, und auch wenn sie mit nach Rorgator kommen, ist ungewiss, ob sie die Ausbildung überstehen.«

»Was denkst du, wie lange es dauert, bis Pirlitu ihre Verluste ausgeglichen hat?«

»Ihre Einheit hat eine Sollstärke von fünf Bannern«, rechnete Eivora achselzuckend. »Nach der Schlacht von Ygôda waren noch einhundert Armbruster einsatzfähig, aber die zwei Wochen seither haben einigen Verwundeten gereicht, um sich zu erholen.« Bei der Erwähnung der Verletzten zwickten die Fäden in Eivoras Bein, wo die Axt sie getroffen hatte. »Trotzdem muss sie etwa die Hälfte neu rekrutieren. Aber sie wird lieber mit drei Bannern in die Schlacht ziehen, auf die sie sich verlassen kann, als mit fünf mäßigen.«

»Bedeutet eine geringe Anzahl an Kämpfern denn nicht auch, dass der Preis sinkt, den der Klingenrausch für seinen Dienst verlangen kann?«

»Doch, aber wenn wir unseren Elitestatus verlieren würden, wäre das schlimmer. Es gibt nur vier andere Legionen, die so hoch eingestuft sind wie wir.«

Pirlitu zog mit Kreide einen Kreis auf die Bretterwand der Scheune und maß fünfzehn Schritt Entfernung ab.

»Lass uns zur Hornspitze reiten«, schlug Eivora erneut vor. »Ich will dir die Gegend zeigen.«

In der Umgebung des Wehrhofs standen halb kahle Bäume einzeln oder in kleinen Gruppen auf den abgeernteten Feldern. In einiger Entfernung sah man weitere Gehöfte, ebenso trutzig wie Togusos Besitz. Im Osten stieg das Massiv aus ineinander übergehenden Kegelbergen steil an. Seit einer Woche war der Frejo sehr aktiv, das Magma brannte tiefrot an seiner Flanke. Ein befestigter Pfad führte zwischen den Vulkanen hindurch in den sich zum Meer öffnenden Talkessel, in dem Rorgator lag.

Mit ausgebreiteten Armen kam Toguso auf sie zu, als sie die Pferde losmachten. »Ihr wollt mich doch nicht etwa verlassen, ohne von meinem Wein gekostet zu haben?«

»Hier wächst Wein?«, staunte Gonter. »Die Winzer meines Vaters bestehen darauf, dass ein Hang gar nicht genug Sonne haben kann, um gute Trauben gedeihen zu lassen.«

Toguso lachte. Er war so groß wie Gonter, und früher hatte er wohl über ebenso viel Kraft verfügt, aber das Alter formte seine Schultern weicher und den Bauch runder. Die Augen jedoch kündeten vom Instinkt eines Kriegers, selbst, wenn Fältchen an ihren Winkeln gerade von seiner fröhlichen Stimmung zeugten. »Du hast ganz recht, der Tropfen stammt nicht von meinem eigenen Boden. Edler Wein ist eine Leidenschaft, für die ich gern mein Silber gebe. Ich wäre geehrt, wenn ein Kenner wie du, Prinz Gonter, mir helfen könnte, herauszufinden, ob ich meinen Reichtum klug angelegt habe.«

»Ich gestehe, die Asche trocknet meine Kehle aus.« Gonter rieb über seinen Hals. »Gegen ein Gläschen wäre doch nichts einzuwenden, oder?« Fragend sah er Eivora an.

Zwischen den hünenhaften Männern kam sie sich besonders klein vor, aber unsicher fühlte sie sich trotzdem nicht. Stattdessen fragte sie sich, wieso der Wehrbauer so freundlich zu den Begleitern derjenigen war, die ihm Rorgators Anteil an seiner Ernte nahmen. Ein solcher Besuch war niemals Grund zur Freude.

»Woher weißt du, dass Gonter ein Prinz ist?«, fragte sie.

Togusos Lächeln erschlaffte nur kurz und kehrte umso breiter zurück. »Ich weiß noch, was sich in Rorgator tut. Neugier ist ein Laster, das man kaum ablegen kann, wenn man einmal Bannerherr gewesen ist.«

»Du hast eine Hundertschaft Söldner befehligt?«, fragte Gonter. »Dann hast du die Finger sicher in der Schlacht verloren.«

Die Lederkappe an Togusos rechter Hand sah auf den ersten Blick wie ein Handschuh aus, der den Daumen freiließ. In Wirklichkeit steckte jedoch nur der Zeigefinger in einer Hülle. Die drei äußeren waren Nachbildungen, entweder aus Holz oder aus Metall. Sie behielten unbeweglich ihre Krümmung bei. Wohl deswegen trug Toguso sein Schwert auf der rechten Seite.

»Leider liegt keine Ehre in dieser Verletzung.« Der Wehrbauer machte sich auf den Weg zum Tor, und da Gonter ihm folgte, schloss sich auch Eivora an. »Meine Finger liegen in der Schatzhalle meiner Legion, um jeden daran zu erinnern, dass du dich besser nicht besäufst, wenn die Kameraden dich in der Schlacht brauchen.«

»Eine Strafe also«, stellte Eivora fest.

Toguso nickte. »Eine gerechte. Damit«, er schwenkte die verkrüppelte Hand, »kann ich natürlich nicht mehr mithalten. Aber ich habe genug Silber für meine Dienste bekommen, um diesen Hof zu kaufen.«

Hinter dem Tor öffnete sich ein kleiner Hof. Außer dem Herrenhaus drängten sich hier auch eine Schmiede, der Speicher und die Gesindeunterkünfte.

Eine Frau mit blonden Zöpfen kam ihnen mit einem Mädchen an der Hand entgegen. »Ich will nicht, dass Estro sich anwerben lässt!«, rief sie besorgt.

»Nicht jetzt, mein Herz.« Toguso legte die Hände an die Schultern der wenigstens zwanzig Jahre jüngeren Frau. »Wir reden später darüber.«

»Aber er ist da draußen mit der Kampfherrin! Ich will nicht, dass sie ihn mitnehmen!«

»Niemand nimmt ihn mit. Gönn ihm doch, dass er zeigen kann, wie geschickt er mit der Armbrust ist.«

»Mit Stolz fängt es immer an, und hinterher ist man tot!«

»Wir reden gleich darüber, mein Herz. Erst muss ich unseren Gästen vom Wein kredenzen.«

»Ich will nicht …«

»Gleich!«, rief er scharf.

Stumm drückte sie das Mädchen an sich.

Im Erdgeschoss gab es nur schmale Fenster in den aus groben Steinen gefügten Wänden. Kein Angreifer, der die Außenmauer überwinden mochte, würde sich hier hindurchquetschen können. Im ersten Stockwerk dagegen waren die auf den Hof gehenden Fenster weiter und ließen das verschleierte Tageslicht herein. Oberhalb der Eingangstür führte eine Röhre durch die Wand. Hier konnte man siedendes Öl auf Gegner gießen, die sich mit einer Ramme Zutritt erzwingen wollten.

Die heimelige Einrichtung schien gegen den wehrhaften Bau zu rebellieren. Toguso entzündete Kerzen auf einem gläsernen Tischleuchter, auf dessen Armen angeraute Flächen Hirsche und Hasen zeigten. Sie sahen aus wie Reif an Fensterscheiben.

»Vielleicht wollt ihr die Stiefel ausziehen«, bat Toguso. »Meine Frau liebt diesen Teppich.«

Er war aus haardünnen Fäden geknüpft. In warmem Gelb und Ocker zeigte er eine Wüstenlandschaft, über der sich ein blauer Himmel spannte.

Sie folgten der Aufforderung des Hausherrn.

»Er kitzelt unter den Füßen.« Gonter schmunzelte. Neugierig musterte er die geschwungenen Tischbeine, die Vitrinen mit zerbrochenen Klingen, die Schnitzereien an der Tür und das Dutzend Öllämpchen, die sich an einem Gestänge unter der Decke drehten.

»Musst du den Zorn deiner Frau nicht fürchten?« Eivora zeigte auf die Stiefel, die Toguso noch immer trug.

Er stellte eine Karaffe auf den Tisch und sah an sich hinunter. »Du hast recht, aber sie wird mir noch mehr zürnen, wenn ich mir ihre Sorgen nicht sofort anhöre.« Er zeigte auf ein Regal, auf dem wie Blütenkelche geformte Gläser standen. »Schenkt uns ein, wenn ihr so gut sein wollt. Ich bin gleich zurück.«

Damit eilte er hinaus.

»Ein netter Mann«, sagte Gonter. »Ich verstehe nur nicht, wieso er in diesem Ascheland lebt.«

Nachdenklich brachte Eivora die Trinkgefäße zum Tisch. Der Teppich kitzelte tatsächlich unter den nackten Füßen, aber sie sah Abdrücke von Stiefeln, auch an den Stellen, die Toguso diesmal nicht betreten hatte.

»Er ist ein Veteran«, sagte sie. »Viele ehemalige Söldner erwerben Land vor den Bergen. Hier sind sie weitgehend ihre eigenen Herren, und für Rorgator bilden die Wehrhöfe einen Schutzgürtel.«

»Das klingt nach einem Vorteil für alle.«

Eivoras Blick fiel auf einen Eisenharnisch, der an einer schmalen Treppe hing, die wohl zum Dach hinaufführte. Die Ziselierung zeigte einen kreischenden Vogel, der dem Betrachter mit ausgebreiteten Flügeln Tropfen entgegenfächelte. »Er war bei den Blutkrähen!«

Gonter runzelte die Stirn. »Ist das schlecht?«

Eivora betastete das Metall. »Das weiß ich noch nicht. Die Blutkrähen sind unsere ärgsten Rivalen.«

»Aber er ist jetzt ein Veteran«, gab Gonter zu bedenken.

Langsam nickte sie. Sie sah auf ihre Stiefel, die neben der Tür standen. Barfuß konnten sie draußen nicht schnell laufen. Im Ascheland war das scharfkantige Lavagestein häufig, es riss einem die Sohlen auf.

»Hier ist etwas faul«, murmelte sie.

Lachend reichte Gonter ihr ein gefülltes Glas. »Richtig. Deine Sorge ist unpassend. Entspann dich! Wir sind nicht mehr auf einem Feldzug. Lass doch mal locker.« Er schwenkte die rote Flüssigkeit. »Dem Geruch nach könnte es wirklich ein guter Tropfen sein.«

Aglix streckte das Köpfchen und züngelte.

»Siehst du?«, fragte Gonter. »Er stimmt mir zu.«

Eivora nahm das Glas.

Gonter tauchte den kleinen Finger in seinen Wein und ließ den Lurch daran lecken. »Ein gemeinsamer Trunk war schon oft der Beginn einer Männerfreundschaft.«

Eivora seufzte. »Also gut. Aber wir ziehen die Stiefel wieder an.«

»Wieso bist du so ungemütlich?«

In ihr machte sich ein ganz schlechtes Gefühl breit, aber wie sollte sie Gonter das erklären? So eine Regung hatte sie verspürt, als der Klingenrausch durch den Hohlweg vor Askelion marschiert war und die Späher die Abkürzung übersehen hatten, über die ihre Gegner in die Flanke gebrochen waren. Aber sie befanden sich nicht auf dem Marsch, sondern in einem gemütlichen Zimmer mit einem weichen Teppich. Gonter würde das nicht verstehen. Sie konnte ja selbst nicht greifen, woher ihre Unruhe kam.

Aber musste sie es ihm überhaupt erklären? Sie war eine Kampfherrin, und über seinen Status in der Legion war noch nicht einmal entschieden. Sie hatte den Befehl, und daran änderte auch der Umstand nichts, dass sich seine kräftigen Hände ihr nachts so zärtlich widmeten. Sie war ihm keine Rechenschaft schuldig, wenn sie eine Entscheidung traf.

Das war jedoch ein Thema, das sie derzeit lieber vermied. Es wäre es wirklich schade, die Zeit, die ihnen die Pflichten des Söldnerlebens ließen, mit Streit zu verschwenden. Eine kleine List mochte da mehr Gewinn bringen.

»Wir steigen aufs Dach.« Sie zeigte die Treppe hinauf. »Ich will dir doch die Umgebung zeigen, und da wir nicht zur Hornspitze kommen, muss dieses Haus als Ausguck genügen.«

Sie verließen den weichen Teppich, zogen die Stiefel an, nahmen ihre Gläser und begannen, die Stufen hinaufzusteigen.

»Erzähl mir noch einmal von deiner Heimat«, bat Eivora. Mit festem Schuhwerk fühlte sie sich schon sicherer, und sie hörte ihn gern davon reden. Das beruhigte sie.

»Ich bin in einem Land voller Wälder aufgewachsen«, sagte Gonter. »In den Bergen stehen vor allem Tannen. Im Abendlicht erscheinen sie blau, bei Mittag tiefgrün. In den Senken wachsen Birken mit hellem Laub und weißen Stämmen. Wenn die Rehe dazwischen ...«

Eivora schrie auf, weil ein plötzlicher Schmerz in ihren linken Oberschenkel stach.

»Was ist los?«, fragte Gonter.

Sie presste die Hand auf die Wunde. Die Pein verschwand so schnell, wie sie gekommen war. Nur ein Pochen blieb zurück. »Eine ungeschickte Bewegung«, sagte sie.

»Die Liebe strengt manchmal mehr an als ein Gewaltmarsch«, neckte er. »Vielleicht sollte ich dich ein wenig schonen.«

»Untersteh dich!«, warnte sie, während sie den Verschluss der Klappe am Kopfende der Treppe öffnete.

»Du bist also dagegen, dass ich dich schone?«

»Auf jeden Fall.« Sie drückte die Klappe auf.

»Und warum schonst du mich dann?« Mit einem Mal war seine Stimme ernst.

»Das würde mir nie in den Sinn kommen«, erwiderte sie schwach, während sie aufs Dach trat.

Die Schräge stieg nur maßvoll an, überall konnte man stehen. Unter den Zinnen öffneten sich runde Löcher, durch die normalerweise wohl das Regenwasser abfloss, die man aber bei einem Angriff auch für siedendes Öl benutzen könnte.

»Du weißt, was ich meine.« Auch sein Gesicht war ernst.

Sie fühlte sich, als würde ihr eine Waffe entwunden. Aber Gonter war kein Gegner. Vielleicht war er der Mann, den sie liebte. Sie wusste nicht genau, wie sich so etwas anfühlte.

»Du hast Togusos Hand gesehen.« Sie zog ihre Tunika hoch,

um die Narbe an ihrem Bauch zu entblößen. »Und auch bei mir war es mehr als ein Mal knapp.«

»Ich bin doch jetzt da, um auf dich aufzupassen.«

Entschlossen schüttelte sie den Kopf. »So ist das nicht. Söldner kämpfen nicht für ihre Liebste, sondern für ihre Einheit. Du wirst Befehle erhalten, die uns manchmal trennen und ein andermal zusammenführen werden. Du kannst nicht kämpfen, wo du willst.«

»Aber wir werden unter demselben Banner stehen.«

Sie sah ihm in die Augen. »Wieso? Warum willst du dir das antun?«

Er verzog den Mund. »Weshalb fragst du das? Du weißt, dass ich mit dem Schwert umgehen kann, also tu nicht so, als wäre ich ein grüner Junge. Ich war mit dir gemeinsam in Ygôda!«

»Ja, und das war deine erste Schlacht.«

»Aber nicht meine letzte.«

»Warum?«, rief sie. »Man wird Söldner, weil die Heimatstadt zerstört wurde. Weil man dem Hunger entkommen will. Weil man in eine Familie von Kriegern geboren wurde. Weil man Reichtum sucht. Und der sieht oft so aus.«

Sie zeigte über das Land. Hier gab es keine Wälder, sondern nur abgeerntete Felder und ein paar Baumgruppen in einer hügeligen Landschaft, auf die ein Himmel aus Asche drückte.

»Und zwar auch nur, wenn man ihn erlebt. Toguso hatte Glück, er hat nur ein paar Finger verloren. Andere lassen einen Arm oder ein Bein auf dem Schlachtfeld.«

Mit einem hellen Klicken stellte er sein Glas auf dem Dach ab. Er nahm sie in seine Arme, und sie genoss es, seine Kraft zu spüren. Solche Momente konnte man nicht mit Schätzen aufwiegen.

Aber man konnte sie auch nicht wie Schätze hinter dicken Mauern horten und für die Ewigkeit bewahren. Sie kamen und gingen wie Sonnenstrahlen.

»Ich habe in einem Käfig aus Seide und Silber gelebt«, flüsterte Gonter in ihr Haar. »Jetzt bin ich frei und bei der Frau, die ich liebe. Ich könnte nicht glücklicher sein. Mach dir keine Sorgen um mich.«

Eivora spürte Tränen aufsteigen und ärgerte sich darüber, weil sie nicht weinen wollte. Sie hätte Gonter wegstoßen sollen, damit er von dieser Träumerei abließe. Er verstand nicht, was es bedeutete, immer wieder in eine Schlacht zu ziehen. Söldner sprachen selten von der Zukunft, weil sie wussten, dass die meisten von ihnen keine hatten. Kampf, immer wieder Kampf, das war es, was den Dämonen gefiel, und nur die Stärksten überlebten das. Eivora war verwirrt, weil sie nicht begriff, wieso sie das auf einmal störte. Selbst der Gedanke an ihren Hort aus Silbermünzen vermochte sie nicht zu trösten.

»Ich habe Angst davor, dass du irgendwann aufwachst und erkennst, was du aufgegeben hast«, gestand sie. »Und dann wirst du mich hassen.«

»Nein«, sagte er ernst. Er hob ihr Kinn an und küsste sie. »Ich werde niemals gering von der Frau denken, die mich aus den Fesseln meines Vaters befreit hat.«

Sie drückte ihr Gesicht gegen seine Brust. *Gonter bringt mich durcheinander*, erkannte sie. Für sie war es immer selbstverständlich gewesen, von Schlachtfeld zu Schlachtfeld zu marschieren, bis sie schließlich auf einem liegen bleiben würde. Sie hatte auch nie Probleme damit gehabt, die Krieger unter ihrem Befehl gefährlichen Situationen auszusetzen. Ausgerechnet bei diesem kräftigen Mann wurde sie zur Glucke. Schon die Erinnerung, dass er in Gefangenschaft geraten war und beinahe an einem Fleischerhaken von Ygôdas Mauer gehängt worden wäre, ließ ihr Herz rasen.

»Es wird Zeit, dass ich auf das Feldzeichen des Klingenrauschs schwöre.«

Sie genoss das Vibrieren in seinem Brustkorb, während er sprach. Es beruhigte sie, und sie liebte es, seine Muskeln zu spüren. Eivora drängte ihre Sorge zurück, sie wollte sich diesen Moment nicht verderben lassen.

»Ich werde mich der Legion verpflichten und …«

»Was?«, fragte sie, weil er nicht weitersprach.

»Da kommt Besuch.«

Eivora löste sich von ihm und sah über die Zinnen. Fünf Reiter galoppierten über einen Hügel, gerade verschwanden sie wieder in einer Senke.

»Sie halten genau auf uns zu«, sagte Gonter.

Mit einem Schlag war Eivoras Misstrauen zurück. Togusos merkwürdige Freundlichkeit, der Umstand, dass er sie in den Wehrhof gelockt hatte, das Theater mit den Stiefeln … »Das ist eine Falle!«, rief sie.

»Wieso meinst du …«

»Raus hier!« Sie lief zur Treppe, sprang die Stufen hinunter und verfluchte sich dafür, die Armbrust am Pferd gelassen zu haben. Sie hatte nur das Kurzschwert und ein Messer, das zum Obstschälen gedacht war, dabei.

Hinter sich hörte sie Gonters schwere Schritte. »Weshalb glaubst du …«

Aglix kroch unter ihre Rüstung.

»Warum galoppiert jemand?« Sie riss die Tür auf. Glücklicherweise befand sich der Riegel innen, bei einem Angriff wollte sich der Herr des Wehrhofs nicht einschließen lassen. Das kam ihnen jetzt zugute.

»Weil er es eilig hat«, schloss Gonter.

»Genau!« Auf dem Weg ins Erdgeschoss nahm Eivora nur jede dritte Stufe. »Sie wollen unbedingt hier sein, bevor wir weg sind.«

Togusos Frau schrie, als sie aus der Küche kam und Eivora plötzlich vor ihr stand. Von ihrem Mann und dem Mädchen war nichts zu sehen, aber sie hielt einen unterarmlangen Stoßdolch in der Hand, den sie bestimmt nicht gebraucht hatte, um Speisen damit zuzubereiten.

Eivora versetzte ihr im Vorbeilaufen einen Kinnhaken, sodass sie zurücktaumelte und wimmernd in die Knie ging.

»Übertreibst du nicht etwas mit …«

»Besser, zehnmal übertreiben als einmal draufgehen!« Sie sprang auf den Hof und rannte weiter zum Tor.

Immerhin kam Gonter mit. Er riss sogar einen Träger samt

Getreidesack um, bevor dieser den Ausgang der Ummauerung blockierte. Der Mann rief verärgert, schien sich aber nicht mit den Söldnern anlegen zu wollen.

Draußen, neben der Scheune, auf der Seite gegenüber jener, auf der Pirlitu das Geschick der jungen Armbruster prüfte, sprach Toguso mit den offenbar gerade abgesessenen Reitern. Sie trugen Schwarz, Rot und Grau, die Farben der Blutkrähen.

»Runter!«, zischte Eivora und hockte sich hinter den Tisch des Schreibers.

»Was ist denn hier los?«, fragte dieser.

Eivora sah unter dem Tisch hindurch zu den Neuankömmlingen, die ihre Pferde festbanden und die Waffen von den Sätteln lösten.

Ihre eigenen Reittiere standen an einer Ulme zwanzig Schritt entfernt. Pirlitu bemerkte noch nichts, sie korrigierte die Haltung des Mädchens an der Armbrust.

»Wir müssen zu den Pferden«, raunte Eivora Gonter zu.

Er runzelte die Stirn, nickte aber. »Auf dein Zeichen.«

Die Krieger kamen auf das Tor zu, während Toguso zurückblieb. Es waren drei Männer und zwei Frauen. Nach der Schwere ihrer Schritte zu urteilen, trugen sie Rüstungen unter Umhängen und Wappenröcken. Die Bewaffnung machte Eivora stutzig. Drei von ihnen hatten Streitkolben dabei, unterarmlange Knüppel mit eisernen, stumpfen Schlagköpfen, die anderen beiden Kampfhämmer. Die Ausbeulungen unter den Umhängen verrieten die Schwerter, die sie aber wohl nicht benutzen wollten. Zudem trugen sie irgendwelche Geflechte auf den Schultern, die Eivora nur ungenau erkennen konnte. Für zusammengelegte Seile waren sie zu dünn, für Umhänge zu löchrig. Die Schilde ließen sie bei den Pferden.

Unter den fragenden Blicken des Schreibers und seiner Hellebardiere hockte sich Eivora so, dass sie aufspringen und sich zugleich nach vorn abstoßen konnte. Die Blutkrähen waren noch zehn Schritt entfernt. Sie wollte sie noch etwas näher herankommen lassen. Wenn Gonter und Eivora es zu den Pferden schafften, sollten ihre Gegner möglichst lange zu ihren eigenen Reittieren brauchen.

Pirlitu bemerkte den Besuch nun auch. Sie nahm dem Mädchen die Armbrust ab und tauschte den Bolzen aus.

Eivora winkte ihr so, dass der Tisch die Bewegung vor den Kriegern verbarg.

Als sie noch fünf Schritt entfernt waren, stieß sie sich ab und rannte los. Sie hörte Gonter hinter sich.

Nach einem Moment der Überraschung nahmen die Blutkrähen die Verfolgung auf. Sie versuchten gar nicht erst, ihre Absicht zu verbergen.

Auch für Pirlitu war die Lage klar. Ihre Armbrust knallte. Dumpf schlug der Bolzen ein, stöhnend ging ein Krieger zu Boden.

Eivora riss die gebogene Klinge aus der Scheide und zertrennte das Lederband, das ihr Pferd am Baum hielt. Der zweite Schlag befreite Gonters Rappen.

Mit dem Breitschwert in der Hand fing er ein Netz ab, das einer der Gegner auf ihn schleuderte. Das hatten sie also auf den Schultern getragen!

Das Geflecht wickelte sich um Gonters Klinge. Die blonde Kriegerin, die es geworfen hatte, riss daran und hätte Gonter damit beinahe die Waffe entwunden, aber seine Faust hielt sie so fest, dass die Schneide einige Fäden durchtrennte und der Stahl freikam.

Eivora schwang sich aufs Pferd und zwang es zwischen Gonter und die Angreifer. Drei konnte sie abdrängen, aber die Frau, die auch das Netz geschleudert hatte, warf sich auf die andere Seite, packte Gonter am Gürtel und riss ihn aus dem Steigbügel, noch bevor er sich in den Sattel schwingen konnte.

Mit einer einzelnen Gegnerin wird er selbst fertigwerden müssen, dachte Eivora und hackte auf die drei anderen ein. Hell klingend prallte ihr Kurzschwert von einem Streitkolben ab. Ein Kampfhammer schlug in die Brust ihres Pferds, das daraufhin stieg und mit den Vorderläufen austrat. Eivora hatte Mühe, sich im Sattel zu halten, aber immerhin landete ein Gegner im Gras.

Ein Netz flog über Eivora. Sie legte sich mit ihrem Gewicht gegen den Zug und schnitt mit dem Kurzschwert. Ihr Gegner scheiterte beim Versuch, sie aus dem Sattel zu reißen, doch die Maschen gaben nur widerwillig nach. Eivora drängte die Panik zurück.

Der Verstand ist die wichtigste Waffe.

Sie zog ihr kleines Messer und durchschnitt damit die Fäden. Als sie Kopf und Schultern freibekam, sah sie, dass sich nur noch ein Gegner mit ihr beschäftigte, ein weiterer hockte mit Pirlitus Bolzen im Bauch am Boden, während die anderen drei bei Gonter waren.

Sie hatten ihn vom Pferd getrennt, aber er hielt sich wacker. Einer hatte seinen Kampfhammer verloren und umklammerte den eigenen Unterarm, eine Kriegerin humpelte.

Gonter täuschte einen Ausfall an und schlug einen überraschenden Bogen, der die humpelnde Frau von den Füßen holte. Den darauffolgenden Kolbenschlag parierte er mit einer abfallenden Wehr.

Eivora wandte sich wieder ihrem Gegner zu. Sie gab dem Zug des Netzes um ihren Oberkörper nach und lenkte ihr Ross gegen den Krieger, dessen Mund sich unter dem struppigen Schnurrbart zu einem überraschten Ruf öffnete. Er sprang aus dem Weg, musste dafür aber endgültig das Netz fahren lassen.

Rorgators Eintreiber sammelten sich am Eingang des Wehrhofs. Sie beobachteten das Geschehen, ohne einzugreifen. Dies war nicht ihr Kampf.

Pirlitu eilte heran. Sie hatte die Armbrust wieder gespannt und einen Bolzen eingelegt, wollte aber wohl nicht in das Gemenge schießen. »Hammerschlag!«, rief sie, wohl, um die Aufmerksamkeit auf sich zu lenken.

Derjenige, den sie zuerst getroffen hatte, bewegte sich kaum. Er starrte nur grimmig auf das Geschehen.

Eivora lenkte ihr Pferd zu Gonter und schrie nun ebenfalls den Kampfruf des Klingenrauschs hinaus: »Hammerschlag!«

Die blonde Frau schleuderte ihr Netz in einem tiefen Bogen, sodass es sich um Gonters Beine wickelte. Blitzschnell war ein Kamerad bei ihr. Gemeinsam rissen sie Gonter von den Füßen.

Entsetzt schrie Eivora auf, als sie sah, wie der dritte Krieger mit dem Kampfhammer ausholte. Er konnte Gonter unmöglich verfehlen, und der Helm hing am Sattel, statt den Kopf zu schützen! Ein entschlossener Schlag würde den Schädel zerbrechen wie eine Tonvase.

Gonter musste sich zur Seite werfen! Sofort!

Oder das Schwert zur Deckung hochreißen!

Er tat keins von beidem.

Zu Eivoras Überraschung schlug der Gegner jedoch nicht mit dem Kopf des Hammers zu, sondern nur mit dem Stiel, und statt des Gesichts traf er nur den Bereich über dem Ohr.

Ächzend kippte Gonter zur Seite.

Hinter Eivora knallte Pirlitus Armbrust. Der Bolzen schlug in den Rücken des Hammerschwingers. Er ragte ein gutes Stück heraus, blieb aber stecken, hatte außer dem Umhang also auch die Rüstung durchschlagen.

Der Krieger umklammerte den Hammer und bog seinen Rücken durch, als läge er auf einem Rad, während er rückwärtsstakste.

Gonter fasste seinen Knöchel und riss ihn um.

Die beiden Gegner, die ihn mit dem Netz zu Fall gebracht hatten, schienen unentschlossen.

Pirlitu warf sich mit gezogenem Dolch auf denjenigen, den Eivora umgeritten hatte. Dabei fauchte sie wie ein Panther.

Eivora rammte ihrem Pferd die Fersen in die Flanken, sodass es einen weiten Satz machte. Sie streifte die beiden Krieger bei Gonter, was ausreichte, um sie abzulenken. In einer engen Kehre riss sie das schnaubende Tier herum.

»Zwei von euch sind schon verwundet!«, rief sie. »Wer will der Nächste sein?«

Drohend schwenkte sie ihre Klinge, die eigentlich zu kurz für den Kampf aus dem Sattel war. Zudem behinderten sie die Reste des Netzes.

Dennoch machte sie genügend Eindruck, damit sich die zwei

auseinanderstellten. Sie waren keine Anfänger, sie wussten, wie sie sich so positionierten, dass eine Reiterin nicht beide zugleich angehen konnte.

Dafür mussten sie aber Gonter vernachlässigen, der sich nun aus dem Netz strampelte.

Eivora verzichtete auf einen Angriff und zwang ihr Pferd stattdessen, rückwärtszugehen. Das missfiel dem Tier, es wieherte protestierend, aber Eivora wollte Zeit gewinnen. Pirlitu kam gut mit ihrem Gegner zurecht, sie prügelte ihm gerade den Dolchknauf gegen die Stirn, und Gonter wäre in ein paar Herzschlägen wieder kampffähig.

Ein Bolzen schlug knapp vor Eivora in den Boden. Ihr Gesicht ruckte in die Richtung, aus der er gekommen war.

Der Schütze war der gut gekleidete Jüngling, der Pirlitu seine Fähigkeiten präsentiert hatte. Offenbar hielt er sich jetzt für einen Krieger. Allerdings nur so lange, bis sich Eivoras Blick in seine Augen bohrte. Er ließ die Armbrust fallen und rannte zum Wehrhof.

Der in den Rücken getroffene Kämpfer hatte den Bolzen aus der Wunde bekommen, die blutige Spitze ragte aus seiner Faust. Er schwankte mit bleichem Gesicht, hielt den Kampfhammer aber noch immer umfasst.

Gonter entwaffnete ihn mit einem entschlossenen Schwertstreich. Dann rempelte er ihn aus dem Weg, um zu seinem Rappen zu kommen.

Eivora trieb ihr Pferd an. Im Vorbeireiten wehrte sie einen Hieb ab. Sie wechselte das Kurzschwert in die Linke und streckte Pirlitu die andere Hand entgegen.

Die Kampfherrin griff zu und schwang sich hinter Eivora auf den Pferderücken. Ihr eigener Hengst stand auf der anderen Seite der Scheune, viel zu weit entfernt.

»Nach Rorgator!«, rief Eivora und ließ die Zügel schießen. Gonter folgte ihr.

Erst eine Meile später fielen die Pferde in Schritt.

»Sie folgen uns nicht«, sagte Pirlitu. »Die sind wir los.«

»Wer war das?«, fragte Gonter. »Wird Rorgator angegriffen?«

»Nein, das waren Söldner«, sagte Eivora. »Blutkrähen. Die ehemaligen Kameraden deines neuen Trinkkumpans Toguso.«

Er runzelte die Stirn, was aber dort zu schmerzen schien, wo ihn der Stiel des Hammers getroffen hatte. Er drückte die flache Hand gegen die Stelle.

»Ist der Knochen gebrochen?«, fragte Pirlitu.

»Nein. Zum Glück nicht.«

»Das war wirklich Glück«, meinte Eivora. »Wenn er es gewollt hätte, wäre dein Schädel jetzt Matsch.«

Er schien gekränkt, erwiderte aber nichts.

»Das war kein Glück«, widersprach Pirlitu. »Sie wollten uns lebend.«

Eivora dachte an die Netze und nickte. »Aber wieso?«

Nun, da die Aufregung des Kampfs nachließ, spürte sie die Wärme an ihrem linken Bein und das Zittern des Oberschenkels. Die Wunde war wieder aufgebrochen.

»Lege einen Pfad aus Schmerzen, über den sein Wissen zu dir kommt«, flüsterte Wilania-Pressito in Fiafila-Ignutos Ohr.

Es irritierte, den Atem der anderen Frau zu spüren, während vor ihnen der Gefangene an Ketten von der Decke hing. Er trug nichts außer einem Schurz, und durch das Eisengewicht in Form eines zähnefletschenden Dämonenhaupts, das an den Fußgelenken zog, wirkte seine gestreckte Gestalt besonders schlank. Dunkle Flecken auf der Haut zeugten davon, dass die Knechte ihn vorbereitet hatten. Eine grobe Arbeit, zu deren Ergebnissen Blutergüsse über den Rippen und dem rechten Schienbein zählten. Der Flaum aus dichten, hellen Haaren auf seinen Unterarmen erschien Fiafila-Ignuto viel zu weich für die Härte der Situation.

Wo ist mein Mitleid mit diesem geschundenen Menschen?, fragte sie sich.

»Der Glühende Tempel ist der falsche Ort für Mitleid«, antwortete die Stimme in ihrem Kopf. Sie gehörte dem Homunkulus, der aus ihrer linken Schulter wuchs. Trotz der aufgetragenen Steinsalbe spürte sie seine Hitze auf der ihm zugewandten Seite ihres

Gesichts. Er entfaltete seine fächerförmigen Ohren so weit, dass die trockene graue Haut knisterte.

Wilania-Pressito war ebenfalls eine Avatar. Die Gestalt des aus ihrer Schulter wachsenden Homunkulus ähnelte Ignuto. Unter Knochenwulsten strahlten schwarze Äuglein ihre Bosheit in die Welt hinaus. Seine Nase war nicht ganz so breit wie Ignutos, die Hörner bogen sich etwas stärker. Auch er hatte keinen Mund, aber Ohren, die über seine Schultern hinausreichten, wenn er sie, wie jetzt, ausbreitete. Auch Pressito wuchs mit dem Rumpf aus seiner Trägerin heraus. Statt Beinen hatten die Homunkuli Wurzeln, die sich mit den Jahren immer tiefer in den Körper ihres Wirts bohrten. Manchmal glaubte Fiafila-Ignuto, die Bewegungen des dämonischen Gefährten an ihrem Herzen zu spüren, aber so weit konnte er nach den paar Wochen, die sie ihn trug, noch nicht sein. Bei Wilania-Pressito dagegen hätte das niemanden verwundert. Ihr Homunkulus war älter, orangefarbene Äderchen liefen über die graue Haut des sichtbaren Teils des Wesens.

»Schau nicht mich an«, mahnte die erfahrene Avatar und zeigte auf den Gefangenen. »Konzentriere dich auf ihn.«

»Ist er überhaupt bei Bewusstsein?«

»Finde es heraus.«

Fiafila-Ignuto wollte den Schwamm im bereitgestellten Eimer benutzen, aber die Frau hielt sie zurück. »Greif in seinen Kopf.«

Fiafila-Ignuto sah wieder den Mann an. Er hing so reglos, dass er an eine Säule erinnerte, obwohl das Gewicht an seinen Füßen den Boden nicht berührte. Der Kopf war vor den gestreckten Armen auf die Brust gesackt. Der Schweiß auf seiner Haut leuchtete im Schein des Kohlebeckens, in dem mehrere Zangen und Haken glühten. An den Wänden des kleinen Raums brannte ein halbes Dutzend Fackeln, die für zusätzliche Hitze sorgten. Bestimmt trug das dazu bei, dass sich die Homunkuli hier so wohlfühlten.

Hauptsächlich freute sich Ignuto jedoch auf die Qual, die dem Mann bevorstand. Man hatte ihn dabei erwischt, mit Blei gestrecktes Gold an den Glühenden Tempel abzuliefern. Jetzt konnte er nicht mehr entkommen. Vielleicht würde er noch leben, wenn man ihn aus diesem Raum trüge, um ihn in einen Magmastrom zu werfen, möglicherweise würde er auch bereits bei der Folter umkommen. In keinem Fall wäre dies das Ende seiner Pein. Die Dämonen warteten schon auf seine Seele.

»Schmeckst du seine Gefühle?«, fragte Wilania-Pressito.

Zögernd schüttelte Fiafila-Ignuto den Kopf. Nun, da sie ihn so genau betrachtete, regte sich ihr Mitleid doch noch, und gern hätte sie ihm Linderung verschafft. Das löste widersprüchliche Emotionen in ihr aus. Das, was von der Priesterin des milden Windgottes Basäon noch übrig war, triumphierte, weil sie sogar hier, im Hochtempel der Dämonen, zu Empfindungen fähig war, die diese Wesen verabscheuten. Ignuto dagegen stieß diese Form der Empathie ab. Er wurde noch heißer, als könnte er die sanfte, für ihn ekelhaft schwächliche Regung dadurch wegbrennen.

Fiafila-Ignuto neigte ihren Kopf nach rechts, um wenigstens ein bisschen mehr Abstand zwischen ihre Wange und den sengenden Homunkulus zu bringen. »Warum müssen wir ihn so behandeln?«, fragte sie. »Wir könnten doch zunächst versuchen, ihn auf einen Stuhl zu setzen und ganz in Ruhe zu befragen. Er wird sicher alles sagen, was er weiß, weil ihm klar ist, was wir ihm sonst antun.«

Wilania-Pressito schnalzte mit der Zunge und schüttelte den Kopf. Ihre linke Gesichtshälfte sah aus wie eine Skulptur aus Kohle, keine einzige Strähne, noch nicht einmal die Augenbraue hatte sich gegen die Hitze behauptet, aber rechts fiel eine blonde Mähne über ihre Schulter. Wellen liefen durch das glänzende Haar, als begehrten sie gegen die Erstarrung auf der verbrannten Seite auf. »Seine Zunge kann lügen, seine Gedanken nicht.«

»Dann sind die Bilder, die wir sehen, immer die Wirklichkeit?«

»Wenn wir sie richtig deuten«, schränkte die andere Avatar widerstrebend ein.

Fiafila-Ignuto dachte an die zwei Gelegenheiten, bei denen

sie Bilder in Pirlitus Verstand gesehen hatte. Beide Male war die Kampfherrin mit Feuer in Berührung gekommen, und beide Male war die Vision so schnell vergangen wie ein Blitz, der ein Gemälde beleuchtete. Sie waren sofort in völlige Finsternis zurückgefallen. »Wie lässt sich eine Rückschau auf tatsächlich Gewesenes von einer Fantasie unterscheiden?«

»Mit Erfahrung. Die Erinnerungen müssen zusammenpassen und auch mit dem übereinstimmen, was wir von den wirklichen Vorgängen wissen.« Wilania-Pressitos noch nicht erstarrte Gesichtshälfte lächelte, und ihr Homunkulus legte das gehörnte Haupt in den Nacken. »Vor allem musst du lernen, ihn auf dem rechten Pfad des Schmerzes zu halten. Zu wenig, und seine kühle Überlegung kann beliebige Bilder erzeugen, wenn er es darauf anlegt. Zu viel, und die Panik flüchtet sich in haltlose Fantasien.«

»Also kann er auch in seinen Gedanken bewusst lügen?«

Ihr Lächeln wandelte sich zu einem wölfischen Grinsen. »Nur, wenn er besser ist als du. Aber heute wird das nicht geschehen. Ich helfe dir. Jetzt nimm eine Fackel.«

Noch immer sträubte sich etwas in Fiafila-Ignuto dagegen, aber die Vorfreude des Homunkulus gewann die Oberhand. *»Er wird ohnehin sterben«*, säuselte Ignuto in ihren Gedanken. *»Und er wird auch leiden. Diesem Schicksal kann er unmöglich entkommen. Du ersparst ihm nichts, wenn du jemand anderen das Verhör führen lässt.«*

Ihm nicht, aber mir.

Sie nahm eine Fackel aus der Wandhalterung. Tief atmete sie ein, während sie die prasselnden Flammen betrachtete.

»Er hätte sich nicht erwischen lassen sollen.«

Sie ging zu ihm. Noch immer hing er reglos an der Kette.

»Erkennst du inzwischen, ob er bei Bewusstsein ist?«, fragte ihre Lehrerin.

Sie betrachtete ihn, bis das Mitleid nur noch ein Wispern war, so leise wie ein Hauch, der durch Sommergras strich. Allmählich schmeckte Fiafila-Ignuto die Gefühle des Gefangenen. Angenehm bitter mischte sich die Furcht mit einem Rest unvernünftiger Hoffnung, die eine interessante Note einbrachte. Auch ein Traum hätte eine solche Stimmung auslösen können, aber sie passte zu gut zur Lage, in der er sich befand.

»Ich glaube, er ist wach«, sagte sie.

»Ja«, bestätigte Wilania-Pressito genüsslich. »Nur sein Schmerz ist eingeschlafen. Unter den Schlägen ist er ein wenig taub geworden. Weck seine Pein wieder auf.«

Es schien Fiafila-Ignuto, als sähe sie jemand anderem zu, während sie die Fackel so dicht an Bauch und Brust des Gefangenen vorbeiführte, dass die Flammen über seine Haut leckten und nach dem Gesicht tasteten.

Stöhnend hob er den Kopf.

»Du hast den Glühenden Tempel also um sein Gold betrogen.« Sprach Ignuto diese Worte? Benutzte er Fiafilas Mund? Sie dachte nicht darüber nach, was sie sagte. »Wo ist das Gold hin? Wer hat es jetzt?«

»Immer verhüllt.« Der Gefangene hörte sich an, als hätte er eine Kartoffel im Mund. Das war wohl eine Folge der Vorbereitung durch die Knechte. »Habe niemanden erkannt.«

Fiafila-Ignuto schmeckte Schmerz und Angst. Beides erregte sie, sie fühlte, wie sie wacher und aufmerksamer wurde. »Ich weiß nicht, ob er die Wahrheit sagt«, meinte sie unsicher.

»Gib ihm etwas mehr Schmerz, aber nicht zu viel. Nur so lange, bis du siehst, woran er denkt.«

Sie berührte ihn mehrmals mit der Fackel, am Brustkorb, am Bauch und an der Achsel.

Zischend atmete er ein, dann schrie er.

»Er hat keinen Stolz«, urteilte der Homunkulus verächtlich. *»Er kämpft nicht gegen den Schmerz an, sondern lässt sich hineinfallen.«*

»Achte darauf, dass er bei Bewusstsein bleibt«, wies Wilania-Pressito sie an.

Plötzlich kam Fiafila-Ignuto das, was sie tat, wieder fremd vor. Sie nahm die Fackel zurück. War das wirklich sie, die einen Menschen quälte? Dabei hatte sie doch gelernt, wie man anderen half, selbst denen, die einem unfreundlich begegneten. Sie hatte Heilern geholfen, Wunden zu verbinden, statt sie zu schlagen. Auf welchen Pfad begab sie sich, wenn sie diesen Mann auf den Weg des Schmerzes stieß?

»Denk an unseren Pakt!«, forderte Ignuto. *»Wir haben uns verbunden. Du musst uns schützen, denn wenn du umkommst, werde auch ich sterben.«*

Wir sind doch gar nicht in Gefahr.

»Tu nicht so dumm. Wir befinden uns im Glühenden Tempel. Wer hier Schwäche zeigt, wird zum Opfer.«

»Er hat doch nur betrogen«, murmelte sie. »Dafür ist eine solche Strafe viel zu hart.«

»Du bist nicht diejenige, die an diesem Ort die Gesetze macht. Das tun jene, die vielfach stärker sind als alles, was du dir vorzustellen vermagst.«

Widerwillig, in ihrem Trotz aber auch fest, stieß sie ihm die Fackel in die Magengrube.

Der Gefangene schrie gellend.

»Da habe ich doch etwas gefunden, das dir die Sache erleichtern wird.«

Die Erinnerung des Mannes stand so deutlich vor Fiafila-Ignutos geistigem Auge, dass sie die Kammer kaum noch wahrnahm. Sie sah an behaarten Männerarmen entlang bis zu den Händen, die einen dünnen Frauenhals würgten. Jemand anderes goss Wein in den nach Luft ringenden Mund der Frau, die unter Stößen bebte. Ihre kleinen Brüste zitterten bei jedem neuen Vordringen, und Männer lachten.

Sie wird geschändet, erkannte Fiafila-Ignuto.

»Und zwar nicht von irgendwem, sondern von unserem Gast hier.«

In ihrer Wut schlug Fiafila-Ignuto so fest zu, dass ihr die Fackel entfiel. Sie fasste den mit Leinenbinden umwickelten Griff eines Eisenhakens und riss ihn so heftig aus dem Becken, dass Kohlestücke herausspritzten und zerplatzten, als sie auf den Boden prallten.

»Was hast du getan?«, schrie sie und schlug den rot glühenden Haken tief in seinen Oberschenkel.

Er brüllte auf. »Nur, was sie mir gesagt haben!« Noch immer klang die Stimme, als füllte seine Zunge den gesamten Mund aus. »Sie haben mir das Gold gegeben und mich damit in den Tempel geschickt! Ich wusste nicht …«

Sie riss am Haken, sodass der Körper an der Kette pendelte. »Vergiss das Gold! Was war das für eine Frau?«

»Welche Frau? Ich …«

Wieder erschien die Szenerie. Diesmal sah er zu, wie sich ein anderer Mann über das Opfer beugte, während es auf einem Sattel lag. Ein Arm hing in so falschem Winkel herab, dass er ausgekugelt sein musste. Fiafila-Ignuto hörte jemanden lachen und brauchte einen Moment, um zu begreifen, dass es der Gefangene selbst war. Oder gewesen war, damals, als er und seine Kameraden sich die Sklavin gegönnt hatten. Der Reif um ihren Hals war ihr einziges Kleidungsstück. Eine Flasche erschien im Gesichtsfeld und näherte sich in die Richtung, in der sich der Mund befinden musste. Er sah zur Decke, als er den Kopf in den Nacken legte und trank. »Lass dich nicht von ihrer Geilheit hinreißen!«, grölte er. »Mach sie nicht kaputt! Ich will noch mal drauf!«

»Die Vision ist wunderbar klar«, schwelgte Ignuto. *»Erstaunlich.«*

»Übertreib es nicht.« Mahnend legte Wilania-Pressito eine Hand auf ihre Schulter. »Denk an den sicheren Pfad. Zu viel Schmerz, und er wird unbrauchbar.«

»Ich zeige ihm, was Schmerzen sind!«, rief Fiafila-Ignuto. Sie ließ den Haken im Muskel stecken und zog eine Zange aus dem Becken.

»Vergiss die Fragen nicht«, sagte Wilania-Pressito.

»Ich brauche keine Fragen!« Sie riss seinen linken Oberarm auf. »Ich sehe alles!« Ihre Stimme kippte zu einem Kreischen. »Alles!«

In einer weiteren Vision kroch die Frau auf den Knien und ihrer rechten Hand über den Boden. Den linken Arm zog sie nach, die Schulter war geschwollen, ihr Gesicht von violetten Schlieren gezeichnet. Ein Mann trat mit dem Stiefelabsatz auf ihre Finger und drehte ihn, bis die Knochen knirschten. Sie wimmerte, und alle lachten.

»Ganz erstaunlich«, meinte Ignuto. *»Er war betrunken. Ich be-*

zweifle, dass er sich selbst so genau an dieses Geschehen erinnert hat, bevor du es hervorgeholt hast.«

Sie spürte, wie sich der Homunkulus noch weiter öffnete, um die Grausamkeit ganz in sich aufzunehmen.

»Denk daran, dass wir Namen brauchen«, mahnte Wilania-Pressito. »Wir wollen wissen, wo das Gold geblieben ist.«

»Das ist mir gleich!«, rief Fiafila-Ignuto. »Er soll leiden!«

»Lass dich nicht hinreißen. Mäßige dich, bei Harnastes!«

Plötzliche Pein brannte durch Fiafila-Ignutos Brust. Es fühlte sich an, als stieße jemand ein glühendes Schwert durch ihre linke Schulter und tief in die Lunge.

Sie wollte schreien, aber kein Laut drang aus ihrem aufgerissenen Mund. Die Vision war fort, ebenso wie der Geschmack der Emotionen des Gefangenen. Überhaupt empfing sie von Ignuto nur noch Schmerz, ansonsten waren seine Sinne taub. Sie brach in die Knie und wandte den Kopf, bis sie ihren dämonischen Begleiter ansah. Weil er so nah war, erkannte sie ihn nur verschwommen. Er war schlaff zusammengesunken, die Ohren hingen herab. *Ist er tot?*

Vor ihr schwankte der wimmernde Gefangene. Die Bewegung nahm ab, er pendelte sich ein. Blut rann träge aus dem zerfetzten Fleisch am Arm über die Brust, im Bein steckte noch der Haken.

»So etwas habe ich noch nie erlebt«, gestand Wilania-Pressito.

»Ich höre …« Ihre Stimme zitterte. »Ich höre Ignuto nicht mehr.«

Wilania-Pressito berührte den Homunkulus vorsichtig, beinahe zärtlich.

Der kleine Körper bewegte sich! Er rekelte die Schultern wie jemand, der nicht erwachen wollte.

»Ihr habt einen Streit mit Harnastes.« Die andere Avatar runzelte die Braue, die ihr noch geblieben war. »Der Dämon zürnt euch, und ich habe seinen Namen angerufen.«

»Wann?«, fragte Fiafila-Ignuto benommen.

»Ich habe dich in Harnastes' Namen aufgefordert, dich zu mäßigen.« Sie half ihr auf.

Fiafila-Ignutos Blick fiel auf den Gefangenen. Hatte sie ihm diese Verletzungen zugefügt? Sie machte einige Schritte rückwärts, als könnte sie dadurch vor sich selbst zurückweichen. Dann erinnerte sie sich wieder an die Qual der Sklavin, deren Zeugin sie geworden war, und neue Wut wallte in ihr auf, aber sie war anders als zuvor. Mehr Verzweiflung lag darin, mehr Resignation, weil sie nicht ungeschehen machen konnte, was geschehen war, und weniger Aggression, weniger Zerstörungswille.

Eine Wunde heilt nicht dadurch, dass man eine andere schlägt. Sie hing dem Gedanken nach, den sie früher oft gepredigt hatte und der ihr nun dennoch seltsam erschien.

Sanft schob Wilania-Pressito sie zum Ausgang. »Für heute hast du genug gelernt«, behauptete sie. »Verlass den Tempel, schnell! Und komm nicht wieder, ehe man dich ruft. Ich werde dich bald besuchen.«

Eivora biss die Zähne zusammen, um keinen Schmerzenslaut von sich zu geben.

»So geht das nicht«, sagte Wareno. »Du musst lockerlassen, sonst schneide ich zu viel weg.«

Eivora entspannte den entblößten Oberschenkel. Helles Blut sickerte aus der Wunde, seit Wareno den Eiter herausgeschabt hatte. Gemessen an der Größe der Verletzung, die sie kaum mit ihrer Hand abdecken konnte, schien ihr zu wenig Flüssigkeit zu kommen. Ob die fauligen Wundränder bedeuteten, dass ihr Fleisch abstarb?

Sie spürte nichts, als die Zange des jungen Feldschers den schwarzgrauen Wulst fasste. Erst, als er daran zog, überstieg das unangenehme Gefühl das Pochen der Wunde.

Wareno legte das Messerchen ab, schob das helle Haar aus seinem Gesicht und nahm eine andere Klinge aus der Rolltasche. Er zog sie durch die Flamme der Kerze, die neben ihm auf dem Holzboden stand, und putzte sie an einem weißen Leinentuch ab.

»Hast du genug Licht?«, fragte Eivora.

Als Kampfherrin des Sturmbanners wohnte sie nun am Nordrand Rorgators im gleichen Turm, der auch Zigûns Zuhause gewesen war. Hier, im obersten Stockwerk, gab es nur einen einzigen Raum, und er füllte den runden Durchmesser von fünfzehn Schritt aus. Das Bett hatte Eivora ausgetauscht, die sonstige Einrichtung dagegen vorerst beibehalten. Im Keller ruhte jetzt ihr Silberschatz. Jeden Tag zog sie sich für eine Weile dorthin zurück, um die Münzen durch ihre Finger tanzen zu lassen und sich am hellen Glanz ihres Reichtums zu erfreuen.

Außerdem glaubte sie, dass der Turm den Geist des Sturmbanners atmete. Vor allem dieses Zimmer mit den Sandtischen, in denen Zigûn gemeinsam mit seinen Rottmeistern Geländeformationen nachgestellt hatte, mit den vielen Waffen an den Wänden und mit den Strohschilden, die zu Nahkampfübungen gedient hatten. Sie wollte die Gesinnung dieser Einheit besser verstehen, um ihr eine gute Anführerin zu sein.

Von der Decke hingen zwei Dutzend Öllampen, aber Eivora hatte sie nicht entzündet, sondern den Stuhl, auf dem sie saß und vor dem Wareno kniete, um die Axtwunde zu behandeln, an eines der Fenster gezogen. Der Tag war allerdings bewölkt, sodass keine hellen Sonnenstrahlen hereinfielen.

»Ich sehe genug«, versicherte der Feldscher und schnitt in das abgestorbene Fleisch. Es tat nicht weh und blutete auch nicht mehr als zuvor.

Um sich abzulenken, betrachtete Eivora die Waffen an den Wänden. Zigûn hatte ein Auge für guten Stahl gehabt, und er hatte die Klingen sorgfältig gepflegt. Die meisten waren Einhänder, oft war ihr Metall dunkler als das gewöhnlicher Schwerter. Manche waren gebogen, manche gerade, einige zweischneidig und mehrere scheinbar willkürlich gezackt, sodass sie in keine Scheide passten. Eivora bezweifelte, dass ihre ungewöhnliche Form allein dazu diente, einen Kontrahenten zu beeindrucken. Sicher gab es eine effektive Kampfweise, durch die man die Zacken nutzen konnte. Möglicherweise konnte man damit eine gegnerische Klinge fangen oder sie nach einem Bogenschlag in den Rücken des Gegenübers reißen, wie Hellebardiere es mit dem Haken an ihren Stangenwaffen taten. Eine solche Fechtkunst beherrschte Eivora jedoch nicht. Ohnehin war sie eine lausige Nahkämpferin.

Gonter dagegen verstand es, sein Schwert exzellent zu schwingen. Auch jetzt klang das Klirren eines Übungskampfs von draußen herein. Manchmal glaubte Eivora, das Sturmbanner akzeptiere Gonter eher als sie.

»Ich vernähe es noch nicht wieder«, entschied Wareno, als er mit dem Messer fertig war. »Die Wunde ist schon viel flacher geworden, innen wächst das Fleisch zusammen. Aber wir werden sie noch ein paarmal auswaschen müssen, und ich werde auch noch einmal schneiden, wenn ich sicher bin, was nicht mehr zu retten ist.«

Eivora nickte.

Die Salbe, die er auf die Wunde strich, brannte ein wenig. Sie hinterließ einen gelben Film, obwohl sie in seinem Tiegel grün aussah.

Schritte näherten sich über die Leiter von unten. Zigûn hatte keine Treppen in den Turm eingebaut, Leitern ließen sich schneller entfernen, wenn das einen Vorteil verschaffte.

Pirlitu tauchte aus der Bodenöffnung auf. Sie grinste Eivora an. Die weißen Zähne leuchteten in ihrem schwarzen Gesicht. Eivora erkannte die gute Laune der Kampfherrin sofort.

»Kleine, dein Lustknabe schlägt sich gut da draußen!«, rief Pirlitu.

Wareno nahm eine Leinenbinde und begann, sie um Eivoras linken Oberschenkel zu wickeln.

»Er ist ein Krieger, kein Lustknabe«, sagte Eivora.

»Dann sollte er auch einem Handwerk nachgehen, das eines Kriegers würdig ist.«

»Du sagst doch, er kämpft gut.«

Pirlitu stellte sich mit ernstem Gesicht ans Fenster und sah hinaus. »Es wird Zeit, dass er einer von uns wird. Es gibt schon zu viele außerhalb unserer Reihen, die wissen, was sie nicht wissen sollten.«

»Ich mag es nicht, wenn du so vage daherredest. Sprich offen!«

»Mit dir gern ...«

Wareno bemerkte, dass sie ihn ansah. »Ich bin sofort fertig.« Er befestigte die Binde mit einer Nadel. »Morgen komme ich wieder. Nimm sie bis dahin nicht ab.«

Eivora nickte.

Er rollte seine Instrumententasche zusammen, verabschiedete sich und ging.

Pirlitu verschränkte die Arme. »Was macht dein Bein?«

»Es wird.«

»Traust du ihm?«

»Wareno? Er ist unser bester Feldscher.«

»Bei deinem Vater hat er versagt.«

Ein Stich durchzuckte ihren Oberschenkel, als Eivora in die Hose stieg. Sie ließ sich nichts anmerken.

Ihr Blick fand das Breitschwert in der goldverzierten Scheide. Sie hatte es von ihrem Vater geerbt, und jetzt hing es über ihrem Bett. Rundherum hatte sie die Wand freigeräumt. Auch Zigûns beste Waffen hatten nichts neben dieser verloren. Vielleicht würde sie irgendwann erreichen können, dass die Klinge ins Tor der Kontrakthalle eingeschmiedet wurde, um ihren verdienten Platz neben den Schwertern der alten Helden einzunehmen.

»Die Zeit meines Vaters war gekommen«, sagte sie. »Er hatte einen Pfeil in der Lunge. Beachtlich, dass er überhaupt so lange durchgehalten hat.«

»Lange genug, um der Priesterin den Befehl anzuvertrauen, dass die Legion keine Schändungen mehr zulassen soll.« Pirlitu lehnte sich an die Wand neben dem Fenster. »Eine seltsame Sache, findest du nicht, Kleine?«

Eivora zuckte mit den Achseln und wich Pirlitus Blick aus. Im Glühenden Tempel, nach der Rückkehr vom letzten Feldzug, hatte sie eine Vision vom Totenhelm ihres Vaters gehabt. Er hatte bestritten, diesen Befehl erteilt zu haben, obwohl Fiafila-Ignuto das behauptet hatte, doch der Glühende Tempel war ein Ort der Lüge und der Täuschung. Eivora wollte mit der neuen Avatar sprechen, bevor sie sie bloßstellte. Sie war wichtig für die Legion, und sie war eine Freundin. Zumindest hatte sich eine

Vertrautheit zwischen ihnen entwickelt, als Fiafila noch eine Gefangene gewesen war. Aber die Rekrutierungen hielten Eivora ebenso beschäftigt wie der Homunkulus und der Dämonenkult Fiafila-Ignuto, und so hatten sie sich noch nicht aussprechen können.

»Sterbende haben manchmal seltsame letzte Wünsche«, meinte Eivora ausweichend. »Aber darum ging es dir vorhin nicht.«

»Nein«, bestätigte Pirlitu. »Gonter weiß vom Blitzstein, aber er ist nicht der Einzige.«

»Natürlich nicht.«

»Stell dich nicht dumm!«, fauchte Pirlitu. In ihrem schwarzen Gesicht war jede Veränderung der Augen besonders auffällig, so auch jetzt, da sie sich verengten, als wolle sie sich auf Eivora stürzen. »Natürlich wissen die Kampfherren und das Sturmbanner Bescheid, sonst könnten wir das Artefakt nicht nutzen.«

Der Blitzstein vermochte die Kraft eines Gewitters gegen feindliche Befestigungen zu lenken. So hatten sie selbst Ygôdas titanische Stadtmauer gebrochen.

»Auch die meisten Ehemaligen des Sturmbanners«, sagte Eivora.

»Die sind durch ihren besonderen Eid gebunden«, versetzte Pirlitu. »Sie werden niemals reden, weil sie wissen, dass die Dämonen sie dann holen. Und genau deswegen soll auch Gonter den Eid schwören, dann kann niemand mehr seinen Kopf verlangen.«

»Wer stellt solche Forderungen?«, fragte Eivora.

»Das ist unwichtig. Du weißt, dass sich Unmut regt. Wir haben Kameraden ausgepeitscht, die hundertmal mit unseren Leuten in der Schlachtreihe standen, weil ihre Zunge zu locker war, und jetzt dulden wir, dass jemand, der noch nicht einmal zum Klingenrausch gehört, unser Geheimnis teilt!«

Außerhalb der Legion dachte man, die Magier in Iskalas Banner heulten Zauber ins Unwetter, um Blitze zu lenken. Die besonders Dämlichen in dieser Einheit glaubten das sogar selbst.

In Wirklichkeit waren sie nur Gaukler und Spione, wohingegen das Sturmbanner die Arbeit tat, indem es den Blitzstein in die feindliche Stellung brachte. So lenkte man gegnerische Angriffe auf ein bedeutungsloses und besser zu schützendes Ziel.

»Lass ihn wenigstens Geheimhaltung schwören«, schlug Pirlitu vor, »mit der Fluchstrafe der Dämonen, wenn er sie bricht.«

Das hatte Eivora ihm bereits mehrfach vorgeschlagen, aber in dieser Hinsicht war Gonter bockig. Er wollte sich nicht einseitig verpflichten, ohne dafür in die Gemeinschaft aufgenommen zu werden. »Er will ja auf unsere Soldliste«, sagte sie kleinlaut.

»Dann lass ihn. Aber du weißt, dass das die anderen Kampfherren nicht zum Schweigen bringen wird. Vor allem Xerohn hält dich für zu schwach, wenn es darauf ankommt.«

Die beiden Frauen sahen sich an.

»Warum hast du sie leben lassen?«, fragte Pirlitu.

Eivora schüttelte den Kopf. Es ging um Sumeêl, den Stadtfürsten von Ygôda, seinen Hofalchimisten und ihre Töchter sowie einen Diener. Sie alle hatten den Blitzstein gesehen.

»Sie haben nicht verstanden, was vor sich ging«, erklärte Eivora zum wiederholten Mal. »Sie denken, der Blitzstein gehört einem Dämon, der sich das Artefakt zurückgeholt und dabei in seinem Zorn das Unwetter heraufbeschworen hat. Das werden sie jedem erzählen, und deswegen wird niemand die Wahrheit erraten. Alle werden denken, das Artefakt sei in dämonische Gefilde zurückgekehrt. Niemand weiß etwas vom Blitzstein.«

»Aber jemand könnte gefährliche Fragen stellen. Menschen denken nach, Eivora.«

Sie hob ihr Kinn. »Ich hatte das Kommando, und ich hielt es für richtig.«

Nachdenklich nickte Pirlitu.

Dann erstrahlte wieder ein Grinsen in ihrem Gesicht. »Genug davon! Es gibt eine erfreuliche Neuigkeit.«

»Die kann ich gebrauchen.«

»Man fragt uns für einen hervorragenden Kontrakt an. Geliora zieht gegen Arino in den Krieg. Sie brauchen eine Legion, die ihnen den Zugang ins Feindesland erzwingt.«

Eivora pfiff anerkennend. »Dann sollten wir uns bemühen, schnell auf Sollstärke zu kommen.«

»Ich habe schon wieder dreihundert einsatzfähige Armbruster.«

»Dann fehlen dir noch zweihundert.«

Pirlitu machte eine wegwerfende Geste. »Das wird sich finden. Die einzige andere Legion, die im Gespräch ist, sind die Blutkrähen.« Sie gluckste.

»Was ist daran so komisch?«

»Sie haben heute Morgen ihren wichtigsten Kampfherren verloren.«

»Kort?«

»Genau den.«

»Ein Attentat?«

»Besser.«

»Ein Duell?«

»Noch besser.«

»Sag schon!«

»Er löst seinen Eid. Wusstest du, dass er aus der Nebenlinie eines Grafenhauses stammt?«

»Das ist mir neu.«

Pirlitu nickte. »Das war es für mich auch. Aber jetzt wütet in seiner Heimat eine Seuche, die den Herrscher und seine Nachkommen hinfortgerafft hat. Kort ist überraschend wieder im Spiel.«

»Er will den Thron?«, staunte Eivora.

»Es kommt noch besser. Er ist zwar der älteste Vertreter der Nebenlinie, aber das Söldnerleben unter dem Schutz von Rorgators Dämonen gilt als sündhaft.«

»Verständlich.«

»Er muss das Büßergewand anlegen und eine Wallfahrt unternehmen.«

»Nicht im Ernst!«

»Doch, Kleine.«

Die beiden Frauen lachten. Kort befehligte eintausend gnadenlose Krieger, die man für ihre Härte dem Feind und sich selbst gegenüber kannte. Die Einheiten der Blutkrähen waren anders gegliedert als die des Klingenrauschs, in ihrer Legion mischten sich Nah- und Fernkämpfer, sodass sich unter Korts Kommando mehrere Waffengattungen fanden. Den größten Ruhm hatten die Axtschwinger, die mit Tropfenschilden und Beilen kämpften. Jeweils ein Stoßdorn über dem Blatt und unter dem Schaft verlängerte diese Waffen. Kort selbst stürmte seinen Kämpfern voran, wenn sie feindliche Reihen durchbrachen. Legendär war die Begebenheit, als er sich seines Harnischs entledigt hatte, um mit blankem Oberkörper anzugreifen und so die Zauderer unter den eigenen Kriegern zu beschämen. In jener Schlacht hatten die Blutkrähen eine dreifache Übermacht überrannt. Sich einen solchen Haudegen mit reuiger Miene in einem kratzigen Gewand vorzustellen, das einem Nachthemd ähnelte, war absurd.

»Bei den Blutkrähen ist man ein wenig betrübt«, japste Pirlitu.

Wieder prusteten sie los.

2. Erben

In seinem Gemach in der Kaserne des Klingenrauschs betrachtete Fiafila-Ignuto die Hinterlassenschaft ihres Vorgängers. »Hast du die Waffen einsortiert?«, fragte sie Yra.

Ihre Magd war zwischen zwölf und vierzehn Jahre alt, genau wusste sie es selbst nicht. Inzwischen versuchte Yra ihr wuscheliges Haar mit einem Band am Hinterkopf zu zähmen, aber statt in einem Zopf über ihren Rücken zu hängen, fächerten die krausen Locken dahinter wieder zu einem Kegel auf. Fiafila-Ignuto hatte noch nie so störrisches Haar gesehen.

»Stimmt etwas nicht?«, fragte Yra. »Ich habe sie der Größe nach sortiert. Ich werde sie gern anders ordnen, wenn du das wünschst.«

Immer wenn sie das Mädchen betrachtete, erinnerte sich Fiafila-Ignuto an ihre erste Begegnung. Damals hatte Yra eine Art Sack getragen, und das schien auch das einzige Kleidungsstück zu sein, das zu ihr passte. Inzwischen trug sie natürlich ein richtiges Kleid mit einer breiten Tasche vor dem Schoß und einer ordentlichen Schnürung, alles andere wäre für die Dienerin einer Avatar unangemessen gewesen. Dennoch sah es falsch aus.

Fiafila-Ignuto zupfte die Schulterpartie von Yras Gewand zurecht. Früher, in ihrem Tempel, hatte sie den Novizinnen oft geholfen, ihre Erscheinung zu verschönern. Jetzt lauschte sie auf einen zynischen Kommentar des Homunkulus, aber der blieb aus. Ignuto war wach, das spürte sie, doch seit dem Zwischenfall im Glühenden Tempel war er meist apathisch, als sei er tief in Gedanken versunken. Auch die kühle Nachtluft, die durch das geöffnete Fenster hereinwehte, veranlasste ihn nicht zum Protest, obwohl nur ein einziges Kohlebecken das Zimmer erwärmte.

Sie folgte Yras Blick zu den an die Wand geschraubten Waffenhalterungen. Seufzend ließ sie vom Kleid ihrer Magd ab.

»Die Plätze ganz rechts sind leer«, sagte Yra. »Ein paar Waffen sind nicht vom letzten Feldzug zurückgekommen, glaube ich.«

Fiafila-Ignuto erinnerte sich an zwei inzwischen unbrauchbare Peitschen, aber fünf der zwanzig Halterungen waren unbelegt. Doch das war es nicht, was sie störte.

Sie tastete über einen alten Dolch in einer mittleren Position, der etwa so lang war wie ihr Unterarm. Risse durchzogen den Holzgriff, die Klinge war stumpf. Fiafila-Ignuto verstand wenig von Waffen, aber wenn sie sich damit hätte verteidigen müssen, wäre ein Stoß wohl Erfolg versprechender gewesen als der Versuch, den Angreifer damit zu schneiden. Vorsichtig nahm sie den Dolch aus der Halterung. Er war so schwer, dass sie ihn mit beiden Händen umfasste.

»Ich habe ihn in Chastro-Ignutos Kleiderkiste gefunden«, sagte Yra. »Beinahe ganz unten. Ich glaube, er hat ihn nicht ausgepackt.«

Fiafila-Ignuto runzelte die Stirn. Irgendetwas an diesem Dolch war besonders. Ob ein Zauber darauf lag?

Sie betrachtete die Halterungen. Die Klammern bestanden aus Holz. Im Laufe der Jahre hatten die entnommenen und zurückgehängten Waffen Kerben hinterlassen.

Fiafila-Ignuto suchte nach Erinnerungen, die nicht die ihren waren. Sie sah keine Bilder, und der Homunkulus schwieg weiterhin, aber dennoch war da etwas. Sie spürte ein Gefühl von Unbeschwertheit und Tatendrang. Ob das mit dem Dolch zu tun hatte?

»Soll er hierhin?«, fragte Yra und berührte ein Kurzschwert mit einer Klinge, die ein halbes Dutzend gezackter Löcher durchbrach.

Zögernd nickte Fiafila-Ignuto. »Ja, lass es uns hier probieren. Ich glaube, diese Halterung ist richtig.«

Als Yra das Kurzschwert herausnahm, klopfte jemand an der Tür.

Fiafila-Ignuto reichte ihrer Magd den Dolch. »Herein!«

Wilania-Pressito trug einen bodenlangen, nachtblauen Umhang. Sie schloss zuerst die Tür und schlug dann die weite Kapuze zurück. Ihr Homunkulus sah sich mit stechendem Blick aus seinen schwarzen Äuglein um. Seine Ohren waren nicht gespreizt wie bei der Vernehmung des Gefangenen, aber doch entfaltet.

»Wer ist sie?«, fragte Wilania-Pressito mit Blick auf Yra.

Das Mädchen sah zu Boden und wich zurück, bis es die Wand berührte.

»Niemand«, sagte Fiafila-Ignuto. »Nur meine Magd.«

Wach auf!, dachte sie konzentriert. *Ich brauche dich, Ignuto! Du musst mir helfen, herauszufinden, was sie vorhat.*

Aber der Homunkulus schwieg, während Wilania-Pressito im Zimmer herumstolzierte, als sei sie eine Offizierin, die die Unterkunft eines Rekruten inspizierte. Sie musterte das breite Bett, in dem Fiafila-Ignuto noch immer schlecht schlief, die Truhen und den Schrank mit den Eisenbeschlägen, den Metallspiegel, die als Dämonenfratzen ausgeformten Kerzenhalter an der Wand und die Kohlebecken, von denen die meisten zwar gefüllt waren, aber nicht brannten. »Kalt hast du es hier«, stellte sie fest.

»Yra, schließ das Fenster!«, befahl Fiafila-Ignuto.

Die Magd hetzte so schnell, um ihre Pflicht zu erfüllen, als sei sie auf der Flucht. Tatsächlich beruhigte sie sich etwas, da nun das Bett zwischen ihr und den Avataren stand.

Woher weiß ich das?, fragte sich Fiafila-Ignuto. Schmeckte sie Yras Unsicherheit, oder bildete sie sich das lediglich ein? Schloss sie nur aus der Mimik und der Körperhaltung der Magd darauf, wie sie sich fühlte? *So, wie es jeder gewöhnliche Mensch vermag?* Seltsam, wie rasch sie sich daran gewöhnt hatte, ihre Umwelt durch den Homunkulus umfassender wahrzunehmen. Nun, da er schwieg, kam sie sich vor, als hätte ihr jemand Watte in die Ohren gestopft.

»Warum bist du nervös?«, fragte Wilania-Pressito.

»Ignuto ist so … ruhig geworden.«

Die Avatar sah ihn an, und auch der Homunkulus richtete seinen Blick auf den Artgenossen. In der Schwärze der Äuglein spiegelte sich ein Feuer, das viel größer war als die Flammen, die auf einem Kohlebecken tanzten.

»Harnastes' Zorn hat ihn betäubt«, erklärte Wilania-Pressito. »Wie bei einer Schlägerei, wenn ein Hieb den Kopf trifft. Mit der Zeit wird die Benommenheit weichen.«

»Bist du sicher?« Fiafila-Ignutos Herz pochte. Was, wenn der Homunkulus doch stürbe? Wäre sie dann frei? Oder verloren? Nie wieder würden sich die Tore der Wahrnehmung so weit öffnen ... Nie wieder würde sie zum Bösen gedrängt ... Nie wieder würde sie solche Macht verspüren. Sie wäre wieder eine einfache Frau. Weniger noch: eine Priesterin ohne Tempel, in einer von allen Göttern gemiedenen Stadt! Und erst die wunderbaren und zugleich schrecklichen Abenteuer, die Ignuto ihr versprochen hatte ...

»Wir müssen abwarten«, sagte Wilania-Pressito. »Aber ich werde dir helfen.«

Zweifelnd sah Fiafila-Ignuto sie an. »Wieso?«

Die andere Avatar grinste. »Der Dienst im Glühenden Tempel bietet manche Annehmlichkeit, aber er ruft auch Neid hervor. Es ist gut, wenn man eine Verbindung zu einer solch angesehenen Legion wie dem Klingenrausch hat.«

»Und diese Verbindung soll ich für dich sein.«

»So, wie Chastro-Ignuto es vor dir war.«

Die Vorstellung, von Wilania-Pressito benutzt zu werden, beruhigte ein Stück weit. Dämonendiener handelten niemals selbstlos, so weit Fiafila-Ignuto das nach ihrer kurzen Zeit in diesen Kreisen beurteilen konnte. Da war es gut, den Antrieb zu kennen, und solange sie wertvoll für die andere war, mochte sich ein beiderseitiger Vorteil ergeben.

Wilania-Pressito ging an der Wand entlang und betrachtete die Kerzenhalter. Sie bestanden aus Bronze. Der Arm, auf dem das Licht ruhte, bog sich aus einer modellierten Scheibe, die bei jedem Leuchter ein anderes Dämonenhaupt darstellte. Das polierte Metall warf den Lichtschein in den Raum zurück und sorgte auf diese Weise für zusätzliche Helligkeit. Manchmal war das besonders geschickt gemacht, indem der Künstler die Brauen oder die Augäpfel weit vortreten ließ, sodass sich mehr Reflexionsfläche ergab.

»Sie sind sehr unterschiedlich«, sagte Fiafila-Ignuto, als das Schweigen unangenehm wurde.

Wilania-Pressito nickte stumm. Sie wandte ihr den Rücken zu, aber die Bewegungen des Homunkulus verrieten, dass auch das dämonische Wesen die Bildnisse studierte.

Ärger stieg in Fiafila-Ignuto auf, weil ihr Besuch sie ignorierte. Sie merkte auch, wie das Gefühl ihren Homunkulus anstachelte. Seine Präsenz wurde spürbarer. »Manchmal sind die Einzelheiten ausgearbeitet«, bemerkte sie entschieden. »Die spitzen Zähne, die geschlitzten Pupillen und die Rillen in den Hörnern. Oder hier!« Sie griff Wilania-Pressitos Arm und richtete ihre Aufmerksamkeit auf ein bärtiges Bildnis. »Sieh dir diese Locken an! Man erkennt die einzelnen Haare.«

»Eine profane Arbeit«, urteilte Wilania-Pressito.

Fiafila-Ignuto runzelte die Stirn. »Ich finde, von allen ist dieses am besten gelungen!«

Ruhig entwand sich Wilania-Pressito dem Griff, nahm ihre stumme Wanderung wieder auf und näherte sich einem Spiegel aus poliertem Metall. Darin konnte die Besucherin die beiden anderen Frauen sehen.

Ich muss meine Unsicherheit verbergen. Fiafila-Ignuto presste die Fäuste fest zusammen. Die Hitze des Homunkulus wallte an ihre Wange. »Welches ist deiner Meinung nach ein Meisterwerk?«

»Handwerklich ist wohl das am besten gelungen, was du genannt hast«, murmelte sie, ohne sich umzudrehen. »Aber darum geht es nicht.«

»Und worum geht es dann?« Beinahe hätte Fiafila-Ignuto geschrien. Sie wusste, dass es unklug wäre, einen Streit mit der erfahrenen Avatar zu provozieren, aber es fühlte sich so stark, so gut an, wie sich der Zorn in ihr ausbreitete. Es war wie die Rückkehr der Wärme in die nach einer Winterwanderung gefrorenen Glieder.

»Entscheidend ist, wem sie verschrieben sind.« Die Bronze

klang hell, als die Eisenkralle an Wilania-Pressitos Zeigefinger gegen einen Leuchter schlug. »Quinaua.« Sie deutete der Reihe nach auf die Halter, die sie bereits passiert hatte. »Jekaïta, der im Boden würgt. Gruteia. Bei jenem dort bin ich mir unsicher, Forestes oder Morlar, der Schlächter, schätze ich. Chastro-Ignuto hat mir erzählt, dass er mit den beiden zu tun hatte. Der dahinter ist ganz sicher Taukastes. Dann kommt …«

»Moment!« Fiafila-Ignuto öffnete die Fäuste und streckte ihr die flachen Hände entgegen. »Was bedeutet es, wenn diese Leuchter den Dämonen verschrieben sind?«

»Es gab Anrufungen und Opfer, als man sie geformt hat. Dadurch ist dämonische Essenz in diese Gegenstände eingeflossen, womit die Verbindung …« Mit einem abschätzigen Grinsen auf der unverbrannten Gesichtshälfte wandte sie sich um. Sie strich ihr blondes Haar zurück. »Ich vergesse immer wieder, wie wenig du weißt. Du bist wie ein Küken, das aus dem Nest gefallen ist und jetzt in der Hoffnung durch den Wald torkelt, den Mardern zu entkommen.«

»Nein!«, meldete sich Ignuto plötzlich. *»Wir sind nicht schwach! Wir sind viel stärker, als sie ahnt!«*

Fiafila-Ignuto straffte sich.

»Um es so zu erklären, dass auch du es verstehst«, fuhr Wilania-Pressito fort: »Jemand, der über das nötige Wissen verfügt, kann diese Gegenstände benutzen, um die Dämonen leichter in seine Rituale einzubeziehen. Andererseits ist dort, wo sich ein solcher Fokus befindet, immer auch etwas von diesem Feuerherrn präsent. Wie etwa von …«, sie drehte sich um und zeigte auf einen Leuchter, der eine Fratze darstellte, die gierig die Zähne fletschte, »… Harnastes.«

Bei der Nennung des Namens versteifte sich Ignuto, nicht nur der Teil seines Körpers, der aus der Schulter wuchs, sondern auch die Wurzeln, die in die Brust hinabreichten. Der Schmerz traf Fiafila-Ignuto unvorbereitet. Sie ächzte.

»Ist dir unwohl?«

Fiafila-Ignuto bemerkte den Genuss in der Stimme der anderen.

Yra eilte zu ihr und stützte sie, sodass sie auf dem Weg zum Bett nicht fiel. Sie setzte sich.

Wilania-Pressito blies die Kerze im Harnastes-Leuchter aus und nahm ihn von der Wand. »Ich bringe ihn zurück in den Glühenden Tempel.«

»Ja«, stimmte Fiafila-Ignuto mit kratzender Stimme zu. Die Finger ihrer linken Hand kribbelten, sie konnte sie nur mit Mühe bewegen. »Schaff ihn fort.«

Wilania-Pressito verbarg das Bildnis unter ihrem Mantel und setzte die Kapuze auf. Sie war nach links versetzt, sodass auch der Homunkulus darunter Platz fand.

»Gehst du schon wieder?«

»Es ist besser, wenn mich niemand vermisst.«

Fiafila-Ignuto ließ sich von Yra aufhelfen. »Kann ich mitkommen? Ich muss noch viel lernen, vor allem über die Zauberei.«

»Bleib hier!« Es klang wie ein Befehl. »Der Glühende Tempel ist ein gefährlicher Ort für dich.«

»Aber wann treffen wir uns wieder? Wie bleiben wir in Verbindung?«

»Ich kehre bald hierher zurück.«

Fiafila-Ignuto ging auf sie zu. Beinahe hätte sie sie festgehalten, aber sie wagte es nicht. »Bleib bei mir.«

»Ich komme wieder.« Wilania-Pressitos Stimme war so fest, als spräche sie zu einem jammernden Kind. »Man sollte uns nicht zusammen sehen, aber ich werde dich oft besuchen.«

»Wann?«

»Schon bald.«

Fiafila-Ignuto schluckte. »Denk daran: Der Klingenrausch ist eine der wichtigsten Legionen.«

»Wie könnte ich das vergessen?« Die erfahrene Avatar tätschelte Fiafila-Ignutos rechte Wange. »Du bist wertvoll für mich. Also tu mir den Gefallen und begehe keine allzu große Dummheit.«

»Sind wir noch eine Legion, die man fürchtet?«, rief Brono. »Oder kann jetzt jeder mit uns umspringen, wie es ihm beliebt?« Seine Stimme war tief und voll, was seinem Leibesumfang geschuldet war. Sicher unterschätzten viele Gegner ihn deswegen und hielten ihn für unbeweglich. Ein tödlicher Fehler. Sein massiger Körper war geschmeidig, als besäße er keine Knochen. An diesem Abend war dem Söldner, der es zum Rang eines Rottmeisters im Sturmbanner gebracht hatte, jedoch alle Eleganz fremd. Sein Gesicht war tiefrot und der Bart, dessen durch Öle gesteifte Locken das Kinn eine Handspanne weit verlängerten, wirkte bedrohlich wie der Kopf des Kampfhammers, der seine bevorzugte Waffe war. Seine Augen funkelten, aber das taten sie oft, weil er den Saft der Traumkirsche hineinträufelte.

»Sie haben keinen von uns erwischt.« Ruhig lehnte sich Salvaya auf den hüfthohen Sandtisch, in dem sie die vier Rotten des Sturmbanners aufstellten. Die einsatzbereiten Söldner bildeten jeweils eine Gruppe, die Verwundeten, die mit der Zeit ausheilen würden, eine zweite. Zwischen den Figuren hockte Aglix auf dem Sand. Meist saß er still, aber manchmal, vielleicht, wenn der Schein der Öllampen dem Feuersalamander ein schmackhaftes Insekt vorgaukelte, machte er ein paar schnelle Schritte, wobei sein Schwanz eine Linie in den hellen Boden zog.

Brono schüttelte die Faust. »Man fürchtet den Klingenrausch nicht mehr! Wo ist der Respekt, mit dem man uns vorher begegnet ist?«

Vorher. Eivora wusste, dass er damit die Ära meinte, in der Kester, ihr Vater, die Legion befehligt hatte. Der alte Flammenbringer war vor nicht einmal zwei Monden gefallen. Dennoch hatte sich viel verändert. Die Kampfherren bildeten einen Rat, der gemeinschaftlich entschied. Sie selbst war zur Kampfherrin und dazu noch zur Kommandantin des Sturmbanners aufgestiegen, und der Feldzug gegen Ygôda war ein schaler Sieg mit hohen Verlusten geworden. König Harlef hatte ihnen die Plünderrechte versagt. Nur weil Gonter, sein Sohn, die Krone gestohlen hatte, deren Gold die Söldner inzwischen eingeschmolzen und deren Juwelen sie verkauft hatten, waren die Schatzkammern der Legion nicht leerer als zuvor.

Eivora sah zum dritten Rottmeister, der neben Brono und Salvaya in ihrem Turm erschienen war, um die Lage zu erörtern. Nirto bändigte sein schulterlanges, hellblondes Haar heute mit einem ledernen Stirnband. In seinem Gesicht stand der Ausdruck von unterdrücktem Zorn, den es meistens zur Schau stellte. Er wirkte, als erwarte er jeden Moment das Eintreffen von jemandem, der ihn beleidigt hatte und dessen Glieder er unbedingt um ein Wagenrad flechten wollte.

Eivora erwartete auch noch jemanden. Oder auch nicht. Nicht mehr. »Wo steckt Lostor? War mein Befehl unklar?«

Salvaya trug auch hier, in Rorgator, ihr Kettenhemd. Nur auf ihren Helm verzichtete sie, sodass ihre Mähne ungezähmt auf den Rücken fiel. Ob sie die Pelerine aus Wildleder über ihrer Rüstung trug, damit sich die schwarzen Locken nicht in den Eisengliedern verfingen?

»Du hast uns geladen«, sagte die Rottmeisterin vorsichtig. »Von einem Befehl war keine Rede.« Ihr Blick war fragend, vielleicht sogar bittend. Sie wollte vermitteln, die Wogen glätten, keinen Streit im Sturmbanner haben. Dabei wusste jeder, was für eine Furie sie war, wenn ein Angriff zu früh abgebrochen wurde oder ihre Krieger auf Unterstützung warten wollten, bevor sie in eine gegnerische Stellung eindrangen.

Eivora grub die Finger in den Sand, als sie sich aufstützte, und krümmte sie wie die Krallen einer Raubkatze, die das Fleisch ihrer Beute aufriss. »Wen hältst du hier für tumb?«, fragte sie. »Mich oder Lostor? Jeder weiß, dass es um eine Besprechung der Offiziere des Sturmbanners geht. Also – wo ist er? Oder will er nicht länger Rottmeister sein?«

Erst, als sie es aussprach, bemerkte sie, dass man die Frage nicht nur so auffassen konnte, dass Lostor die Einheit verlassen wollte. Auch wenn er Kampfherr anstelle der Kampfherrin zu sein wünschte, wäre er nicht länger mit dem Titel des Rottmeisters zufrieden. Eivora wusste, dass ihre Leute ihr noch immer misstrauten. Sie hatte sich ihre Meriten bei den Armbrustern verdient, nicht im Sturmbanner, noch nicht einmal bei den Nahkämpfern, und in Ygôda hatte sie kaum einen ihrer neuen Untergebenen befehligt. Mit einem knappen Dutzend war sie in die Stadt eingedrungen, und lebend wieder herausgekommen waren nur Gonter, Nirto und sie. Bei Nirto bildete sie sich ein, zumindest so etwas wie vorläufigen Respekt errungen zu haben, und auch jetzt sah der Mann schweigend auf die gruppierten Figuren. Er half ihr nicht, aber wenn sich alle so verhalten würden wie er, gäbe es keine Probleme mit der Disziplin der Einheit.

»Lostor ist bei seinen Leuten«, sagte Salvaya. »Sie sind bei den Kürschnern, um ihre Rüstungen auszubessern. Ich bin sicher, dass wenigstens fünfzehn von ihnen wieder voll einsatzfähig sind.« Sie zeigte auf die Figuren, die für Lostors Rotte standen. Drei volle Reihen von jeweils vier Zinnkriegern waren in den Sand gedrückt, in der vierten standen drei. Weitere zehn Figuren lagen auf einem Haufen dahinter, so, wie Eivora sie vorbereitet hatte. »Vielleicht sind sogar siebzehn kampfbereit«, fuhr Salvaya fort.

»Vielleicht?«, schrie Eivora und ballte erneut die Hände im Sand. »Ich will kein Vielleicht! Ich will es sicher wissen! Deswegen habe ich euch zu mir bestellt. Was soll ich den anderen Kampfherren berichten, wenn sie mich nach dem Status des Sturmbanners fragen? Oder einem Auftraggeber? Dass wir *vielleicht* dreiundfünfzig Kämpfer aufbieten werden? Oder doch nur einundfünfzig?«

Die Rottmeister schwiegen.

Aglix huschte ein Stück weiter.

»Zwei Krieger mehr oder weniger werden keinen großen Unterschied machen«, murmelte Brono. Die Zornesröte war zum Großteil aus seinem Gesicht gewichen.

Eivora schnaubte. »Du hattest vorhin recht«, sagte sie. »Der Respekt schwindet. Wir respektieren uns nicht einmal mehr selbst. Eine Einheit ohne Disziplin, eine Legion, in der Befehle nichts mehr gelten, ist wie eine Klinge, an der Rost frisst.«

»Du übertreibst«, sagte Salvaya. »So schlimm ist es nicht.«

Eivora starrte sie an, bis die Rottmeisterin den Blick senkte.

»Was ist das Problem mit Lostor?«, fragte Eivora.

»Es wäre besser, du würdest ihn selbst fragen«, sagte Brono.

»Das täte ich, wenn er hier wäre«, versetzte sie schneidend. Sie richtete sich auf. »Geht es um die Blutkrähen?«

»Es schmeckt uns nicht, wenn ein Überfall auf unsere Kampfherrin unbeantwortet bleibt.« Das warme Licht der Öllampen spielte in Bronos kurzen, kunstvoll gedrehten und versteiften Locken. Im Sturmbanner ging das Gerücht, dass ein Großteil seiner Kampfeswut daher rührte, dass seine Haartracht geplättet wurde, wenn er gezwungen war, einen Helm aufzusetzen.

»Ich nehme an«, erklärte Eivora, »sie wollten die Gelegenheit auf Togusos Wehrhof ergreifen, um uns schwach aussehen zu lassen, wenn es um den Kontrakt mit Geliora geht.«

»Besonders stark sehen wir jetzt auch nicht aus.«

»Wir sind ihnen entwischt, und ein paar Blutkrähen sind verletzt.«

Vielsagend sah Brono auf die Figuren, die sie als Reserve aufgestellt hatte. Wenn man Lostors Rotte außen vor ließ, warteten noch siebzehn Angehörige des Sturmbanners auf ihre Genesung. Einige von ihnen behaupteten, schon wieder kampffähig zu sein, aber das lag an Selbstüberschätzung und falsch verstandener Kameradschaft. Ein Kampfgefährte, auf den kein Verlass war, stellte eine Gefahr für die eigenen Reihen dar.

»Wir sollten ihnen eine Antwort geben, die jedermann hört«, meinte Nirto.

»Sonst wird man uns nicht mehr respektieren«, fügte Brono hinzu. »Alle warten ab, was der Klingenrausch tun wird. Wir dürfen uns nicht verkriechen.«

Eivora drängte ihren Zorn zurück. »Ein Söldner darf sich nicht von der Wut hinreißen lassen.«

»Aber seine Feigheit darf ihn nicht lähmen«, sagte Nirto. Es klang wie eine philosophische Bemerkung, nicht wie ein Vorwurf.

»Wir werden eine passende Antwort geben.« Eivora legte die

Hände hinter dem Rücken zusammen. »Aber sie will wohlüberlegt sein. Ich bin sicher, dass die Blutkrähen Togusos Hof verstärkt haben. Wir müssen ihnen woanders beikommen. Und es wäre schlecht, wenn sich diese Angelegenheit zu einer ernsthaften Fehde auswächst. Wir dürfen uns nicht in Rorgator aufreiben. Der Ruhm wartet dort draußen, auf den Schlachtfeldern, in neuen Kontrakten.«

»Wir dürfen nicht nur in die Ferne schauen«, sagte Salvaya. »Es gibt noch ein ungelöstes Problem, hier bei uns im Klingenrausch.«

»Du meinst den Überfall auf Zigûn.« Kurz nach der Beisetzung von Eivoras Vater hatten unbekannte Krieger den Blitzstein gestohlen. Die Angreifer waren in denselben Turm, in dem sie sich jetzt befanden, eingedrungen und hatten dabei auch Zigûn, Eivoras Vorgänger, getötet.

»Wir wissen noch immer nicht, wer es war«, bestätigte Salvaya.

»Ich habe Leronn mein Wort gegeben, es ihm zu sagen, sobald ich es herausfinde, und mich nicht in den Weg der Rache zu stellen. Dieses Versprechen erneuere ich euch gegenüber.«

»Unsere Krieger murren«, berichtete Salvaya. »Sie verstehen nicht, wie Leronn im Feuerkreis sterben konnte, als er sich mit Pirlitu duelliert hat, obwohl die Avatar vorher gesehen hat, dass Pirlitu das Artefakt genommen hat.«

»Fiafila-Ignuto trägt den Homunkulus erst kurze Zeit«, gab Eivora zu bedenken. »Ihre Visionen sind noch unsicher.«

»Es wäre gut, wenn du Pirlitu nicht mehr treffen würdest«, meinte Brono. »Jedenfalls nicht, bis wir den Verräter gefunden haben. Die Krieger könnten sonst glauben, dass du sie deckst.«

Eivora ignorierte das Stechen in ihrem Oberschenkel, als sie den hüfthohen Sandtisch umrundete. »Niemand schreibt mir vor, mit wem ich mich treffe und mit wem nicht«, stellte sie klar. Dass Pirlitu ihre älteste Freundin war, ließ sie unerwähnt. Es traf zu, dass Eivora hoffte, dass die schwarze Kampfherrin nichts mit dieser Angelegenheit zu tun hatte, und das schien das Duell im dämonischen Feuerkreis ja auch bestätigt zu haben. Dennoch musste sie bald mit Fiafila-Ignuto sprechen und erfahren, was die Avatar wirklich gesehen hatte.

Brono nickte stumm.

Eivora seufzte innerlich. Auf diese Weise konnte sie ihr eigentliches Ziel nicht erreichen. »Ich will den Klingenrausch zusammenhalten«, sagte sie. »Das ist mein Wunsch und das ist das Versprechen, das ich meinem Vater gegeben habe. Er hat für die Legion gelebt. Sie soll ihm nicht in den Tod folgen.«

»Davon spricht auch niemand«, stellte Nirto klar.

»Nein?«, fragte Eivora. »Und was geschieht, wenn wir dahinsiechen? Wenn wir«, sie sah Brono an, »den Respekt verlieren?« Ihr Blick schwenkte zu Salvaya. »Wenn Befehle bei uns nicht mehr befolgt werden?«

Eivoras Finger zogen gezackte Linien in den Sand. »Wir sind nicht nur irgendeine Legion. Wir sind auch nicht einfach nur einer von fünf Eliteverbänden.«

Aglix huschte zu ihrer Hand. Sie spürte sein Gewicht kaum, als er den Arm heraufkletterte.

»Im Klingenrausch dienen die besten Krieger der Welt«, flüsterte sie. »Ich weiß es. Wir brauchen nur eine Gelegenheit, es zu beweisen. Uns selbst, den anderen Legionen, den Dämonen. Sogar sie sollen vor uns zittern.«

Die Schultern ihrer Rottmeister strafften sich, in ihren Blicken lag dieselbe Anspannung wie in Muskeln, die bereit waren, Waffen zu schwingen.

»Wir werden wieder groß sein.« Eivoras Versprechen war beinahe ein Knurren. »Groß, mächtig und gefürchtet.«

Sie hörte Schritte im Stockwerk unter ihnen. Kurz darauf kamen Gonter und ihr Onkel Kasol die Leiter herauf. Letzterer tat sich schwer damit, sein linkes Knie war steif.

Gonter wirkte wie ein Zeremonienmeister, als er den Besucher vorstellte, den jeder kannte. Eivoras Onkel war Mitglied im Rat von Eisen und Gold, und da er die mit Eisenplättchen einer Rüstung nachempfundene Robe trug, vermutete sie, dass er gerade aus einer Versammlung des dreizehnköpfigen Gremiums kam, das über die Söldnermetropole herrschte. Dazu passte auch der Umstand, dass er vergoldete Kugeln in seinen Bart geflochten hatte.

»Was führt dich zu mir?«, fragte Eivora.

Mit ernstem Blick musterte er die Anwesenden, schien aber keine Einwände gegen ihre Gegenwart zu haben. »Ich bringe schlechte Nachrichten und will, dass du sie von mir erfährst.«

»Hat man über unseren Elitestatus befunden?«

Sie sah, dass Nirto an die Axt griff, die in einem Ring an seinem Gürtel hing. Eivora vertraute darauf, dass diese Geste der Gewohnheit geschuldet war und er ihren Onkel nicht angreifen wollte. Schließlich hatte er keinen Grund dazu. Zwar fraß der Zorn ständig in ihm, aber der für seine trickreiche Kampfweise bekannte Rottmeister war Herr über diese Regung.

Ihr Onkel nickte knapp. »Das auch. Dabei konnte ich die Zweifel zerstreuen. Das Dokument, das König Harlef für euren Einsatz in Ygôda ausgestellt hat, ist einwandfrei, wenn es auch nicht von überschäumender Euphorie kündet. Der Klingenrausch behält die höchste Einstufung.«

»Was ist es dann?« Trotz der Erleichterung misstrauisch, legte Eivora den Kopf schräg. Dadurch erschreckte sie Aglix. Der Lurch huschte über ihren Nacken auf die andere Schulter.

Ein Lächeln zuckte über die Lippen ihres Onkels. »Er ist noch bei dir«, stellte er fest.

»Aglix bringt mir Glück, wie du gesagt hast«, bestätigte sie.

»Das ist gut.« Er wurde wieder ernst. »Der Klingenrausch kann es gebrauchen. Der Rat von Eisen und Gold urteilt, dass der Treueeid der Krieger auf die Legionsstandarte erneuert werden muss.«

»Was?«, rief Brono, und Salvaya schrie unwillig auf.

Kasol verschränkte die Arme vor der trotz seines Alters mächtigen Brust. »So lautet der Ratschluss. Ihr alle wisst, dass Zigûn die Standarte während der Beisetzung meines Bruders ins Magma getaucht hat, wodurch sie vollständig verbrannt ist.«

»Wir haben sie neu weben lassen«, brachte Eivora vor. »Bis hin zum dünnsten Faden genau so, wie sie war, mit dem Hammer in den Flammen und unserem Motto als Schriftzug. Es ging doch nur noch darum, in welcher Form wir unsere alten Meriten anbringen dürfen!«

»Damit begann die Beratung«, bestätigte ihr Onkel. »Aber sie nahm schnell eine Wendung, die ich nicht vorausgesehen habe. Es waren die Ratsherren, die den Blutkrähen nahestehen …«

»Mögen die Dämonen sie alle rösten!«, fluchte Brono.

»… und noch ein paar, von denen ich es nicht erwartet habe. Sie sagen, die Pflicht zur Treue ist mit dem alten Feldzeichen verbrannt. Ihr müsst eure Krieger neu schwören lassen.«

»Und wenn sie nicht wollen?«, fragte Eivora.

»Dann steht es ihnen frei, zu gehen.«

»Wir sollten sie alle antreten lassen, die Einsatzbereiten und die Verletzten«, überlegte Salvaya. »Dann sollen sie in Reih und Glied gemeinsam den Eid schwören.«

»Das reicht nicht«, sagte Eivoras Onkel. »Sie müssen den Eid mit ihrem Blut erneuern.«

Eivoras Blick fiel auf die Kriegerfiguren im Sand. *Bald werden wir noch weniger sein.*

Entschlossen schritt Nirto zur Standarte des Sturmbanners, die inmitten von Zigûns Waffensammlung schräg an der Wand hing. Er fasste den Stoff des Feldzeichens, das grün auf schwarz eine Faust zeigte, die einen Turm zertrümmerte. »Ich stehe treu zum Sturmbanner!«, sagte er fest.

Brono trat neben ihn und griff ebenfalls den Stoff. »Und ich!«

Salvaya tat es ihnen gleich. »Ich auch!«

Eivora wusste, dass sie der Einheit die Treue schworen, nicht ihr als Befehlshaberin, aber in diesem Moment war ihr das egal. Es ging um den Klingenrausch, und der war größer als sie.

»Wenn die Krieger ihren Eid auf die Legion erneuern«, Gonter sah ihr fest in die Augen, »dann werde ich unter ihnen sein.«

Sie erkannte, dass er sich entschieden hatte und dass ihn nichts mehr vom gewählten Weg abbringen würde. Er hatte mit seinem Vater gebrochen und würde als Söldner leben.

»So sei es.« Eivora nickte. Sie sah ihre Rottmeister an. »Wir wollen sehen, wer ebenso fest zum Klingenrausch steht wie wir. Die anderen haben es nicht länger verdient, unter unserem Feldzeichen in die Schlacht zu ziehen.«

3. Erneuerung

Gonter merkte Nirto an, dass er die Erneuerung des Treueeids als unwürdiges Schauspiel abtun wollte. Der Rottmeister sah stur vor sich auf den Boden, während er von der Aufstellung der Kampfherren zu den Kriegern des Sturmbanners zurückkehrte. Seine Füße hinterließen Abdrücke in der Asche auf dem Musterungsfeld, das die Büttel des Rats von Eisen und Gold für diese Zeremonie geräumt hatten. Heute kam der Wind aus nördlicher Richtung und trug den Auswurf der Vulkane über die Stadt, sodass sich ein grauer Überzug auf alles legte.

Fiafila-Ignuto schnitt in die Unterarme der letzten Rottmeister, die ihr Blut daraufhin auf Garallo tropfen ließen und den Eid sprachen. Für gewöhnlich saß die eiserne Figur, die einen grinsenden Dämon darstellte, oben auf der Standarte. Jetzt hockte sie in den lodernden Flammen eines Kohlebeckens, hinter dem die zehn Kampfherren um das Feldzeichen versammelt standen, das einen Hammer im Flammenmeer zeigte. Das Blut der Offiziere färbte die Figur rot und verwischte ihre Konturen. Die in die Augen gekerbten Schlitzpupillen waren unter der dunkel verkochten, klebenden Flüssigkeit ebenso schwer zu erkennen wie die spitzen Zähne.

Gonter rieb die Vulkanasche von den Lippen und zupfte sie von den Wimpern. Noch war er nicht an der Reihe. Eivora hatte bestimmt, dass erst die Verletzten den Eid erneuern sollten. Damit stellte die Legion klar, dass sie auch in schweren Zeiten zu ihren Kriegern stand. Das mochte einige Wankelmütige überzeugen.

Auf wen das nicht zutraf, der konnte sich beim Zahlmeister des Klingenrauschs den ausstehenden Sold in die Hand zählen lassen und zu einem der Werbertische gehen, die am Rand des

Platzes aufgebaut waren. Viele Einheiten hatten dort ihre Feldzeichen aufgepflanzt. Mehrere Rottmeister und zwei Bannerführer hatten sie bereits abgegriffen.

»Das Wappen der Blutkrähen sehe ich nicht«, murmelte Gonter.

»Sie wollen uns demütigen«, murrte Nirto. »Damit zeigen sie ganz Rorgator, dass die Krieger des Klingenrauschs nicht gut genug sind, um ihre Reihen zu füllen.«

Als die Verwundeten ihre Entscheidung getroffen hatten – der weitaus größte Teil blieb beim Klingenrausch –, wollte Gonter vortreten.

Nirto hielt ihn zurück.

»Diese Ehre hast du dir nicht verdient«, knurrte er. »In deiner Heimat warst du ein Prinz, aber hier bist du nur ein grüner Junge. Du kommst ganz zum Schluss an die Reihe.«

Von den erfahrenen Kämpfern wählten mehr den Weg zum Zahlmeister als von den Verwundeten. Sie rechneten sich wohl bessere Möglichkeiten aus, bei den anderen Einheiten schneller zu mehr Silber zu kommen. Diese Rechnung ging jedoch nicht für alle auf. Einige kehrten mit grimmigem Blick oder mit gesenktem Kopf von den Verhandlungen an den Werbertischen zurück und reihten sich unter dem Spott der Kameraden wieder ein.

»Wie können sie so dumm sein, zu glauben, dass man ihnen vertrauen wird?«, fragte Gonter.

»Man vertraut nicht auf die Ehre eines Söldners«, stellte Nirto klar, »sondern auf seine Gier. Sie wissen jetzt, dass sie nirgendwo besser fahren werden als bei uns.«

»Warum dann überhaupt ein Eid?«

»Der Fluch der Dämonen ist eine wertvolle Stütze, wenn in der Nacht vor einer Schlacht Zweifel in die Zelte kriechen.«

Gonter beobachtete, wie ein Krieger nach dem anderen sein Blut über Garallo vergoss und dabei die Formel sprach. Seine Lippen bewegten sich stumm, während er sie in Gedanken noch einmal durchging. *Ich, Gonter, verschreibe mich auf drei Jahre dem Klingenrausch. Mein Körper soll seine Feinde zerschmettern und meine Kameraden schützen. Mein Geist soll sich den Befehlen seiner Offiziere beugen. Die Dämonen sollen meine Seele zerreißen, sollte ich dem Feldzeichen des Klingenrauschs untreu werden, bevor sich dieser Eid erfüllt.*

»Der Rüstungsmacher hat gut gearbeitet«, urteilte Gonter. »Der Panzer steht der Avatar gut.«

»Schönheit hat noch nie ein Schwert aufgehalten«, sagte Nirto.

Fiafila-Ignuto trug die Rüstung, die sie von ihrem Vorgänger geerbt hatte. Es war ein Ungetüm aus schwarzem Leder und Eisen, dessen Platten nicht nur jene Stellen schützten, an denen ein Treffer meist tödlich war, sondern aus dem sich auch Dornen und Hörner bogen. An der linken Schulter ließ die Panzerung Platz für den Homunkulus, der auch jetzt gut zu sehen war und jeden Krieger anstarrte, der sich von der Avatar in den Arm schneiden ließ.

»Gibt es eine besondere Panzerung für die dämonische Kreatur im Gefecht?«

»Eine eiserne Glocke, die man am Schulterstück festschraubt«, erklärte Nirto. »Chastro-Ignuto hat sie selten benutzt, er war der Meinung, dass der Anblick des Homunkulus besseren Schutz bietet.«

Gonter konnte sich vorstellen, dass jemand, der die dämonische Wesenheit zum ersten Mal erblickte, vor Schreck gefror. Auch ihm selbst war der Anblick unangenehm, vor allem, wenn er daran dachte, wie Fiafila früher gewesen war. Er hatte sie betrunken erlebt, und doch hatte sie damals eine Würde ausgestrahlt wie kaum ein anderer Mensch, und ein Teil davon war aus ihrer Verletzlichkeit entsprungen. Sie war wie ein edles Glas gewesen, dem niemand nahe zu kommen wagte, weil keiner es zerbrechen wollte. Jetzt war alles an ihr härter, obwohl auch die Rüstung ihre grazile Gestalt zeigte. Das Haar trug sie inzwischen kurz, und die linke Gesichtshälfte war grau. Noch war das wohl keine Verbrennung, sondern nur die Steinsalbe, die vor ebendieser schützte.

»Ich nehme an, eine Avatar wird selten Klinge an Klinge kämpfen«, sagte Gonter.

»Selten, ja?« In Nirtos Stimme lag etwas Lauerndes.

»Nicht so oft wie andere«, meinte Gonter unsicher. »Seltener als ein Hellebardier oder ein Pikenier oder jemand vom Sturmbanner.«

»Und wie viele tödliche Fehler kann sich eine Avatar erlauben, bevor sie ihr Leben aushaucht?«

»Ich meinte nur, dass sie weniger häufig in die Verlegenheit kommt, in einem …«

»Vor Ygôda haben wir unseren Avatar verloren«, fuhr Nirto ihm über den Mund. »Und Chastro-Ignuto war sicher wehrhafter als seine Nachfolgerin. Wieso habe ausgerechnet ich das Pech, sie ausbilden zu müssen?«

»Du?«, rief Gonter überrascht.

»Eivora und Iskala haben es so verabredet«, murrte er. »Aus irgendeinem Grund glauben sie, meine Kampfweise sei für dieses schwächliche Weib am besten geeignet.«

Wieder wischte Gonter Asche von seinen Lippen. Eivora sagte, der Wind wehe nur selten aus dieser Richtung, meist blase er vom Meer aufs Land.

»Wie wäre es, wenn du auch einen echten Kämpfer unterrichten würdest?«

»Wenn du damit dich meinst: Vergiss es!«

»Wieso? Du weißt, dass ich ein guter Schwertfechter bin.«

»Auf dem Fechtboden schlägt dich niemand.«

»Auch du nicht?«, neckte Gonter.

»Nicht auf dem Fechtboden, dafür aber dann, wenn es darauf ankommt.«

»Ich weiß, dass ich noch lernen muss, wie man auf dem Schlachtfeld überlebt.«

»Dann geh zu Xerohn. Seine Hellebardiere sind unübertroffen darin, in einer geschlossenen Formation ihre Stellung zu behaupten, bis man sie in Stücke haut. Im Sturmbanner kämpfen wir in kleineren Gruppen, oft in Burgen oder Städten, wo man keine Reihen bilden kann und der Instinkt wichtiger wird als die Disziplin.« Seine grauen Augen leuchteten.

»Bring mir das bei! Du weißt, dass ich im Sturmbanner kämpfen werde.«

Stur sah Nirto den Kriegern zu, die ihren Eid leisteten. Gerade war eine Gruppe Schanzknechte an der Reihe.

»Was du mir beibringst, könnte dir eines Tages selbst helfen«, setzte Gonter nach. »Denk an Ygôda! Da haben wir Seite an Seite gekämpft.«

Nirto schnaubte. »Wir mussten dich befreien, weil du dich mitten im Gefecht schlafen gelegt hast.«

Für Gonter war das eine seltsame Beschreibung. Man hatte ihn beim Kampf unmittelbar nach dem Eindringen in die Stadt ohnmächtig geprügelt. »Dann bring mir bei, wie ich das in Zukunft verhindere.«

»Offenbar begreifst du es nicht.« Nirto sah ihn nun doch an. »Dass wir gemeinsam in Ygôda waren, macht uns nicht zu Freunden. Ich kann dich nicht leiden.«

»Du kannst niemanden leiden.«

»Dich noch weniger als andere.«

»Darum will ich, dass du mich ausbildest! Bei dir bin ich sicher, dass du mich nicht schonen wirst. Ich brauche niemanden, der mich sanft behandelt, sondern einen, der alle meine Fehler wegschleift, damit ich im Kampf bestehe.«

»Hast du einmal daran gedacht, dass ich so viel wegschleifen könnte, dass du dabei brichst?«

»Dann soll es so sein. Eivora sagte mir bereits, dass es nur fähige Söldner und Tote im Sturmbanner gibt.«

In Nirtos Gesicht mischte sich Nachdenklichkeit.

Schließlich seufzte der Rottmeister. »Also gut. Wenn ich mich schon mit der verzärtelten Priesterin plagen muss, kann ich mir deine Ausbildung auch noch antun. Und jetzt geh und leiste den Eid. Du bist dran.«

»Ruhig ein bisschen fester!«, rief Nirto herüber. »Hör auf, zu kuscheln. Diesem Kameraden kannst du nicht wehtun.«

Wütend schlug Fiafila-Ignuto das Übungsschwert gegen einen der hölzernen Ausleger. Ein Dutzend davon ragten aus der Kampfpuppe, wie Nirto das Übungsgerät nannte. Mit dem Spielzeug ihrer Kindheit hatte es jedoch keine Ähnlichkeit. Der

Hauptkörper war eine Holzsäule von einem Schritt Durchmesser, die an Boden und Decke der Fechthalle festgemacht war, aber um ihre Achse rotieren konnte.

Das tat sie auch jedes Mal, wenn Fiafila-Ignuto gegen einen der Ausleger schlug, die mit viel Vorstellungskraft an Arme erinnerten. Dadurch wirbelte er fort, aber andere zischten heran. Zudem war die Kampfpuppe tückisch, die Rotation bewegte Räder und Ketten im Innern, die zusätzliche Ausleger herausschießen ließen.

Immerhin rechnete Fiafila-Ignuto inzwischen damit. Sie wich einem ausklappenden Stab aus.

Dafür traf sie ein fest angebrachter Ausleger im Rücken, genau auf der Panzerplatte, die den Bereich zwischen den Schulterblättern schützte. Der Aufprall warf sie nach vorn, auf den neu hervorgekommenen Stab. Das war nicht schmerzhaft, aber jetzt hing sie darüber wie ein Stück Wäsche auf der Trockenstange. Allerdings ähnelte sie eher einem vor verkrustetem Dreck starren Kleid. Die Rüstung wog nicht nur ein Viertel von Fiafila-Ignutos eigenem Gewicht, sondern schränkte auch ihre Bewegungsfreiheit ein. Sie konnte sich nur bis zu einem gewissen Grad bücken.

»Näher ran!«, verlangte Nirto. »Du willst deinem Gegner nicht die Hände schütteln, du willst ihm den Bauch aufschlitzen.«

Frustriert schlug Fiafila-Ignuto in die Luft, während sie erneut Aufstellung nahm. Natürlich hätte sie einfach zwischen den stillstehenden Auslegern zur Säule springen und sie mit Schlägen eindecken können, aber sie begriff, dass sie dabei nichts gelernt hätte. Ein echter Kampf teilte die Kombattanten in Sieger und Opfer, das war die erste Lektion, die Nirto ihr eingeschärft hatte. Bei den Opfern handelte es sich meistens um jene, die sich in den Übungen geschont hatten. Sie wusste, dass eine besiegte Frau noch anderes erwarten mochte, bevor man ihr die Kehle durchschnitt.

Sie drosch weiter auf die Kampfpuppe ein, und Nirto fesselte Gonters Hände auf seinem Rücken. Sie waren zu dritt in der

Übungshalle, was Fiafila-Ignuto sehr recht war. Sie hätte sich ungern vor einer ganzen Rotte zur Närrin gemacht.

Ob sie Nirto diese Rücksichtnahme zu verdanken hatte? Oder doch eher Eivora, die nicht wollte, dass der Respekt vor der Avatar litt?

Die Überlegungen zu möglicher Sanftmut endeten, als ein Ausleger in Fiafila-Ignutos Bauch stieß. Die Rüstung hielt bestimmt eine Klinge auf, doch die Wucht drang durch, wenn auch auf eine größere Fläche verteilt. Würgend taumelte die Frau zurück, ließ ihr Übungsschwert fallen und presste die Hände auf die getroffene Stelle. Zu ihrem Glück trug sie die Handschuhe, ansonsten hätten sich die überall auf der Rüstung angebrachten Stacheln durch ihre Haut gebohrt.

Nirto schien mit Gonters Fesseln zufrieden. Er tauchte einen Übungsdolch in einen Eimer mit Farbe. Wo bei einer echten Waffe die Klinge gewesen wäre, befand sich ein mit Flachs umwickelter Bereich, der sich mit dem Rot vollsog. Dadurch konnte man sehen, wo man getroffen hatte.

Gonter stellte sich neben sie.

»Was hat er vor?«, fragte Fiafila-Ignuto.

»Ich habe keine Ahnung«, gestand der Mann, dessen Kreuz doppelt so breit war wie ihres. Da die Fesseln seine Arme auf dem Rücken hielten, traten die muskulösen Schultern unter der blauen Tunika besonders hervor.

Mit einem grimmigen Lächeln drückte Nirto den Übungsdolch in Fiafila-Ignutos Hand. Die rote Flüssigkeit tropfte auf den Boden. »Zeigt mir, was ihr könnt.«

Sie sah von Nirto zu Gonter. »Er ist gefesselt.«

»Deine Augen sind in Ordnung«, stellte er schneidend fest. »Den ersten Test hast du bestanden.«

»Darf ich mich bewegen?«, fragte Gonter.

»Nur, wenn du vorhast, das in einem echten Kampf auch zu tun.« Ihr Ausbilder grinste.

Gonter vergrößerte den Abstand und stellte sich leicht vorgebeugt auf. Obwohl er unbewaffnet und gefesselt war, erschien er Fiafila-Ignuto kampfbereit. Binnen eines Atemzugs hatte sich etwas verändert, nicht nur in seiner Haltung, sondern auch in seinen Augen.

»Worauf wartet ihr?«, fragte Nirto. »Auf einem Schlachtfeld wären in dieser Zeit schon eure ersten Kameraden gestorben.«

Fiafila-Ignuto wog den Dolch in ihrer Hand. »Was ist, wenn ich ihn mit meiner Rüstung treffe? Ich meine – die Stacheln könnten ihn doch verletzen?«

»Deswegen sollte er sich besser nicht treffen lassen.« Nirto verschränkte die Arme. Seine Augen hatten die Farbe von Eisen. »Los jetzt!«

Einen Mann von Gonters Masse konnte sie eigentlich nicht verfehlen, dachte Fiafila-Ignuto. Sie machte ein paar Schritte vorwärts und stieß zu.

Er wich nach hinten aus.

Etwas Farbe spritzte von ihrem Dolch, aber sie traf ihn nicht.

Sie ließ den Arm gestreckt und ging weiter vor.

Mit unerwarteter Gelenkigkeit trat Gonter ihre Hand zur Seite. Er bückte sich tief, wirbelte um seine Achse und streckte dabei sein linkes Bein, sodass es gegen ihre Waden schlug und sie von beiden Füßen gleichzeitig riss.

Hart prallte sie auf den Boden. Wenigstens war es nicht die Seite, auf der der Homunkulus aus ihrer Schulter wuchs. Sie hatte die spezielle Panzerung über den grauen Körper gestülpt, aber Ignuto war noch immer geschwächt.

»Du lernst«, sagte Nirto, aber er meinte nicht sie, sondern Gonter.

Der warf sich noch etwas mehr in die Brust. »Ich bin unter dem Wappen des Löwen aufgewachsen.«

»Und jetzt bist du immerhin schon ein Kätzchen.« Nirto grinste.

Fiafila-Ignuto schmunzelte über Gonters dümmliches Gesicht, aber das verging ihr, als sie sich aufstützte. Die Knochen in ihrem rechten Unterarm fühlten sich an, als zöge jemand eine Gabel darüber. Trotzdem biss sie die Zähne zusammen und stand auf.

»Was machst du da?«, fuhr Nirto sie an.

»Ich löse meine Armpanzerung«, erklärte sie. »Ich glaube, ich habe mir etwas geprellt.«

»Na und? Denkst du, das passiert dir auf einem Schlachtfeld nicht?«

Sie senkte den Blick, um ihren aufsteigenden Zorn zu verbergen. »Wir üben doch bloß.«

»Hast du die Absicht, deine Gegner zu Tode zu jammern?«

»Nein, aber es kann doch nicht schaden, nachzusehen, ob ich …«

»Willst du siegen?«, fragte Nirto gefährlich leise.

»Natürlich. Deswegen bin ich hier.«

»Ist das die Wahrheit?«

»Ja, sicher. Jeder will siegen.«

»Jeder *sagt*, dass er siegen will«, wies Nirto sie zurecht. Eine steile Falte teilte seine Stirn. »Aber das ist nur Geplapper. Jeder will stark sein, aber kaum jemand stemmt täglich Gewichte. Jeder will ausdauernd sein, aber kaum jemand rennt jeden Tag zwanzig Meilen. Worte machen dich nicht zu einem neuen Menschen, sondern Taten. Die Rüstung eines echten Kriegers besteht aus geronnenem Blut, das er in zahllosen Übungsstunden vergossen hat.«

Er hob den Dolch auf.

»Wie sehr willst du siegen, Avatar? Ist dein Wille stärker als die Schrammen, die du abbekommen wirst? Willst du auch noch siegen, wenn es dich einen Arm kostet?«

Fiafila-Ignuto dachte an die Verkrüppelten des Ygôda-Feldzugs. Sahen so Sieger aus?

»Was ist mit deinem Leben?«, fragte Nirto. »Wirst du es für die Ehre des Klingenrauschs geben?«

Ihr fiel nichts ein, was sie dazu sagen könnte. Sie zog die Schnalle, die sie zu lösen begonnen hatte, wieder fest.

»Ich hätte nicht erwartet, dass Söldner so denken«, meinte Gonter.

»Die meisten tun es auch nicht«, sagte Nirto abfällig. »Nur die besten.«

Gonter grinste. »Und die dienen im Sturmbanner.«

Nirto verzog den Mund. »Wie lange übst du schon mit dem Schwert, Prinz?«

»Zwanzig Jahre, seit ich sechs bin.«

»Jeden Tag, nehme ich an?«

»Ja, Herr.«

Diese Anrede war seltsam. Fiafila-Ignuto erinnerte sich nicht, sie in Rorgator gehört zu haben. Die Söldner gingen rau, aber sehr vertraut miteinander um. Dennoch erschien sie ihr passend. Hier war Nirto ihr Lehrmeister, ihr Herr.

Jetzt richteten sich dessen graue Augen auf sie. »Er hat dir siebeneinhalbtausend Stunden Kampfübungen voraus. Damit ist er nicht der Einzige. Auf einem Schlachtfeld wirst du vielen wie ihm begegnen. Ich denke, du verstehst, dass du unmöglich in einem Kampf bestehen kannst.«

»Noch nicht«, erwiderte sie tapfer.

Nirto trat so nah an sie heran, dass sie sich beinahe berührten. Sie betrachtete sein spöttisches Schmunzeln und das Glänzen der durch die hohen Fenster fallenden Nachmittagssonne auf seinen Bartstoppeln. Obwohl hinter ihr alles frei war, wich sie keinen Fußbreit zurück.

»Für dich versuchen wir etwas anderes.«

»Und was soll das sein?«

Etwas Hartes krachte an ihr Kinn. Ihr Kopf flog zur Seite und prallte gegen die Eisenglocke, die Ignuto schützte. Zwei Herzschläge lang sah sie nur Schwarz. Sie taumelte, fiel aber nicht. Das machte sie stolz, obwohl sie röchelte.

Grinsend zeigte ihr Nirto den Übungsdolch. »Du hast einen roten Strich von deinem Hals bis zum Ohr. Diesmal ist es noch Farbe.«

Trotz des metallenen Schutzes spürte sie, wie sich der Homunkulus erhitzte. Ihr Zorn weckte das dämonische Wesen.

»Ich werde dir beibringen, zuzustoßen, bevor dein Gegner sieht, was du vorhast«, kündigte Nirto an.

Einer der Dornen ihrer Rüstung hatte seinen Handrücken aufgerissen. Er beachtete die blutige Schramme nicht.

»Du bringst mir wirklich Glück, Winzling.« Eivora kitzelte Aglix' dreieckiges Köpfchen. »Jetzt kann mir Lostor nicht mehr entwischen.«

Der aufsässige Rottmeister befand sich mit seinen Leuten in der Ruine der Festung, die den Nordwestpass nach Rorgator geschützt hatte. Vor ziemlich genau einhundert Jahren hatte es hier eine Schlacht gegen ein Heer von Paladinen gegeben, die dem dämonischen Treiben der Söldner hatten Einhalt gebieten wollen. Eine Woche lang hatte das Ringen angedauert, aber das Bollwerk hatte standgehalten. Der Rat von Eisen und Gold hielt noch heute Feiern zum Gedächtnis dieses Ereignisses ab, weil es bewies, dass die Legionen Rorgators unbesiegbar waren, wenn sie zusammenstanden. Wenig später hatte allerdings eine Eruption des Fulohn den Pass blockiert, sodass Festung Feuerträne keine Funktion mehr hatte.

Heute übte Lostor hier das Erklettern von Mauern. Er selbst befand sich auf halber Höhe des Bergfrieds, der dreißig Schritt aufragte, bevor er an einer gezackten Bruchkante endete. Sicherungsseile verbanden ihn mit zweien seiner Krieger. Sie schlugen Steigeisen ein. Die Hammerköpfe waren mit Stoff umwickelt, um die Geräusche zu dämpfen, was beim Eindringen in eine feindliche Stellung angebracht gewesen wäre.

Knapp nickte Eivora den Kriegern von Lostors Rotte zu. Sie sah ihnen an, dass sie ihre Kampfherrin nicht erwartet hatten. Manche runzelten die Stirn, andere grinsten, weil sie sich wohl auf die Auseinandersetzung zwischen den Offizieren freuten.

Eivora nutzte die bereits eingeschlagenen Steigeisen. Da sie das linke Bein nur vorsichtig belastete, kam sie langsam vorwärts. An zwei Stellen musste sie sich lang strecken, weil sie kleiner war als Lostor, aber sie hatte schon als Mädchen mit dem Klettern begonnen. Es war eine der ersten Sachen gewesen, die sie nach dem Umzug nach Rorgator für sich entdeckt hatte. In den Bergen gab es nur Fels, Magma und Wind, und die erforderten die gesamte Aufmerksamkeit, wenn man sich an ihnen messen wollte. Hier hatte sie den Piratenüberfall und den Tod ihrer Mutter vergessen können.

Auch Lostor schien im Klettern aufzugehen. Er bemerkte sie erst, als die beiden Krieger, mit denen er durch die Seile verbunden war, sie grüßten. Daraufhin bemühte er sich, rascher vorwärtszukommen, aber sie holte ihn ein. Auf den letzten zwei Höhenschritt verzichtete sie auf Steigeisen und benutzte die vom Wetter ausgespülten Fugen, um auf gleiche Höhe mit Lostor zu gelangen. Ihr linker Oberschenkel pochte, aber er schien sie nur vorwarnen zu wollen, noch war es kein echter Schmerz.

»Schön, dass wir nun Gelegenheit haben, miteinander zu sprechen.« Sie lächelte ihn an.

Sein Grinsen offenbarte die Goldzähne, die seinen Oberkiefer füllten. Er verwahrte seinen Reichtum dort, wo ihn kein Dieb stehlen konnte. Wenn er sich eines Tages einen Wehrhof kaufte, würde er das Edelmetall wohl durch hübsche ausgeschlagene Zähne ersetzen lassen, die in Rorgator jeder Medikus anbot.

Halbherzig hämmerte er ein weiteres Steigeisen zwischen zwei Bruchsteine.

»Festung Feuerträne ist eine gute Wahl für eure Übung«, meinte Eivora. »Man hat einen schönen Blick auf die Umgebung.«

Tatsächlich leuchtete der Magmastrom an der Westflanke des Fulohn heute besonders intensiv. Der Berg selbst ragte eisengrau vor dem wolkenlos blauen Himmel auf. Weit oben stieg seine Rauchsäule empor. Sie fächerte auf, während sie sich mit denen der anderen Vulkane vereinigte und auf das Ascheland hinauszog.

Lostor führte noch einen Hammerschlag, dann steckte er sein Werkzeug in den Eisenring an seinem Gürtel. »Was willst du, Eivora?«

Vielsagend sah sie zu den beiden Kriegern, die ihnen folgten.

»Genug für den Moment!« Lostor löste die Sicherungsseile. »Steigt wieder ab.«

Sie sahen enttäuscht aus, befolgten aber seine Anweisung.

»Ich freue mich, dass du dich entschieden hast, im Klingenrausch zu verbleiben«, sagte Eivora.

»Meine Treue gilt dem Sturmbanner.«

Sie verstand, was darin mitschwang. »Du meinst, wenn sich das Banner aus der Legion gelöst hätte, wärest du dabeigeblieben, allen Schwüren auf Garallo zum Trotz.«

»Manchmal steht ein Eid gegen den anderen.«

»Du kannst sicher sein, dass das bei mir nie der Fall sein wird«, sagte sie bedrohlich leise. »Ich bin noch immer nicht dahintergekommen, was Zigûn vorhatte, als er die Standarte ins Feuer getaucht hat. Es ist mir auch egal. Ich bin nicht er.«

»Das ist mir aufgefallen«, stellte er abschätzig fest.

Sie hielt sich nah an der Mauer, damit der Wind sie nicht wegdrückte. Hier oben wehte er in plötzlichen Böen. »Mir ist egal, welche Meinung du von mir hast«, stellte sie klar. »Aber dir sollte nicht gleichgültig sein, was ich von dir halte. Ich bin deine kommandierende Offizierin.«

Er zuckte mit den Achseln und tat, als suche er nach einem Ankerpunkt für den weiteren Aufstieg.

Sie zog ihn an der Schulter herum.

Schrecken blitzte in seinen Augen auf. Ohne Sicherung war ihm anscheinend unwohl in der Höhe.

»Was ist dein Problem mit mir?«, fragte sie.

»Ich denke nicht genug über dich nach, um ein Problem mit dir zu haben«, sagte er.

»Dann solltest du jetzt damit beginnen, denn ein Offizier, der nicht versteht, was seine Kampfherrin will, ist wertlos für die Einheit.«

Er verlagerte das Gewicht auf den Steigeisen von den Ballen in Richtung Fersen. Immerhin fand er sich also wohl damit ab, dass er nicht so bald weiterklettern würde.

»Na gut«, begann er. »Vor mir sehe ich ein süßes Mädchen, das so klein ist, dass jeder auf seinen Kopf spucken kann.«

Eivora schluckte ihren Zorn hinunter, sie wollte hören, was er dachte.

»Es hätte eine passable Tempeltänzerin abgegeben, aber stattdessen verkleidet es sich als Kriegerin«, fuhr Lostor fort. »Ein Kostüm ändert jedoch nichts daran, dass dem Mädel jeder Bengel die Klinge aus der Hand schlagen kann.«

Zähneknirschend gestand sie sich ein, dass er in dieser Hinsicht recht hatte. Eivora war eine schlechte Nahkämpferin. Sie hätte auf ihr Geschick mit der Armbrust verweisen können, ließ ihn aber weiterreden.

»Der Vater der Göre, der große Flammenbringer, dessen Legion dem Sturmbanner alle Erfolge verdankt, hat sie unter seinen Fittichen kuschelig warm gehalten. In seinem Schutz ist sie über die Kampffelder spaziert, wenn die Gefahr vorüber war. Nun, da Papa in Rauch aufgegangen ist, wird sie größenwahnsinnig. Die Kampfherren verpassen ihr einen Dämpfer, niemand, der bei klarem Verstand ist, vertraut einem solchen Blag die Führung einer Legion an. Also geben sie das Blag zum Sturmbanner, das ist ihnen schon lange ein Dorn im Auge.«

»Warum sollten sie das Sturmbanner verachten, wenn du sagst, sie verdanken ihm all ihre Erfolge?«

»Sie verachten es nicht, sie fürchten es.« Er hob das Kinn. »Sie wissen, dass keine ihrer Einheiten uns gewachsen ist, und der Neid frisst in ihnen. Sie wollen das Sturmbanner im Staub liegen sehen, und wie könnten sie das besser erreichen als durch eine unfähige Führung? Darum haben sie auch Zigûn aus dem Weg geschafft.«

»Also glaubst du, ein anderer Kampfherr ist dafür verantwortlich?«, fragte Eivora.

»Nicht einer. Sie alle.« Lostor spie die Worte aus. »Hat die Avatar nicht gesehen, dass Pirlitu den Blitzstein hatte? Und ist Pirlitu nicht dennoch als Siegerin aus dem Feuerkreis gekommen? Denkt denn niemand außer mir nach?«

»Hilf mir«, bat Eivora mühsam beherrscht.

»Die Dämonen haben Pirlitu nicht als schuldig erkannt, weil es nicht ihre Entscheidung war, Zigûn zu überfallen. Das haben sie alle zusammen ausgebrütet. Alle Kampfherren tragen die Schuld, nicht eine Einzelne.«

»Wenn das so wäre, hätten sie das Sturmbanner einfach auflösen können.«

»Warum sprichst du so, als gehörtest du nicht zu ihnen? Nur, weil deine Ernennung noch ein bisschen gebraucht hat?« Er lachte. »Ihr wisst, dass diese Einheit noch aufrecht stehen wird, wenn die Legion längst zerfallen ist. Ihr könnt sie nicht auflösen, sie würde sich sofort woanders wieder zusammenfinden. Also wollt ihr, dass sie sich aufreibt.«

»Bei Ygôda ist der Großteil des Sturmbanners im Feldlager geblieben«, gab Eivora zu bedenken.

»Und genau dieses Lager war das Ziel für den Ausfall der Ygôder. Seltsam, oder?«

»Geht dein Wahn etwa so weit, dass du glaubst, auch unsere Gegner wären Teil der Verschwörung?«

»Möglicherweise, ohne es zu wissen«, räumte er ein. »Sagt man nicht, du selbst hättest sie dazu verführt, das Westlager anzugreifen?«

Das traf tatsächlich zu, aber der Grund war ein anderer gewesen. Eivora hatte die Ostmauer von den Verteidigern entblößen wollen, weil sie dort den Durchbruch beabsichtigt hatte. Sie legte sich noch die Erklärung zurecht, als Lostor schon fortfuhr.

»Und was ist mit den Blutkrähen? Wenn dir etwas an der Ehre der Einheit läge, würdest du ihren Überfall nicht unbeantwortet lassen.«

»Es ist töricht, aus der Wut heraus zu handeln«, sagte sie.

Wieder lachte er höhnisch. »Da predigen die Dämonenpriester anderes.«

»Die sind verrückt.«

»So wie ich?«

»Sag jetzt nicht, dass du zu den Feuerverehrern gehörst und dich nachts selbst verbrennst!«

Knapp schüttelte er den Kopf. »Wohl kaum. Aber ich sehe, was um mich herum vorgeht. Wenn alles anders ist und du nicht gegen das Sturmbanner stehst, dann beweise es! Halte unsere Ehre hoch und bring uns den Kopf von Zigûns Mörder.«

Das war ein Problem. Alles deutete darauf hin, dass damals tatsächlich einer der Kampfherren den Blitzstein geraubt hatte, aber momentan hielt ein brüchiger Frieden zwischen den Anführern des Klingenrauschs. Eivora wollte die Legion ihres Vaters um jeden Preis erhalten, und ein interner Kampf unter den Bannern war das Letzte, was sie dafür gebrauchen konnte.

»Solange du deinen Irrsinn für dich behältst, magst du ihm anhängen, aber ich akzeptiere dein Verhalten nicht«, stellte sie klar. »Wenn ich die Rottmeister zu mir befehle, erwarte ich, dass du kommst. Hast du das verstanden?«

»Ganz, wie es dir beliebt«, sagte er ironisch.

»Dieses Mal werde ich auf eine Bestrafung verzichten. Verlasse dich nicht darauf, dass meine Großzügigkeit von Dauer ist.«

»Vielleicht verlasse ich mich darauf, dass du nicht von Dauer bist. In Ygôda hast du überlebt, aber das Sturmbanner kennt viele gefährliche Einsätze.«

»Das stimmt. Gerade deswegen werde ich deine Aufsässigkeit nicht dulden.«

»Und was willst du dagegen tun?« Wieder verzogen sich seine Lippen zu einem goldenen Grinsen. »Ich bin länger im Sturmbanner als du.«

»Niemand bezweifelt, dass du die Vergangenheit dieser Einheit gut kennst. Aber verlasse dich darauf: Ich forme ihre Zukunft.«

Damit machte sie sich an den Abstieg.

»Immerhin wissen wir jetzt beide, wo wir stehen«, murmelte sie, als sie die Ruine verließ. Das ungute Gefühl blieb. Lostor hatte recht: Er war im Sturmbanner akzeptiert, sie nicht. Obwohl sie seine Kampfherrin war, konnte sie erschreckend wenig tun, wenn er ihr nicht gehorchte. Treue und Eifer für eine Einheit ließen sich nicht erzwingen, vor allem nicht bei fähigen Kriegern. Sie folgten, weil sie für die gemeinsame Sache brannten, oder gar nicht. Allenfalls konnte sie Lostor von der Soldliste streichen, aber damit würde sie nicht nur einen bewährten Rottmeister verlieren, sondern wohl auch den Großteil seiner Krieger. Jeder Einzelne von ihnen war erfahrener als sie.

»Verdammt!« Sie trat einen Stein vom Weg. »Ich muss ein Teil meiner eigenen Einheit werden.«

4. Pläne

Erwartungsvoll sah Wilania-Pressito zu, wie Fiafila-Ignuto das Schwertfeuer beschwor. Ein Teppich gelber Flämmchen fraß sich über das Öl, noch bevor es die Kanten des Eisentischs erreichte. Es wurde aus dem Fett von auf dem Schlachtfeld Erschlagenen gewonnen. Man brauchte es nicht zu verteilen, es floss ohne Zutun über die leicht unebene Oberfläche, in der man die Formen der eingeschmiedeten Schwerter erkannte. Dabei überwand die bernsteinfarbene Flüssigkeit auch niedrige Grate, wo eine Klinge unsauber eingepasst war.

»Wie lange brennt es?«, hauchte Wilania-Pressito.

»Solange es die Geister am Leben halten.«

»Man braucht kein Öl nachzugießen?«

»Nur am Anfang. Danach nährt sich das Schwertfeuer aus der Kraft der Toten, und die stärken sich am Leid, das sie finden.« Sie sah die blau durchscheinenden, teilweise schrecklich entstellten Gestalten, die aus der Tischkante wuchsen und Wilania-Pressito offenbar entgingen.

»Verrate ihr nicht zu viel«, mahnte Ignuto in ihrem Kopf. *»Sie soll nicht erfahren, wie stark wir sind.«* Der Homunkulus sagte, dass sie eine viel festere Verbindung zu den Geistern besaß, als Chastro sie jemals hatte aufbauen können.

»Sprichst du jetzt mit ihnen?«, fragte Wilania-Pressito.

»Es ist kein wirkliches Sprechen«, erklärte Fiafila-Ignuto. »Aber ich spüre sie. Du nicht?«

Langsam schüttelte die andere Avatar den Kopf. Die hellen Flämmchen des Schwertfeuers ließen das blonde Haar erstrahlen, das ihr über die rechte Schulter wallte. Auf der anderen Seite hob der Feuerschein die orangefarbenen Äderchen im Körper ihres Homunkulus hervor.

»Was willst du mir heute beibringen?«, fragte Fiafila-Ignuto vorsichtig.

»Sie kann uns gar nichts beibringen!«, meldete sich Ignuto. *»Gemeinsam werden wir Tore zu Wissen aufbrechen, das noch kein Avatar vor uns besessen hat. Wir brauchen nur Zeit.«*

Und einen Fürsprecher unter den Dämonen, der uns vor Harnastes' Zorn schützt, dachte sie.

»Heute will ich das Schwertfeuer anschauen«, sagte Wilania-Pressito. »Es …«, die unverkohlte Seite ihres Gesichts zuckte, »… fasziniert mich.«

»Es gibt kaum Kämpfe in Rorgator.« Fiafila-Ignuto zeigte auf ein rotes Flämmchen inmitten des hellen Teppichs. »Ein wenig Hass, vielleicht eine Messerstecherei. Das Grüne dort hinten bedeutet Angriffslust.«

»Woher weißt du, wo sich das Geschehen abspielt?«

Zögernd neigte Fiafila-Ignuto den Kopf. »Das ist schwierig. Bei einer Schlacht kann man die farbigen Flammen mit der Verteilung der Truppen abgleichen. Meine Gehilfen aus dem Zauberbanner zeichnen dann das Gelände mit Kohlestäben auf das Eisen.«

»Das hört sich ungenau an«, meinte Wilania-Pressito.

»Das ist es auch.«

Nachdenklich sah sie zu Garallo hinauf. Die grinsende Dämonenfigur, vom Blut des Treueeids gereinigt, hockte oben auf der Standarte, die sie vorhin aus dem Flaggenraum geholt hatte. Fiafila-Ignuto hoffte, dass niemand Anstoß an ihrer Eigenmächtigkeit nahm, solange ihr Besuch noch hier war. Yra hielt am Eingang des Magazins Wache, in dem der Klingenrausch das Schwertfeuer verwahrte, und würde sie hoffentlich rechtzeitig warnen können. Wilania-Pressito wollte unerkannt bleiben.

»Ich spüre etwas«, sagte die erfahrene Avatar. »Es ist anders, als wenn man die Gefühle eines Gefangenen schmeckt, aber doch ähnlich.«

Soll ich ihr zeigen, wozu ich die Geister bringen kann?, fragte Fiafila-Ignuto in Gedanken. *Das könnte sie beeindrucken.*

»Auf keinen Fall! Das muss unser Geheimnis bleiben!«

Während des Kampfs um Ygôda waren die Geister in die Krieger eingefahren, sodass Fiafila-Ignuto die Schlacht durch die Sinne von Rittern, Armbrustern und Speerträgern wahrgenommen hatte. Im Schwertfeuer hatten sich dabei klar erkennbare Figuren aus den Flammen gebildet.

»Warum interessiert dich das Artefakt?«, fragte sie.

»Der Klingenrausch gehört zur Elite. Ich nehme an, dass das mit dem Schwertfeuer zu tun hat.«

»Haben andere Legionen so etwas nicht?«

Wilania-Pressito lachte auf. »Es ist einmalig.«

Wieder sah Fiafila-Ignuto zu Garallo hinauf. Da der Teppich aus Flämmchen die einzige Lichtquelle war, verlor sich die Figur beinahe in der Dunkelheit des hohen Raums. Im tanzenden Zwielicht schienen sich die Lippen um das mit spitzen Zähnen bewehrte Maul zu bewegen.

»Bringe mir bei, wie man sich in das Schwertfeuer einfühlt!«

Fiafila-Ignuto hörte die Ungeduld nicht nur in der Stimme ihrer Besucherin, sie schmeckte sie. Ihr Homunkulus war hellwach. Er erfasste die Gier der anderen Avatar – eine köstliche Note, die sie jedoch zur Vorsicht mahnte.

»Was hast du damit vor?«

»Ich will dem Klingenrausch das Artefakt nicht nehmen«, versicherte Wilania-Pressito. »Im Gegenteil, ich will es stärken und dabei noch fester an die Legion binden.«

»Wie soll das geschehen?«

Es war irritierend, Wilania-Pressitos Gesicht anzusehen. Die eine Hälfte war starr wie eine verkohlte Statue, das Auge für immer geschlossen. Die andere erschien dadurch besonders lebendig, ständig in hektischer Bewegung begriffen.

Ist das meine Zukunft?, fragte sich Fiafila-Ignuto.

»Erst einmal geht es darum, dass wir überhaupt eine Zukunft haben«, mahnte der Homunkulus. *»Wir müssen vorsichtig sein.«*

»Was weißt du von dem, was sich gegenwärtig im Glühenden Tempel tut?«, fragte Wilania-Pressito.

»So gut wie gar nichts. Du hast mir doch geraten, ihn zu meiden.« Allerdings wollte sie Prekesta befragen, sobald die Söldnerin wieder zur Legion stieße. Seit einer Woche befand sie sich im Glühenden Tempel, wo sie sich einer Initiation durch den Feuerkult unterzog.

Zufrieden nickte die andere. »Du tust gut daran, dich fern von den Priestern zu halten. Die Dämonen sind in Aufruhr. Das hilft, es lenkt Harnastes von Ignutos Rebellion ab.«

Fiafilas Homunkulus weigerte sich, zu sterben, um die Essenz seiner Erlebnisse auf den dämonischen Herrn zu übertragen, der ihn gezeugt hatte. Da sie seine Entfernung aus ihrem Körper vermutlich nicht überlebt hätte, war sie in dieser Hinsicht ganz auf seiner Seite.

»Der Grund für die Aufregung«, fuhr Wilania-Pressito fort, »ist Kester, der frühere Flammenbringer deiner Legion. Er erzwingt sich seinen Platz unter den Dämonen, und andere müssen von ihrer Macht abgeben. Noch weiß niemand, ob er Erfolg haben wird. Auch unter der Priesterschaft hat er noch kein Gefolge. Das ist der richtige Zeitpunkt, um sich seiner Gunst zu versichern.«

»Und wenn er scheitert?«

»Für diesen Fall sollte man darauf achten, sich nicht zu fest mit ihm zu verbinden. Auch ich habe nur lockeren Kontakt mit ihm gehabt, über vermittelnde Geister.«

»Du glaubst, es wird ihm gefallen, wenn du seine Legion stärkst«, erkannte Fiafila-Ignuto. »Aber wie willst du das Schwertfeuer verbessern?«

»In der Rolle des Triumphs habe ich gelesen, dass es aus den Klingen großer Helden geschmiedet ist. Stimmt es, dass Kester sein Schwert seiner Tochter vermacht hat?«

Fiafila-Ignuto nickte. »Ich war dabei, als er starb. Er wollte, dass sie es bekommt.«

Wilania-Pressito kicherte. »Vielleicht war Vaterliebe nicht sein einziger Antrieb. Er wusste sicher, dass man diese Klinge in das Schwertfeuer einschmieden kann.«

»Davon hat er aber nichts gesagt.«

»Es wäre auch ungeschickt gewesen, wenn jeder vom Preis

erfahren hätte, den man dafür zahlen muss. Es braucht mehr als einen fähigen Schmied, um ein solches Artefakt zu erweitern.«

»Ich bin sicher, dass Eivora alles getan hätte, um den letzten Wunsch ihres Vaters zu erfüllen.«

»Ein solches Versprechen sollte man niemals geben.«

Fiafila-Ignuto schwitzte. Wusste die andere davon, dass sie den letzten Befehl verschwiegen hatte, den der sterbende Flammenbringer in ihr Ohr geflüstert hatte? Kester hatte bestimmt, *sie alle ins Feuer zu treiben*. Damit hatte er sicher die Bewohner Abidias gemeint. Das hatte Fiafila-Ignuto nicht zulassen können. Stattdessen hatte sie später behauptet, der Flammenbringer habe verfügt, in seiner Legion solle es keine Schändungen mehr geben. Das war ein riskantes Spiel, wie sie inzwischen einsah. Die Krieger hielten eine solche Forderung für abwegig. Sich den Frauen unter den Besiegten aufzuzwingen galt als selbstverständliches Recht nach einer erfolgreichen Belagerung.

»Ich habe erfahren«, fuhr Wilania-Pressito fort, »dass neben dem Stahl auch das Blut der Helden in der Zeremonie Verwendung fand, in der man das Schwertfeuer geformt hat.«

»Kester ist verbrannt.«

Wilania-Pressito grinste boshaft. »Aber sein Blut fließt in Eivoras Adern.«

Eivora war interessiert, aber nicht dämlich. Als sie der durch einen Gassenjungen überbrachten Einladung in den *Armbrecher* folgte, tat sie es in Begleitung Nirtos, Gonters und dreier weiterer Krieger. Die Männer trugen breitkrempige Hüte oder Gugeln – Kapuzen mit langen Zipfeln, die man wie einen Schal um den Hals legen konnte. Bis auf Nirto, der den Abschluss bildete, gingen ihr alle voraus.

Im *Armbrecher* waren die Tische auf ringförmigen Absätzen um die Raummitte angeordnet, wo sich eine runde Theke mit Barhockern befand. Wer hier saß, wollte sich ganz auf das Spektakel in der Grube konzentrieren, die das Zentrum bildete. Dort fanden die Ringkämpfe statt, auf die man wettete. Jeder Besucher konnte sich melden, die Paarungen wurden ausgelost, um Absprachen zu vermeiden. Dennoch gab es immer wieder Proteste über zu wenig Hingabe bei den Kontrahenten. Ein Kämpfer siegte, wenn der Gegner aufgab oder bewusstlos wurde. Dadurch gewann man das Startgeld des anderen. Die fünffache Summe gab es, wenn man ihm einen Arm brach. Manche Ringer, die immer wieder antraten, beherrschten dafür spezielle Griffe und Hebel. Veteranen der Grube erkannte man an den schief verheilten Gliedern. Der Feiste Branas, wie sich einer von ihnen nannte, hatte sich die Arme sogar von einem Feldscher brechen lassen, damit sie auf eine Weise wieder zusammenwuchsen, die es schwieriger machte, ihn zu halten.

Niemand beachtete Eivora, weil sich alles auf das Ringen eines dürren Mannes mit einer Frau konzentrierte, deren Nase wie erkalteter Brei aussah. Die Verletzung musste aus einem früheren Kampf stammen, sie blutete nicht. Ihr linker Arm hatte an diesem Abend wohl mehr Aufmerksamkeit erhalten, er baumelte schlaff von der angeschwollenen und dunkel angelaufenen Schulter. Einige Gäste schrien, dass sie verloren habe, aber Eivora glaubte, dass der Arm nur ausgekugelt, nicht gebrochen, war. Der dürre Gegner zog das rechte Bein nach, doch Eivora erkannte den Grund dafür nicht. Vielleicht war es eine Finte, um die Frau zu einer unbedachten Attacke zu verleiten.

Gonter saß an einem Tisch auf mittlerer Höhe, Mehol stand an der Grube, die beiden anderen Kameraden ließen sich weiter hinten nieder. Einer von ihnen, Seulek, zog eine Schankmaid auf seinen Schoß. Eivora hoffte, dass er mit ihren Rundungen im Gesicht nicht vergaß, dass dieser Besuch seine Hände schnell an seinen Waffen und nicht an ihren Hüften erfordern könnte.

Sie stieg hinauf bis zur obersten Ebene, wobei sie versuchte, sich die schmerzenden Stiche in ihrem Oberschenkel nicht anmerken zu lassen. Die Axtwunde gab einfach keine Ruhe. Eivora begab sich zum Tisch nahe dem Zugang für die Bedienungen, an dem ein Mann in einem dunklen Mantel vor einer Rose saß. Unter ihm befand sich eine Pfütze. Da der Regen erst vor

Kurzem eingesetzt hatte, war er also wohl noch nicht lange hier. Eivora sah keine Waffen, doch der Mantel mochte viel verbergen. In Rorgators Schenken sah man blanke Klingen ungern, aber einen schnellen Stich und eine gut vorbereitete Flucht konnte niemand verhindern, und für eine ausdauernde Suche nach einem Täter fehlte oft das Interesse.

Eivora musterte die Gäste an den benachbarten Tischen. Sie erschienen ihr zu alt oder zu betrunken, um Teil einer Falle zu sein, aber die Wirkung des Alkohols konnte man vorspielen. Sie blieb vorsichtig und prüfte den Sitz der Wurfmesser in den Scheiden an ihren Unterarmen. Erst dann zog sie den Stuhl heran und setzte sich.

»Schön, dass du es einrichten konntest«, drang eine tiefe Stimme aus der Kapuze.

»Dein Botenjunge meinte etwas von einem lohnenden Auftrag. Das will ich mir anhören.«

Als ihr Gegenüber den Krug in den Schatten der Kapuze führte, bemerkte sie krause, rote Barthaare. »Ich denke, es könnte wirklich etwas für euch sein. Ihr seid doch dabei, eure Legion wieder aufzufüllen. Da wird es dir entgegenkommen, dass ich nur ein Banner brauche.«

»Das Sturmbanner. Sonst hättest du einen anderen Kampfherrn gerufen.«

»So ist es.«

»Also willst du, dass wir in eine Befestigung eindringen?«

»Nein, aber ich habe keine Verwendung für Krieger, die in geschlossenen Formationen kämpfen.«

Das Johlen der Menge kündete davon, dass die Frau das Geschehen in der Grube gewendet hatte. Der dürre Mann lag mit dem Gesicht im Sand.

Heute schmerzte Eivoras Oberschenkelwunde besonders. Obwohl sie dadurch weniger schnell aufspringen könnte, streckte sie das Bein. Das brachte Linderung.

»Also kein ordentlicher Feldzug.«

»Nein.« Der Mann schlug die Kapuze zurück. Sein Gesicht sah ledrig aus, wie sie es von Menschen kannte, denen die Sonne häufig die Haut gebräunt und die ihre Nase oft in den Sturm gehalten hatten. Das Haar hatte die rötliche Färbung von Flammen, die aus trockenem Holz schlugen, die Augen waren blaugrün wie Türkise. Eine Narbe kerbte die Stirn auf der rechten Seite. »Es geht um eine Wallfahrt.«

»Kort!«, rief Eivora.

Sie sah sich um, aber niemand beachtete sie. Die nächsten Kämpfer präsentierten sich in der Grube, zwei Kleinwüchsige mit watschelndem Gang. Man lachte sie aus, aber derjenige mit dem geschorenen Haupt hatte kräftige Arme. Er schien die Sache sehr ernst zu nehmen.

»Man sollte uns nicht zusammen sehen«, meinte sie. »Zieh die Kapuze wieder über.«

»Ganz, wie du wünschst.«

Sie beugte sich vor, weil sie leiser sprechen wollte. »Wieso wendet sich der abtrünnige Kampfherr der Blutkrähen ausgerechnet an den Klingenrausch?«

Sie hörte ein freudloses Lachen. »Ich arbeite immer gern mit den Besten, und wenn ich die nicht bekommen kann, will ich wenigstens die Zweiten.«

»Es würde deine Legion sicher verstimmen, wenn sie wüsste, dass du zu ihren Erzrivalen gehst.«

»Es ist nicht mehr meine Legion«, stellte er klar, »und ich könnte sie kaum noch stärker verärgern, als ich es schon getan habe.«

»Dann ist es also wahr«, sagte Eivora. »Du verlässt die Blutkrähen für den Thron deiner Heimat.«

»Und damit sich lohnt, dass ich mein Kommando aufgebe, will ich diesen Thron auch wirklich mit meinem Hintern wärmen. Ein paar Leute in Iljuga hätten lieber meinen kleinen Bruder zum Grafen.«

»Klein? Er ist doch sicher schon erwachsen?«

Kort lachte. »Fünfundvierzig, aber er bleibt immer der kleine Bruder. Und der Bravere von uns beiden. Er hat nie vom Schwert gelebt.«

»Man sagt, du müsstest dich reinigen.«

»Vor den Göttern kriechen und sie für mein sündhaftes Leben um Vergebung anbetteln, ja. Meine Fürsprecher halten das für unbedingt notwendig. Nach der großen Seuche, die mich in diese unerwartet glückliche Lage bringt, weil sie meine Vorgänger und auch alle Erben, die in der Rangfolge über mir standen, hat wegfaulen lassen, sehnt sich das Volk nach göttlichem Beistand. Dafür kann ein Dämonenanbeter nicht garantieren.«

Unter den Rufen der Zuschauer begann der Grubenkampf. Der kräftigere Ringer schmetterte den anderen an die runde Wand, musste dafür aber einige Ellbogenstöße einstecken.

»Ich krieche nicht vor Dämonen«, meinte Eivora.

»Ich ebenso wenig. Aber was tatsächlich passiert und was das Volk denkt, sind verschiedene Sachen. Und ich räume ein, dass Tugendhaftigkeit bisher nicht der Maßstab meines Lebens war.« Er lachte.

»Soll sich das wirklich ändern?«

»Unsinn! Aber mein Hintern muss auf den Thron, und dafür brauche ich Fürsprecher.«

»Die werden schwerlich wir sein. Oder sollen wir mit Stahl für dich sprechen?«

»Ihr habt keine Verbindung zu Iljuga, deswegen kann ich euch trauen.«

»Ein interessanter Gedanke«, fand Eivora.

Sie nahm dem Schankknecht einen Humpen ab und warf dafür eine Kupfermünze auf sein Tablett.

»Die Pilgerfahrt führt an ein paar Schreinen vorbei und schließlich nach Abidia zum Tempel des Zeutron.«

»Wer soll das sein?«

»Hast du mal die Darstellung eines Gottes gesehen, der wie ein Kater mit Schuppen aussieht?«

»Nicht, dass ich mich erinnere.«

»In Iljuga unterstellt man ihm alles Gute – von gesunden Kindern bis zu einem Pasch beim Würfeln. Das ist der beste Mann, um die Folgen der Seuche zu kurieren.«

»Und du arbeitest gern mit den Besten.«

»So ist es.« Er prostete ihr zu.

Das Bier war herb und würzig. Sie behielt den Schluck einen Moment im Mund.

»Jedenfalls rechne ich während der Reise mit Ärger«, fuhr Kort fort. »Ich brauche ein paar Leute, die den Weg sichern, voraus erkunden und vor allem aufpassen, dass ich keine Pfeile in den Hintern kriege.«

»Mit dem du schließlich noch den Thron wärmen willst.«

»Ich sehe, du verstehst mich.«

Aglix flitzte ihren Arm hinab bis zum Humpen. Er nippte am Schaum, aber es schien ihm nicht zu schmecken. Der Lurch krabbelte in ihren Ärmel.

»Du hast Messer dabei«, stellte Kort fest.

»Erzähl mir nicht, du wärst unbewaffnet gekommen. Und wo wir dabei sind: Welches sind deine Leute? Schutzlos wirst du dich sicher nicht mit mir treffen.«

»Das stimmt. Und ich werde meinen Schutz nicht dadurch schwächen, dass ich dich mit der Nase darauf stoße.«

»Schade. Ich tippe auf den Schankknecht, der den Humpen gebracht hat.«

»Nicht schlecht. Wie hast du das herausgefunden?«

»Ich habe ihm zu wenig gezahlt, und er hat nicht mehr verlangt.«

Unter der Kapuze nickte Kort. »Also: Bist du interessiert?«

»Noch bin ich nicht aufgestanden. Die Sache hört sich so an, als könnte man die Blutkrähen damit ärgern. Aber du weißt, dass wir dafür beim Kontrakt von Geliora aussteigen müssten.«

»Das ist einer der seltenen Momente, in denen man zugleich den Blutkrähen und dem Klingenrausch helfen kann. Meine alte Legion bekommt den Kontrakt, und euch bleibt es erspart, eure ohnehin gelichteten Banner in einem Auftrag aufzureiben, der eure Kräfte überfordert.«

»Dir ist klar, dass ich die anderen Kampfherren überzeugen muss.«

»Ich hörte von eurem seltsamen Führungsgremium.«

»Ich könnte mir vorstellen, dein Anliegen vorzutragen, aber

dafür musst du mir helfen, eine Frage zu beantworten, die mich bedrängt.« Sie lehnte sich zurück. »Beim Überfall auf das Sturmbanner, als Zigûn starb …«

… *und der Blitzstein geraubt wurde,* fügte sie in Gedanken hinzu …

»… bin ich auf einen Krieger gestoßen, der mir sagte, er gehöre zu den Blutkrähen.« Sie bedauerte, das Gesicht ihres Gegenübers bei dieser Eröffnung nicht sehen zu können. »Was weißt du darüber?«

»Ich habe deine Nachricht erhalten«, sagte Wilania-Pressito, als sie nur noch zwei Armlängen entfernt war. Sie wollte wohl nicht schreien, um die Brandung zu übertönen. »Ich hoffe, du hast eine Erklärung für diese Unannehmlichkeit.«

In der Dunkelheit wirkte die Gestalt in dem Mantel mit der ausladenden Kapuze wie eine der bizarren Lavaformationen, die das Sternenlicht hier an der Felsküste beschien. Eine davon, die *Gequälte Seele*, hatte Fiafila-Ignuto als Landmarke genannt, um sich mit der anderen Avatar zu treffen. Wenn man von Rorgator aus den Sonnenaufgang auf dem Meer betrachtete, wirkte sie wie der Schattenriss einer Klaue, die ihre Krallen in einen Kopf bohrte. Aus der Nähe gesehen war sie nur ein dunkler Fels.

»Ich weiß, dass du unbeobachtet bleiben willst«, sagte Fiafila-Ignuto. »Deswegen dachte ich, wir sollten uns an einem Ort treffen, wo uns niemand sieht.«

Die ersten Lichter der Stadt lagen fünfhundert Schritt im Westen, wo das Gelände weniger zerklüftet war. Irgendwo davor ging Yra Streife. In der Ferne glühte das Magma an den Hängen der Vulkane. Das Meer war heute vergleichsweise friedlich, was auch am schwachen Wind lag. Dennoch krachten die Wellen an die Felsen. Fiafila-Ignuto merkte, dass sich ihr Homunkulus im Sprühnebel unwohl fühlte, aber diese Witterung hielt ihn wach. Er entwickelte große Hitze, um möglichst viel von der Feuchtigkeit zu verdampfen, bevor sie ihn erreichte. Statt eine Kapuze überzuziehen, hatte Fiafila-Ignuto dick Steinsalbe aufgetragen. Bei diesem Treffen durfte sie ihre Sinne nicht einschränken.

»Du hast mir geschrieben, dir sei etwas aufgefallen, was das Schwertfeuer angeht«, sagte Wilania-Pressito. »Also – was ist es?«

»Ich kann es nicht genau benennen.« Fiafila-Ignuto fuhr mit den Händen durch die Luft, als versuche sie, etwas zu greifen. Das Leder der Rüstung knirschte, einige Segmente waren neu, und das Gewicht des Eisens war ungewohnt. »Die Geister, die ins Schwertfeuer gebannt sind, scheinen zornig zu sein. Ich habe keine andere Erklärung dafür als das Gespräch, das wir geführt haben.«

»Wieso glaubst du, sie wären zornig?«

Fiafila-Ignutos Herzschlag pochte in ihrem Hals. *Ich kann ihr Gesicht nicht erkennen*, dachte sie. *Die Kapuze verbirgt zu viel!*

»Du weißt doch, wo sich bei einem Menschen der Kopf befindet«, erwiderte Ignuto. *»Dass du die Schultern siehst, reicht aus!«*

»Ich schmecke die Wut der Geister«, behauptete Fiafila-Ignuto. Sie zögerte, noch näher an ihr Gegenüber heranzutreten.

»Warum hast du das nicht sofort gesagt?«

»Es ist mir erst im Traum klar geworden, als ich letzte Nacht geschlafen habe«, log sie. »Wenn mein wacher Verstand schläft, bin ich besonders empfänglich für ihre Einflüsterungen.«

»Du hast eine dauerhafte Verbindung zu den Geistern?«, staunte Wilania-Pressito. »Nicht nur, während du das Schwertfeuer benutzt?«

»Ich glaube schon«, sagte Fiafila-Ignuto. »Oder ich werde wahnsinnig.«

Die Arme bewegten sich unter dem Umhang.

Unwillkürlich wich Fiafila-Ignuto einen Schritt zurück. *Ob sie eine Waffe dabeihat?*

»Und wenn schon! Du trägst deine Rüstung.«

Es ist zu dunkel! Die Sterne spenden kaum Licht, und der Mond ist nur eine Sichel.

»Der Mond nimmt ab. Morgen Nacht wird es noch dunkler sein. Heute gibt es noch nicht mal Wolken.«

»Andere bereiten sich viele Jahre lang vor, bevor sie Magie wirken«, murmelte Wilania-Pressito. »Du bist direkt in den Wirbel der mystischen Kräfte gesprungen.«

»Ich war eine Priesterin!«, protestierte Fiafila-Ignuto in einem Aufwallen verletzten Stolzes.

»Ja«, sagte Wilania-Pressito gedehnt. »Möglich, dass du von daher eine Verbindung zu jenen Sphären besitzt.«

»Aber ich verstehe nicht, was vor sich geht!« Das Jammern in ihrer Stimme war nur zum Teil gespielt. »Erkläre mir noch einmal die Zeremonie, mit der du Kesters Schwert in den Eisentisch schmieden willst. Ich will sicher sein, dass wir keinen Fehler begehen!«

»Wie wolltest du das wohl beurteilen?«, fragte Wilania-Pressito abfällig. »Auch Selbstüberschätzung kann Wahnsinn sein.«

»Genau das werden wir ihr gleich beibringen!«, giftete der Homunkulus in ihren Gedanken.

Seine Mordlust spülte in sie hinein und rang mit ihrer Unsicherheit und ihren Skrupeln. Was, wenn es fehlschlüge? Und – eine ebenso schreckliche Vorstellung – was, wenn es gelingen würde?

Sie musste Zeit gewinnen, Ruhe finden. Ruhe war wichtig. Die Gedanken leeren. Das hatte Nirto ihr beigebracht. »Wir rufen also Kester an, während wir Eivora aufschneiden«, sagte sie. »Aber an welcher Stelle willst du ihren Körper öffnen? Der Blutfluss darf doch nicht versiegen.«

»Die größere Schwierigkeit besteht darin, zu verhindern, dass sie zu schnell ausläuft«, dozierte Wilania-Pressito. »Deswegen das Gift. Wenn man sie erschlägt, hat man die Sache nur ungenügend unter Kontrolle. Wir nehmen Zarom-Sporen. Teuer und leider nicht geschmacklos, aber sie verhindern die Blutgerinnung. Wir können einen Arm nach dem anderen aufschneiden, dann die Beine, und wenn wir noch nicht fertig sind, schlitzen wir den Hals und die Schlagader im Bauch auf. Das reicht länger als eine Stunde.«

Wir sollten warten, bis Prekesta ihre Initiation abgeschlossen hat. Fiafila-Ignuto wurde schlecht bei dem Gedanken an das Vorhaben, das sie heraus auf die Klippen geführt hatte. *Sie hat mehr Talent für Gewalt als ich.*

»Und wer sagt dir, dass sie sich für uns und gegen Wilania-Pressito entscheidet?«, fragte der Homunkulus ungeduldig. *»Außerdem weiß niemand, wie lange sie noch in den Feuerkammern des Glühenden Tempels bleibt. Es könnte noch eine Woche dauern.«*

Aber sie ist doch schon seit zehn Tagen drin! Das überlebt kein Mensch.

»Mit genug Gier und Hass im Herzen steht man vieles durch. Aber wenn sie trotzdem stirbt, wäre es genauso schlimm. Wir hätten umsonst Zeit vertan.«

»Ich habe noch keine Speise gefunden, die Eivora mundet und deren Geschmack das Gift überdecken würde.« Wieder fuhren Fiafila-Ignutos Hände durch die Luft. »Ginge nicht auch etwas Süßes?«

Wilania-Pressito machte einen Schritt auf sie zu, sodass sie sich nun wieder beinahe hätten berühren können. »Du bist verwirrt«, beschied sie. »Wie soll man einen bitteren Geschmack in Süße verbergen?«

»Wir müssen noch ein Stück näher ran!«

Zaghaft schob Fiafila-Ignuto den linken Fuß vor. »Wir müssten sie bereits in der Nähe des Schwertfeuers haben, wenn wir ihr das Gift verabreichen«, sagte sie.

»Das haben wir doch auch so besprochen.«

»Ja, ich erinnere mich jetzt. Aber wie ist das mit den Runen – werden sie so lange brauchbar bleiben, wenn wir sie zuvor um das Schwertfeuer zeichnen? Oder verbrauchen sie sich nach ein paar Stunden?«

Wilania-Pressitos Hand kam für eine wegwerfende Geste unter dem Umhang hervor. »Nicht, wenn niemand die Knochenasche verwischt, mit der sie gezogen sind.«

»Hast du die Zeichnungen dabei?«, fragte Fiafila-Ignuto.

»Unsinn! Die Runen sind in der Rolle des Triumphs abgebildet, ich weiß, wo ich sie finde. Ich werde alles Nötige dabeihaben, wenn es so weit ist.«

Das reicht nicht!, rief Fiafila-Ignuto in Gedanken. *Wir kommen nicht in den Glühenden Tempel, um diese Rolle zu holen. Unser Plan misslingt!*

»*Wir dürfen nicht zaudern*«, raunte der Homunkulus. »*Jetzt ist sie misstrauisch. Sie wird sich nicht noch einmal an einen solchen Ort locken lassen.*«

»Ich weiß wirklich nicht, was dieser nächtliche Plausch soll«, sagte Wilania-Pressito. »Ich habe inzwischen direkten Kontakt zu Kester. Ich könnte diese Stunde besser nutzen.«

»Ist er so mächtig, wie es heißt?«

»Das nehme ich an.« Zitterte ihre Stimme aus Unsicherheit oder vor Ehrfurcht?

Fiafila-Ignuto schmeckte nichts.

Eine hohe Welle brach sich an den Felsen. Das Wasser spritzte die beiden Avatare nass. Sie zogen sich einige Schritte zurück. Dabei entfernte sich Fiafila-Ignuto drei Armlängen von der anderen.

»Was ist mit dem Schmied? Wenn er Kesters Schwert einschmelzen soll, braucht er eine echte Esse.«

Wilania-Pressito zog den Umhang enger um ihre Schultern. »Du sagtest doch, dass du einen Meister kennst.«

»Ja, Gennetos. Aber wir können uns schlecht in seiner Werkstatt treffen.«

»Vielleicht doch. Wir müssen ihn ohnehin kaufen. Es wird sich nicht verbergen lassen, woher das Blut kommt, wenn es ständig nachfließen muss.«

»Ich frage mich, ob er das mitmachen würde. Ich habe mich umgehört, er ist nicht als Feuergläubiger bekannt.«

»Vielleicht brauchen wir keinen echten Schmiedemeister«, überlegte Wilania-Pressito. »Was ist mit dem, der deine Rüstung angepasst hat? Wieso trägst du sie hier draußen überhaupt?«

»*Jetzt!*«, schrie der Homunkulus in ihren Gedanken so laut, dass Fiafila-Ignuto zusammenzuckte.

Ich bin nicht nah genug!

»*Ich spüre, wie Pressito versucht, unsere Absichten zu ergründen! Ich kann ihn nicht mehr lange aus unseren Gedanken heraushalten.*«

Er sandte ein Bild vor ihr geistiges Auge, das sie in Eisen geschlagen zeigte, gestreckt, und die andere Avatar riss mit einer glühenden Zange Fleisch aus ihrem Körper.

Fiafila-Ignuto kam sich langsam wie eine Schildkröte vor, obwohl sie den Dolch so schnell wie möglich griff und aus der Scheide riss.

Gleichzeitig – nicht nacheinander, erinnerte sie sich an Nirtos Lektion. Sie hätte sich bereits auf ihre Gegnerin werfen müssen, sie mit der Linken packen, sie niederringen, aus dem Gleichgewicht bringen.

Nichts davon hatte sie getan, aber immerhin hatte sie die kurze Klinge in der Hand. Dies war keine zeremonielle Waffe, die oft geflammte Formen oder Zacken aufwiesen, sondern gerader, spitzer, beidseitig geschliffener Stahl, für keinen anderen Zweck geschaffen, als Wunden zu schlagen.

Fiafila-Ignuto sprang nach vorn. Zugleich öffnete sie alle Schranken, die den Einfluss des Homunkulus bisher von ihrem Geist ferngehalten hatten. Dies war der falsche Moment für Bedenken, und selbst wenn etwas von der dämonischen Präsenz in ihrer Seele zurückbliebe, musste sie diesen Preis zahlen. Sie war schon zu weit gegangen, um noch umzukehren.

Wie Blitze zogen Gesichter der Menschen, die Chastro-Ignuto getötet hatte, an ihrem Auge vorbei. Sie sah sie in diesem ganz besonderen Moment des Übergangs vom Leben in den Tod. Manche waren durch Schmerzen entstellt, andere von Überraschung gezeichnet, wieder andere wutverzerrt. Der überwältigende Geschmack der Mordlust ihres Vorgängers ließ Fiafila-Ignuto brüllen.

Sie spürte, wie der Dolch auftraf, aber abrutschte. Im Schatten der Kapuze erkannte sie das Gesicht nur als Schemen, außerdem bewegte sich die andere. Die Klinge musste einen Knochen getroffen haben, vielleicht den Kiefer.

Wilania-Pressito griff ihren Arm und fasste dabei in die Eisendornen. Sie schrie hell.

Nicht stochern, sondern stoßen, erinnerte sie sich an Nirto. Sie riss den Dolch zurück, um den nächsten Angriff mit Wucht vortragen zu können. Gleichzeitig stieß sie ihre linke Faust in die Kapuze ihres Gegenübers.

Sie hatte zu wenig Übung im Kampf, um die Entfernung richtig abzuschätzen. Sie war noch nicht einmal sicher, ob die Stacheln an den Fingern ihre Gegnerin überhaupt berührten oder ob diese sich gänzlich entzog.

Wilania-Pressitos zweiter Arm kam unter dem Umhang zum Vorschein. Abwehrend streckte sie die Hand vor.

»Sie hat keine Waffe dabei!«, triumphierte Ignuto. *»Die eitle Idiotin ist unbewaffnet gekommen!«*

Fiafila-Ignuto stieß eine Mischung aus Gebrüll und Hohnlachen aus. Die Arme ihrer Gegnerin waren ebenso steif wie die Ausleger der Kampfpuppe, mit der sie geübt hatte. Sie schlug sie zur Seite.

Mit dem Dolchstoß ließ sie sich Zeit. Sie genoss die Vorfreude darauf, ein Leben zu beenden, ein Herz zum Stehen zu bringen. Noch nie hatte sie solche Macht gespürt, noch nicht einmal, als sie die Geister des Schwertfeuers unter ihren Willen gezwungen hatte. Sie würde der Frau vor ihr alles nehmen, und niemand könnte sie daran hindern. In diesem Moment war Fiafila-Ignuto für die andere der wichtigste Mensch der Welt, denn was Wilania-Pressito anging, hielt sie das gesamte Schicksal in den Händen. Sie war sogar bedeutender als alle Dämonen, alle Götter, denn keine dieser Wesenheiten vermochte sie jetzt noch aufzuhalten!

Sie rammte den Dolch durch den Umhang und die Kleidung darunter bis zum Anschlag in den Körper ihrer Gegnerin.

Sofort verebbte der Widerstand.

Fiafila-Ignuto langte in die Kapuze, fand den dünnen Hals und drückte zu. Sie stellte sich vor, wie die Eisenkrallen an ihren Fingern in die helle Haut drangen. Mit in den Nacken gelegtem Kopf heulte sie ihre Freude hinaus.

Wilania-Pressito sackte zusammen, ihr Gewicht zog schwer am Dolch.

Fiafila-Ignuto legte sie auf dem rauen Felsboden ab. Sie kniete sich auf die Brust und riss die Krallen durch den Hals.

Ein Gurgeln belohnte sie.

»Wir haben es vollbracht!«, jubilierte Ignuto. *»Sie ist tot!«*

»Sie schon.« Heftig atmend schob Fiafila-Ignuto die Kapuze vom Kopf der Besiegten. »Er noch nicht.«

Pressito, der alte Homunkulus, regte sich träge auf der Schulter der Toten. Er war offensichtlich angeschlagen. Nichtsdestotrotz funkelten seine schwarzen Äuglein mit einer Bosheit jenseits dessen, wozu Menschen fähig waren.

»Ich konnte ihn noch nie leiden«, meinte Ignuto.

»Werfen wir die beiden ins Meer«, schlug Fiafila-Ignuto vor. »Das wird sein Feuer löschen.«

Panik flackerte in den Augen des dämonischen Wesens.

Gonters Knochen schmerzten von den Übungen, die Nirto ihm auferlegte. Vor allem sein linkes Kniegelenk protestierte nach der unsanften Behandlung bei jedem Schritt. Nirto hatte es auf so seltsame Art verdreht, dass Gonter sich in seinem Griff nicht mehr hatte rühren können, ohne vor Schmerz zu schreien. Es war ein Glück, dass sich der Rottmeister an diesem Nachmittag anderen Dingen widmete, sodass Gonters Körper Gelegenheit bekam, sich ein wenig zu erholen.

Er hatte vom Rossmarkt gehört, und da er Pferde mochte, führte ihn sein Weg zum Musterungsfeld, wo er seinen Eid auf den Klingenrausch geschworen hatte. Heute war der Platz mit Pfosten und Stricken in Koppeln eingeteilt, wo die Händler ihre Tiere den Käufern präsentierten.

Aus seiner Heimat kannte Gonter Auktionen, auf denen man für edle Rosse Preise zahlte, die den Jahresverdienst eines Bauern überstiegen. Besonders begehrt waren für die Zucht geeignete Hengste. Weithin gerühmte Gelehrte überprüften Wuchs, Kraft, Gesundheit und Rassemerkmale, erstellten Gutachten über Charakter, Lebenserwartung und Zeugungsfähigkeit. Die Händler warteten mit Stammbäumen auf, die die Meriten der Vorfahren des Tiers aufzeigten. In welche Schlacht hatten sie ihre Besitzer getragen, welches Gestüt begründet oder veredelt, hatten sie ein Rennen gewonnen? Siegel von Fürstenhäusern und Tempeln beglaubigten solche Dokumente, ihre Fälschung kostete den Betrüger ein Ohr.

Hier in Rorgator ging es nicht darum, ein besonders edles Tier zu erwerben, sondern um die Ausstattung der Truppen mit Schlachtrössern und Packpferden. Auch Maultiere und Esel, die man in Gonters Heimat nur auf Dorfmärkten handelte, fanden sich in den Koppeln. Bei den Söldnern schien ein Pferd nicht zum Status seines Besitzers beizutragen. Es war ein Werkzeug, das man benutzte, und wenn es nicht mehr zu gebrauchen war, steckte man sein Fleisch auf einen Spieß und drehte es über dem Feuer. Die Schmackhaftigkeit der Schinken war ein Vorzug, den ein Händler mit Fellmütze und einem Schnurrbart, dessen Enden bis auf seine Brust hingen, lautstark anpries.

Die Vielfalt des Angebots beeindruckte Gonter. Es gab gedrungene Bergponys, die auf engen Pässen zurechtkamen, stämmige Kaltblüter, die schwere Lasten trugen, und feurige Falben, die offenbar besonders gut für Bogenschützen geeignet waren. Eine Rasse hieß *Schneefeuer*. Bei diesen Schimmeln waren Mähne und Schweif flammend rot, die Augen dagegen schwarz wie Kohle. Gonter lehnte sich auf einen Pfosten und sah zu, wie ein Sklave sie umhertrieb, während der Besitzer den Interessenten das Spiel ihrer Muskeln anpries. Sie boten einen herrlichen Anblick, vielleicht gerade, weil sie nicht die Perfektion akribischer Züchtungen aufwiesen. Bei manchen standen die Augen besonders eng zusammen, bei anderen tupften graue Stellen wie Wasserflecken das weiße Fell, und Bisswunden zeugten vom Temperament, das sich auch innerhalb der Herde Bahn brach.

»Ich habe gehofft, Euch hier anzutreffen, Hoheit.«

Gonter wirbelte herum. Sofort erkannte er das breite Gesicht mit der mehrfach wieder zusammengewachsenen Nase. Die Augen, in die er blickte, hatten schon viel Ärger gesehen, auf Gonter aber immer mit Treue geruht. Die gerade Kante des brünetten Haars endete knapp über der Schulter, und der Wappenrock zeigte den Löwen unter dem Sternenfeld.

»Kistur!«, rief er.

Vielsagend blickte der Leibwächter, der ihn mehrere Jahre geschützt hatte, auf Gonters Hand, die das Heft des Schwerts umschloss. »Niemals werde ich eine Bedrohung für Euch sein, Hoheit.«

Er löste den Griff. »Das weiß ich, Kistur. Wie geht es dir? Offenbar ist deine Verletzung verheilt.«

»Der Leibmedikus Eures Vaters hat die Pfeilwunden in meiner Brust gepflegt. Er hat mein Leben ebenso gerettet wie Ihr.«

»Mein Anteil an dieser Ehre ist nicht der Rede wert.«

»Ihr habt mich aus dem Schussfeld gebracht«, beharrte Kistur. »Ohne Euch wäre ich tot.«

»Ich weiß, dass du dasselbe für mich getan hättest.«

»Das war mein Eid.«

Gonter sah in Kisturs Augen. Die Fältchen in den Winkeln zeugten davon, dass der Krieger gern lachte, aber jetzt blickte er ernst. »Hat dein Eid auch damit zu tun, dass du wieder in Rorgator bist?«

Er strich über seinen Wappenrock. »Ich bin auf Befehl ihrer Majestäten hier, um Euch zurückzubringen. Egal, mit welchen Mitteln.«

Schnell sah Gonter sich um, entdeckte aber niemanden, den er für einen Krieger seines Vaters hielt, geschweige denn jemanden, der das Löwenwappen trug. »Du bist nicht allein, nehme ich an«, sagte er trotzdem.

»Nein. Ich führe unseren Trupp auch nicht an. Baron Hornat gibt die Befehle.«

»Vaters alter Kampfgefährte.« Hornat war als einfacher Hellebardier in das königliche Heer eingetreten. Land und Titel hatte er seiner Tapferkeit und der Gunst seines Herrn zu verdanken. Den Verlust des linken Beins unterhalb des Knies auch, aber das hatte er gern dafür gegeben, dass seine Kinder als Edelleute aufwuchsen. »An seiner Loyalität besteht kein Zweifel.«

Kistur wirkte getroffen.

»An deiner auch nicht«, fügte Gonter schnell hinzu.

Kistur nickte, aber die Wunde war geschlagen.

»Schickt Hornat dich zu mir?«

»Er hat mir nicht verboten, Euch anzusprechen.«

»Aber befohlen hat er es auch nicht. Ich nehme an, er weiß nichts davon?«

Er sah Kistur an, wie unwohl er sich fühlte, als er den Kopf schüttelte.

Gonter versuchte ein Grinsen. »Von mir wird er es nicht erfahren.«

Kistur zeigte auf die Schneefeuer. »Auf ihre Art sind es edle Tiere, hörte ich. Sie haben einen Sinn für Gemeinschaft. Wenn Räuber nahen, stellen sich die kräftigsten Hengste zwischen die Herde und die Gefahr.«

»Dann sind sie für den Kampf geeignet?«

Er neigte den Kopf. »Sie sind tapfer, aber nicht stark, wenn man sie mit echten Schlachtrössern vergleicht.«

»Wer unbesiegbar ist, kann niemals mutig sein«, meinte Gonter. »Er würde auf keine würdige Gefahr treffen. Niemals könnte er beweisen, dass er auch dann, wenn es brenzlig wird, für das einsteht, woran er glaubt.«

»Woran glaubt Ihr, Hoheit?«

Gonter krampfte die Fäuste um das oberste Seil der Koppel. »Du denkst, ich verrate meine Heimat.«

»Andere reden so.«

Der Sklave reizte ein Pferd mit der Rute, damit es stieg. Es schlug mit den Vorderhufen aus und warf ihn zu Boden. Die Zuschauer lachten, während er hastig außer Reichweite krabbelte.

»Ich habe mir nicht ausgesucht, als Sohn meines Vaters geboren zu werden«, sagte Gonter. »Ich hatte nie eine Wahl, noch nicht einmal, wenn es darum ging, wen ich heiraten wollte. Dann traf ich die Söldner.«

»Ist es wegen dieser Kampfherrin?«

Gonter schmunzelte. »Ich liebe Eivora, aber sie ist sehr wild. Ich weiß nicht, ob wir ewig zusammenbleiben werden. Ich weiß noch nicht einmal, ob ich das will.«

Kistur runzelte die Stirn, schwieg aber.

»Dieses Leben ist so anders«, sann Gonter. »Hier zählt meine

Geburt nichts, aber meine Leistung alles. Bei den Söldnern gehört einem nur, was man sich selbst nimmt.«

»Kein Ort für Schwache«, bemerkte Kistur.

Erst jetzt fiel Gonter das leise Pfeifen auf, das jeden Atemzug des Leibwächters begleitete. Offenbar waren die Pfeile nicht ohne Wirkung geblieben.

»Du hast recht«, sagte er. »Das ist noch ein Grund, aus dem ich hierbleiben werde. Wenn ich jetzt gehe, werde ich nie wissen, ob ich mich hier durchgesetzt hätte.«

»Und Eure Familie wiegt leichter?«

Gonter atmete tief durch. »Deine Treue zum König ehrt dich, Kistur, aber er hat einige unehrenhafte Dinge getan.«

Der Leibwächter zog ein zusammengefaltetes und gesiegeltes Pergament unter dem Wappenrock hervor. »Eure Hohe Mutter auch?«

Verblüfft nahm Gonter den Brief entgegen. ›An meinen geliebten Sohn‹ stand in geschwungenen Lettern darauf.

»Sie selbst legte ihn in meine Hand, und ich schwor bei meinem Leben, ihn Euch zu übergeben.«

»Noch etwas, von dem Hornat nichts ahnt, nehme ich an.«

»Ich weiß nicht, ob die Königin ihn eingeweiht hat.«

Gonter überlegte, das Schreiben ungeöffnet zurückzugeben, aber dann hätte Kistur seiner Auftraggeberin nicht mehr unter die Augen treten können. Also steckte er es ein. »Ich werde es mir später vornehmen«, versprach er. »Aber es wird meinen Entschluss nicht ins Wanken bringen.«

»Das wird sie betrüben.«

Gonter wusste, dass seine Eltern nicht aus Liebe geheiratet hatten. Er war viel mehr bei seiner Mutter aufgewachsen als bei seinem Vater, der ständig Feldzüge unternahm. Noch mehr allerdings bei Erziehern, die ihn auf die Führung des wachsenden Königtums vorbereitet hatten. Dennoch hatte er bei seiner Mutter ein anderes Interesse verspürt als bei seinem Vater. Sie hatte selten nach den Erfolgen und Fortschritten ihres Sohns gefragt und sich ab und zu danach erkundigt, was ihm Freude machte.

»Das Ziel des Lebens kann nicht allein darin bestehen, die Eltern glücklich zu machen«, meinte Gonter.

Kistur nickte nachdenklich. »Bitte seht Euch vor, Hoheit. Baron Hornat setzt nicht auf Einsicht.«

Plötzlich verstand Gonter. »Der Überfall der Blutkrähen auf den Wehrhof galt mir! Hornat hat sie beauftragt, mich zu entführen.«

»Das war nur die Dreingabe«, sagte Kistur. »Hauptsächlich wurden sie bezahlt, um den Klingenrausch am Ausrücken zu hindern. Ihr sollt nicht in die Ferne entschwinden oder gar zu Schaden kommen.«

»Der Beschluss des Rats von Eisen und Feuer!« Gonter musste sich beherrschen, um nicht zu laut zu rufen. »Der Legionseid wurde gelöst, damit der Klingenrausch weniger attraktiv für Kontrakte wird. So bleibe ich in Hornats Reichweite.« Ungläubig schüttelte er den Kopf. »Das muss ein Vermögen gekostet haben.«

»Nicht so viel wie die Königskrone, die Ihr entwendet habt.«

»Die gibt es nicht mehr. Das Gold ist eingeschmolzen, die Edelsteine sind verkauft.«

Kisturs Miene zeigte seine Betroffenheit.

»Ich hätte es nicht getan, wenn mein Vater die Söldner gerecht entlohnt hätte«, sagte Gonter.

Kistur nickte, aber sein Unverständnis blieb. Er hatte sich nie zwischen dem König und dem Prinzen entscheiden müssen. Jetzt begriff er, dass der Bruch nicht wieder heilen würde. »Die Blutkrähen waren mit weniger zufrieden, als wir erwartet haben«, sagte er mit belegter Stimme. »Ihnen gefällt die Idee, ihre Rivalen zu schwächen.«

»Was planen sie als Nächstes?«

Er sah, dass Kistur mit sich rang.

»Behalte es für dich«, erlöste er ihn. »Es war falsch, dass ich gefragt habe.«

Kistur schien nicht zu wissen, wohin er seine Hände tun sollte. »Ich gehe jetzt besser.«

Gonter nickte. »Es wäre schlecht, wenn man dich mit mir sehen würde.«

»Ich verstehe nicht alles, was Ihr tut, Hoheit. Aber ich weiß, dass Ihr ein guter König wärt.«

»Und mir war es eine Ehre, dass du neben mir geritten bist. Lass mich dir eines dieser Pferde schenken! Es soll dich an mich erinnern.« Der Anteil, den Eivora ihm aus dem Verkauf der Krone aufgenötigt hatte, reichte dafür.

»Man würde fragen, woher ich das Schneefeuer habe.«

Freudlos lächelte Gonter. »Ja, natürlich.«

Der Händedruck zum Abschied war kurz und fest.

5. Abkommen

»Du hast dich rargemacht«, war Eivoras Begrüßung, als Fiafila-Ignuto von der Leiter in das oberste Stockwerk des Turms kletterte, den die Kampfherrin jetzt bewohnte. Der Weg den Hang hinauf zu den Unterkünften des Sturmbanners war anstrengend, vor allem in der noch ungewohnten Rüstung. Das Leitersteigen machten hartes Leder und schweres Eisen auch nicht leichter, aber Fiafila-Ignuto schätzte den Schutz.

Eivora stand an einem Sandtisch mit Hunderten in sauberen Karrees aufgestellten Figuren. Selbst Fiafila-Ignuto verstand genug von der Kriegskunst, um zu sehen, dass dies keine Schlachtordnung war. Eher schon eine Marschformation, aber beim Aufmarsch vor Ygôda hatten die Söldner einen lang gezogenen Heerwurm gebildet. Die Figuren im Sand richteten sich jedoch nicht an einer Linie aus. Bereitete Eivora eine Truppeninspektion oder eine Parade vor?

Unter Eivoras prüfendem Blick verwarf sie die Frage. Ohne Rüstung, nur in Hose und Tunika, war besonders offenkundig, wie zierlich diese Frau war. Dennoch hätte Fiafila-Ignuto sie niemals für ein Kind gehalten, dafür strahlte sie eine zu feste Entschlossenheit aus. Die blauen Augen sahen die Avatar direkt an, in der aufrechten Körperhaltung glaubte Fiafila-Ignuto Kampfbereitschaft zu erkennen, und das schwarze, in zwei nach vorn weisende Spitzen auslaufende Haar ähnelte einem Helm.

»Ich hatte zu tun.« Fiafila-Ignuto bemühte sich, ruhig zu sprechen, ohne sich die Anstrengung anmerken zu lassen. »Einiges ist neu für mich.« Sie zuckte mit der linken Achsel, sodass sich die Schulter bewegte, wo der Homunkulus aus ihr hinauswuchs.

Das runde Zimmer nahm die gesamte Grundfläche des Turms ein, fünfzehn Schritt im Durchmesser. An den Wänden hing ein

Waffenarsenal, mit dem sich ein halbes Banner hätte ausrüsten können. Gegenüber dem Feldzeichen mit der Faust, die einen Turm zertrümmerte, stand ein breites Bett. Darüber war die Wand beinahe leer, nur das Breitschwert, das Eivoras Vater gehört hatte, hing dort.

Eivora zeigte einladend zu einem runden Tisch mit zwei Stühlen, der vor einem Fenster stand, hinter dem das schwarze Tuch der sternenlosen Nacht lag. Nur in weiter Ferne glomm ein Magmastrom.

Fiafila-Ignuto setzte sich. Auf dem Tisch stapelten sich Silbermünzen zu mehreren Türmchen, die nach Größe und Form sortiert waren. Quadratische, runde und sogar sechseckige fanden sich darunter.

Eivora verzog das Gesicht, als sie den Stuhl zu sich zog. Fiafila-Ignuto schmeckte ihren Schmerz als erfrischendes Prickeln.

»Wie geht es deinem Bein?«

Eivora zögerte, bevor sie sich setzte. »Schlecht. Die Wunde schließt sich nicht.«

»Lass sie mich ansehen.«

Eivora runzelte die Stirn.

»Ich war eine Priesterin«, erinnerte sie. »Zwar keine ausgebildete Heilerin, aber ich habe oft geholfen, Kranke und Verletzte zu versorgen.«

Sie entblößte das Bein, indem sie die Hose ganz auszog. Ob sie darauf achtete, stets beweglich zu sein, wie Nirto es anmahnte? Eine Hose, die um die Knöchel lag, wäre eine Fußfessel gewesen.

Die Binde um Eivoras linken Oberschenkel lag glatt an. »Das hat jemand gemacht, der etwas davon versteht«, urteilte Fiafila-Ignuto.

»Wareno.«

Sie nickte, obwohl sie sich nicht erinnerte, wer das war. Ein Geruch von Fäulnis und Schärfe stieg in ihre Nase, als sie sich vorbeugte und die Nadel löste. Vorsichtig wickelte sie den Stoff ab. Die letzte Lage klebte. Eivora ließ sich nichts anmerken, aber der Oberschenkel zuckte, als sie das Leinen abzog.

Die Wunde hatte Form und Ausmaß einer Hand mit gestreckten Fingern. Man sah das Fleisch, aber darüber schimmerte eine gelbliche Paste. Die blauen und schwarzen Ränder nässten und bildeten Eiterbeulen aus.

»Kein schöner Anblick«, befand Fiafila-Ignuto.

»Wareno hat es genäht, aber die Fäden wieder entfernt, weil er die Wunde jeden Tag auswäscht.«

»Wächst sie zusammen?«

»Sie wird flacher, aber auch breiter, weil er faules Fleisch wegschneidet.«

Fiafila-Ignuto nahm ihr Feuerbeutelchen aus der Tasche, öffnete die Zunderdose und streute eine Prise des rostbraunen Pulvers auf den Docht der Kerze, die auf dem Tisch stand.

»Was hast du in Pirlitus Kopf gesehen?«, fragte Eivora.

Sie überlegte, ob sie sich dumm stellen sollte, entschied sich aber dagegen. »Den Blitzstein, zweimal. Beide Male war Pirlitu dem Feuer ausgesetzt, aber nur kurz. Es war nicht mehr als ein Aufflackern.«

Sie schlug den Feuerstein gegen den Stahl, den sie so in der Linken hielt, dass die Funken auf den Zunder sprühten. Schon beim ersten Versuch zischte das Flämmchen empor und entzündete den Docht.

»Hast du bei beiden Gelegenheiten die gleiche Begebenheit gesehen?«

»Einmal hat sie ihn gegen einen gewöhnlichen Stein in einer Kiste ausgetauscht, beim anderen Mal hat man ihn vor ihr auf ein Gestell gelegt.«

Eivora ballte die Rechte. »Dann war sie es.«

Fiafila-Ignuto nahm den bronzenen Kerzenhalter und beleuchtete die Wunde. »Möglich.«

»Du zweifelst daran?«

»Beide Eindrücke waren nur sehr kurz, und ich habe wenig Erfahrung damit. Nicht nur Erinnerungen malen Bilder in unseren Verstand, sondern auch Träume, Ängste und wandernde Vorstellungkraft.«

»Also könnte sie es sich nur vorgestellt haben?«

»Um das auszuschließen, müsste ich sie länger befragen. Unterstützt von geeigneten Mitteln, natürlich.«

»Pirlitu wird nicht gefoltert!«, bestimmte Eivora.

Fiafila-Ignuto schmeckte eine Treue zur anderen Kampfherrin, die über Kameradschaft hinausging.

Sie konzentrierte sich auf die Wunde. »Hast du das Gefühl, dass es besser wird?«

»Es hätte mich schlimmer erwischen können. Immerhin war ich blöd genug, mein Bein in die Bahn einer Axt zu halten.«

»Das ist keine Antwort.«

»Ich sehe keine Besserung.«

»Dann lass mich etwas versuchen. Auch Feuer kann heilen.«

»Was ist denn das für eine Idiotie?«, meldete sich Ignuto.

Vertrau mir, dachte sie. *Was dieser Feldscher mit einer Klinge kann, werden wir mit einer Flamme besser zuwege bringen.*

»Feuer ist nicht sanft. Es zerstört.«

Und jetzt wird es das zerstören, was in Eivoras Fleisch frisst.

Fiafila-Ignuto kippte die Kerze, sodass das geschmolzene Wachs auf die Tischplatte floss. Dann benutzte sie die Klinge ihres Dolchs, um das weitere Wachs abzufangen, und brachte die Flamme knapp über die Wunde.

»Willst du mich ausbrennen?«, fragte Eivora belustigt.

»Ganz genau. Halt still.«

Stattdessen nahm Eivora eine große, sechseckige Münze vom Stapel und ließ sie durch ihre Finger tanzen. Das Kerzenlicht blinkte auf dem hellen Metall.

Sie lenkt sich ab. Gut.

»Was hast du vor?« Der Homunkulus klang jetzt interessiert. Er hatte Schmerz am liebsten, wenn er mit Feuer in Verbindung stand.

»Nicht ich«, flüsterte Fiafila-Ignuto, »sondern wir.« Sie starrte in die Flamme, die gerade und unbewegt nach oben brannte. *Spürst du sie, Ignuto?*

»Natürlich.«

Sie schmunzelte. Es lag tatsächlich in der Natur dieses dämonischen Wesens, eine Verbindung zu Feuer in der Umgebung aufzubauen. So war es auch bei Garallo, der Standartenfigur. Deswegen konnte sie Flächenbrände nutzen, um die Legion aus dem Feuerschlund zu holen und zurückzubringen.

Gefällt dir die Kerzenflamme?

»Sie ist kümmerlich«, maulte der Homunkulus. Manchmal benahm er sich wie ein bösartiges Kind. *»Viel zu klein.«*

Genau richtig für uns. Greif nach ihr.

»Soll ich sie entfachen?« Sofort loderte das Flämmchen auf die doppelte Länge auf.

Nein! Lass sie klein und spitz, aber bring sie an Eivoras Fleisch heran. Genau dort, sie fixierte die Stelle mit einem Blick, *an den schwarz verfaulten Bereich.*

Die Aufgabe weckte Ignutos Ehrgeiz. Für ihn war es ungewohnt, präzise zu arbeiten, statt einfach der Gewalt Bahn zu brechen. Die Flamme brannte nicht mehr gerade nach oben, sondern neigte sich. Es sah aus, als wehrte sie sich. Sie flackerte, und viele winzige Zungen bildeten sich aus, die sich wieder nach oben reckten, wie bei einem Sägeblatt.

»Halte sie ruhig!«, forderte Fiafila-Ignuto flüsternd. Schweiß trat auf ihre Stirn.

Die Flamme leckte über das Fleisch. Es musste schon abgestorben sein, Eivora verspürte keinen Schmerz, nur eine leichte Reizung wegen der Hitze, die das nachwachsende Gewebe in der Wunde selbst erreichte. Den Homunkulus enttäuschte das, aber Fiafila-Ignuto gefiel, dass sich alles so entwickelte, wie sie es vorausgeahnt hatte.

Verbrenne das faule Fleisch.

Eine giftgrüne Flamme zischte aus der Haut. Fett zerkochte prasselnd. Eivora zuckte zurück.

»Halt still!«, rief Fiafila-Ignuto. *Und du: Mäßige dich! Wir müssen sorgfältig vorgehen.*

»Ich verstehe immer noch nicht, was wir hier eigentlich tun.«

Wir brennen die Fäulnis aus Eivoras Bein, erklärte sie. *So genau wie ein Messer ist dieses Flämmchen allemal. Aber während eine Klinge immer auch Schmutz und den Keim der Krankheit in die Wunde bringt, ist das Feuer rein.*

Der Gedanke missfiel dem Homunkulus, aber sie merkte, dass er zustimmte.

Wenn wir auf gesundes Fleisch stoßen, müssen wir noch sorgfältiger werden, erklärte Fiafila-Ignuto. *Du spürst doch Verderbnis, Leid, Tod und Krankheit. Also wirst du auch herausfinden können, wie weit das Wundgift vorgedrungen ist.*

»Es wäre möglich.«

Du selbst sagst ständig, dass wir gemeinsam Dinge zu tun vermögen, die noch kein Avatar vollbracht hat.

»Aber das liegt nicht in meiner Natur.«

Ich weiß, dass du lieber Schmerzen zufügst, als zu heilen, aber du musst einsehen, dass wir Eivora brauchen. Denk an das Schwertfeuer.

»Du willst sie uns gewogen machen.«

Ohne sie werden wir Kester nicht gewinnen. Und du benötigst doch einen neuen Schutzherrn unter den Dämonen.

Sie merkte, wie sich der Homunkulus anstrengte. Sie brannten den Eiter und die Fäulnis weg, verschmorten Äderchen, sodass sie nicht mehr bluteten, und drangen in gesundes Fleisch ein, um die Vergiftung zu verfolgen. Immer wieder zischte Eivora vor Schmerz. Obwohl ihre Wahrnehmung mit jener des Homunkulus verbunden war, wusste Fiafila-Ignuto nicht, ob alle Verbrennungen notwendig waren oder die dämonische Wesenheit manchmal gesundes Fleisch versengte, um ihren Unmut abzureagieren. Als die Kerze herunterbrannte und erlosch, war sie mit ihrem Werk dennoch zufrieden. Sie stellte den bronzenen Halter zurück.

»Das wird für heute reichen«, sagte sie.

»Soll ich die Salbe auftragen, die Wareno mir gegeben hat?«

»Das könnte helfen.«

Sie schmeckte Eivoras Schmerz, als sie die Münze zurücklegte und aufstand, um den Tiegel zu holen. Die Wunde war gereizt.

Ihr Blick fiel auf den Sandtisch mit den Figuren. Aglix hockte auf einem Hügel, als sei der Lurch ein Feldherr, der seine Truppen inspizierte. »Wann wird der Klingenrausch wieder aufbrechen?«

»Das Sturmbanner vielleicht schon bald.« Sie nahm ein Tongefäß und eine frische Binde aus einem Regal. »Wir beraten noch. Es wäre ein seltsamer Kontrakt.«

»Du musst mich mitnehmen.«

Mit gerunzelter Stirn kehrte Eivora zum Tisch zurück. »Vielleicht wäre das tatsächlich eine gute Idee. Deine seherischen Fähigkeiten könnten uns helfen. Die Situation, die uns erwartet, ist unklar und verändert sich anscheinend ständig.«

»Ich würde mich weiter um dein Bein kümmern.«

Eivora setzte sich, spachtelte etwas von der grünen Paste aus dem Tiegel und strich sie auf die Wunde, wo sie sich gelb verfärbte. »Du könntest mir auch in einer anderen Angelegenheit helfen. Es wäre gut, wenn du eine Abmachung bezeugen würdest.«

»Den Kontrakteid? Das ist ohnehin meine Aufgabe.« Ihr Herz hämmerte. Als Avatar der Legion musste sie tatsächlich jeden neuen Kontrakt bezeugen, und dafür musste sie sich in den Glühenden Tempel begeben. Sicher würde man Wilania-Pressito bereits vermissen.

Wenn wir Glück haben, hat sich ihr Verschwinden noch nicht herumgesprochen, und nur einige Vertraute suchen nach ihr.

»Wir müssen uns beeilen! Die Zeit arbeitet gegen uns.«

Darum versuche ich, uns aus Rorgator hinauszubringen. Wir sollten hier weg, bis das Magma in dieser Angelegenheit zu Lavagestein erkaltet ist. Mit leichter Verwunderung bemerkte sie, wie schnell sie sich solche Redensarten aneignete. In ihrer Heimat benutzte man das Bild, dass ein Baum sein Laub wechseln sollte, wenn man meinte, dass ein Vorfall in Vergessenheit geraten musste, bevor man fortfahren konnte.

»Es geht nicht um den Kontrakteid«, sagte Eivora. »Vorher musst du etwas anderes bezeugen.«

»Und dann begleite ich dich?«

»Wir wissen noch nicht, ob wir diesen Auftrag annehmen.«

»Aber du glaubst es?«, fragte Fiafila-Ignuto.

»Je länger ich darüber nachdenke, desto klarer erkenne ich die Vorteile.«

Fiafila-Ignuto nickte. »Du solltest das Schwert deines Vaters mitnehmen.«

»Wieso?«

»Wir könnten es …« Sie überlegte, aber ihr fiel keine Begründung ein, die sie mit Eivora teilen wollte. Wenn sie ihr verriet, dass sie die Klinge ins Schwertfeuer einschmieden wollte, würde Eivora sofort fragen, wie das zu bewerkstelligen sei. Sie könnte sich ein beliebiges Vorgehen ausdenken, ohne das nötige Blut zu erwähnen, aber dann würde sie sich auf einen unsicheren Pfad von Lügen und Halbwahrheiten begeben.

Eivora legte den Spatel ab, verschloss den Tiegel und sah sie fragend an.

»Wir könnten das Schwert brauchen.« Sie wich dem Blick aus.

»Du bist seltsam geworden, Fiafila.« Sie sagte nur ›Fiafila‹, ohne den Zusatz, der den Homunkulus bezeichnete.

Der Name, den ich als Priesterin getragen habe.

»Und als Gefangene.«

Fiafila-Ignuto blinzelte und stand auf. »Ich sollte mich wieder meinen Studien widmen. Es gibt noch viel zu lernen.« Sie wandte sich der Leiter zu.

»Fiafila!«, rief Eivora.

Sie blieb stehen und drehte sich unsicher wieder um.

»Es wird gut sein, dich dabeizuhaben. Nicht nur wegen des Beins und deiner Kräfte.«

»Wir sind nicht länger interessiert«, sagte Eivora.

Selbst unter der Schminke, die ihre Gesichter mit blauen Linien verschiedener Helligkeit überzog, war die Überraschung der Gesandten aus Geliora zu erkennen. Der dürre Mann, dessen Hakennase ihm etwas von einem Vogel gab, starrte seine drei Gefährten an, als erwarte er von ihnen die Bestätigung, sich nicht verhört zu haben.

Nur das Knarzen eines Stuhls übertönte die Stille im kleinen Nebenraum der Kontrakthalle. Die Blicke der Unterhändler richteten sich auf den durch Umhang und Kapuze verhüllten

Mann, aber natürlich konnten sie sein Gesicht nicht erkennen, und da er schwieg, kehrte die Aufmerksamkeit zu Eivora zurück.

Die vier Gesandten standen, während die Söldner saßen. Es gab nur vier Stühle im Raum, sodass keiner frei blieb und kein Zweifel daran aufkommen konnte, dass der Klingenrausch erwartete, das Treffen rasch zu beenden. Auch sonst bot die Einrichtung keinerlei Annehmlichkeiten. In der Mitte des Raums befand sich eine brusthohe Säule mit einer schrägen Ablage, auf der ein Schreiber Bedingungen hätte notieren können, daneben brannten zwei Kerzen auf eisernen Ständern. Von der Decke hingen Öllampen, aber die dunklen Samtvorhänge, die die Wände verhüllten, schienen das Licht aufzusaugen.

Zeranel, der Wortführer der Geliorer, zupfte die absurd weiten, mit einer Silberborte verstärkten Ärmel seiner Robe zurecht. Die Kleidung der Delegation war eine seltsame Mischung aus Würde und Wehrhaftigkeit, über den aus edlem Stoff genähten Gewändern trugen die Gesandten blank polierte Harnische. Dadurch wallten Rock und Ärmel, während der Oberkörper eingezwängt wirkte. Eivora fand diesen Aufzug eher erheiternd als Respekt einflößend, aber darauf kam es natürlich nicht an. Mit ihrem Silber kauften Auftraggeber auch das Recht auf sämtliche Verrücktheiten, sofern sich diese nicht auf die Kriegführung auswirkten.

»Möglicherweise liegt ein Missverständnis vor.« Zeranel blinzelte. »Andere Interessenten halten unser Angebot für erwägenswert.«

»Mit diesen anderen Interessenten meint Ihr bestimmt die Blutkrähen«, vermutete Eivora. »Ich bin sicher, sie werden ihren Beitrag zu Eurer Zufriedenheit leisten.«

Verwundert schüttelte Zeranel den Kopf. Er sah von Eivora zu Fiafila-Ignuto, wobei er sich unsicher zu sein schien, ob er eher im menschlichen Gesicht oder in dem des Homunkulus die Absichten seiner Gegenüber erkennen könnte. Er gab es auf und blickte Iskala an, doch auch das Gesicht der Kampfherrin konnte irritieren, weil sie einen Rubin in der Stirn trug. Wie die meisten Menschen, die sie zum ersten Mal sahen, schien er sich zu fragen, ob es sich um ein aufgeklebtes Schmuckstück handelte, aber soweit Eivora wusste, war das sechseckige Juwel in den Knochen eingesetzt.

Schließlich kehrten Zeranels Augen zu Eivora zurück, die wohl trotz des Feuersalamanders auf der Schulter den gewöhnlichsten Anblick bot. Vielleicht vermutete er, mit ihr am vernünftigsten reden zu können. »Wir haben noch nicht einmal über den Preis verhandelt.«

»Euer Angebot ist großzügig.«

Aus der Kapuze der verhüllten Gestalt neben Eivora drang ein Räuspern.

Sie unterdrückte ein Schmunzeln.

»Was ist es dann?«, fragte Zeranel. »Ich kann mir schlecht vorstellen, dass Ihr die Gefahr scheut. Wir wären auch bereit, Euch eine Frist von einigen Wochen einzuräumen, damit Eure Truppenstärke …«

Er brach ab, weil Eivora die Hand hob.

»Wir haben unsere Gründe«, sagte sie.

»Hat jemand anderes ein attraktiveres Angebot gemacht als wir?«

»An Eurem Angebot ist nichts auszusetzen.«

»Aber es muss doch …«

Der Gefährte zu seiner Linken fasste ihn am Arm und raunte ihm etwas zu.

Zeranels Blick schweifte noch einmal über die Söldner. »Also gut. Wenn Ihr uns nicht zu Diensten stehen könnt, dann entschuldigt uns.«

»Vielleicht kommen wir bei anderer Gelegenheit zusammen.«

Zeranel presste die Zähne aufeinander und nickte knapp. Die Delegation aus Geliora verließ den Raum.

Eivora überzeugte sich, dass die Tür fest verschlossen war.

Kort stand auf und schlug die Kapuze zurück. »Nun, nachdem für meine alten Kameraden gesorgt ist, sollte ich wohl den Platz einnehmen, von dem aus der Auftraggeber verhandelt.« Er stellte seinen Stuhl dorthin, wo vorher die vier Geliorer gestanden hatten, setzte sich wieder und schlug die Beine übereinander. Er wirkte sehr selbstzufrieden.

Eivora wusste nicht, was sie von ihm halten sollte. Sie hatte die Blutkrähen stets als Erzrivalen betrachtet, aber Kort war keine Blutkrähe mehr. Er war noch nicht einmal einer der Veteranen, die sich noch ihrer Legion verbunden fühlten, wie Toguso mit seinem Wehrhof im Ascheland. Doch was war er stattdessen? Wirklich nur ein außergewöhnlich fähiger Söldner mit einer ruhmreichen Vergangenheit?

Wir haben keine Feinde, erinnerte sie sich an eine Lektion, die ihr Vater ihr erteilt hatte, *wir haben nur Auftraggeber und Gegner. Schneller, als man es manchmal vermutet, können Gegner zu Auftraggebern werden.*

»Ich denke, der Boden für unsere Übereinkunft ist nun bereitet«, eröffnete Kort. »Ihr hättet nicht so gehandelt, wie ihr es gerade getan habt, wenn ihr bezweifeln würdet, dass mein Angebot euch große Vorteile bietet.«

Damit hatte er recht. Wenn Eivora ihren Stolz hinunterschluckte, musste sie einsehen, dass der Feldzug gegen Ygôda und das Lösen des Legionseids den Klingenrausch sehr geschwächt hatten. In einem gewöhnlichen Kontrakt hätte er unmöglich die Leistung erbringen können, die man von einer Eliteeinheit erwartete. Die Gefahr, sich endgültig aufzureiben oder nach der Rückkehr durch den Rat von Eisen und Gold herabgestuft zu werden, war immens. Vor allem die Armbruster und die Pikeniere brauchten noch wenigstens drei Monde, um zur alten Stärke zurückzufinden.

»Es gibt noch etwas zu besprechen«, sagte Eivora. »Du willst ausschließlich das Sturmbanner verpflichten.«

»So ist es. Ich brauche Krieger, die außerhalb von Schlachtformationen kämpfen können.«

»Die bekommst du.« Eivora nickte. »Aber auch das Sturmbanner hatte Verluste. Deswegen wird das Zauberbanner uns begleiten.« Sie machte eine Geste zu Iskala.

Die Miene der Kampfherrin verriet nichts. Das Licht von Kerzen und Öllampen spiegelte sich auf der geölten Haut ihres bis auf die Zöpfe im Nacken geschorenen Hauptes. Noch nicht einmal ihre roten Augen zeigten die Wut, die sie noch nicht gänzlich verlassen haben konnte. Eivora war Zeugin ihres Ausbruchs geworden, aber Fiafila-Ignuto ließ sich nicht davon abbringen, diesen Feldzug zu begleiten, und Iskala konnte die Avatar weder zum Verbleib in Rorgator zwingen noch sie ungeschützt ziehen lassen. Also musste das Zauberbanner mit ihr gehen, aber das passte Iskala überhaupt nicht. Sie hatte getobt und damit gedroht, den Rat der Kampfherren einzuberufen, dann aber eingesehen, dass Eivora die Mehrheit auf ihrer Seite hatte. Sogar das Schwerfeuer durften sie mitnehmen, nur der Blitzstein musste in der Kaserne bleiben. Als Eskorte auf einer Wallfahrt sah Eivora keinen Bedarf für das Artefakt, das gegnerische Befestigungen brach.

»Ich halte nichts von Zauberern«, sagte Kort.

Auch jetzt blieb Iskalas Miene unbewegt.

»Du zahlst für deinen Schutz. Der Klingenrausch wird ihn gewährleisten. Auf welche Weise und mit welchen Bannern wir das tun, kann dir gleich sein.«

»Du weißt genau, dass das Sturmbanner einen besonderen Ruf hat.«

»Zu Recht«, bestätigte Eivora. »Aber bedenke deinen Vorteil: Zusätzlich zu den Fähigkeiten des Sturmbanners wirst du weitere Kräfte erhalten.«

»Er will nur den Preis drücken«, unterstellte Iskala.

»Ich gehe davon aus«, Kort beugte sich im Sitzen vor, »dass sich die Menge an Silber nicht verändert.«

»Wer mehr bekommt, muss mehr zahlen«, meinte Iskala lapidar.

Korts blaugrüne Augen richteten sich auf Eivora.

Noch so ein Geheimnis, dachte sie. Niemand außer Kort, ihr und Fiafila-Ignuto, die ebendies bezeugt hatte, wusste davon, dass der Goldanteil des Solds nicht von Kort aufgebracht wurde. Eivora zahlte diese Summe aus ihrem Anteil an König Harlefs eingeschmolzener Krone. Dafür hatte Kort den Eid gesprochen, ihr am Ende seiner Pilgerreise alles zu offenbaren, was er vom

Überfall auf Zigûn und dem Raub des Blitzsteins wusste. Eivora war davon überzeugt, dass einer der anderen Kampfherren, vielleicht sogar Iskala, der Auftraggeber gewesen war, aber auf irgendeine Weise waren die Blutkrähen in die Sache verstrickt.

»Der ausgehandelte Preis ist mehr als günstig für dich«, sagte Eivora fest. »Du machst noch immer ein gutes Geschäft, auch wenn wir ein Drittel mehr Silber nehmen.« Die Dämonen forderten ihren Anteil immer ausschließlich in purem Gold, aber Rorgators Söldner ließen sich in Silber entlohnen.

Ihr Blick bohrte sich in seinen.

Sie schwiegen.

Lange.

Schweiß lief in Eivoras Augen, aber sie wagte nicht, ihn wegzublinzeln, geschweige denn, ihn abzuwischen. Wenn Kort ablehnte, wäre ihnen der Kontrakt mit Geliora entglitten, ohne dass Eivora etwas dafür vorzuweisen hätte. Dabei stand sie bei den anderen Kampfherren im Wort, und Fiafila-Ignuto schien aus irgendeinem Grund fest entschlossen, Rorgator zu verlassen. Vielleicht forderte die Ausbildung im Glühenden Tempel sie zu sehr, oder das Gegenteil war richtig und ihre verborgenen Meister verlangten von ihr, sich jenseits der Metropole zu bewähren.

Aber Kort hätte Eivora nie angesprochen, wenn er eine gleichwertige Option außerhalb des Klingenrauschs gesehen hätte. Er räusperte sich und lenkte ein. Am Ende zahlte er um ein Fünftel mehr Silber, als sie ursprünglich besprochen hatten, und Fiafila-Ignuto setzte den Kontrakt auf.

»Geh langsamer!«, mahnte der Homunkulus. *»Wenn du so durch den Glühenden Tempel hetzt, fallen wir auf.«*

Fiafila-Ignutos Herz pochte, und wenn sie stehen blieb, um sich an einer Kreuzung der Basaltwege zu orientieren, zitterten ihre Beine. Sie war bereits nah am Feuerfall. Magmabecken öffneten sich neben den Pfaden, die Hitze schlug ihr entgegen. Unter anderen Umständen hätte Ignuto diese genossen, aber auch er war nervös. Tuschelten die beiden Feuergläubigen vor der Kammer der Erniedrigung über sie, oder berieten sie nur über die beste Möglichkeit, einen Gefangenen zu entehren? Sollte sie dem Avatar, der ihr entgegenkam, ausweichen, oder machte sie das erst recht verdächtig? Sie seufzte vor Erleichterung, als der Mann mit dem kohlschwarzen Homunkulus auf der Schulter einen Abzweig nahm, bevor sie sich begegneten.

Die Basaltwege bildeten ein verwirrendes Netz. Manchmal führten sie als Stege zwischen Magmabecken hindurch, dann wieder überspannten sie einen Abgrund, bohrten sich als Tunnel durch schwarzen Lavafels, in dem eingeschlossenes Glas glänzte, oder öffneten sich zu Kavernen, in denen trügerische Schatten die wahre Ausdehnung verbargen. Immer wieder traf man auf Dämonenstatuen aus Stein oder Eisen, Portale erschienen wie aufgerissene Mäuler, denen die Pfade ihre Speise zuführten, und Gitter verschlossen die Kerker von Unglückseligen. Einige bettelten nach Barmherzigkeit, andere starrten feindselig oder blickten apathisch in die Ferne. Besonders gefiel es den Feuerknechten, die hier Dienst taten, wenn sich die Verzweiflung in Gewalt gegeneinander entlud. Dann wetteten sie darauf, welcher Gefangene gewann.

Am Durchgang zum Feuerfall wartete Treskor, der Meister der Qualen, wie sich der oberste Dämonenpriester Rorgators nannte. Auf seinem geschorenen Kopf prangte eine eingebrannte Rune, drei durchkreuzte Linien, die in wilden Zacken ausliefen. Sein Alter war schwer zu schätzen. Er verließ den Glühenden Tempel selten, was sich bestimmt ebenso auswirkte wie sein ständiger Umgang mit den Dämonen. Mit Sicherheit war er ein Greis, vielleicht jenseits der siebzig. Seine Stirn lag immer in Falten, und aus seinen Augen wich der Zorn niemals. Er trug eine nachtschwarze, mit blutroten Symbolen bestickte Robe und stützte sich auf einen gedrehten Eisenstab, dessen Spitze in einem Haupt auslief, dessen Mund zu einem gequälten Schrei aufgerissen war.

»Nicht langsamer werden. Treskor darf nicht glauben, dass du dich vor ihm fürchtest.«

Die gehörnte Silberschlange, seine ständige Begleiterin, lag über den Schultern und auf dem rechten Arm. Sie umwand die

Hand, die den Stab hielt. Der Kopf mit den starren Augen wies senkrecht in die Höhe, sie züngelte.

Kann sie in meinen Verstand schauen?

»Denk nicht an Wilania-Pressito!«

Hilf mir mit anderen Bildern!

Treskors Blick schien sie zu durchdringen, wie Kohlenstaub an einem windstillen Tag durch ein offenes Fenster trieb. Seine dunklen Augen offenbarten jedoch selbst ebenso wenig wie ein finsterer Abgrund.

Ignuto schickte eine Erinnerung in ihren Verstand, die er mit Chastro geteilt hatte. Der Avatar stand vor einem brennenden Palast, einer großen Anlage mit mehreren Gebäuden aus weißem Marmor. Der Wind, den die aus den Dächern schlagenden Flammen anzogen, trug den Geruch von Zedernholz mit sich. Eine Frau sprang aus einem Fenster in die Tiefe. Sie presste ein Bündel an ihre Brust.

»Komm zu mir«, verlangte Treskor, obwohl Fiafila-Ignuto nur noch zwei Schritt entfernt stand.

Sie kam so nahe, dass die Schlange ihre Zähne in ihren Arm hätte schlagen können.

Treskor streckte die Linke aus und streichelte mit seinen spitz gefeilten Krallen ihre Wange. »Ein makelloser Körper«, meinte er. »Es überrascht mich nicht, dass Kester befohlen hat, die Priesterin unversehrt zu lassen.«

Fiafila-Ignuto schlug die Augen nieder.

»Wie lange hat er sie gekannt?«, fragte Treskor. »War sie eine Gefangene?«

»Sie sind sich erst unmittelbar vor seinem Tod begegnet.« Es war merkwürdig, von sich selbst wie von einer anderen zu sprechen. »Der Pfeil traf ihn während der Schändung ihres Tempels.«

»Und dann hat er befohlen, dass die Krieger des Klingenrauschs keine Frauen mehr schänden sollen.« Er schnalzte mit der Zunge. »Ein sehr seltsamer letzter Befehl für einen Flammenbringer, der die Welt unter seinen Willen zwingt.«

Fiafila-Ignutos Blick huschte über den Boden. Sie durfte nicht daran denken, dass dies ihre große Lüge war, dass es nicht Kesters, sondern ihrem eigenen Wunsch entsprang, jene Frauen zu schützen, die Opfer von Feldzügen wurden, die ihnen nur Leid und niemals Ruhm brachten. *Lenk mich ab!*

Der Homunkulus zeigte ihr ein Verhör, das Chastro-Ignuto geführt hatte. Die Schmerzen berauschten ihn, er schwebte in einer Symphonie aus Peitschenschlägen und glühenden Kohlen. Fiafila-Ignuto befremdete diese Begeisterung, und die Grausamkeit stieß sie ab, aber sie gab sich den Eindrücken hin.

»Ah, Iskala!«, rief Treskor.

Fiafila-Ignuto folgte seinem Blick und drehte sich um. Die Kampfherrin des Zauberbanners näherte sich über den gleichen Basaltweg, den auch sie genommen hatte. Ihr Gewand war feuerrot, die Beine weit geschnitten, aber kurz genug, damit sie nicht auf den Saum trat. Die Hitze trieb den Schweiß aus der sorgfältig geschorenen Kopfhaut, der Rubin in der Stirn wirkte wie ein drittes Auge. Ein gewellter Dolch hing an ihrer Hüfte.

»Ihr habt es alle eilig, scheint mir«, sagte Treskor mit Spott in der Stimme.

»Ich bin mit Absicht früher gekommen«, versetzte Iskala. »Ich will dich sprechen. Eine meiner Söldnerinnen, Prekesta, befindet sich jetzt schon fast zwei Wochen im Glühenden Tempel.«

»Ich hörte von ihr«, sagte Treskor. »Ihre Initiation schreitet gut voran. Der Klingenrausch bringt besonderes Material hervor.« Vielsagend richtete sich sein Blick auf Fiafila-Ignuto.

Sie merkte, dass sie zitterte. Bestimmt entging das auch dem Meister der Qualen nicht.

»Er ist es gewohnt, dass man ihn fürchtet. Das wird ihn nicht misstrauisch machen.«

Die Erinnerung an Wilania-Pressito kehrte zurück. Der Homunkulus hatte gezappelt wie wahnsinnig, als sie den Körper ins Meer gezogen hatte. Er hatte versucht, sich aus der Schulter zu lösen, aber seine Wurzeln mussten sehr tief in die Brust seiner Trägerin gereicht haben.

Mit einem Ruck wandte sich Fiafila-Ignuto ab und floh in den

Verbindungsgang zum Feuerfall. Sie hoffte, dass Iskala den Meister der Qualen zurückhalten würde.

Erst auf der Empore wagte sie wieder zu atmen.

Jenseits des steinernen Geländers brach das Magma auf einer Breite von zwanzig Schritt aus dem Fels und stürzte in einen Abgrund hinter einem Feuersee. Es war heute sehr hell, an einigen Stellen sogar weiß, und noch heißer, als Fiafila-Ignuto es in Erinnerung hatte. Die Luft flimmerte, auch auf dem Balkon.

Die Avatar verlor sich im Anblick der wandernden Schlieren. Woher kam all dieses flüssige Feuer? Wenn sie es richtig verstand, quoll es seit Urzeiten aus der Erde, schon die ersten Siedler hatten es an diesem Ort vorgefunden. Mal floss es in breiten Strömen, zu anderen Zeiten war es nur ein Rinnsal, aber es versiegte nie. Immer wieder brach Magma aus den Flanken der Vulkane, unablässig wälzte es sich dem Meer entgegen, wo es die anbrandenden Wellen verdampfte.

Das Feuer war auch der Weg ins Reich der Dämonen. Dort herrschten Wesenheiten, die sich an Leid und Schmerz ergötzten und nach Gold gierten. Sie gewährten Rorgators Söldnern Schutz, solange man sie mit einem Anteil aus jedem Kontrakt besänftigte. Jedenfalls galt das für jene, die das Sagen hatten und die die noch Grausameren im Zaum hielten.

Doch die Dämonen lagen in ständigem Streit miteinander. Auch Kester war jetzt Teil ihres Ringens, und nicht wenige lehrte er das fürchten. Wenn zutraf, was man munkelte, hatte er bereits ein Gefolge in seinen Dienst gezwungen, auch wenn man in der Priesterschaft noch zögerte, ihn zu verehren und so den Neid der älteren Dämonen heraufzubeschwören. Andererseits hatte Wilania-Pressito behauptet, in direktem Kontakt mit Kester gestanden zu haben.

Fiafila-Ignutos Blick wanderte über das unablässig strömende Feuer. *Irgendwo dort ist er*, dachte sie.

Sie drehte sich um, als sie hörte, dass hinter ihr jemand auf die Empore trat.

»Und hier ist Eivora, sein Blut.«

6. Fluch

Obwohl der Fensterladen in Eivoras Kabine geschlossen war, vergaß Fiafila-Ignuto keinen Moment, dass sie sich auf einem Schiff befand. Ständig knarrten irgendwo Planken, und der Wellengang schaukelte unablässig den Boden. Sie fragte sich, ob sich ein Kind auf dem Arm seiner Mutter ebenso fühlte.

Die Kerzenflamme züngelte herab in einen verkrusteten Bereich und verschmorte eine trockene Ader, in der irgendetwas wucherte, das nicht zu Eivoras Körper gehörte. Mit der Vorstellung, etwas zu zerstören, köderte sie den Homunkulus. Ihm war es beinahe gleich, ob ein Haus oder eine Krankheit in Flammen aufging. Der Versuchung, Eivora immer wieder ein bisschen Schmerz spüren zu lassen, konnte er nicht widerstehen.

»Hast du die Wunde heute Morgen schon ausgewaschen?«, fragte Fiafila-Ignuto.

Eivora schüttelte den Kopf.

»Ich habe trotzdem keinen Eiter gefunden«, stellte die Avatar fest. »Das ist gut. Den alten Verband sollten wir dennoch verbrennen.« Sie drehte sich zu Yra um. »Kümmere dich darum.«

Die Magd nickte, wodurch sich ihr in alle Richtungen abstehendes Haar wie eine Baumkrone bewegte, in die ein Windstoß fuhr. Sie nahm den gelblich verfärbten Stoff und ging hinaus. Obwohl sie sehr schlank war, spürte man den zusätzlichen Platz sofort. Zwar belegte Eivora als Kampfherrin einen Raum für sich allein, aber dieser war mit der Koje, auf der sie jetzt saß, bereits zu einem Drittel gefüllt. Wenn man den Schlafplatz an die Wand klappte, wo er sich mit zwei Hebeln befestigen ließ, kam die Seekiste zum Vorschein, deren gerader Deckel auch als Tisch diente. Fiafila-Ignuto saß auf einem dreibeinigen Schemel, den man an mehreren Stellen am Boden feststecken konnte. Eivoras

Arohns Pfeil
Bugkastell
Abstieg zu
den Unterdecks
Ladeluke
Kompasssäule
Steuerrad
Achterkastell

Rüstung und Waffen lagen in einer Ecke. Nur das Schwert ihres Vaters war mit einer dünnen Leine festgezurrt.

Fiafila-Ignuto trug ein Kleid, dessen linke Schulter sie aufgetrennt hatte, um dem Homunkulus Platz zu schaffen. Yra hatte die zusätzliche Öffnung mit einer schwarzen Borte gesäumt.

»Ich habe auch seltener diesen stechenden Schmerz, wenn ich auftrete«, sagte Eivora.

»Das ist gut. Wir sollten die Behandlung fortsetzen, offenbar sind wir auf dem richtigen Weg.«

Fiafila-Ignuto nahm den Tiegel mit der grünen Salbe und spachtelte sie auf die Verletzung. Der Vorrat würde noch zwei Wochen reichen. Bis dahin musste die Entzündung aus der Wunde gezogen sein.

Fiafila-Ignuto griff eine frische Leinenbahn und öffnete ihre Verschnürung.

Eivora nahm ihr den Verband ab. »Das kann ich selbst. Ich bin kein Kind mehr.« Sie sah müde aus. In der Nacht hatte sie den Voraustrupp des Klingenrauschs zusammengestellt, sich mit den anderen Kampfherren beraten und dem Sturmbanner Anweisungen für die Zeit erteilt, bis es nachkommen würde. Es war verständlich, dass sie allein sein und zur Ruhe kommen wollte.

Das Kleid raschelte, als Fiafila-Ignuto aufstand. Wer es wohl vor ihr getragen hatte? War es ein Beutestück, oder gab es in Rorgator einen Schneider, der von einer sanften, feinen Lebensart träumte?

Sie hatte sich vorgestellt, dass es eine Erleichterung wäre, das Gewicht der Rüstung los zu sein. Diese lag nun in der Kabine, die sie mit Lostor, einem Rottmeister des Sturmbanners, teilte. Aber der leichte Stoff fühlte sich falsch an. Das lag weniger am Fehlen des Schutzes durch Leder und Eisen. Sie vermisste die Stacheln und Dornen, die aus ihrem Panzer ragten. Fiafila-Ignuto mochte es, wie jedermann sie betrachtete, wenn sie die Rüstung trug, und wie alle gezwungen waren, Abstand zu halten, um eine zufällige Berührung zu vermeiden.

»Entfacht die Flammen«, sagte Eivora hinter ihr. »Treibt sie alle ins Feuer.«

Fiafila-Ignutos Hand lag bereits auf der Klinke. Sie hielt inne.

»Kommt dir dieser Befehl bekannt vor?«, fragte Eivora.

Sie weiß es! Plötzlich pulste frische Kraft in Fiafila-Ignutos Muskeln. *Sie weiß, dass ich die letzten Worte ihres Vaters unterschlagen habe.* Sie stand wie erstarrt, schielte aber zum festgebundenen Breitschwert. Die Verschnürung zog sich nur über die Scheide, das Griffstück war frei.

»Töte sie!«, zischte der Homunkulus in ihrem Kopf. *»Erschlage sie, bevor sie uns besiegt! Im Nahkampf ist sie eine Stümperin. Überrasche sie, wie Nirto es dir beigebracht hat. Reiß das Schwert aus der Scheide und streck sie nieder!«*

Ihr Mund war trocken. Sie wagte nicht, sich umzudrehen. Hatte Eivora bereits ihre Armbrust in der Hand, um ihr einen Bolzen in die Brust zu jagen?

Wie lange wusste sie schon, dass ihre Behauptung, Kester habe befohlen, den Schändungen Einhalt zu gebieten, eine Lüge war?

»Vor allem war dein übereilter Vorstoß eine Dummheit! Du hättest es geschickter anfangen müssen! Niemand glaubt, dass der Flammenbringer einen solchen Befehl erteilt hat.«

Fiafila-Ignuto lauschte angestrengt, aber sie hörte nur das Knarren der Planken, das Schreien der Möwen und die Menschen draußen auf dem Deck. Eivora schwieg, und auch der Knall, mit dem eine Sehne die Wurfarme arretierte, blieb aus.

Sie drückte die Klinke hinunter, trat in den hellen Morgen hinaus und schloss die Tür hinter sich, ohne sich umzuwenden. Die salzige Seeluft schlug ihr ins Gesicht. Sie empfand das als erfrischend, aber der Homunkulus auf ihrer Schulter schauderte.

Die *Arohns Pfeil* war das Flaggschiff der iljugischen Flotte. Dass man Kort mit diesem schmucken Dreimaster heimholte, bewies die Bedeutung, die man seinem Thronanspruch beimaß. Selbst Fiafila-Ignuto, die wenig von der Seefahrt verstand, imponierte die elegante Form des Seglers. Matrosen kletterten in den Wanten am Hauptmast und setzten ein zusätzliches Segel. Das Leinen, das sich jetzt schon im Wind blähte, hätte ausgereicht, um ein Bauernhaus zu umhüllen.

Fiafila-Ignuto ging über das zwischen den Kastellen gelegene Hauptdeck zur Reling. Sie setzte kleine, vorsichtige Schritte, um die rollende Bewegung des Schiffs auszugleichen. Trotzdem fühlte es sich an, als ginge sie bergab.

Im Westen hob sich das dunkle Gebirge aus dem Wasser. Rorgator entdeckte sie ohne Probleme, die Kegelberge drängten sich dort. Mehrere von ihnen spuckten heute Asche und Rauch. Vor der Küste reckten sich Lavafelsen aus den Wellen, die gischtend am schwarzen Stein zerstoben. Einige bildeten flache Eilande, aber viele schraubten sich in bizarren Formen in die Höhe, die an geschmolzene Kerzen erinnerten. *Nur Dämonenanbeter verwenden schwarze Kerzen.*

»Man betet Dämonen nicht an. Man schließt einen Pakt mit ihnen.«

Zwischen den Felsen schaukelte das Lotsenboot mit seinem dreieckigen Segel. Die vier Riemenpaare waren zusätzlich ausgebracht. Auch auf dem Rückweg nach Rorgator wollte man sich wohl nicht drauf verlassen, dass der Wind immer in eine gefahrlose Richtung drückte.

Fiafila-Ignuto sah hinauf zum gelb-grün gestreiften Wimpel an der Spitze des Hauptmasts. Seine Spitze flatterte Richtung Land. Die Hitze des Magmas, ob unterirdisch lauernd oder ausgebrochen, ließ dort immer die Luft aufsteigen und zog frischen Wind von See heran. Das war wohl auch der Grund, warum die Segel des aufs offene Meer steuernden Schiffs schräg zur Fahrtrichtung standen und der Rumpf um eine Achse pendelte, die nach steuerbord gekippt war.

Sie hielt Ausschau nach Yra und entdeckte sie nahe dem Bugkastell, wo sie versuchte, ein Dreibein an den Bolzen im Boden zu befestigen. Eine Feuerschale, ein Kohlebeutel und die getragene Wundbinde lagen neben ihr. Mit einem Fuß verhinderte sie, dass sie fortrutschten.

Nur ein paar Schritt von ihr entfernt saß Kort an den Bugaufbau gelehnt. Er übermalte einen tropfenförmigen Kampfschild mit leuchtend roter Farbe. Wo die ursprüngliche Bemalung noch zu sehen war, erkannte man das schwarze Gefieder einer Krähe, deren Schwingen dem Betrachter entgegenfächelten.

Eine Gruppe junger Männer, die offenbar nichts mit der Arbeit der Seeleute zu tun hatten und auch vornehmere Kleidung trugen, gesellte sich zu Yra. Die Jünglinge schienen gut gelaunt und redeten auf sie ein. Die Magd schüttelte den Kopf und mühte sich weiter mit dem Dreibein.

»Eivora ist ein Problem«, sagte der Homunkulus in ihrem Kopf. *»Was willst du tun, wenn sie deinen Schwindel verrät?«*

Wenn sie das wollte, hätte sie es schon getan, dachte Fiafila-Ignuto.

Es brauchte seine Zeit, sich darauf einzustellen, eine zweite Stimme im eigenen Kopf zu haben. Der Homunkulus verfügte über tiefe Einblicke in Gebiete, die einem Menschen niemals zugänglich waren. Aber Fiafila-Ignuto sah nicht ein, sich von seiner Sichtweise beherrschen zu lassen. Sie vermutete, dass ihr Misstrauen Eivora gegenüber nicht nur auf Tatsachen beruhte, die dazu Anlass gaben, sondern zu einem Gutteil auch auf der Auslegung des Homunkulus. Die beiden Frauen waren Freundinnen gewesen, und in gewisser Weise waren sie das trotz allem noch immer. Das würde auch Eivora etwas bedeuten.

»Möglicherweise war sie unsicher. Dein Zögern kann ihren Verdacht bestätigt haben.«

Sie kennt die genauen Worte, die ihr Vater gesprochen hat, widersprach sie. *Sie weiß Bescheid.*

»Dann muss sie sterben!«

Das Schwertfeuer steht noch in Rorgator, erinnerte Fiafila-Ignuto. Die nachrückenden Truppen würden das Artefakt mitbringen. *Wie willst du ihr Blut benutzen, um Kesters Klinge einzuschmieden und den Dämon für dich zu gewinnen, wenn wir es hier auf See verschwenden?*

Der Homunkulus versank in nachdenkliches Brüten.

Der Posten am Bugausguck rief etwas. Ein Matrose auf dem Hauptdeck wiederholte es. Wenn die *Arohns Pfeil* unter Segeln fuhr, konnte man vom Steuerrad aus nicht erkennen, was sich vor dem Schiff tat.

Die jungen Männer bei Yra ließen Fiafila-Ignuto keine Ruhe, obwohl sie wohl besser das Problem mit Eivora zu Ende durchdacht hätte. Sie versuchte zu verstehen, was sie mit Yra beredeten, aber das Rauschen des Windes und die an den Bug schlagenden Wellen übertönten das Gespräch. Zudem schrien die Möwen, die das Schiff noch immer begleiteten. Sie betrachtete die weiß-grauen Vögel mit gemischten Gefühlen.

Einerseits hätte sie sie am liebsten alle vom Himmel geholt. Sie flogen gegen steife Brisen, deswegen gefielen sie Basäon, dem Gott, dem sie untreu geworden war, beinahe so sehr wie Wildgänse. Dass einige von ihnen aufs offene Meer hinauszogen, statt zum Festland zurückzukehren, war ihr nicht geheuer. Was suchten sie dort? Erstatteten sie Fiafila-Ignutos enttäuschtem Herrn Bericht?

Andererseits bewunderte sie noch immer das majestätische Spiel der Tiere mit dem Wind. Es sah so leicht aus, sich von allen Niederungen zu lösen und einfach zu fliegen.

»Ich habe ohnehin keine Möglichkeit, sie herunterzuholen«, gestand sie sich ein und machte sich auf den Weg zum Vorderdeck.

Alle Iljuger, sogar die Matrosen, trugen auffällig steife, manchmal auch spitze Kragen. Ein Jüngling mit Schnurrbart und langem, lockigem Haar half Yra, indem er die Feuerschale auf dem Dreibein befestigte. Bei seinem hüftlangen Umhang war der Kragen so hoch, dass er die Ohren erreichte. Ein Freund von ihm, dessen Gewand ein sehr unruhiges Muster zierte, goss ein Getränk aus einer tönernen Flasche in einen Becher, der mit einem Band daran festgebunden war. Er bot ihr das Trinkgefäß an. Als sie eine abwehrende Geste machte, drückte er es an ihre Lippen. Sie wollte zurückweichen, aber ein weiterer Jüngling hinderte sie mit einer Hand im Nacken daran.

»Sind das deine Leute?«, fragte Fiafila-Ignuto, als sie Kort erreichte.

Er setzte den Pinsel ab, bevor er sie ansah. Sein Blick wanderte über das Kleid und ihr Gesicht und verharrte kurz beim Homunkulus. Erst dann sah er zu Yra hinüber.

»Jedenfalls mögen sie meinen Bruder noch weniger als mich.« Er grinste.

Die jungen Männer nötigten Yra zu einem tiefen Zug. Das Mädchen hustete.

»Sie ist meine Magd«, sagte Fiafila-Ignuto.

Er zuckte mit den Achseln. »Dann geht sie mich nichts an.« Er tauchte den Pinsel in die rote Farbe und ließ ihn abtropfen.

Eine kreischende Möwe setzte sich auf das Geländer des Vorderdecks. Zwei schmale Treppen führten auf diesen Teil des Seglers. Er lag drei Schritt höher als das Hauptdeck. Dem Vogel schien die erhöhte Position zu gefallen. Der helle Kopf ruckte hin und her, als wolle er alles auf dem Schiff genau erfassen. *Wie ein Spion.*

»Du trägst noch immer die Farben der Blutkrähen«, bemerkte Fiafila-Ignuto.

Kort sah an sich herab, als müsse er sich vergewissern, dass sein Wams auf der Herzseite schwarz, auf der anderen grau war und Gürtel und Säume rot leuchteten. »Gewohnheit.« Seine Stimme war die eines Befehlshabers. Mühelos übertönte sie die Geräusche des Schiffs.

Fiafila-Ignuto hatte das Gefühl, dass die Möwe sie anstarrte. Leider hatte sie nichts dabei, um nach ihr zu werfen.

»Man munkelt, du warst einmal eine Priesterin«, sagte er.

»Und du wirst jetzt ein frommer Mann, hörte ich.«

Er lachte, wobei der dünne, aber lange Bart zitterte. Das krause Haar erinnerte an verworrene Kupferdrähte.

»Ich tue, was nötig ist«, sagte Kort.

»In einem Büßergewand?«

»Wenn ich mir eine Feder in den Hintern stecken müsste, um Graf zu werden, würde ich auch das tun.« Auf dem Schild verschwand die Krähe endgültig unter der roten Farbe. »Ich bin froh, dass das noch niemandem eingefallen ist. So komme ich damit davon, zum Tempel des Zeutron zu pilgern. Hattest du schon einmal mit dem geschuppten Kater zu tun?«

»In Abidia huldigt man Zeutron in vielen Inkarnationen, als Schlange, Fisch und Vogel. Aber ich weiß, dass er in Iljuga in Gestalt eines Katers verehrt wird. Er gilt als sehr verspielt, deswegen bemühen sich seine Jünger, ihm immer etwas Neues zu bieten. Er soll das Interesse nicht verlieren.«

»Du warst wirklich eine Priesterin.« Kort nickte anerkennend, während er den Pinsel eintauchte. »Katzen sind grausam, vielleicht mögen die Hofdamen sie deswegen so sehr. Ihre flauschigen Freunde spielen mit Mäusen ebenso wie sie selbst mit ihren Verehrern.« Er strich den Pinsel ab und sah Fiafila-Ignuto in die Augen. »Ich glaube, es liegt daran, dass sie ihr Alter kommen sehen, sogar, wenn sie erst so jung sind wie deine Magd.«

»Sie zählt dreizehn Jahre.« Das stimmte zumindest ungefähr.

»Lass den Männern ihren Spaß«, riet der Homunkulus. *»Wenn du dich wegen solcher Kleinigkeiten aufregst, erscheinst du als schwaches Weib.«*

»Frauen wissen, dass ihre Blüte nur bis zum fünfundzwanzigsten Jahr währt. Dann beginnen sie zu welken«, fuhr Kort fort.

»Dann werde ich vor deinen Nachstellungen sicher sein. Ich bin achtundzwanzig.«

»Erst ab dreißig fällt eure Schönheit dem Vergessen entgegen wie ein Stein dem Grund eines Brunnenschachts«, meinte er. »Vorher geht es langsam. Aber ihr spürt es, nicht wahr?«

Fiafila-Ignuto dachte an ihre Liebeleien zurück. Nach ihrer Gefangennahme war sie entsetzt darüber gewesen, wie freizügig die Menschen in Rorgator ihre körperliche Zuneigung verschenkten, aber auch sie hatte Verehrer gehabt. Gern erinnerte sie sich an den Kaufmannssohn, der eine der heiligen Rosen aus dem Garten der Hilaste gestohlen hatte, um sie ihr zu Füßen zu legen. Natürlich hatte sie von ihm verlangt, sie zurückzubringen, aber sie hatte es genossen, dass sein Preis dafür ein Kuss gewesen war. Eine Woche später hatte seine Familie ihn nach Eilita geschickt, um sich dort im Tuchhandel zu bewähren. Einmal hatte er noch geschrieben und sie seiner immerwährenden Liebe versichert.

Erst ein halbes Jahr später hatte sie sich mit dem nächsten Galan getroffen. Er war fünfzehn Jahre älter gewesen, von einer ruhigen Stärke und bereits verheiratet. Seine Komplimente hatten sie ermutigt aber sie hatte die unschickliche Angelegenheit beendet, bevor jemand davon erfuhr.

Einmal hatte man sich sogar wegen ihr geschlagen. Auch das hatte sie verurteilt, aber mit den anderen jungen Frauen im Tempel dennoch oft darüber getuschelt.

Nachdem man sie zur obersten Basäonpriesterin von Abidia gemacht hatte, waren Tändeleien unangemessen gewesen. Sie hatte sich auf nichts mehr eingelassen.

Aber war wirklich das neue Amt der Grund dafür? Oder hatte Kort recht, und die Verehrer wurden seit einigen Jahren spärlicher? Da war dieser Baron gewesen … Hatte sie ihn tatsächlich als Frau interessiert, oder hatte ihn nur der Einfluss der Priesterin gereizt?

»Junge Damen spüren die Grausamkeit des Lebens, die sie früher oder später zerstören wird.« Kort wandte sich wieder dem Tropfenschild zu. »Deswegen quälen sie ihre Freier, sie geben den Schmerz weiter. Und sie sehen gern zu, wenn ihre Katzen mit den Mäusen spielen, ihnen erst nur sanfte Stöße mit den Tatzen verpassen, damit sie denken, dass sie noch mit dem Leben davonkommen können. Hast du beobachtet, wie eine Katze ihren Jungen das Jagen beibringt?«

»Ein paarmal.«

»Es gibt kaum etwas Grausameres auf der Welt. Am Ende reißen sie ihren Opfern den Bauch auf. Die Damen wie die Katzen.« Er lachte. »Da finden sich verwandte Seelen.«

»Hat dich auch einmal eine Frau gequält?«

Der Blick aus seinen blaugrünen Augen ließ sie schaudern. »Ich bin kein Mäuschen.«

Sie schluckte. Die Möwe starrte sie noch immer an, und einer der Jünglinge legte einen Arm um Yras Schultern, während er ihr erneut den Becher an den Mund setzte. Sie kicherte.

Ich werde das nicht dulden.

»Du kannst nicht in jeden Kampf ziehen und dir alle zu Feinden machen, sonst stehen wir am Ende allein da. Denk daran, dass wir mehrere Tage mit diesen Leuten auf einem Schiff sein werden. Wir können ihnen nicht ausweichen.«

Sie mir auch nicht.

»Steigt dir dein Erfolg bei Wilania-Pressito zu Kopf? Du hast sie überrascht. Wie viele von denen kannst du überrumpeln, bevor sie uns ins Meer werfen?«

»Ich bin kein Freund von Katzen«, erzählte Kort. »Mich verbindet mehr mit Irquala.«

»Der Würgerin, die den Tod zur unrechten Zeit erzwingt«, sagte Fiafila-Ignuto.

»Für den Geschmack meiner künftigen Untertanen habe ich ihr wohl zu oft gehuldigt. Nicht mit frommen Versen, sondern mit der Schlachtaxt.« Er lachte so laut, dass die Jünglinge zu ihnen herübersahen.

»Erkennst du die Unsicherheit in ihren Blicken?«, fragte er. »Einige von ihnen haben wohl erst bei ihrem Besuch in Rorgator gemerkt, welchen Dämon sie in ihr Haus einladen.«

»Aber dein Geburtsrecht wiegt schwer in ihren Überlegungen«, vermutete Fiafila-Ignuto.

»Das ist sicher das, was sie sagen. In Wirklichkeit hoffen sie, dass sie unter mir bessere Posten haben werden als unter Rodalf.« Er führte ein paar kräftige Pinselstriche. »Natürlich gibt es auch ein paar Trottel, die an das Alter des Bluts glauben oder daran, dass jemand, der während der Seuche nicht in der Grafschaft war, vom Übel unberührt sei.« Er schmunzelte. »Jedenfalls freue ich mich, dass ein Schrein der Irquala auf unserem Weg liegt. Die ist erträglicher als weichherzige Götter wie Hul. Der ist für die Weiber, wie die meisten Götter.« Er verzog den Mund.

»Ich nehme an, in Iljuga betet man zu Hul, um die Jugend zu erhalten.«

»Natürlich nur die eigene.« Er prüfte den Schild, den das Rot nun vollständig bedeckte. Er sah fleckig aus, weil die Farbe an einigen Stellen schon getrocknet war und an anderen noch glänzte. »Die Rivalinnen sollen zerknittern wie Dörrobst.«

»Eine Hulpriesterin hat mich gelehrt, dass ihr Gott eigentlich nicht die Jugend verspricht. Das ist ein Missverständnis. Er segnet die Menschen mit Gesundheit und Spannkraft, wie sie der Jugend eigen sind, aber sie altern dennoch.«

»Menschen glauben, was sie glauben wollen. Mit der Wirklichkeit hat das wenig zu tun.«

»Der Hultempel in Abidia hat hervorragende Heiler. Wir haben viel von ihnen gelernt.«

»Und ich habe dafür gesorgt, dass es immer genug Wunden gibt, an denen die Heiler üben können.« Er zwinkerte ihr zu.

Das irritierte Fiafila-Ignuto. Glaubte dieser Schlächter, sie könne sein Leben voller Brutalität gutheißen oder es gar amüsant finden, dass seine Truppen Tausende erschlagen und verkrüppelt hatten?

Bei Yra wurden die Männer rauer. Zwei rangelten miteinander. Der mit dem Schnurrbart und den Locken nutzte die Gelegenheit, um einen Kuss zu erhaschen, dem sich das Mädchen etwas zu spät entzog, um glaubwürdig zu sein. Der Trunk rötete Yras Wangen.

Ich will das nicht, dachte Fiafila-Ignuto.

»Das ist keine Schändung«, gab der Homunkulus zu bedenken. *»Es wird ihr gefallen. Der Rum wird es leichter machen.«*

Sie wollen sie nur für ihre Geilheit benutzen.

»So vermehrt ihr Menschen euch doch.«

Du verstehst nichts von Liebe.

»Ich weiß, dass sie die Rührseligen schwach macht.« Sie spürte seine Abscheu.

»Wirst du auch Arohn deine Aufwartung machen?«, fragte Fiafila-Ignuto.

»Sogar zuerst. Der große Jäger ist der Schutzherr Iljugas. Was glaubst du, wieso das Flaggschiff nach ihm benannt ist?«

»Das dachte ich mir.« Fiafila-Ignuto nickte. »Seine Jünger haben uns oft Wildbret geschenkt. Einmal haben sie ihre Treibjagd sogar zum Wohl unseres Tempels veranstaltet. Wir konnten den Armen Abidias ein Festmahl bereiten.«

»Man muss sich das Volk gewogen halten.« Kort strich über einige Stellen, an denen ihm die Farbe wohl noch nicht genug zu decken schien. »Einzeln sind die Elenden harmlos, aber man muss verhindern, dass sie sich zu einem Mob zusammenrotten. Es sind einfach zu viele, und wenn der Tod für sie ebenso gut ist wie das Leben, greifen sie sich Mistgabeln und zünden Paläste an.«

»Oder sie kommen nach Rorgator und werden Söldner.«

Böse funkelte er sie an.

Die Möwe auf dem Geländer schrie und schwang sich mit weiten Flügelschlägen in die Höhe. Sie flog aufs Meer hinaus. Am Horizont dräuten dunkle Wolken über dem Wasser. Ein Mann auf dem Vorderdeck rief einen Befehl, die Seeleute fluchten und machten sich an der Takelage zu schaffen.

Basäon zürnt mir, dachte Fiafila-Ignuto. *Ich hoffe nur, sein wankelmütiges Interesse fällt bald auf etwas anderes.*

Kort lehnte den Schild an und stand auf. »Was habt ihr denn da für ein süßes Kätzchen?«, rief er seinen Landsleuten zu. »Zeigt es einmal her!«

Die Gruppe kam zu ihnen und brachte Yra mit.

Der mit dem Schnurrbart starrte Fiafila-Ignuto an – oder vielmehr wohl den Homunkulus auf ihrer Schulter – und hielt Abstand. Die anderen drei schienen ausgezeichneter Laune, wozu neben Yra sicher auch der Inhalt der Flasche beitrug. Das Mädchen stand bestimmt nicht nur wegen des Seegangs so unsicher auf den Beinen.

Kort breitete die Arme aus, und sie schubsten Yra hinein. Er fing sie auf, wobei seine Pranke auf ihrem Hintern landete. Beherzt griff er zu. Yra quiekte und drückte sich an seiner Brust ab.

»Oh, schüchtern ist sie!«, rief Kort.

Die Männer lachten.

»Komm doch später in meine Kabine, Mäuschen, wenn du nicht willst, dass uns alle sehen.« Er beugte sich vor und nahm ihr Ohrläppchen in den Mund.

Der mit dem Schnurrbart kam nun näher, dieses Spektakel wollte er sich wohl nicht entgehen lassen. Er legte einem Kameraden einen Arm um die Schultern.

»Aber ich glaube, deine Herrin will, dass du noch ein bisschen auf der Weide stehst, bevor dich jemand einreitet.« Kort gab sie frei. »Mit der will ich mir keinen Ärger einhandeln, sie macht mir Angst.«

Die Männer bogen sich vor Lachen. Nur der Gelockte mit dem Schnurrbart war geistesgegenwärtig genug, Yra zu schnappen, bevor diese zum Kohlebecken zurückkehren konnte. Er presste sie an sich.

Sie schaffte es irgendwie, die dünnen Arme zwischen sich und ihn zu bringen, und versuchte, ihn von ihrem Gesicht wegzuhalten.

Fiafila-Ignuto nahm Korts Pinsel und zog einen handbreiten Strich roter Farbe über die blonden Locken, die Schläfe, die Wange und den Hals des Mannes. Auch die Innenseite des hohen Kragens bekam Farbe ab.

Verblüfft starrte er sie an.

Aus den Äuglein des Homunkulus zischten grüne Flämmchen.

Der Mann ließ Yra los und taumelte rückwärts, bis er gegen die Reling stieß, wo er sich festhielt.

Die anderen verstummten. Sie wirkten mit einem Schlag nüchtern.

Fiafila-Ignuto ließ den Blick über ihre Gesichter schweifen und blieb bei Kort hängen. »Ich achte auf meinen Besitz«, sagte sie fest. Sie warf den Pinsel zurück in den Eimer. »Das nächste Mal brauche ich keine Farbe, um das Gesicht desjenigen zu röten, der das vergisst.«

»Ist das dein Gott, der hier mit uns spielt?«, schrie Eivora gegen den Sturm.

Der nächste Brecher krachte backbord an den Rumpf. Fiafila-Ignuto und sie standen an steuerbord, wo sie sich Seile um die Unterarme geschlungen hatten, um nicht ins aufgewühlte Meer gespült zu werden. Das war eine weise Vorkehrung. Die *Arohns Pfeil* neigte sich so weit, dass die Steuerbordreling beinahe eintauchte, und die Sturmflut des Brechers spülte über das Hauptdeck. Sie riss Fiafila-Ignuto von den Füßen, aber Eivora klammerte sich fest und stemmte sich breitbeinig gegen die Gewalt. Sie lachte ihre Lust dem Unwetter entgegen.

»Du brichst mich nicht!«, schrie sie. »Du nicht! Na komm doch! Hast du noch ein paar Wellen im Arsenal?«

Der Segler pendelte zurück. Eivora sah am Hauptmast hinauf, über dessen Spitze der Himmel vorüberkippte. Die Wolken wirkten wie der Rauch über einer brennenden Stadt, hellgraue Schlieren verwirbelten sich mit tiefschwarzen. Seeleute kletterten in den Wanten und an den Rahen entlang. Drei dieser Querstangen waren am Hauptmast angebracht, aber nur das mittlere Segel blähte sich im Sturm, die anderen waren eingerollt. Oder sie hätten es sein sollen, das oberste löste sich mehr und mehr und schlug im Wind. Die Flagge war schon längst im Unwetter verschwunden.

Fiafila-Ignuto zog sich neben ihr auf die Beine. Dunkel ragten die Eisendornen aus ihren Handschuhen. Außer diesen sah man nur die Ansätze der Armpanzerung, sie trug den Lederumhang mit der breiten Kapuze über der Rüstung.

»So etwas schafft Basäon nicht allein!«, schrie sie über den Sturm. »Dazu braucht er Verbündete im Meer! Aber vielleicht sind es auch die Dämonen, die uns zürnen!« Sie zeigte auf die Küste.

Dort schleuderte ein Vulkan tiefrotes Feuer in die Höhe. Auch die Regenwand vermochte es nicht zu verbergen, die dunklen Wolken warfen den Schein zurück wie Gusseisen die Glut einer Esse.

Halb lachend, halb brüllend hieb Eivora auf die Reling. »Götter oder Dämonen! Sie sollen nur kommen! Die schaffen uns nicht!«

Die Öffnung der Kapuze wandte sich ihr zu. Aus den Augen des Homunkulus züngelten gelbe Flämmchen und beleuchteten den ungläubigen Ausdruck auf Fiafila-Ignutos Gesicht.

»Uns passiert schon nichts!« Eivora löste eine Hand und schlug der Avatar auf den Rücken, wo der Mantel die Eisendornen bedeckte. »Ich befehlige das Sturmbanner! Das hier ist genau mein Wetter!«

»Meines nicht! Ignuto röstet mein Gesicht!«

»Dann unter Deck mit dir! Ich genieße noch eine Weile die frische Luft!« Auch Eivora selbst hörte den Wahnsinn in ihrem Lachen, aber sie ließ ihn zu. Ihr Leben hing von ein paar zusammengenagelten Planken ab, die ein Spielball von Urgewalten waren. Jeden Moment konnten sie splittern, die Menschen mochten hinaus in den Sturm geschleudert und dann in die nasse Tiefe gezogen werden, und es gab nichts, was Eivora dagegen tun konnte. Da gefiel ihr Wahn besser als Furcht. Und das andere Schiff, das Lostor in der Ferne erkannt haben wollte, musste jetzt mit demselben Problem kämpfen. Wahrscheinlich lagen seine Trümmer bereits über ein paar Quadratmeilen verteilt auf dem Meeresgrund. Diesmal schluckte sie beim Lachen Wasser, weil sich der nächste Brecher an der Reling brach. Ihre Lungen brannten und Salzgeschmack füllte ihren Mund, während sie hustete.

Das oberste Segel am Hauptmast riss den Rest der Verschnürung auf. Es flatterte jetzt wie ein Banner in einem Sturmangriff und fegte einen Seemann von der mittleren Rah. Der Sturm übertönte sein Schreien. Das Schiff richtete sich wieder auf, er verschwand weit steuerbord in den dunkel heranrollenden Hügeln.

Ich hoffe, in meinem Tod wird mehr Glorie liegen, dachte Eivora.

Als der hintere Mast der Sturmgewalt nachgab und brach, übertönte sein Splittern das Brausen des Windes und das Donnern der Wellen. Das obere Drittel flog mit der Wucht eines Katapultgeschosses über das Achterkastell und riss Teile der Takelage mit sich. Ein Seemann geriet zwischen die Seile, die sich, als der abgebrochene Mastteil bereits außer Sicht war, so plötzlich spannten, dass die Nässe aus den Fasern spritzte. Der Mann bäumte sich auf und erschlaffte sofort wieder.

Eivora löste ihren Unterarm aus der Sicherung und zog sich Hand vor Hand an der Reling entlang.

Die *Arohns Pfeil* kippte jetzt nicht nur unter den Schlägen der Brecher, sondern schlingerte auch. Statt zurück in die Waagerechte zu finden, blieb das Deck nach steuerbord geneigt.

Eivora wartete einen Moment ab, in dem der Segler in trügerischer Ruhe lag, stieß sich ab und lief drei Schritte zu den Tauen, in denen der Matrose hing. Sie hangelte sich daran entlang und fasste ihren Dolch, um den Mann loszuschneiden. Das würde eine mühselige Aufgabe werden. Die verworrene Takelage bildete ein Knäuel, das Eivora nur mit beiden Armen umfassen konnte, und er steckte darin wie eine Stricknadel in einer Rolle Garn.

»Halt durch!«, schrie sie.

Er regte sich nicht. Es war zu spät, die noch immer straff gespannten Seile hatten den Brustkorb zermalmt.

Sie überlegte, ob es Sinn machte, eine Leiche zu befreien, und entschied sich, stattdessen auf dem Achterkastell nachzusehen. Die Taue liefen darüber, sie hatten das Geländer zerbrochen. Der im Wasser treibende Mast zog das Heck nach unten. Eivora war keine Seefahrerin, vermutete aber, dass ein Schiff in dieser Lage weit anfälliger für die Attacken des Sturms war, als wenn es waagerecht auf dem Kiel gefahren wäre.

Inzwischen war Eivora bis auf die Haut durchnässt. Das Schlingern verunsicherte ihren Sinn für Richtung und Gleichgewicht. Sie hatte das Gefühl, dass der Boden unter ihr wegsackte. In der Tat ragten die Wellen nun zu beiden Seiten hoch auf.

Sie stand breitbeinig und krallte sich an die Taue. So bewegte sie sich auf das Achterkastell zu, bis die Seile so hoch anstiegen, dass sie sich nicht mehr daran festhalten konnte. Sie löste sich und rannte zur Treppe.

Das Schiff erhielt einen Schlag gegen die Steuerbordseite, als hätten die Wellen es auf einen Felsen geschleudert. Es war jedoch ein Brecher, der ausnahmsweise aus dieser Richtung kam. Der Schwall, der über die Reling schwappte, war so massiv, dass Eivora das Gefühl hatte, unterzutauchen. Sie verlor den Halt und streckte die Hände nach beiden Seiten aus, während sie über das Deck schlitterte. Sie war dankbar für die Planken, die sie unter den Knien spürte, denn das verriet ihr, dass sie noch nicht über Bord gegangen war.

Als sie gegen ein Hindernis schlug, griff sie zu und klammerte sich fest.

Das Wasser floss ab. Eivora hustete die Luftröhre frei. Ihr Blick klärte sich. Sie hing am Treppengeländer.

Schnell, aber sich stets festhaltend, eilte sie die angerauten

Stufen hinauf. Die verwundenen Taue lagen quer über dem Achterkastell und verschwanden hinter dem Heck, wo die Wellen viel näher waren, als sie bei der Höhe des Aufbaus eigentlich hätten sein sollen.

Drei Männer stemmten sich in das Steuerrad. Einer davon war Kort, ein weiterer Mehol, ein Krieger aus Eivoras Sturmbanner. Vor ihnen hockten zwei Gestalten, die sich mit Seilen an dem Holzpfeiler festgebunden hatten, in dem der Kompass so untergebracht war, dass der Steuermann ihn im Blick behielt.

Eivora sah keinen sicheren Weg zu ihnen, aber wenn sie sich weiter am Geländer festhielte, wäre sie nutzlos. *Dann hätte ich nichts anderes verdient, als zu ersaufen.* Dreimal atmete sie tief durch.

Gerade, als sie sich abstoßen wollte, traf ein weiterer Schlag die *Arohns Pfeil*. Diesmal war es, als ob ein Gott den Hauptmast gefasst und ihm wie bei einem Kreisel einen Drall gegeben hätte. Das Schiff schlingerte haltlos und kippte noch weiter aufs Heck. Der Bug musste inzwischen weit aus dem Wasser ragen.

Noch einmal fasste Eivora das Steuerrad ins Auge. Die Situation dort war unverändert.

Sie zog sich auf die Beine. Wegen der Schräglage fiel sie ihrem Ziel eher entgegen, als dass sie gegangen wäre, aber im Vorbeischlittern streckte einer der Hockenden die Hand aus und packte ihren Unterarm. Sie griff zu und zog sich heran.

Zum ersten Mal war sie erleichtert, als sie in Lostors goldgrinsendes Gesicht sah. Sie hatte den Rottmeister in den Voraustrupp befohlen, um ihre Differenzen beizulegen und ihn an sich zu binden. Bei Nirto war das in Ygôda leidlich gelungen.

»Was ist hier los?«, schrie sie über den Sturm hinweg.

»Der Mast«, röchelte der zweite Mann so leise, dass sie ihn kaum verstand.

Eivora brauchte einen Moment, um den Kapitän in ihm zu erkennen. Seine jugendlichen Züge waren geisterhaft bleich, und der rechte Arm hatte einen Winkel zu viel. Sie brachte ein Ohr nah an seinen Mund.

»Er wirkt wie ein Treibanker. Er hält uns fest. So können wir nicht steuern.«

»Wenn wir die Richtung verlieren, ist das in diesem Sturm meine geringste Sorge!«

»Geht nicht um den Kurs.« Sein Kopf kippte nach hinten.

Lostor schlug in sein Gesicht. »Schön wach bleiben!« Er sah Eivora an. »Der ist hinüber! Viel zu jung! Hat das Kommando wegen seiner Geburt, und weil die Seuche den alten Kapitän umgebracht hat!«

Aber er kam wieder zu sich. »Müssen die *Pfeil* in den Wind drehen«, verstand Eivora. »Wellen abreiten. Nicht kentern. Und Segel reffen.«

»Um die Segel kümmert sich die Besatzung!«, rief Lostor.

»Dann ist der Mast unsere Aufgabe!«, folgerte Eivora. »Wir kappen die Taue!«

»Daran habe ich auch schon gedacht, aber hast du Werkzeug dafür?«

Der nächste Brecher kippte den Segler so weit nach steuerbord, dass Eivora schon glaubte, alles sei verloren. Aber das Schiff fiel noch einmal zurück.

Die Arohns Pfeil *ist ein tapferes Mädchen*, dachte sie grimmig. *Sie verdient, dass wir ihr helfen.*

»Ich habe Enterbeile an der Backbordreling gesehen!«, rief sie. »Hier auf dem Achterkastell!«

Lostor nickte ihr zu. »Ich bin dabei, Kampfherrin!«

Sie überlegte. Es waren nur vier Schritt zur Reling, aber die Schräglage verursachte einen steilen Anstieg, und die Planken waren wegen der Nässe rutschig. Wenn sie ausglitten, würden sie vermutlich Richtung Heck rutschen, wo die straffen Taue den größten Teil der Reling weggerissen hatten. Sie drückten sich sogar in den Boden und sägten bei jedem Ruck tiefer in das Kastell hinein.

Eivora wollte sich anseilen, aber außer den Sicherungen der drei Männer am Steuerrad, Lostors und des Kapitäns sah sie nur Leinen, die nach ein oder zwei Schritt in zerfransten Enden ausliefen. Sollte sie mit ihrem Dolch ein Stück aus den Tauen herausschneiden? Sie waren beinahe so dick wie ihre Arme. Wie lange bräuchte sie dafür? Und wie lange würde es dauern, sie dann aufzudröseln, um ein Seil zu erhalten, das dünn genug war, um sich damit festzubinden?

Ein weiterer Brecher rüttelte sie durch und ließ irgendwo am Hauptdeck Holz splittern. Mehol und der Steuermann rutschten weg, aber Kort stand fest und mit entschlossener Miene. Sie klammerten sich an ihn.

»Ich habe keine Zeit, einen Plan zu fassen!«, rief sie Lostor zu. »Du bist erfahrener in gefährlichen Situationen! Du befiehlst!«

Wenn er überrascht war, zeigte er es nicht. Er löste sein Schwertgehänge und drückte es in ihre Hand. Die Waffe fehlte. »Binde dich an meinem Gürtel fest, aber so, dass du dich wieder lösen kannst!«

Er ließ den Kapitän zurück und zog sich an die Kompasssäule. Eivora folgte ihm.

»Mehol!«, schrie er. »Zu mir!«

Im Sturmbanner diskutierte man nicht über Befehle. Der Krieger nahm die Hände vom Steuerrad, bückte sich darunter durch und kam zu seinen Kameraden.

»Nach backbord!«, rief Lostor. »Wir machen es wie bei einer Mauer! Du bist der Unterste!«

Mehol legte sich auf die schwankenden Planken und stützte sich mit den Füßen an der Säule ab.

Lostor versicherte sich mit einem kurzen Blick, dass Eivora festgebunden war. Sie wagten sich auf das gekippte Deck hinaus, indem sie Mehol als Sicherung benutzten. Am Ende stellte Lostor seine Füße auf die Schultern des Kameraden, der die Unterschenkel des Rottmeisters festhielt.

Die *Arohns Pfeil* ächzte unter einem weiteren Schlag. Eivora klammerte sich an Lostor, die Sicherung mit dem Schwertgehänge half ihr zusätzlich.

Als der Segler zurückfiel, forderte Lostor sie auf, die Verbindung zu lösen und das letzte Stück zur Reling zu überbrücken. Sie war nah. Sie konnte es schaffen.

Eivora ärgerte sich, dass ihre Hände zitterten, aber sie fror und konnte die Gedanken nicht von der nassen Tiefe losreißen, die ihr Grab sein würde, wenn sie über Bord ginge. Niemand würde sie in diesem Unwetter retten, viel eher teilte das gesamte Schiff ihr Schicksal, auch die Krieger, die sie befehligte. Dieser Gedanke weckte ihre trotzige Entschlossenheit. Jede Offizierin schickte Untergebene in den Tod, aber dieser Tod musste sinnvoll sein. Er sollte zum Sieg in der Schlacht beitragen oder wenigstens einen Rückzug decken. Wenn sie oder ihre Leute starben, dann nicht auf hoher See, wo es niemand sah, sondern so, dass sie den Ruhm des Klingenrauschs mehrten!

Sie zog sich an Lostor vorbei die schrägen Planken hoch, wobei ihre Beinwunde zwickte, und fand die Halterung mit den Enterbeilen. Ein Riegel mit einem Vorhängeschloss sicherte sie, aber der würde sie nicht aufhalten. Mit einem Wutschrei riss sie ihren Dolch aus der Scheide und hämmerte den Knauf gegen das Schloss.

Es erwies sich als fester, als es aussah. Noch zweimal schlug sie zu, ohne Wirkung zu erzielen. Sie sah ein, dass sie anders vorgehen musste.

Sie zog sich an der Reling hoch, was wegen der Schräglage ein merkwürdiges Gefühl war, als fiele sie hintenüber. Sie kannte das von Überhängen beim Klettern. *Das habe ich schon hundertmal gemacht*, dachte sie. *Kein Grund zur Panik.*

Aber ihr Herz hämmerte und die Dolchspitze zitterte, als sie die schlanke Klinge zwischen Bügel und Gehäuse einführte.

Sie rechnete mit einem weiteren Stoß gegen backbord, aber der Brecher rollte von achtern heran. Gerade noch sah sie ihn aus dem Augenwinkel. Mit der Rechten hielt sie den Dolch in Position, links griff sie den Sperrriegel. Dann kam der Aufprall.

Lostor konnte ihre Füße nicht halten. Sie schleuderte herum und fühlte auch den Riegel nachgeben. Die Welt wirbelte nass und grau vor ihren Augen.

Aber es war nur das Schloss, das der Ruck gesprengt hatte. Das Scharnier hielt, und damit blieb auch der Riegel an der Halterung der Enterbeile. Eivora ging nicht über Bord. Sie lachte aus vollem Hals.

Lostor und Mehol waren über das Achterdeck gerutscht, arbeiteten sich aber schon wieder zu ihr zurück.

Die Wucht hatte einige Beile herausgeschleudert, doch es gab noch genug. Sie warf ihren Dolch weg, zog sich heran und steckte zwei der Waffen in ihren Gürtel. Die dritte behielt sie in der Hand. Sie schlug sie in eine Planke, um zusätzlichen Halt auf dem Weg zu Lostor zu haben. Das Deck ragte nun beinahe senkrecht in die Höhe, weil das Schiff fast flach auf der Seite lag. Noch ein Stück weiter, und es würde unweigerlich volllaufen. Wahrscheinlich zog es auch jetzt schon eine große Menge Wasser.

Sie erreichte Lostor, und wenig später waren sie gemeinsam beim Tauwerk, an dem der abgebrochene Mast sie in den Untergang zu ziehen drohte. Eivora verteilte die Beile, und das Hacken begann.

Sie versuchten, dieselbe Stelle zu treffen, und nachdem sie einen Schlagtakt gefunden hatten, gelang ihnen das gut. Bald brannten die Muskeln in Eivoras Arm von der Schulter, mit der sie Schwung holte, bis zu den kalten Fingern, die sich um den Schaft des Beils krampften, aber sie würde keinesfalls nachlassen. Unnachgiebig mit sich selbst schlug sie zu, und die letzten Fasern des ersten Taus rissen mit einem Knall. Nachdem der nächste Brecher abgeritten war, zogen sie sich wortlos zurück in Position und machten weiter, Schlag für Schlag, Tau für Tau.

Und wenn mir der Arm abfällt! Was mich nicht umbringt, macht mich härter!, dachte sie. *Onkel Kasols Lieblingsspruch. Eher bricht das Beil, als dass ich nachlasse!*

Am Ende ging es schnell. Für die letzten Seile war der Zug des Masts zu stark, sie rissen.

Das Schiff stürzte so rasch auf den Bug, dass es sich anfühlte, als fiele es von einem Turm. In Eivoras Leib bewegte sich alles Richtung Hals.

Dann kam der Aufprall, begleitet von einem mörderischen Krachen, sowohl im Holz der Planken als auch in Eivoras Knochen. Ihr wurde schwarz vor Augen. Sie versuchte Luft zu holen, doch ihre Lunge gehorchte ihr nicht. Die Welt bekam eine graue Helligkeit, aber davor stoben Funken. Sah es so aus, wenn die Dämonen eine Seele riefen?

Sie würgte, hustete trocken, und endlich konnte sie wieder einatmen. Ihr Blick war noch nicht ganz klar, als sie den nächsten Befehl erteilte: »Unter Deck! Das Wasser muss raus!«

Zwei Tage nach dem Unwetter waren die Lecks so weit abgedichtet, wie es die Mittel der *Arohns Pfeil* zuließen. Trotzdem zog der Rumpf noch Wasser. Eivora bestand darauf, dass die Söldner wie alle anderen an Bord ihren Beitrag leisteten, damit der Segler den Hafen von Ugor erreichte, ohne vorher eine Bucht anzulaufen. Hätte man sich entschieden, Holz zu schlagen, das Schiff auf Kiel zu legen und es so weit zu reparieren, dass es wieder voll seetüchtig gewesen wäre, hätten sie wenigstens zwei Wochen verloren. Auch dann wäre der Erfolg ungewiss geblieben, da der Sturm das Leben zweier Schiffszimmerleute gefordert hatte.

»Dies ist keine Aufgabe für einen Krieger«, murrte Lostor, während er den Schöpfeimer ins Fass leerte.

»Es liegt in unser aller Interesse, dass die *Arohns Pfeil* uns so schnell wie möglich ans Ziel bringt«, sagte Eivora. »Ich habe die Nase voll von Wellen. Sie haben drei von uns gefordert, mehr gönne ich ihnen nicht.« Der Tod von Teper, Porla und Chanz lastete auf ihrem Gemüt. Drei Mitglieder des Sturmbanners waren gestorben, ohne ihre Klinge zu ziehen. *Nein, das stimmt nicht*, korrigierte sich Eivora. *Sie waren erfahrene Krieger, nur unter meinem Kommando haben sie nie gekämpft*. Jetzt waren sie noch neun Söldner im Voraustrupp, Fiafila-Ignuto nicht mitgezählt.

»Ich habe gelobt, mit Stahl zu dienen.« Lostor bückte sich, um erneut zu schöpfen. »Von niederen Tätigkeiten war keine Rede.«

»Hast du noch nie Latrinen für ein Feldlager ausgehoben?«

»Das ist etwas anderes, und das weißt du! Dieses Schiff hat eine Besatzung, die solche Aufgaben erledigen sollte. Oder haben wir jetzt getauscht, und die Seeleute legen gerade unsere Rüstungen an? Sollen sie uns beschützen, wenn das andere Schiff uns entert?«

Bei der Arbeit unter Deck trugen sie die Panzer nicht.

»Diesen anderen Segler hat niemand außer dir gesehen«, sagte Eivora mühsam beherrscht. »Und auch das war vor dem Sturm. Entweder es gab ihn nie oder er ist gesunken. Oder das Unwetter hat ihn so weit fortgeweht, dass er uns nicht mehr findet.«

»Das kann niemand wissen.«

»Aber ich weiß, dass draußen helllichter Tag ist. Wenn sich ein Schiff nähert, entdeckt der Ausguck es auf zehn Meilen. Das ist mehr als genug Zeit für uns, die Waffen zu holen.«

Lostor brummelte unverständlich.

»Wir sind Söldner«, erinnerte Eivora und leerte ihren Eimer. »Wir kämpfen für Silber.«

»Richtig.«

»Jeder Tag auf See ist ein Tag mehr, den dieser Kontrakt andauern wird. Damit vergeht auch ein Tag mehr, bis Kort unseren Sold zahlt, ein Tag mehr bis zu unserer Rückkehr, und ein Tag mehr, bis wir den nächsten Kontrakt schließen und neuen Sold bekommen.«

»Vielleicht sollten wir dann anfangen, Pferde zu züchten. Die trügen uns noch schneller von Kontrakt zu Kontrakt.«

Mehol lachte. »Manche sagen, du könntest dich bei der Pferdezucht auf besondere Weise einbringen.« Er machte eine anzügliche Geste mit dem Becken.

Lostor fuhr auf, aber die anderen grölten. So entblößte der Rottmeister mit einem gezwungenen Grinsen seine Goldzähne. »Hat mich da jemand erwischt? Man braucht einen Ausgleich, wenn das, was man sonst so gemacht hat, plötzlich verboten wird.« Grimmig sah er zu Eivora herüber. »Das wird mir doch jeder gönnen, nicht wahr, Kampfherrin?«

Das Gelächter versiegte, als sich die Krieger wieder der Arbeit zuwandten, aber Eivora runzelte die Stirn. Natürlich stichelte Lostor gegen Fiafila-Ignutos Marotte, Schändungen zu unterbinden. Die Haltung der Avatar kannte inzwischen jeder Angehörige des Klingenrauschs, und vielleicht hatte sie bei einigen sogar den Ausschlag gegeben, den Eid nicht zu erneuern. Dabei waren die Kampfherren übereingekommen, kein generelles Verbot zu erlassen. *Ich werde Fiafila-Ignuto zur Rede stellen. Sie muss diesen Unsinn zurücknehmen.* Besiegte erlitten ein hartes Schicksal, das war der Gang der Welt, und es war eine Torheit, sich dagegenzustellen.

»Schön, dass du dich erinnerst, wer hier den Befehl hat«, sagte sie zu Lostor. »Und ich befehle euch: Legt den Rumpf trocken.«

Zwei Dutzend Eimerfüllungen später war das Fass voll. Eivora sah sich nach Aglix um, fand den Feuersalamander aber nicht. Er erkundete gern das Schiff, dessen Feuchtigkeit ihm zu gefallen schien. Alle paar Stunden tauchte er wieder auf, als wolle sich der Lurch vergewissern, dass es Eivora gut ging.

Sie schleppten das Fass ein Deck höher unter die Ladeluke, durch die das Seil des an einer Rah befestigten Flaschenzugs hing. Sie hakten die Halterungen an die Henkel.

»Hörst du das?«, fragte Eivora.

»Was denn?«, gab Lostor zurück. Ihm war anzusehen, dass er ihrer Nähe überdrüssig war.

Sie sah die anderen drei Söldner an, die das Fass getragen hatten. »Da oben streitet jemand«, meinte sie.

»Du hast recht«, stimmte Mehol zu. »Während wir hier unten schuften, haben die da oben Muße, sich in die Wolle zu kriegen.« Trübes Tageslicht fiel durch die Luke auf sein aschblondes, verfilztes Haar, als er seinen Dolch benutzte, um damit gegen das Fass zu hämmern. »He, aufwachen!«, rief er. »Hochziehen!«

Nichts rührte sich, aber die Stimmen verstummten.

»Dem Ersten, der mir da oben begegnet, trete ich so kräftig in den Hintern, dass ihr mir helfen müsst, meinen Fuß wieder rauszuziehen!«, grollte Mehol. Er ging Richtung Treppe.

»Warte!«, befahl Eivora. »Lostor, du steigst runter und holst unsere Leute.«

Der Rottmeister nickte und machte sich zügig auf den Weg.

Eivora sah hinauf durch die Öffnung, erkannte aber nur den Hauptmast mit seinen in der schwachen Brise schlaffen Segeln und darüber den hellgrauen Himmel. Weder die Seeleute noch die Edlen aus Iljuga, Kort oder Fiafila-Ignuto zeigten sich. Hätte nicht wenigstens einer auf Mehols Rufe mit Neugier reagieren müssen? Und wieso waren die Hängematten hier unten leer? War die Freiwache nicht für jede Stunde Schlaf dankbar, jetzt, da der Sturm die Besatzung reduziert hatte und sich die Arbeit auf weniger Hände verteilte?

Die Söldner versammelten sich schweigend. Ihre ernsten Mienen bewiesen, dass sie Eivoras Misstrauen teilten.

Sie nickte zur Treppe und ließ Lostor vorangehen. Für solche Gelegenheiten stand im Sturmbanner die Reihenfolge fest. Die Befehlshaberin kam an vierter Stelle. Wenn es keine offensichtlichen Schwierigkeiten gab, konnten die ersten drei in alle Richtungen sichern, und wenn man erwartet wurde, geriet die Kommandantin nicht in Gefahr, unmittelbar gefangen genommen zu werden. Andererseits war sie weit genug vorn, um rasch einen Überblick über die Lage zu gewinnen.

Die Meuterer hielten sich für klug und hatten einen Halbkreis um den Aufstieg gebildet, der mit dem Bugkastell abschloss, sodass sich die heraufkommenden Söldner ihnen stellen mussten. Als Eivora auf das Hauptdeck trat, sprach Lostor bereits mit einem Edlen. Dessen brünette Lockenpracht ergoss sich unter einem ausladenden, blauen Hut über einen Kragen, der wohl extra für diesen Effekt hinten niedriger geschneidert war als an den weit auslaufenden Spitzen. Eivora achtete nicht auf das Gerede, sondern trat beiseite, um Itena Platz zu machen und sich mit schnellen Blicken zu vergewissern, was an Bord vorging.

Der Kapitän, der den linken Arm seit dem Sturm in einer Schlinge trug, stand neben Kort, den man an den Heckmast gebunden hatte. Dieser war nicht nur abgebrochen, sondern auch tief gespalten, sodass er kein Segel mehr halten konnte. Der Kapitän sprach mit einer Gruppe bewaffneter Edler. Einige von ihnen waren verwundet, zwei trugen frische Verbände, die hellrotes Blut färbte.

Eivora sah keinen einzigen Seemann. Da sie ihnen unter Deck nicht begegnet war, hatten sich die Besatzungsmitglieder vielleicht auf dem Achterdeck versammelt, wohin ihr das Hauptsegel die Sicht versperrte, oder auch auf dem Bugkastell. Etwa zwei Dutzend Iljuger standen an Backbord beisammen. Ein Lockenkopf mit auffälligem Schnurrbart streckte mit theatralischer Geste die Arme vor, um sich die gekreuzten Handgelenke fesseln zu lassen.

Wo stecken Fiafila-Ignuto und ihre Magd?

Drei Schritt entfernt, vor der Kabine im Bugkastell, die sie gemeinsam mit Lostor bewohnten und in der sich auch das Feldzeichen des Klingenrauschs befand, stand eine Wache, die selbstgefällig zu den Söldnern herübersah. Der Mann schien sich sehr wichtig zu nehmen und vielleicht sogar für einen Krieger zu halten, weil sein rotes Samtwams in Form eines Harnischs geschnitten war. Sein Degen war so lang, dass die Spitze den Boden berührte, aber der gedrehte Griff sah eher kunstvoll als praktisch aus, und die vielen Fingerringe sorgten sicher nicht für einen festen Halt. Dennoch schloss Eivora nicht aus, dass sich die Avatar von der Übermacht hatte gefangen nehmen lassen.

»… zu dem Schluss, dass es ein Fehler war, Kort als Grafen in Betracht zu ziehen«, sagte der Wortführer gerade. Sein Hut wippte, als er die eigene Rede mit einem Nicken unterstrich. »Dies soll jedoch nicht Euer Verderben sein. Wir werden Kort festsetzen, sobald wir in Ugor eingelaufen sind, und Euch zurückschicken, da man Eure Dienste nicht länger benötigt. Gebt lediglich Eure Waffen ab. Ihr habt ja ohnehin nur Dolche dabei. Dann lasst Ihr Euch fesseln, und wir werden Euch gut behandeln. Versteht das nicht als Unfreundlichkeit, sondern als kluge Vorsicht.«

Er lächelte zufrieden.

»Ich räume ein, verwirrt zu sein«, sagte Eivora. »Diese Meuterei überrascht mich wie ein Vulkan, der ausbricht.«

Das war das Stichwort für ihre Gefährten. Lostors Faust zerschlug das Gesicht seines Gegenübers.

Zwar hatten sie nur kurze Klingen, aber diese Gegner würden schnell lernen, dass Rorgators Söldner nicht nur verschiedenste Waffen zu schwingen verstanden, sondern auch selbst Waffen waren. Rund um Eivora splitterten Knochen, als Mehol ein Knie zertrat, Itena die gestreckten Finger in die Augen eines

Edlen stach und Bol einen weiteren auf die Planken schleuderte, wobei er ihm den Degen entwand.

Eivora zog ihren Dolch und stellte sich nah an das Bugkastell. Als schwache Nahkämpferin war sie ihren Leuten von größerem Nutzen, wenn sie den Überblick behielt.

Schreie wechselten über das Deck, darunter auch das »Hammerschlag!« der Söldner. Unruhe kam in die Edlen, die den gefesselten Kort umringten. Der Schnurrbartträger zog seine Arme zurück und schüttelte das Seil ab, das ihn hatte fesseln sollen. Sein Gegenüber schien verwirrt.

Eivora entdeckte Fiafila-Ignuto und Yra, als der Wind das untere Segel des Vordermastes blähte und damit ein Stück zur Seite drückte. Sie hingen am Großmast, aber die Seile lagen nicht um den Hals der Frauen, sondern liefen unter ihren Achseln hindurch. Die Hände waren offenbar auf den Rücken zusammengebunden, und Tücher hielten Knebel im Mund.

»Vorwärts!«, befahl Eivora.

Jetzt klirrte auch Stahl, die Söldner hatten ihren Gegnern die Waffen entwunden. Das sanfte Schaukeln des Schiffs behinderte niemanden, im Gegenteil, auf den Planken ließ sich beinahe kämpfen wie auf einem Fechtboden, nur, dass in unmittelbarer Nähe gehauen und gestochen wurde.

Ein Degen verfehlte Eivora knapp. Er durchstieß ihre Tunika zwischen Brust und Arm. Immerhin einen Vorteil hatte sie im Nahkampf, nämlich ihre zierliche Gestalt, und diesmal reichte er aus. Sie sprang vor und rammte dem Gegner den Dolch in den Bauch.

Die Klinge drang beinahe bis zum Heft ein, aber er bewegte sich mit einem solchen Ruck, dass Eivoras Handgelenk umknickte. Ein stechender Schmerz zuckte hindurch, sie ließ los.

Der Mann krümmte sich zwar zusammen, aber ein anderer stürmte mit einem Säbel heran und führte einen waagerechten Schlag.

Eivora duckte sich weg.

Damit musste Lostor gerechnet haben, denn sein Degen stieß dort durch die Luft, wo sich gerade noch ihr Kopf befunden hatte. So traf er die Brust des Angreifers. Der Stahl drang zwar nur wenig ein, aber es reichte, um den Mann zurücktaumeln zu lassen.

Eivoras erster Gegner umklammerte das Heft des Dolchs, der in seinem Bauch steckte. Sie ließ ihm ihre Waffe und nahm stattdessen den Degen, der ihm entfallen war.

Als sie wieder hochkam, sah sie, wie die Wache im roten Wams die Tür zur Kabine von Lostor und Fiafila-Ignuto öffnete und darin verschwand.

Was will der Kerl dort?

Die Avatar und ihre Magd hingen wehrlos am Mast, die Söldner kämpften an Deck, also musste der Raum leer sein. *Bis auf unser Feldzeichen!* Eivora zuckte zusammen. Sofort war die Erinnerung daran zurück, wie Zigûn die Standarte ins Magma getaucht hatte. Das hatte die Legion um mehrere Hundert Krieger geschwächt. Wenn das Feldzeichen nochmals verloren ginge, könnten viele auf den Gedanken verfallen, dass mit seinem Flammenbringer auch das Glück des Klingenrauschs gestorben sei. Ohne das Symbol ihrer Einheit drohte die Legion zu zerfallen. Das wäre die größte Enttäuschung für Eivoras Vater gewesen, egal, wo sich dessen Seele jetzt aufhielt.

Das werde ich auf keinen Fall zulassen!

»Befreit die Avatar!«, rief Eivora Lostor zu.

Sie sah sich nicht um, sie brauchte keine Vergewisserung, dass man ihren Befehl befolgte. Sie rannte zur Kabine und fand ihre Befürchtung bestätigt: Der Kerl machte sich am Feldzeichen zu schaffen! Er versuchte, die Schnallen zu lösen, mit denen der Schaft schräg an der Wand befestigt war. Der viereckige Stoff mit dem flammenumsäumten Hammer im Zentrum hing noch daran, aber für Garallo, die eiserne Dämonenfigur, die eigentlich auf der Spitze hockte, war kein Platz mehr gewesen. Er stand auf einer festgeschraubten Truhe und starrte mit geschlitzten Pupillen auf die beiden Menschen in der engen Kabine, wobei das ewige Grinsen die spitzen Zähne entblößte.

»Finger weg!«, schrie Eivora. Sie wollte den Kerl nicht einfach abstechen, sein Blut sollte den Stoff nicht besudeln.

Mit der Hand am überlangen Degen fuhr er herum. »Verschwinde! Ich weiß, wie viel euch Söldnern an euren Feldzeichen liegt. Ihr kämpft für keine Heimat, für keinen Gott, für keinen Fürsten. Eure Einheiten sind das Einzige, was ihr habt.« Die Verachtung in seiner Stimme war unüberhörbar.

»Wenn du deine Finger nicht sofort da wegnimmst«, drohte sie, »werde ich sie dir zu essen geben. Mit den Daumen werde ich anfangen.«

»Das wagst du nicht«, meinte er.

Damit lag er falsch.

Eivora griff an.

Sie unterschätzte die Festigkeit seines Wamses, vielleicht war es an der Innenseite mit Leder verstärkt, oder er trug einen zusätzlichen Schutz darunter. Jedenfalls rutschte die Degenspitze an seinem runden Bauch ab und zwang die Waffe dadurch in einen so ungünstigen Winkel, dass erneut Schmerz durch die Prellung in Eivoras Handgelenk schoss.

Ihr Gegner verzichtete auf seinen langen Degen und zog stattdessen einen Dolch mit einer Klinge, die so dünn war wie eine Stricknadel, aber mehr als eine Handspanne maß.

Sie wich aus, statt zu versuchen, mit dem Degen zu parieren. Dadurch krachte sie gegen die Wand.

Die Schnallen, an denen ihr Gegner herumgefummelt hatte, hielten die Standarte nicht mehr. Sie fiel auf die Kiste und stieß Garallo von der Truhe. Dumpf polterte die Eisenfigur auf den Boden.

Eivora wollte zustechen, aber ihr Degen war zu lang. Also schlug sie mit dem Handschutz zu.

Ihr Aufwärtshaken überwand die stümperhafte Abwehr und traf das feiste Gesicht, was den Mann jedoch nicht davon abhielt, sie mit seinem Gewicht in die Ecke zu drücken. »Tu das mal weg, Kleine!« Er entriss ihr die Waffe, was in ihrem Handgelenk schmerzte.

Sie benutzte die Linke für einen Fausthieb.

Er lachte nur darüber. »Ich mag es wild! Uns beiden fällt doch bestimmt Besseres ein, als uns abzustechen, oder?«

Sie biss so fest in die Hand, die den Dolch hielt, als wolle sie einen Brocken Fleisch herausreißen.

Er schrie und löste den Griff. Die Waffe entfiel ihm. Mit der anderen Hand schlug er gegen Eivoras Kopf, bis sie helle Flecken sah und den Mund öffnete.

Er zog sie herum, drückte sie zu Boden und zerriss ihre Tunika. »Dir bringe ich noch bei, wie sich ein Weib zu benehmen hat!«, röhrte er und knetete grob ihre Brüste.

Sie schlug gegen seinen Kopf, doch das brachte ihn noch nicht einmal davon ab, seine Hose zu öffnen. Das Gewicht des Mannes hielt sie nieder und drückte auf die Axtwunde im Bein. Fiafila-Ignutos Heilkunst zeigte täglich Fortschritte, aber durch diese Behandlung kehrte der Schmerz zurück.

»Mit dir werde ich viel Spaß haben!« Der Kerl leckte über ihren Hals und ihr Gesicht. »Wehr dich noch ein bisschen mehr!«

Das kannst du haben!, dachte sie. Über ihrem Kopf fand Eivoras tastende Hand Garallo. Sie umfasste seinen runden Bauch und nahm die zweite Hand hinzu. *Der erste Schlag muss sitzen!* Sie richtete die Figur aus.

Trotz seiner Geilheit bemerkte ihr Gegner, dass sie sich mit etwas anderem als mit ihm beschäftigte. Das mochte seine Eitelkeit kränken. Stirnrunzelnd hob er den Kopf, um nachzusehen.

Mit beiden Händen schlug Eivora zu.

Garallo besaß zwei Hörner, die nun tief in den Hals des Mannes drangen.

Der schwere Körper erbebte.

Eivora riss die Figur in der Wunde herum. Vielleicht hatte sie den Kehlkopf bereits zertrümmert, aber sie wollte sichergehen, indem sie die Luftröhre zerfetzte.

Der Mann ließ sich Zeit mit dem Sterben. Während sein Blut warm über ihre Hände und die Dämonenfigur lief, zitterte er heftig. Es gelang ihm jedoch nicht mehr, seine Glieder anders zu bewegen als in zufälligen Zuckungen.

Eivora presste Garallos Kopf in die Wunde und drehte die Figur hin und her.

Irgendwann lag der Mann auf ihr wie ein Sandsack. Mit einer

letzten Anstrengung kippte sie ihn zur Seite und zog sich unter ihm hervor. Ihre Beinwunde brannte wie Feuer, ihr rechter Unterarm kribbelte, und die Hand war taub.

Heftig atmend stand sie auf und stellte Garallo zurück auf die Kiste. Sie hob das Feldzeichen auf und schnallte es wieder fest. Sie musste über die Leiche steigen, um genug Abstand zu gewinnen, damit sie beurteilen konnte, wie der Stoff hing. Kritisch kehrte sie zurück und zupfte ihn zurecht.

Lostor öffnete die Tür, die während des Handgemenges zugefallen sein musste. Sein Blick huschte über den Toten und dann zu Eivora. »Wir haben gesiegt, keine Verluste. Ist hier alles in Ordnung?«

»Ja.« Sie nickte. Ihr Atem war bereits wieder viel ruhiger. »Alles ist so, wie es sein sollte.«

7. Loyalität

Im *Blinden Haudegen* erkannte man die Bedienungen daran, dass sie eine schwarze Binde so auf dem Kopf trugen, dass der Stoff ein Auge verdeckte. Ob das rechte oder das linke frei blieb, schien Geschmackssache zu sein. Eine schlanke Maid in brauner Lederhose und einer luftigen roten Bluse, die sie so geknotet hatte, dass der Bauch entblößt war, schlängelte sich durch die feiernden Gäste und lud im Vorbeigehen leere Humpen auf ihr Tablett.

»Ich habe gehört, dass Zigûn nie einen Tropfen angerührt hat«, erzählte Zein. »Das Stärkste, was ich ihn je habe trinken sehen, war Ziegenmilch.«

Gonter mochte den sehnigen Mann mit dem halblangen schwarzen Haar. Obwohl Zein ebenfalls sechsundzwanzig Jahre alt war, lebte er bereits fast ein Jahrzehnt als Söldner. Dennoch sah er nicht auf den in Kriegsdingen unerfahrenen Gonter herab, sondern hatte ihn im finsteren Labyrinth der Mine als seinen Übungspartner akzeptiert. Gemeinsam hatten sie schneller hinausgefunden als alle anderen Paare. Deswegen hatte Nirto ihnen den Abend freigegeben. Zein war jedoch entschlossen, den Ausflug in die Schenke zu nutzen, um Gonter eine weitere Lektion zu erteilen.

»›Aber wenn ihr trinkt‹«, Zein hob den Zeigefinger, »›dann müsst ihr auch darin die Besten sein‹, hat Zigûn gesagt. Wir sind schließlich das Sturmbanner!«

Am Nebentisch, wo ein Dutzend Männer und Frauen saßen, deren Narben und entschlossene Mienen von Erfahrung auf dem Schlachtfeld zeugten, stieß ein Zecher seinen Kumpanen an. »Hörst du? *Sturmbanner!* Die beiden sind vom Klingenrausch.«

»Meinst du, die sind so blöd, dabeigeblieben zu sein?«

Beide lachten.

Zein bleckte kurz die Zähne. Gonter wusste noch nicht, ob das seine Art zu lächeln oder eine Angewohnheit war, die mit Zeins oberem rechtem Eckzahn zu tun hatte. Er war ungewöhnlich lang und spitz.

Jedenfalls war Zein etwas, das Gonter bis vor Kurzem nicht gekannt hatte: ein Kamerad. Jemand, der ihn akzeptierte, weil sie auf dem Marsch ein Zelt teilen und im Kampf Seite an Seite stehen würden. Es fühlte sich gut an, dass es jetzt solche Leute in Gonters Leben gab. So gut, dass ihn seine Lüge kaum plagte.

Eigentlich war es ja auch keine Lüge. Er hatte Eivora gegenüber die Begegnung mit Kistur einfach nicht erwähnt. Was machte es auch für einen Unterschied, aus welchem Grund die Blutkrähen dem Klingenrausch zusetzten? Das taten sie doch ohnehin immer, sie waren Erzrivalen. Jetzt bekamen sie eben etwas Silber dafür.

Und sie hatten den Auftrag, Gonter zu seinem Vater zurückzubringen. Hätte Eivora davon gewusst, hätte sie unweigerlich versucht, ihn in Sicherheit zu bringen. Vielleicht wäre sie gar auf die Idee gekommen, ihn von Leibwächtern beschützen zu lassen oder, noch schlimmer, seine Ausbildung abzubrechen und ihn ins Vorauskommando zu berufen, wo sie persönlich ein Auge auf ihn hätte haben können.

Aber das wollte er nicht. Man hatte ihn schon viel zu lange beschützt.

»Du musst lernen, wie man trinkt.« Zein schob ihm einen der beiden Becher zu. »Ein Söldner kann sich nicht ständig an edlem Wein laben. Es wird Zeit, dass du deine Kehle mit billigem Fusel abhärtest.«

Gonter nahm das Trinkgefäß auf und roch an der roten Flüssigkeit, durch die gelbe Schlieren zogen. Er unterdrückte ein Husten.

Zein lachte. »Einem Ebilionischen Hafenbrand muss man sich entschlossen stellen. Wer nur zaghaft nippt, verliert.« Er legte den Kopf in den Nacken und stürzte das Getränk hinunter.

Gonter versuchte, es ihm gleichzutun. Zuerst entflammte sein Rachen, unmittelbar darauf hatte er das Gefühl, als ob sich die Flüssigkeit von innen durch seinen Hals nach draußen brennen würde. Er wollte schlucken, aber das gelang nur teilweise. Ohne sein Zutun spuckte er die Hälfte aus und tauchte Zein in einen Sprühnebel.

Gonter atmete ein, aber das war ein Fehler. Die Wirkung glich einem Windstoß, der in glimmende Kohlen fuhr und diese neu entfachte. Unwillkürlich ließ er den Becher fallen und griff mit beiden Händen an den Hals. Die Sicht verschwamm, Tränen kullerten aus Gonters Augen.

Vergnügt trommelte Zein auf den Tisch.

»Kummerbesäufnis, wenn du mich fragst«, meinte einer der Söldner nebenan so laut, dass ihm klar sein musste, dass Zein und Gonter ihn verstanden. »Die wissen, dass der Klingenrausch den Bach runtergeht.«

»So doof sind selbst die nicht, dass die das nicht mitkriegen würden«, pflichtete eine andere Stimme bei. »Den Legionseid erneuern – wann hat es das schon mal gegeben?«

»Der Rat von Eisen und Gold nimmt sie auseinander, ganz langsam, mit Genuss. Zwei Jahre, und der Klingenrausch ist Geschichte.«

»Wenn du mich fragst, höchstens eins. Den Kontrakt mit Geliora hat er sich schon selbst nicht mehr zugetraut.«

Die Vergnügtheit schwand aus Zeins Miene. Er vermied den Blick zum Nebentisch und hielt die blauen Augen starr auf Gonter gerichtet. »Der Ebilionische Hafenbrand ist noch zu heftig. Wir müssen etwas anderes probieren.«

Gonter wischte die Tränen ab. »Wie wäre es zum Einstieg doch mit einem Wein?«, krächzte er. »Auch da gibt es harte Sorten.«

»Machen die auch einen guten Schädel?«

»Die können einem schon einen Schwinger verpassen. Vor allem die trockenen, da schrumpelt deine Zunge wie eine Dörrpflaume.«

»Das müssen wir unbedingt probieren.«

Zein hielt die Schankmaid mit dem roten Hemd auf. Dass er dabei den Arm um ihre nackte Taille legte, war sicher kein Zufall, dafür musterte er ihren Bauchnabel mit zu viel Wohlwollen.

»Bring uns den trockensten Wein, den der Wirt rausrückt, ohne dass du ihn dafür totschlagen musst, Schätzchen.«

Ihre vollen Lippen kräuselten sich zu einem koketten Schmunzeln. »Das wäre dann ein Glühender Staubfurz.«

»Klingt gut.« Zein entließ sie mit einem Kuss auf den Bauch.

Als sie ging, schwang sie ihre Hüfte noch etwas weiter als zuvor.

»Sie liebt mich.« Zein lächelte. »Das merke ich genau.«

»Wie heißt sie denn?«, fragte Gonter.

»Keine Ahnung, aber das sollte ich sie unbedingt fragen. Sie muss neu im *Blinden Haudegen* sein.«

Am Nebentisch stießen die Humpen aneinander.

»Ob die beiden Versager vom Klingenrausch überhaupt zahlen können?«, fragte jemand überdeutlich.

»Noch werden sie flüssig sein«, meinte ein anderer. »Aber ich an ihrer Stelle würde mir meine Münzen gut einteilen. Wenn man keinen Sold mehr verdient, landet man schnell in der Gosse.«

Gefährlich langsam schob Zein den Stuhl zurück, stand auf und wandte sich den Sprechern zu.

Darauf hatte man nur gewartet. Gleich zwei Frauen und drei Männer sprangen auf. Der nächste von ihnen stand Zein gerade einmal zwei Handspannen entfernt gegenüber. Er hatte eine bullige Statur, eine platte Nase und auf der rechten Seite statt einer Ohrmuschel ein verknorpeltes Etwas. Er trug ein speckiges Lederwams über einem Hemd, das wohl einmal weiß gewesen war. »Gibt es ein Problem?«, grollte er.

»Kein Problem«, sagte Zein ruhig. »Wir spielen jetzt ein Spiel.«

Der Bullige sah sich nach beiden Seiten um, wohl, um sich bei den Kameraden seines Muts zu versichern. Selbst Gonter spürte, dass von Zein eine Gefahr wie von einer gespannten Armbrust ausging.

»Was soll das für ein Spiel sein?«

»Es ist so einfach, dass selbst du es begreifen wirst«, meinte Zein. »Es gibt nur eine Regel. Du bewegst dich, und ich schlage dir ins Gesicht.«

Der Bullige blinzelte. »Und wann bin ich dran?«

»Nicht fragen.« Zeins Blick bohrte sich in seine Augen. »Bewegen.«

Sein Gegenüber schluckte.

In der Schenke wurde es still. Auch an den anderen Tischen bemerkte man, dass hier etwas Interessantes vorging. Die Schankmaid, die Zein so gefiel, lehnte sich an einen Pfeiler und stützte das Tablett an ihrer Gürtelschnalle ab, während sie das Geschehen beobachtete.

Die Augen des Bulligen wichen zur Seite aus.

»Oh, damit du recht verstehst«, wisperte Zein, »wenn du den Kopf drehst, gilt das auch als Bewegung.« Er lächelte breit und eiskalt. Beide Arme hingen locker herab, er hatte noch nicht einmal die Hände zu Fäusten geballt. Dennoch wirkte er wie eine Natter, bevor sie nach vorn schnellte und ihre Giftzähne in die Beute schlug.

Der Blick des Bulligen kehrte zurück. »Du kannst nicht mit einem Schlag …«

»Bewegen«, unterbrach Zein. »Nicht reden.«

Sein Gegenüber schwitzte. Er bewegte sich keinen Fingerbreit – nicht die Arme, nicht den Rumpf, nicht den Kopf oder die Beine. Er wirkte, als hätte Zein ihn mit unsichtbaren Seilen gefesselt.

Er blinzelte, als ihm ein Schweißtropfen ins Auge lief.

»Was ist jetzt?« Zein sprach leise, aber es war so still, dass man ihn selbst in der hintersten Ecke der Schankstube verstand. »Beweg dich, mein Freund. Wir spielen doch nur.«

»Ich will …«

»Spielen, ich weiß. Das tun wir doch schon. Jetzt beweg dich.«

»Du bist schwächer als ich?« Es klang wie eine Frage.

»Dann brauchst du ja keine Angst zu haben, nur weil derjenige, mit dem ich zuletzt gespielt habe, jetzt mit Suppe gefüttert wird. Schließlich ist mein letztes Spiel schon vier Kontrakte her. Ich bin aus der Übung. Gut möglich, dass ich heute zwei Schläge brauche.« Wieder lächelte Zein breit.

Der Bullige wollte schlucken, aber er brauchte vier Versuche, bis sich sein Kehlkopf bewegte.

Zu seinem Glück wertete Zein das nicht als Aufforderung.

»Den machst du fertig, Untar!«, rief eine der Frauen, die zusammen mit ihm aufgestanden waren.

Untar schien nicht davon überzeugt. Vielleicht erinnerte er sich jetzt wieder daran, aus welchem Stahl die Angehörigen des Sturmbanners geschmiedet waren. Er wechselte das Gewicht so vorsichtig von einem Bein auf das andere, als hoffte er, niemand würde es bemerken.

»Reiß ihm einfach die Ohren ab!«, feuerte ihn einer seiner Kameraden an.

»Halt's Maul, Tenk! Ich muss mich konzentrieren.«

»Nein, musst du nicht«, stellte Zein klar. »Du musst dich bewegen. Das reicht.«

Die Tür schwang auf. Mit den fröhlichen Rufen einer Zecherbande spülte ein halbes Dutzend Söldner in den *Blinden Haudegen*. Gonter erkannte Pirlitu, die schwarzhäutige Kampfherrin der Armbruster im Klingenrausch. Sie bemerkte als Erste, dass in der Schenke nicht die übliche Stimmung zügellosen Trinkens herrschte. Pirlitu blieb nahe dem Eingang und sah sich mit wachsamen Augen um. Gonter war überrascht, wie plötzlich sie sich von der ausgelassen feiernden Frau zur überlegt handelnden Offizierin wandelte.

Ihre Leute brauchten nur zwei Herzschläge länger. Ohne Absprache bildeten sie einen Halbkreis vor der Tür und nahmen mit leicht gebeugten Knien und den Händen vor der Brust eine Körperhaltung ein, die ein Handgemenge vorbereitete. Auf den ersten Blick sah Gonter nur kurze Klingen, aber wenn die erst einmal gezogen würden, könnte sich Zeins bedeutungsloser Streit mit Untar zu einem Massenkampf mit Toten und Krüppeln auswachsen.

Gonter war ein großer Mann. Jetzt stieg er zusätzlich auf den

Tisch. Er bewegte sich ruhig und hielt seine Hände so, dass niemand auf den Gedanken kommen konnte, er würde eine verborgene Waffe ziehen.

Alle Blicke bis auf die von Untar und Zein richteten sich auf ihn.

»Ihr seht, dass der Klingenrausch keiner Auseinandersetzung aus dem Wege geht!«, begann er. »Warum sollte er auch? Diese Legion hat mehr Meriten, als andere Kämpfe ausgefochten haben. Wenn Garallo auf ihre Vergangenheit schaut, sieht er eine Straße, die mit Ruhm gepflastert ist. Und wenn er den Blick in die Zukunft richtet, sieht er neue Triumphe. Der Klingenrausch weicht keinem Konflikt aus. Untar hat ganz recht!«

Er zeigte auf den Bulligen, der nun wagte, den Kopf leicht zu drehen, um zu ihm heraufzusehen. Nur Zeins Augen blieben auf seinem Kontrahenten.

»Der Rat von Eisen und Gold hat eine zusätzliche Last auf die Schultern des Klingenrauschs gepackt. Na und?« Gonter lachte. »Das hat nur dazu geführt, dass sich die Luschen aus der Legion geschlichen haben. Wenn diejenigen Wölfe, die über die Siege vieler Jahre fett und faul geworden sind, das Rudel verlassen, weil sie wissen, dass sie nicht länger mithalten können, dann wird es stärker, nicht schwächer!«

Er sah sich um. Auch Pirlitu und ihre Begleiter hörten ihm aufmerksam zu.

»Die Standarte des Klingenrauschs mag einsam stehen, aber sie steht gerade und in neuer Pracht. Diese Legion ist keine Handlangerin, dafür ist sie zu wild. Mag sein, dass das jeden herausfordert, der sich in seiner eigenen Machtfülle sonnt, selbst den Rat von Eisen und Gold. Und wisst ihr was?«

Er machte eine Pause, in der er fünf Herzschläge zählte.

»Genau das ist der Grund, aus dem ich mich für den Klingenrausch entschieden habe! Ich will lieber Rebell sein als Diener. Ich werde mein Schicksal in die eigene Hand nehmen.«

Er schüttelte die geballte Faust vor seinem Gesicht.

»Genau das kann ich im Klingenrausch. Und wenn ihr mich fragt …«

Er sprang vom Tisch, stahl zwei Gästen ihre Humpen und drückte sie Zein und Untar in die Hände.

»… dann ist das ein guter Grund, um zu trinken!«

Die Menge johlte.

Eivora umfasste ihr bandagiertes Handgelenk und drehte ihre Rechte, so weit es der Verband zuließ. Sie hatte keine Schmerzen, aber ein taubes Gefühl. Sie ballte die Hand zur Faust, öffnete sie wieder und bewegte die Finger einzeln. Die Muskeln gehorchten ihr, doch sie spürte sie nicht richtig und fragte sich, ob das besser war als das Ziehen, das sich angefühlt hatte, als risse jemand einen Draht durch die Vene in ihrem Unterarm.

»Was meinst du dazu, Aglix?«

Der Feuersalamander hockte auf dem Schwert ihres Vaters. Da eine rußende Kerze die einzige Lichtquelle in der Kabine war und diese im starken Seegang schwankte und ihre unruhige Helligkeit die Schatten an den Wänden umherscheuchte, wäre ihr der schwarzgelbe Lurch wohl entgangen, wenn sie nicht gewusst hätte, wo er saß.

Sie sah, wie weit die Kerze heruntergebrannt war, und überlegte, dass sie sich bestimmt schon vor einer Stunde in die Kabine zurückgezogen haben musste, um zu schlafen. Ihre Liege war noch immer an die Wand geklappt, sie saß vollständig angekleidet auf ihrer Seekiste und spielte mit ein paar Silbermünzen. Normalerweise erfüllte es sie mit einer ruhigen Zufriedenheit, die kleinen Scheiben glänzenden Metalls nach Form, Größe oder Gewicht zu sortieren, Muster aus ihnen zu bilden oder sie einfach nur durch die Finger gleiten zu lassen. So bereitete sie sich am liebsten auf den Schlaf vor. *Jedenfalls, wenn Gonter nicht bei mir ist, um mich zu streicheln, bis ich vergesse, ob ich eine Frau oder eine Katze bin.*

In dieser Nacht war das Meer unruhig, die *Arohns Pfeil* schaukelte hin und her, auch wenn das kein Vergleich zum überstandenen Sturm war. Der Mannschaft war es gelungen, den Bug in den Wind zu drehen, sodass sich die Seitwärtsbewegungen in Grenzen hielten, und die Wellen waren wesentlich niedriger.

Trotzdem sah Eivora ein, dass sie keine Ruhe finden würde. Zumindest noch nicht.

»Bleib schön im Trockenen«, riet sie Aglix, wickelte sich in ihren Umhang und ging hinaus.

Als eine kalte Bö Eivora traf, schmerzte die Beinwunde, als würde jemand den Oberschenkelmuskel auswringen. Der Kampf hatte zwar keine neue Verletzung gebracht, wohl aber eine Verschlechterung der bestehenden. Sie achtete darauf, nicht zu verkrampfen, und stakste zur Backbordreling.

Auf dieser Seite hatte der Rumpf den schwersten Schaden genommen. Eivora wickelte eine Sicherungsleine um den linken Unterarm, bevor sie sich abstützte. Sie versuchte, die Bretter auszumachen, die sie aus einem der Unterdecks gebrochen und außen angenagelt hatten. Bei Tage ähnelte die Stelle einem Baumstamm, den ein Bär zerkratzt hatte, aber in der Dunkelheit war nur die Einbuchtung zu erkennen, wo die Naturgewalt die stabilisierenden Balken zermalmt hatte. Es sah aus wie ein Tor, das nach einem Rammstoß nachgab.

Der Muskel in ihrem Oberschenkel zitterte, ein Gefühl, das nicht unangenehm war. Ein bisschen kitzelte es sogar. Sie genoss die frische Seeluft, die ihr die brütenden Gedanken aus dem Kopf wehte, und lachte über das Salzwasser, das in ihr Gesicht spritzte.

Eivora fuhr herum, als sie neben sich eine Bewegung wahrnahm. Die Rechte fand ihr Kurzschwert, das sie jetzt immer trug. Der Griff fühlte sich zu dick und zu weich an.

»Du bist es«, sagte sie erleichtert.

Lostor nickte. Sein Gesicht erschien unter dem dunklen Schopf besonders hell.

»Du reagierst schnell.« Die Stimme klang seltsam. Vielleicht lag das am Wind, der die Worte von seinen Lippen riss.

»Man muss vorsichtig sein. Wenn sich die Gefangenen befreien, weil auf diesem Kahn etwas aufbricht, machen sie vielleicht Ärger.«

»Eine einfache Lösung wäre besser gewesen.«

»Das geht uns nichts an«, stellte Eivora klar. »Wir gewinnen Korts Kämpfe. Er entscheidet, wie er mit den Siegen umgeht.«

Lostors Hände fassten die Reling. »Glaubst du, er wird ein guter Anführer für sein Volk?«

Die Frage war seltsam für den Rottmeister.

»Du solltest dir eine Sicherungsleine nehmen«, riet Eivora.

Er drehte den Kopf, bis er sie ansah. »Es ist schlecht, wenn ein Anführer zu weich ist«, meinte er.

»Das braucht bei Kort niemand zu befürchten«, sagte sie. »Er hat mehrere Banner der Blutkrähen geführt.«

»Und weshalb hat er das aufgegeben? Er hätte noch viel Ruhm und Reichtum erringen können.«

Eivora zuckte mit den Achseln. »Der Ruf der Heimat.«

»Söldner haben keine Heimat.«

»Dann nenne es Macht. Er will einen Thron mit seinem Hintern wärmen, hat er mir erzählt.«

Brütend starrte Lostor auf die dunklen Wellen hinaus, die man mehr erahnte als sah. Jenseits der Reling existierte nur ein vager Eindruck sich bewegender Schwärze.

»Ich habe mit einem alten Seemann gesprochen«, sagte Lostor. »Er meint, der Heckmast ist gebrochen, weil Würmer ihn von innen her aufgefressen haben, ohne dass man es ihm angesehen hat. Deswegen hat er dem Wetter nicht mehr standgehalten.«

»Kort hat keine Würmer, die würden im Rum krepieren, den er ständig in sich hineinkippt.«

»Eine Schwäche«, urteilte Lostor. »Deswegen konnten die Verräter ihn so betrunken machen, dass er sich an den Mast fesseln ließ wie eine Jungfrau.«

»Er wird seine Lektion gelernt haben.«

»Ein Kampfherr sollte keine Lektionen mehr lernen müssen.«

Eivora löste einen der Holme, die die Sicherungsleine verkürzten, sodass sie nah an Lostor herantreten konnte. »Wieso bist du so schwermütig?«

»Was geschieht mit den Verrätern, die jetzt im Bauch dieses

Schiffs sitzen?«, fragte er. »Kauern sie nicht zugleich im Herzen der Grafschaft? Werden sie nicht irgendwann, wenn Korts Schwäche es erlaubt, wieder hervorkommen, um die Macht an sich zu reißen? Und wenn nicht sie – dann andere, die sich von seiner Milde ermutigt fühlen.«

»Er wird klarmachen, dass die Amnestie einmalig ist. Eine Gunst, die er zu Beginn seiner Wallfahrt erweist und nur, nachdem die Meuterer angemessen gebüßt haben.«

»Ich glaube, Kort versteht nicht, was es bedeutet, zu herrschen. Als Söldnerführer muss er es einmal gewusst haben, aber er hat es vergessen.«

Eivora legte eine Hand auf Lostors Schulter.

Er bewegte sich ein Stück zur Seite und streifte sie dadurch ab.

Sie folgte ihm, berührte ihn aber nicht mehr. »Es ist nicht unser Problem«, sagte sie. »Unser Befehl lautet, ihn auf der Pilgerreise zu beschützen. Das werden wir tun, wir werden das Gold und das Silber nehmen, und wenn am Tag danach seine Grafschaft in Rauch aufgeht, kann uns das egal sein. Wir sind Söldner.«

»So ist es«, sagte er. »Aber ich verstehe die Meuterer. Sie wollen nicht, dass ihr Land unter einem Schwächling verfault.«

»Niemand will das.«

»Das stimmt.« Er wandte sich ihr zu und drückte die Brust heraus. »Auch kein Söldner, der seine Einheit liebt.«

Plötzlich wirkte er bedrohlich. Eivora machte einen tastenden Schritt rückwärts, damit sie seine Hände im Blick behielt. Die rechte umfasste die Reling, aber die linke hakte er in den Gürtel, unweit vom Entermesser, das er der Leiche eines Matrosen abgenommen hatte.

»In einer anderen Einheit könntest du eine gute Kriegerin sein, Eivora«, sagte er. »Vielleicht auch eine passable Offizierin, aber nicht im Sturmbanner. Wir sind die Besten innerhalb der Elite. Inzwischen weiß ich, was Zigûn gewollt hat, als er die Standarte des Klingenrauschs verbrannt hat. Die Legion schwächt uns.«

»Du bist ja verrückt! Hast du getrunken?«

»Ich bin nüchtern und sehe alles klar, Eivora. Das Sturmbanner ist allein stärker als im Verein mit Schwächlingen, die nie begreifen werden, wie es klingt, wenn man den Krieger in sich schreien hört. Du kannst uns nicht in die Freiheit führen, du bist keine von uns. Stattdessen glaubst du, wir sollten Wasser schöpfen.«

Entschlossen blieb sie stehen. Vor einem Raubtier durfte man nicht zurückweichen, sonst ermunterte man es zum Angriff. »Die Enge auf dem Schiff macht dein Hirn matschig, Lostor«, spottete sie. »Geh zurück in deine Kabine. Ich werde dieses Gespräch vergessen.«

Er schnaubte. »Was für ein erbärmlicher Versuch! Meuterer darf man nicht streicheln, Eivora. Du bist zu weich, um Leoparden wie uns an der Leine zu führen.«

»Ich bin deine Kampfherrin und …«

»Gar nichts bist du! Aber wenn ich mich irre und du tatsächlich verstehst, was es bedeutet, eine Kriegerin zu sein, dann wird dir klar sein, dass es das Schicksal eines Kriegers ist, für seine Einheit zu sterben.«

Eivoras Sinne waren so wach wie lange nicht mehr. Sie spürte jede einzelne Gischtflocke, jeden Tropfen des Spritzwassers auf ihrer Wange und die Windungen des Seils in ihren Händen. Rechts schmerzte es in der Handfläche, auch durch die Bandage hindurch, und das war gut. Sie brauchte jeden Fingerbreit ihres Körpers, denn sie hatte nur einen einzigen Versuch, Lostor zu überwinden.

Auf dem Schiff konnte sie nicht vor ihm fliehen. Ob die Kameraden hinter ihr stehen würden, wenn sie es bis zu ihnen schaffte, war fraglich. Er kämpfte seit Jahren an der Seite Mehols, Itenas, Bols und der anderen. In einem Kampf Klinge an Klinge konnte sie ihn aber auch nicht überwinden.

Er neigte sich leicht nach vorn, als er das Heft des Entermessers griff.

Jetzt! Eivora sprang auf ihn zu.

Sie hörte sein Knurren, als sie die Sicherungsleine um seinen Hals warf, ohne sie loszulassen, an ihm vorbeihastete und das

Seil heranriss, während sie ein Knie in seinen Rücken drückte. Sie hatte nicht gewagt, eine Schlinge zu machen, also musste sie umso fester ziehen, wenn sie ihn erdrosseln wollte. Sie versuchte, das Seil zusätzlich hin und her zu bewegen, um die Windungen wie ein Sägeblatt zu benutzen.

Lostor erkannte ihre Absicht und brachte schnell die Linke nach oben. Er griff die Leine, hielt sie fest und versuchte, sie von seinem Hals wegzudrücken.

Eivora schrie und lehnte ihr Gewicht nach hinten, während sie gleichzeitig das Knie vordrückte. Die Beinwunde brannte, aber sie fühlte sein Rückgrat.

Er bewegte sich wie ein bockendes Maultier. War sein Entermesser schon frei? Konnte die Klinge sie erreichen, wenn er blind nach hinten stach?

Die Leine schnitt in Eivoras Handflächen. Links spürte sie das sofort, rechts war der Schmerz schwächer, bis die Finger den Halt verloren und das Seil eine tiefe Strieme in die Haut riss. Entschlossen packte sie zu.

Lostor neigte sich nach hinten, um den Druck vom Hals zu bekommen.

Eivora hielt seinem Gewicht nur kurz stand. Sie erkannte, dass er vorhatte, sich mit ihr gemeinsam zu Boden fallen zu lassen. Dort würde sie die Kraft ihres Rückens nicht mehr einsetzen können, um Zug auf ihn auszuüben, und mit etwas Pech fiel er auf sie und trieb ihr die Luft aus den Lungen.

Mit einer Stärke, die sie sich selbst nicht zugetraut hätte, zerrte sie ihn herum. Gemeinsam taumelnd verloren beide ihr Gleichgewicht. Er wollte sie unbedingt zu Fall bringen und drückte sich mit den Fersen ab.

Ich muss wahnsinnig sein, dachte Eivora, als sich das Schiff in seiner Pendelbewegung nach backbord legte und sie begriff, dass ihr verzweifeltes Vorhaben gelang. Lostor und sie prallten gegen ein notdürftig ausgebessertes Stück Reling, das etwas niedriger war als die ursprüngliche Konstruktion. Das Holz knackte vernehmlich.

Zu spät, um zu zögern! Eine weitere Gelegenheit bekomme ich nicht.

Sie schwang ein Bein über Bord und riss mit aller Kraft von Armen und Oberkörper am Seil.

Lostors Gewicht drückte sie über die Reling, ihre Beine strampelten in der Luft, aber den Zug der Leine an seinem Hals wurde er nicht los. Eivoras Sturz zog auch seinen Schwerpunkt über Bord. Sie fielen einen Herzschlag lang, dann schlugen sie durch die Wasseroberfläche.

Eivora öffnete die rechte Hand, klammerte die Linke aber umso fester um das Sicherungsseil. Sie stellte sich vor, wie es sich abwickelte, und konnte nur hoffen, dass es auch wirklich festgebunden war.

Sie spürte ein Reißen an ihrem Gürtel, ertastete Lostors Hand und bog seine Finger um. Gleichzeitig trat sie aus und traf auf Widerstand.

Eiskaltes Salzwasser drang in ihre Nase. Sie hustete, was nur dazu führte, dass sie noch mehr von dem Nass schluckte, das danach gierte, das Leben aus ihren Lungen zu spülen.

Lostors Griff löste sich, und auch die Beine strampelten jetzt, ohne aufzutreffen. Aber war es nicht schon zu spät? Sie brauchte Luft, dringend! Sie merkte bereits, wie ihre Muskeln erlahmten, wie es ihr schwerer fiel, die Glieder zu bewegen.

Die Leine straffte sich und zog sie aus dem Wasser, als sich die *Arohns Pfeil* nach steuerbord legte. Sie hustete, spuckte Salzwasser und wollte gleichzeitig einatmen, was aber in ihrer Brust schmerzte. Sie schlug gegen den Rumpf, was die wenige Luft, die sie inzwischen in den Lungen hatte, wieder hinaustrieb.

Festhalten!, ermahnte sie sich. *Ich darf nicht loslassen! Irgendwo da draußen treibt Lostor, der Bastard, und ich werde ihn um mehr als ein paar Herzschläge überleben.*

Mühsam brachte sie die zweite Hand ans Seil. Sie versuchte tief einzuatmen, hustete aber wieder. Schon legte sich der Segler zurück nach backbord.

Sie presste Mund und Lider zusammen, als sie ins aufgewühlte Wasser tauchte. Blind zog sie sich am Seil hoch. In ihren Muskeln spürte sie eine seltsame Mischung aus Taubheit und

Brennen, als würden sich Feuer und Eis verbinden. Sie konzentrierte sich auf den Schmerz, um bei Bewusstsein zu bleiben.

Beim Klettern habe ich schon oft an einem Seil gehangen!, dachte sie grimmig. *Immer, wenn ich abgerutscht bin, hat ein Seil mich gerettet. Die Seile sind meine besten Freunde.*

Als die Bewegung des Schiffs sie aus dem Wasser hob, streckte sie die Beine der Bordwand entgegen. So konnte sie den Aufprall mit den Füßen abfangen und den Schwung sogar nutzen, um sich nach oben abzudrücken und ein weites Stück Seil gutzumachen.

Bei der nächsten Neigung nach backbord tauchte sie nur kurz ein, als wolle die *Arohns Pfeil* ihren Schweiß von der Stirn spülen. Sie lachte.

»Nicht heute Nacht!«, rief sie, als sie die Reling erreichte. »Heute Nacht kriegen mich die Dämonen noch nicht!«

8. Willkommen

»Sie glauben, das Licht würde sie schützen«, höhnte der Homunkulus in Fiafila-Ignutos Gedanken, während sie zusah, wie die Diener in ihren grün-gelben Wämsern und engen Hosen die Kerzen entzündeten. Hunderte davon standen auf gusseisernen Haltern entlang den Wänden des Thronsaals. Die aus buntem Glas gefügten Fenster begannen erst darüber und erstreckten sich dann bis zur Decke. Sie waren nicht dazu bestimmt, dass man hinaussah und die Hauptstadt Iljugas betrachtete, sondern sollten das Licht hereinlassen. Im Westen leuchtete das Glas in der Nachmittagssonne, deren Strahlen bunte Bahnen in den feinen Staub malten, der in der Luft der weiten Halle tanzte. Auf dieser Seite sah man die überlebensgroßen Darstellungen hell und klar. Ein Handwerker hobelte, ein Ritter saß stolz im Sattel, ein Priester schwenkte Weihrauch, eine Mutter streichelte das Haar ihres Mädchens …

Fiafila-Ignuto fand es seltsam, dass sogar das Gewand des Zimmermanns der Hofmode dieser Grafschaft folgte und einen steifen Kragen aufwies, der so hoch stand, dass er den kompletten Hinterkopf abschirmte und nach vorn in Spitzen auslief. Selbst bei den Edlen auf der *Arohns Pfeil* hatte sie nur gemäßigtere Ausführungen dieser Marotte gesehen. Auch sonst verklärten die Darstellungen den Alltag. Nirgendwo waren Schmutz, Verwundungen oder auch nur Hässlichkeit abgebildet.

Ein Diener stieß einen anderen an, als er Fiafila-Ignuto sah. Der Homunkulus machte Eindruck.

»Soll ich ein paar Flammen aus meinen Augen schießen lassen?«

Wir wollen nicht übertreiben.

Sie lächelte überlegen, während ihre Schritte auf dem Marmorboden klackten. Gegenüber dem Eingang stand der Thron auf einem Podest, auf das ein Dutzend Stufen führte. Die Kerzen dort brannten schon, kein Diener hielt sich mehr in diesem Bereich auf.

Der Priester sah genauso aus, wie man ihn während der Schiffsfahrt beschrieben hatte. Sie erkannte ihn an den protzigen goldenen Nasenringen. Diese Amtsinsignien trug er in beiden Flügeln. Durch das Gewicht war die Haut so ausgeleiert, dass Fiafila-Ignuto ihren kleinen Finger durch die Löcher hätte stecken können. Er war ein großer Mann, wirkte aber trotz des pompösen Kragens nicht kräftig. Der leichte blaue Mantel hatte keine Knopfleiste und blieb vorne offen, sodass sich der Kugelbauch wie ein Ball herausschob. Wie lang die brünetten Haare, in die sich einige graue Strähnen mischten, waren, konnte Fiafila-Ignuto nicht erkennen. Er hatte sie im Nacken zusammengebunden, und dort versperrte der aufgestellte Kragen die Sicht. Die gedrehte Spitze seines Amtsstabs war vergoldet, und auch auf dem blauen Mantel glänzte der Goldfaden, mit dem eine verwirrende Vielzahl anscheinend willkürlich angeordneter Symbole aufgestickt war.

»Rorgators Dämonen hätten ihre Freude an so viel edlem Metall«, meinte Ignuto. *»Wir sollten ihn mit nach Hause nehmen und ins Magma werfen.«*

Der Priester bemerkte sie lange bevor sie ihn erreichte. Mürrisch sah er ihr entgegen.

Fiafila-Ignuto schlenderte weiter und betrachtete die hölzerne Decke fünfzehn Schritt über sich. Die Zimmerleute hatten sich keine Mühe gegeben, die Übergänge zwischen den Brettern zu kaschieren. Sie waren sogar im gräflichen Wappen zu sehen, das dort oben prangte. Es zeigte einen Baum im vollen grünen Laub vor einer gelben Scheibe.

»Ich grüße Euch, Keijo«, sagte sie, als sie den Priester erreichte. »Ich hörte, dass Ihr uns begleiten werdet.«

»Über Euch hörte ich mehr, als mir lieb ist.« Trotz seines hochnäsigen Tonfalls konnte er die Verunsicherung nicht verbergen, als der Blick aus seinen graugrünen Augen zum Homunkulus zuckte und ein wenig zu lange dort verweilte, bevor er zu ihrem Gesicht zurückkehrte. »Ihr seid die Dämonenmetze.«

»Die Kundigen sagen *Avatar*.«

»Das mag bei den Dämonenanbetern korrekt sein, aber auf Iljugas heiligem Boden nenne ich Euch, wie es mir beliebt.«

»Heiliger Boden?« Sie tat überrascht. »Ist dies denn ein Tempel und nicht der Palast des Grafen?«

»Unsere Heimat ist uns heilig. Sie nährt und schützt uns.«

»So widerspenstig wie das Meer bei unserer Anreise wird Euer Land sicher nicht sein, das will ich Euch zugestehen. Weiß man schon, ob Ihr die *Arohns Pfeil* wieder flott bekommt? Oder wollt Ihr die Planken an die Armen verteilen, auf dass sie ihre Öfen damit befeuern?«

Zorn huschte über sein Gesicht. »Der Stolz unserer Flotte wird die Wellen wieder bezwingen.«

»Wenn Ihr es sagt.«

»Was führt Euch überhaupt zu mir, Fiafila?« Er sprach den Namen wie ein Schimpfwort aus. »Seid Ihr nicht mehr mit Euren Dämonen beschäftigt?«

»Mein Tagewerk ist getan, und es heißt Fiafila-Ignuto. Wir wollen genau bleiben, und Ihr habt offensichtlich verstanden, dass ich mehr bin als der Mensch, der ich war.«

»Ja. Eine Abscheulichkeit.«

Sie lüpfte eine Braue. »Wüsste ich nicht um die Höflichkeit, die man in Iljuga pflegt, könnte ich den Eindruck gewinnen, Ihr würdet einen kümmerlichen Versuch unternehmen, mich zu beleidigen.«

»Wie kann man die Ehre einer Frau noch beschmutzen, die so tief gesunken ist, dass sie eine Ziege bei lebendigem Leibe verbrennt? Man hat mir zugetragen, das Tier habe geschrien wie ein gequälter Säugling.«

»Wäre Euch ein Hund lieber gewesen?« Sie hatte etwas opfern müssen, das Schmerz empfand, um das Signal an die in Rorgator wartenden Banner zu senden, sodass sich diese zum Nachrücken bereit machten.

Keijo verzog den Mund, wodurch die Spitzen seines geflochtenen Barts zitterten. »Euer Blutdurst widert mich an.«

Schmunzelnd zeigte sie auf seine Hüfte. »Ist das ein Opferdolch?«

»Wir bringen den Göttern unser eigenes Blut dar, und das auch nur selten.«

»Während der Seuche seid Ihr bestimmt oft auf den Knien herumgerutscht und habt Eure Adern geöffnet, um den Durst der Ewigen zu lindern.«

»Das stimmt. Viele Tempeldiener haben ihr Blut gegeben.«

Fiafila-Ignuto horchte auf. »Nur die Diener? Was ist mit Euch Priestern?«

»Es wäre töricht, in einer so entscheidenden und gefährlichen Lage die Eliten des Landes zu schwächen.«

Sie spürte Ignutos Vergnügen. *»Entweder, die Lage ist bedenklich – dann ist es nicht ratsam, dass sich die Vornehmen in Gefahr bringen. Oder alles ist in bester Ordnung – dann haben sie keinen Grund, sich zu verletzen. Eine solch kluge Philosophie lasse ich mir gern gefallen.«*

Alle Kerzen waren jetzt aufgestellt und entzündet. Es sah aus, als wären die hellen Flämmchen entlang der Wände an einer Perlenschnur aufgefädelt. Ein Diener schlug einen Bronzegong, den Fiafila-Ignuto auch mit ausgestreckten Armen nicht hätte abmessen können. Der tiefe Ton hallte durch den leeren Thronsaal, stieg zwischen den hohen Fenstern zur Decke hinauf und klang aus dem geöffneten Portal hinaus, das auch Fiafila-Ignuto benutzt hatte.

Nun nahte von dort eine Prozession. Während sich die Diener in ihrem grün-gelben Aufzug zwischen die mannshohen Kerzenständer zurückzogen und dadurch beinahe unsichtbar wurden, übertrafen sich die Edlen in der Pracht ihrer Gewänder. Diamantsplitter funkelten an den Schnallen der Schuhe, auf dem edlen Stoff von Tuniken und Zierjacken fand sich kein Staubkorn, und die Kragen standen so steif, als wären sie aus Holz geschnitzt. Die Männer und Frauen hielten sich aufrecht, als hätte man die Wirbel in ihrem Rücken miteinander verschraubt – ein Gedanke, dessen wörtliche Umsetzung sich Ignuto mit Genuss ausmalte.

Sie kamen zu viert nebeneinander, Damen und Herren anscheinend ohne Ordnung gemischt. Manche trugen Schärpen, und auch die edelsteinbesetzten Broschen mochten eine Bedeutung haben, etwa die Zugehörigkeit zu einer bestimmten Fraktion innerhalb der zerstrittenen Grafschaft. Der Choreografie des gemeinsamen Einzugs folgten jedoch alle so genau, als gehörten sie einer Tanzgruppe an. Ohne Hast fächerten sie auf, sodass sie ein Spalier für die Nachrückenden bildeten.

»Keine Waffen«, murmelte Fiafila-Ignuto.

Keijo schüttelte den Kopf, wobei seine Nasenringe aneinanderklackten. »Der Vorfall auf der *Arohns Pfeil* soll keine Schule machen.«

Fiafila-Ignuto grinste, als sie sah, dass sich die Söldner des Vorauskommandos nicht um diese Vorgabe scherten. Eivora hatte sogar die kleine Armbrust an ihren linken Unterarm gebunden, zusätzlich trug sie das gekrümmte Kurzschwert am Gehänge. Mit ihrer Augenklappe sah Itena besonders verwegen aus, obwohl sie das Haar streng zurückgebunden hatte. Ihre Linke hielt den Degen. Bol trug den glänzenden Harnisch, den er auf dem Schiff nie angelegt hatte, weil er damit gesunken wäre wie ein Stein, wenn ihn ein Brecher über Bord gespült hätte.

Fiafila-Ignuto ertappte sich dabei, Lostor unter den verbleibenden Söldnern zu suchen, aber er war während einer Nacht mit unruhiger See verschwunden. Mehol hatte die Avatar in Verdacht, aber das war lächerlich. Zwar hatte sie sich eine Kabine mit dem Rottmeister geteilt, doch in jener Nacht hatte sie geschlafen. Sie wusste nicht, wo er abgeblieben war. Da er nirgendwo auf dem Schiff zu finden gewesen war, musste er wohl sein nasses Grab in den Wellen gefunden haben. Das entbehrte nicht einer gewissen Ironie, hatte er doch dem schweren Sturm heldenhaft getrotzt, nur um eine halbe Woche später in einem Unwetter umzukommen, in dem Fiafila-Ignuto sogar hatte schlafen können.

Hinter den Söldnern blieb eine Lücke, bis ihr Auftraggeber

kam. Kort trug noch immer das Gewand der Blutkrähen in Grau, Schwarz und Rot, nur das Wappen der Legion war nirgendwo zu sehen. Er war unbewaffnet. Vielleicht bewirkte die Narbe, die seine Stirn auf der rechten Seite kerbte, dass er trotzdem gefährlich wie ein Löwe wirkte, der nur deswegen nicht angriff, weil er noch unentschlossen in der Frage war, welcher der Anwesenden ihm am besten munden würde.

Auch Yra, die mit den Söldnern gekommen war, spürte diese Ausstrahlung offensichtlich. Irgendwann während der Fahrt hatte sie begonnen, den furchtlosen Mann anzuhimmeln, der sich alles nahm, was er begehrte, und dabei jeden Widerstand brach.

Unwillig löste Fiafila-Ignuto den Blick von ihrer Magd. Sie musterte die goldfarbenen Symbole auf Keijos Mantel. Es mussten Hunderte sein. Ein paar Dutzend erkannte sie.

»Welchem dieser vielen Götter dient Ihr eigentlich, Priester?«

»Allen.« Er hob die Nase mit den klobigen Ringen an. »Ich bin der Oberste Deuter. Meine Aufgabe besteht darin, dafür zu sorgen, dass jede Gottheit zu ihrem Recht kommt, damit es den Menschen an nichts mangelt.«

»Ist Euch das immer gut gelungen? Ich meine, es wäre ja vorstellbar, dass Euch jemand wegen der Seuche Vorwürfe macht. Natürlich hätte es schlimmer kommen können, aber wenn ein Fünftel der Bevölkerung hinweggerafft wird, lassen sich Fragen …«

»Vorsicht, Dämonenmetze!« Seine Augen wurden zu Schlitzen, und die Knöchel der Hand, mit der er den Stab hielt, traten weiß hervor. »Es gibt viele, die Eure Herren für unser Elend verantwortlich machen. Wo die Fürsten der Verdammnis wüten, mögen sie sogar die Götter für eine Weile zurückdrängen, wenn der Glaube des Volkes zu schwach ist. Welchem Dämon dient Ihr eigentlich?«

»Keinem.« Sie hoffte, dass ihr Lächeln ihre Unsicherheit verbarg. »Während Ihr allen zu Füßen liegt, bin ich gänzlich frei.«

Ungläubig musterte er den Homunkulus.

Ignuto entfaltete seine Ohren.

Der Anblick der steinfarbenen Kreatur war Keijo sichtlich unangenehm. Er betrachtete wieder die Versammlung.

Das Podest, auf dem der Thron stand, war noch immer leer, und niemand machte Anstalten, hinaufzusteigen. In der Mitte der Halle dampfte ein Zuber, der wenig mit dem zu tun hatte, was man in einem Badehaus zu Gesicht bekam. Die fünf Metallbänder, die ihn einfassten, glänzten bronzefarben und waren dicht mit Perlen besetzt. Zwei Bedienstete befestigten eine polierte Leiter. Fiafila-Ignuto fragte sich, wie man das gefüllte Behältnis hereinbekommen hatte, bis sie die Rollbretter sah, die einige Diener an einer Wand lagerten.

Als die Leiter in Position war, blieben nur zwei Männer in der leeren Halle zwischen den Edlen, die in langen Doppelreihen vor den Kerzen standen. Der eine war Kort. Der andere sah ihm so ähnlich, dass er sein Bruder Rodalf sein musste. Mit seinen dreiundvierzig Jahren war er zwar vier Jahre jünger, aber etwas größer. Die Ähnlichkeit lag im Haar, das den gleichen Kupferton aufwies, und in den Gesichtszügen. Vermutlich wäre Rodalf ebenso kräftig geworden wie Kort, wenn er das Leben eines Söldners geführt hätte. Das breite Kreuz verriet die Veranlagung dazu. Allerdings war auch auf den ersten Blick ersichtlich, wieso Rodalf niemals den Weg eines Kriegers hätte beschreiten können: Die rechte Hand war ein verwachsener Knoten, in dem die Fingernägel auf halber Höhe im wuchernden Fleisch saßen. Zeugte es von Selbstbewusstsein oder von Resignation, dass er diese Entstellung unverhüllt zeigte?

»Du bist mein Bruder!«, rief Rodalf so laut, dass Fiafila-Ignuto sofort klar war, dass er nicht nur zu Kort, sondern vor allem zur Versammlung sprach. »Mein Herz hat dieses Wiedersehen herbeigesehnt, doch kann ich dich erst in die Arme schließen, wenn du wieder rein bist.«

Kort verzog den Mund, schwieg aber und begann, sich seiner Kleidung zu entledigen.

Fiafila-Ignuto beugte sich zu Keijo hinüber. »Wieso helft Ihr einem Sünder?«

»Das ist nicht mein Ratschluss«, flüsterte der Priester. »Die

Götter werden entscheiden, wer in Iljuga herrschen soll. Ich beuge mich einer höheren Weisheit.«

»Nein«, sagte sie langsam. »Ich kenne Menschen wie Euch. Es widerstrebt Eurer Natur, die eigene Klugheit kleinzumachen. Selbst dann, wenn es angebracht wäre.«

Er runzelte die Stirn. »Ich weiß, was jeder in diesem Saal weiß. Iljuga siecht dahin. Die Seuche hat ganze Familien genommen, andere verschont und in den meisten einen oder zwei in den Tod gerissen.« Keijo wirkte ernst. »Diejenigen, die es besonders hart getroffen hat, vermuten eine Hinterlist jener, die niemanden betrauern. Dafür wollen sie sich rächen. Redner hetzen das Volk auf. Manchen derjenigen, die Ihr hier seht, geht es allein darum, sich selbst in der neuen Ordnung einen möglichst bequemen Platz zu verschaffen.«

»Auf der *Arohns Pfeil* hatte ich bereits das Vergnügen mit einigen, die so denken.«

Er nickte, wobei er weiterhin Kort betrachtete. Der ehemalige Söldnerführer war nun gänzlich entblößt. Ein Netz von Narben zog sich über seinen Körper. Weder an den Armen noch an Beinen oder Rumpf fand sich eine Stelle, die größer war als Fiafila-Ignutos Handfläche und noch keinen Stahl gekostet hatte.

»Iljuga braucht jetzt Ruhe«, meinte Keijo. »Die wird es nur unter einem Herrscher finden, den alle anerkennen. Kort ist der Erstgeborene, und wenn er die Wallfahrt hinter sich bringt, wird es nur noch wenige geben, die seinen Anspruch auf den Thron anfechten.«

Der angehende Pilger stieg die Leiter hinauf. Er tauchte einen Fuß in das dampfende Wasser, ohne eine Miene zu verziehen, und ließ sich hinab.

Ignutos Ohren knisterten, als er sie weit spreizte. Trotz seines Gleichmuts war Korts Schmerz kräftig zu schmecken, umso mehr, da er von Hitze herrührte. Dafür war der Homunkulus besonders empfänglich. Einen Moment lang wurde Fiafila-Ignuto schwindelig.

»Ich glaube«, sagte sie trotzdem, »vor allem sucht Ihr einen Herrscher, der zu handeln versteht. Ihr seht Rodalf, den Krüppel, und Ihr seht Kort und wisst, welcher von beiden der Krieger ist.«

»Auch Rodalf hat eine Gefolgschaft um sich versammelt.«

»Oder sein Gefolge hat ihn gewählt und an die Spitze gestellt, weil es weiß, dass er sich nicht einmischen wird, wenn die Edlen hinter seinem Rücken ihr Süppchen kochen. Rodalf ist der Spross einer Nebenlinie …«

»Wie Kort!«

»… und hat nie damit gerechnet, zu herrschen. In seinem Geist ist er ein Diener. Kort dagegen wird sein Haupt niemals beugen. Er hat sich die Welt mit einem Beil in der Faust unterworfen. Er würde auch seinem Bruder den Schädel spalten, wenn das nötig wäre.« Sie sah den Priester an. »Er will den Thron, und er wird ihn bekommen oder bei dem Versuch sterben.«

»Maßlose Gier ist ein gefährlicher Ratgeber.«

»Haltet anderen Eure Predigt. Wenn Menschen etwas besitzen, dann schützen sie es. Das ist es, was Ihr wollt. Kort soll Iljuga an sich reißen. Er soll jene niederschlagen, die sich gegen die Obrigkeit erheben, und die Grenzen bewachen. Das ist die Ruhe, die Ihr für Euer Land wünscht.«

Kort tauchte ein paarmal unter und stieg dann wieder aus dem Zuber. Seine Haut war krebsrot, nur einige der Narben strahlten jetzt weiß wie Stahl, der aus der Esse kam. Tropfend und breitbeinig stellte er sich auf den Marmorboden. Die Hitze stieg dampfend von ihm auf, und sein Geschlecht war klein und verschrumpelt, aber die Brust drückte er stolz heraus.

Yra verschlang ihn mit bewundernden Blicken. Sie schien sich nicht entscheiden zu können, ob sie dem Verlauf der Narben folgen, auf den kräftigen Schenkeln verweilen, das straffe Gesäß mustern oder das markante Gesicht studieren sollte. Fiafila-Ignuto ahnte, dass ein Wort von Kort ausreichte, damit das Mädchen die Beine für ihn spreizte, und sie erinnerte sich daran, wie er von den Vorzügen der Jugend gesprochen hatte. Sie würde ihre Magd bei nächster Gelegenheit auf die Seite nehmen.

»Äußerlich bist du nun rein«, deklamierte Rodalf, »doch innerlich bleibst du besudelt.«

Kort senkte das Haupt, aber der Geste fehlte jede Demut. Sie wirkte eher wie bei jemandem, der erwartete, dass man ihm einen Orden umhängte.

Keijo ließ sich von einem Diener das graue, zusammengelegte Pilgergewand anreichen. Borstige Haare stachen daraus hervor. Fiafila-Ignuto wusste, dass ein solches Kleidungsstück auf der Innenseite ebenso gefertigt war und schrecklich auf der Haut kratzte.

»Als Priesterin mögt Ihr viel über die Götter gelernt haben, Dämonenmetze«, raunte Keijo ihr zu. »Aber ich weiß, wo ich stehe. Ihr nicht.«

Sein Bruder brachte Kort das Gewand und half ihm, es anzuziehen. Es erwies sich als vollkommen schmucklos.

Schweigend verließ Kort den Saal. Bis auf Eivora begleiteten ihn alle Söldner. Ihre grimmigen Blicke machten deutlich, dass sie ihn gegen jeden verteidigen würden, aber sie verrieten auch etwas anderes. Nach dem Verschwinden ihres Rottmeisters herrschte Rivalität zwischen Itena, Bol und Mehol. Zuvor waren sie alle Befehlsempfänger gewesen, jetzt hatten sie keinen Vorgesetzten mehr außer Eivora, die sie aber nicht gänzlich akzeptierten. Es galt, die Rangfolge neu auszukämpfen.

Menschen sind seltsam, dachte Fiafila-Ignuto, während Eivora zu ihr schlenderte. *Sie betragen sich wie Tiere und bemerken es nicht einmal.*

Sie schmunzelte, als sie Aglix auf Eivoras Schulter hocken sah. Sie mochte seine niedlichen Knopfaugen.

»Zeit, etwas niederzubrennen«, sagte Eivora.

Ignuto jubelte.

»Kümmert sich eigentlich jemand um Korts Haut?«, fragte Fiafila-Ignuto.

»Das hoffe ich.« Eivora erinnerte sich an den roten, dampfenden Mann, der nackt im Thronsaal gestanden hatte. »Ich habe wenig Lust, nur fünf Meilen am Tag zu schaffen, weil sie verbrüht ist und er nicht mehr draufhat. Es wäre gut, wenn du später nach ihm sehen würdest.«

Fiafila-Ignuto nickte.

Zunächst stand jedoch eine andere Aufgabe an. Iljugas Thronstadt Alton lag am Etain, dem Fluss mit dem blauesten Wasser, das Eivora jemals gesehen hatte. Es wirkte, als könne man es als Farbe benutzen. Von der Brücke, die sie jetzt überquerten, erkannte sie einige kräftig grüne Farne, die sich in der Strömung bewegten, aber das Blau verschluckte sie schon nach einem Schritt.

Alton erstreckte sich am Ostufer. Dort stieg das Land sanft an. Die helle Stadtmauer war gerade einmal drei Schritt hoch, kein Hindernis für einen entschlossenen Angriff, bei dem man ein paar Verluste in Kauf nahm. Die Häuser dagegen wirkten oft wehrhaft, teilweise sogar um Türme aus festen Quadern herumgebaut. Die hohen Fenster des lang gestreckten Grafenpalasts leuchteten bunt im Licht der Sonne, deren rote Scheibe den Horizont bereits berührte.

Auch Garallos grinsende Eisenzähne schimmerten. Mehol trug die Standarte mit dem Hammer und den Flammen. Eivora fragte sich, wie er und die anderen wohl reagiert hätten, wenn sie erfahren hätten, dass sie Lostor getötet hatte. Würden sie ihr glauben, dass der erste Angriff von ihm ausgegangen war? Oder würden sie denken, sie hätte sich eines unliebsamen und rebellischen Rottmeisters entledigt?

Bis auf das knappe Dutzend Söldner war die Brücke leer, dafür sorgten die iljugischen Büttel an beiden Aufgängen.

Die Häuser am Westufer gehörten nicht mehr zur Stadt, wenn es nach den Edlen ging. Sie hatten selten ein Obergeschoss, bestanden aus Brettern, Lehm und Strohdächern und bildeten eine wirre Ansammlung, die wenigstens eintausend Menschen Obdach geboten hatte. Die Seuche hatte hier jedoch noch stärker gewütet als innerhalb der Stadtmauer. Man erzählte, dass die Fischerboote die Anleger wegen der vielen Leichen davor nicht mehr hatten ansteuern können.

»Wo steckt Yra eigentlich?«, fragte Eivora, als sie die Brücke verließen.

»Sie bereitet mein Zimmer vor.« Fiafila-Ignutos barsche Stimmlage machte klar, dass sie das Thema nicht diskutieren wollte.

Das kann mir egal sein, dachte Eivora. *Yra ist ihre Magd, nicht meine.*

An einigen Stellen kräuselte bereits Rauch aus der Siedlung auf. Altons Edle wollten das Armenviertel endgültig loswerden, und dass der Klingenrausch ein großes Feuer brauchte, um seine Truppen nachzuholen, gab ihnen die Gelegenheit, auch gleich alles zu verbrennen, was von der Krankheit übrig war. Niemand wusste, wie viele Leichen in den Häusern verwesten, aber die Büttel waren mit Posaunen durch die verschlammten Gassen gezogen, um die Lebenden herauszutreiben. Ein Teil von ihnen hatte sich bereits vor Tagen aufgemacht, eine andere Heimat zu suchen. Der Rest hauste in Zelten oder sogar in den Katakomben des Friedhofs eine Meile flussabwärts. Heute jedoch, da die Häuser endgültig verschwinden würden, versammelte sich eine etwa hundertköpfige Menge, um dem Untergang beizuwohnen. Männer und Frauen befanden sich darunter, Kinder und Greise. Manche waren verkrüppelt, andere kräftig. Allen hatte die Arbeit im Freien die Haut dunkel gegerbt, und wer starke Hände hatte, trug Schwielen daran. Einige brachten Körper mit, die man mit etwas Übung für ein Söldnerleben hätte vorbereiten können. Wären sie nach Rorgator gekommen, hätte Eivora dennoch keinen von ihnen für den Klingenrausch angeworben. In ihrer Haltung las sie Resignation, nicht Kampfesmut. Schweigend standen sie vor den Bütteln, die eine lange Reihe bildeten.

Mehol rammte den Schaft des Feldzeichens in den Boden. Die Standarte bewegte sich träge im Wind.

Bol gab Fiafila-Ignuto eine Fackel.

Sie hielt sie vor die Augen des Homunkulus, aus denen ein Flammenstoß hervorbrach und sie entzündete. Mit der Flamme berührte sie Garallo.

Ein grünes Feuer umhüllte die Eisenfigur, während die Avatar seltsam melodiös zischte und fauchte.

Sie gab die Fackel zurück und sah zu Garallo auf. Ob sie stumme Zwiesprache mit der Eisenfigur hielt, die ihren Zaubern als Fokus diente? Der steinfarbene Homunkulus auf ihrer Schulter schloss die Augen.

»Sie stehen in Rorgator bereit«, murmelte die Avatar. »Wir beginnen.«

»Das Feuer braucht noch eine Weile«, stellte Eivora fest.

Ein undeutbares Lächeln lag auf Fiafila-Ignutos Lippen, als sie sich mit dem Rücken zum Feldzeichen drehte, die Siedlung ansah, die fünfzehn Schritt vor ihnen begann, und die Arme ausbreitete. In diesem Moment kam ihr Gesicht Eivora unsagbar fremd vor. Lediglich in den hohen Wangenknochen lag noch Ähnlichkeit zu den Zügen der edelmütigen Priesterin, die sich ihnen im Basäontempel von Abidia entgegengestellt hatte. Fiafila-Ignuto trug das schwarze Haar nur noch fingerlang. Die Haut war auf der dem Homunkulus zugewandten Gesichtshälfte grau. Eivora konnte nicht entscheiden, ob das allein an der Steinsalbe lag oder bereits erste Verbrennungen vorhanden waren. In den blauen Augen hatte früher ein malvenfarbener Schleier gelegen, aber jetzt hatten sie diesen Ton gänzlich angenommen.

»Komm schon!«, murmelte Fiafila-Ignuto. Zitternde Lippen wandelten ihr Lächeln zu einem Zähnefletschen. Es war unheimlich, dieser Veränderung beizuwohnen. »Komm zu mir!«

Eivora versuchte zu erkennen, was Fiafila-Ignuto anstarrte, aber sie sah nur die Häuser. Was nahm die Avatar wahr, das menschlichen Augen verborgen blieb?

Bevor sie etwas sah, hörte Eivora das Prasseln. Vor ihr knisterte und knackte es, dann kam ein Knall, gefolgt von einem Krachen. Erst danach bemerkte sie, wie plötzlich der Rauch zunahm. Wo vorher nur vereinzelte Säulen aufgestiegen waren, verdunkelte nun Qualm den Himmel. Das Prasseln schwoll zu einem Rauschen an, und dann schlugen orangefarbene Flammen aus den Dächern. Sie sprangen von Haus zu Haus und bogen sich über die Abgründe der Gassen, ohne dass sie eines Windstoßes bedurft hätten. Holz und Stroh konnten nicht gänzlich trocken sein, es musste kürzlich geregnet haben, sonst wäre der Boden weniger schlammig gewesen. Dennoch brannten sie, als habe man sie mit Öl getränkt. Aber Eivora konnte sich nicht vorstellen, dass man in der gesamten Siedlung Lampenöl verteilt hatte, und sie roch auch kein Öl, sondern nur den Rauch. Zwar stieg das meiste davon in dicken, schwarzen Wolken auf, aber genug fand den Weg zu ihr, um sie husten zu lassen. Auf ihrer Schulter drückte sich Aglix mit den Vorderbeinen in die Höhe und hob das dreieckige Köpfchen. Seine Kehle zuckte.

Fiafila-Ignuto lachte aus voller Brust. Ihr Gesicht strahlte. Die Augen des Homunkulus standen jetzt offen. Sie waren schwarze Löcher, so klein, dass man sie mit einer Fingerkuppe bedecken konnte. Nichtsdestotrotz schienen sie in Tiefen zu führen, in denen jeder Mensch den Verstand verlieren musste.

»Sie lenkt das Feuer«, murmelte Eivora. »Sie gebietet über die Flammen.«

Chastro-Ignuto hat niemals über solche Kräfte geboten.

Eivora blinzelte und sah wieder zur Siedlung, von wo ihr nun auch die Hitze des Brandes entgegenschlug. Täuschte sie sich? Gab es eine andere Erklärung?

Ein Schaudern lief über ihren Rücken, und der Schweiß, der aus ihren Poren brach, war nicht allein der Wärme geschuldet.

So weit Eivora sah, brannten nun alle Dächer. Die Flammen fraßen sich an den Holzwänden nach unten, bei den wenigen Steinbauten sprangen sie auf Fensterrahmen und Türen über, krochen ins Innere und fanden dort in Möbeln, Tuchen und den Leichen der Seuchenopfer weitere Nahrung.

Die Menge hinter der Kette der Büttel wurde unruhig. Eine Frau schrie, eine Handvoll Männer drängte vor, bis einer von ihnen einen Knüppel auf den Kopf bekam. Jemand zeigte auf die Siedlung.

Eivora versuchte zu erkennen, was er meinte. Im Rauschen des Feuers hörte sie ein Kreischen. Kurz darauf sah sie die brennende Gestalt, die zwischen den Häusern in die Knie brach. Gegen alle Erfahrung, die Eivora mit Bränden hatte, peitschten die Flammen von den Dächern herunter, als rängen sie darum, welche von ihnen den Menschen verzehrte.

Fiafila-Ignuto lachte noch immer.

Drei Büttel rannten aus dem Inferno. Alle brannten, ihr Haar rauchte, aber einen von ihnen hatte es besonders schlimm erwischt. Er war eine lebende Fackel. Statt sich um die Flammen zu kümmern, die über ihre eigene Kleidung leckten, rissen die beiden anderen ihn zu Boden und wälzten ihn im Schlamm, um das Feuer zu löschen.

Eivora fuhr herum und starrte die Avatar an. Ihr Gesicht schien von innen zu lodern. Es ähnelte Darstellungen von verklärten Heiligen. Fiafila-Ignuto lachte nicht mehr, aber sie grinste breit und atmete tief. Ihre Brust pumpte, als wäre sie eine lange Strecke gelaufen.

Aglix kroch in den Halsausschnitt von Eivoras Rüstung.

Fiafila-Ignuto hob die noch immer ausgestreckten Hände. Das Feuertosen übertönte die Rufe der Menge ebenso wie das Schreien der Brennenden.

Die Hitze schmerzte auf Eivoras Haut, obwohl sie mehr als ein Dutzend Schritt von den Flammen entfernt stand. Die Feuersbrunst verzehrte die Häuser viel schneller, als man es hätte für möglich halten sollen. Krachend brachen Dachstühle ein und schickten Funkenwolken empor, denen Flammen aus dem Innern der Gebäude nachzüngelten, als wollten sie selbst die Glut noch verschlingen. Auf diese Weise wäre bald alles zu Rauch geworden, was brennbar war.

Eivora sah zur Standarte hoch. Auf dem Symbol des Klingenrauschs tanzte der Widerschein des Feuers so intensiv, als wäre der Hammer tatsächlich von Flammen umgeben, und darüber loderte das grüne Feuer um die Eisenfigur. Das unruhige Licht gaukelte ihr vor, dass sich Garallos eiserne Züge bewegten und der kleine Dämon zufrieden lachte.

»Du musst das Feuer ersticken!«, rief sie der Avatar zu. »Wir müssen die Legion jetzt rufen!«

Fiafila-Ignuto reagierte nicht.

Hustend ging Eivora zu ihr. Der Rauch biss in ihre Augen und brachte sie zum Tränen.

Fiafila-Ignuto dagegen schien er nichts auszumachen. Eivora hörte sie fröhlich glucksen, als sie unmittelbar vor ihr stand.

»Erstick das Feuer!«, schrie Eivora in das Gesicht der anderen Frau. »Ruf die Legion!«

Das Glucksen steigerte sich zu einem Lachen.

Eivora holte weit aus und schlug Fiafila-Ignuto mit dem Handrücken auf die rechte Wange.

Das blöde Grinsen verschwand. Stattdessen loderte jetzt Zorn in den malvenfarbenen Augen.

Nirtos Ausbildung zeigte Wirkung. Schneller, als Eivora es ihr zugetraut hätte, packte Fiafila-Ignuto das Kettenhemd an ihrer Brust. Nur das Leder, das Eivora darunter trug, verhinderte, dass die Eisendornen an den Handschuhen ihre Haut ritzten oder gar den Feuersalamander durchbohrten, der an dieser Stelle Schutz suchte.

Es würde nichts nützen, die Avatar niederzuringen. Es galt, sie zur Vernunft zu bringen, damit sie ihre Aufgabe erfüllte. Sie würden bereits genug Schwierigkeiten wegen der Verletzten bekommen. Wenn sie nun noch ein weiteres Feuer brauchen würden, weil sie dieses ungenutzt ließen, stünden sie nicht nur als grausam, sondern auch als unfähig da. Das war viel schlimmer.

»Du musst …«, begann Eivora.

Fiafila-Ignuto riss sie heran, sodass sie die Stacheln der Rüstung am gesamten Oberkörper fühlte, wenn sie auch nicht durchdrangen. Das Gesicht der Avatar war eine Fratze der Wut, aber gefährlicher war, dass aus den Augen des Homunkulus grüne Flämmchen zischten.

Sie bissen in Eivoras Wange, bevor sie den Kopf zur Seite riss. Sie schrie vor Schmerz und Wut.

Fiafila-Ignuto blinzelte. Die Flämmchen erloschen. Der Griff verlor seine Kraft. Eivora riss sich los.

Die beiden Frauen starrten sich an.

Fiafila-Ignuto atmete noch immer heftig, aber der Zorn wich aus ihrem Gesicht wie Harz, das von einem Stamm lief, und hinterließ einen verwirrten Ausdruck.

»Hol die Legion«, forderte Eivora.

Fiafila-Ignuto blinzelte noch einmal. Sie betrachtete das Feuer, als bemerke sie es erst jetzt.

Sie rieb über ihr Gesicht. Der Homunkulus schloss die Augen.

Der Rauch sammelte sich in einer dicken schwarzen Wolke, senkte sich auf die Siedlung und erstickte das Feuer, und die grünen Flammen um Garallo erloschen.

Gonter beobachtete die einsame Rauchkrähe, die am aschgrauen Himmel kreiste, und überlegte, wie der Vogel wohl das Gelände sah, das sich unter ihm erstreckte. Das Tal, das man Feuerschlund nannte, stieß so geradlinig in die Südflanke des Hefaton, als hätte ein Riese seine Axt hineingeschlagen. Nur über steile Treppen und Tragekörbe an Kettenzügen erreichte man die Festungsanlagen, die wie Schwalbennester im Fels klebten. Sechshundert Schritt vor dem abrupten Ende der Schlucht bewachte eine Mauer mit Wehrtürmen den Durchgang.

In dem Bereich hinter diesem Bollwerk, wo sich Sturmbanner und Zauberbanner des Klingenrauschs sammelten, sah man den Himmel nur als schmale Bahn, wie eine Rampe oder einen Kanal. Rechts und links ragten die Steilhänge auf, im Süden versperrte die Mauer den Blick und im Norden stieg eine vollkommen gerade Wand aus schwarzem Basalt zweihundert Schritt in die Höhe. Die Skulptur eines riesigen Dämonenhaupts blickte dem Betrachter entgegen. Wäre Gonter so weit hinaufgekommen, hätte er sich aufrecht in die Augen mit den Schlitzpupillen stellen können. Sie starrten grimmig über einer breiten Nase, deren Nüstern sich blähten, als schnaubte der Dämon vor Zorn. Zwischen den Lippen des geschlossenen Mauls ragten vier Hauer empor. Beschwörungszeichen waren hineingeritzt, die sich auf merkwürdige Weise dem Blick entzogen. Zwar verschleierte nichts die Sicht auf die Spiralen, Zacken und Rauten, aber Gonters Aufmerksamkeit schweifte immer ab, wenn er versuchte, sie genauer zu betrachten. War das ein Zauber, oder schützte sich sein Geist vor den verfluchten Pfaden, die sie bezeichnen mochten? Unwillkürlich berührte er die linke Seite seiner Brust, wo er unter der Panzerung den ungeöffneten Brief seiner Mutter trug.

Die einhundertzwanzig Krieger der beiden Banner verloren sich in der Weite des Geländes, das mühelos eine ganze abmarschbereite Legion fassen konnte. An den Rändern des Platzes gab es Unterkünfte und Küchen, in denen Quellwasser dampfend aus dem Fels sprudelte. Dazwischen standen mehrere Werkstätten für die Bearbeitung von Metall, Holz und Leder. Auch Rottmeisterin Salvaya nutzte die Zeit, bevor sich das Tor öffnete, um ihrem Schwert an einem Schleifrad die letzte Schärfe zu geben. Andere Krieger hockten auf dem Pflaster und würfelten, manche sprachen über vergangene Kämpfe, einige verbrannten Tiere in einer der Kapellen, die dämonischen Herren geweiht waren.

Die einzigen ständigen Bewohner des Feuerschlunds waren Priester, und Gonter gewann den Eindruck, dass so gut wie alle wahnsinnig waren. Kaum einer trug mehr als einen Schurz aus schmucklos schwarzem Leder und Sandalen. Das Gestein gab genug Wärme ab, damit man in diesem Aufzug nicht fror, aber der Hauptgrund war wohl, dass die Priester auf diese Weise die zahllosen Brandnarben auf ihrer bleichen Haut präsentieren konnten. Manche waren hellrot und nässten noch, andere schwarz wie ein Braten, der zu lange im Ofen gelegen hatte. Wucherndes Narbengewebe bis ins Gesicht hinein entstellte jeden von ihnen. Gonter fragte sich, ob es sich bei denjenigen, die erblindet waren – teilweise mit milchweißen Augen, teilweise mit geleerten Höhlen unter vernähten Lidern –, um besonders eifrige oder um besonders dumme handelte.

»Träumst du?« Wenn man Nirto lange genug kannte, wusste man, dass die rüde vorgetragene Frage für seine Verhältnisse so etwas wie eine freundschaftliche Neckerei war. Während der Ausbildung in dunklen Minenschächten, beim waffenlosen Nahkampf und im Hinblick auf die schmutzigsten Tricks, von denen Gonter jemals gehört hatte, war so etwas wie ein Ansatz von Respekt gewachsen.

»Natürlich«, gab er zurück. »Ich träume davon, mich einen Krieger des Sturmbanners nennen zu dürfen.« Zwar hatte er den Eid auf den Klingenrausch abgelegt, aber die Aufnahme ins Banner stand noch aus.

»Das könnte ein Problem werden.« Nirto grinste, wobei sich die tief in seine Stirn gegrabenen Zornfalten etwas glätteten. »Wir haben derzeit zu wenige Leute, um jemanden abzustellen, der aufpasst, dass dir nichts passiert.«

Gonter legte die Linke auf dem Schwertgriff ab. »Wie viele Aufpasser hast du denn im Sinn? Das Sturmbanner ist doch noch ganz gut dabei.«

Beinahe alle Angehörigen dieser Einheit hatten sich für die Erneuerung des Eids entschieden. Dass sie dennoch zwanzig Krieger unterhalb der Sollstärke waren – zu den siebzig vor dem Feuerschlund aufmarschierten kam noch das Dutzend, das das Vorauskommando unter Eivora bildete –, lag an den noch nicht wieder aufgefüllten Verlusten.

Beim Zauberbanner sah es schlechter aus. Kampfherrin Iskalas Truppe hatte vor Ygôda geblutet, was auch in den Überlebenden Zweifel geweckt hatte. Momentan erreichte sie nur die halbe Sollstärke.

»Ich bin der Einzige, der keinem Banner angehört«, klagte Gonter theatralisch.

»Dass du nach unseren gemeinsamen Übungen noch aus eigener Kraft gehen kannst, sollte dir nicht zu Kopf steigen.« Nirto kniff eines seiner grauen Augen zu und musterte Gonter mit dem anderen vom Scheitel bis zur Sohle. »Obwohl ich zugebe, dass ich nicht damit gerechnet habe, dass du so lange durchhältst. Trotzdem steht dir die entscheidende Prüfung in einem echten Kampf noch bevor.«

»Was ist mit Ygôda?«, protestierte Gonter.

»Da hast du bewiesen, dass du dich gefangen nehmen lassen kannst.«

»Ich wurde bewusstlos geschlagen.«

»Eben. Aber weil ich ein großmütiger Mensch bin«, Nirto seufzte, »werde ich darüber hinwegsehen.«

Gonter schüttelte den Kopf. *Ich werde euch schon noch überzeugen, ihr arrogantes Söldnervolk.*

Wieder zog das zwanzig Schritt hohe Dämonenhaupt seinen Blick an. »Er ähnelt einem Affen, den ich einmal gesehen habe«, meinte er.

»Und, hat das Äffchen der Hofdame, auf deren Schoß es gesessen hat, die Nase abgebissen?«

»Nein.« Wieder scheiterte Gonters Blick daran, auf den runenverzierten Hauern zu verweilen. »Es hat einem Bauernjungen den Arm ausgerissen.«

»Ja, das tun sie, diese possierlichen Tierchen.«

Gonter musterte die Augen des plastisch aus der Wand heraustretenden Bildnisses. »Ich hätte schwören können, dass sie bei unserem Eintreffen gänzlich offen gewesen sind.«

»Du solltest dir das Schwören abgewöhnen und stattdessen lieber ab und zu wetten«, meinte Nirto. »Dieses Mal hättest du richtiggelegen.«

»Willst du mir erzählen, dass der Stein lebt?«

»Ich sage nur, dass sich die Augen öffnen und schließen.«

Gonter forschte in Nirtos Gesicht nach einem Anzeichen für einen Scherz. Das hier unten in der Schlucht herrschende Dämmerlicht ließ auch die Haut grau wirken, nicht nur die Bartstoppeln. Die Miene offenbarte lediglich die unterdrückte Wut, die immerfort in Nirto zu brodeln schien.

Der Rottmeister fasste Gonter an der Schulter und drehte ihn herum. Er zeigte auf einen Priester, der in der Mitte des Platzes zwischen Säulen stand, die wie sich aus dem Boden biegende Krallen geformt waren. Da sie einen Kreis bildeten, ähnelten sie einem Käfig, aber die Freiräume waren so groß, dass ein Erwachsener sie mühelos durchschreiten konnte.

»Was, glaubst du, macht der da?«, fragte Nirto.

Der bis auf den Schurz nackte Mann schwitzte so heftig, dass er tropfte. Ein anderer Priester verschaffte ihm Linderung, indem er ihm aus einer Wasserschale zu trinken gab.

»Ich vermute, durch sein Leiden bringt er ein den Dämonen gefälliges Opfer.«

»Das vielleicht auch«, gestand Nirto zu. »Aber vor allem hält er den Blickkontakt mit dem Feuerschlund. Im Moment macht er das nicht, weil er trinkt. Dadurch schließt sich die Verbindung.«

Gonter sah wieder zu den steinernen Lidern hinauf. Hatten sie sich ein weiteres Stück gesenkt?

»Fiafila-Ignuto hat uns gerufen«, erklärte Nirto. »Sie wird eine Ziege, einen Hund oder so etwas verbrannt haben. Dadurch haben sich die Lider geöffnet, und die Priester haben einen Boten zu uns in die Stadt geschickt. Dieser Kerl«, er zeigte wieder auf den Mann zwischen den Säulen, »hält die Augen seitdem offen. Wenn er schlappmacht, bevor sich das Tor öffnet, muss unsere Avatar uns nochmals rufen.«

»Er sieht ziemlich abgekämpft aus.«

»Wenn er keinen Wert darauf legt, ein glühendes Eisen in die Augen zu bekommen, wird er durchhalten.«

»Die vielen blinden Priester!«, rief Gonter. »Haben sie alle versagt?«

Nirto schüttelte den Kopf. »Das kommt selten vor. Viel häufiger ist die Idiotie, dass sie sich selbst blenden, weil sie glauben, dadurch besser dorthin sehen zu können, wo die Dämonen wirken.«

Soweit Gonter wusste, liebten die Dämonen nur Hass, Qual und Gier. Nichts davon versprach einen schönen Anblick. »Das ist verrückt.«

Nirto zuckte mit den Achseln. »Vielleicht siehst du das anders, wenn du das erste Mal so richtig was auf die Nase kriegst. Ich werde dann gerne ein Wort für dich einlegen, damit die Priesterschaft dich aufnimmt.«

»Ich werde dir noch zeigen, dass ich ein guter Söldner bin.«

»Vielleicht wäre der Mittelweg etwas für dich?«, neckte Nirto. »Bei Iskalas Leuten ein bisschen Verkleiden spielen?«

Viele Angehörige des Zauberbanners trugen feuerrote Kutten, die den Körper vollständig verhüllten, und Masken, die nur

Öffnungen für die Augen aufwiesen. Bei ihrer Ausrüstung ließen sie der Fantasie freien Lauf. Gedrehte Stäbe waren beliebt, an manchen hingen klimpernde Blechstücke oder auch die Zähne erschlagener Feinde. Ein Magier trug Handschuhe aus Krötenhaut, ein anderer eine Keule aus dem Schulterblatt einer Sumpfechse.

Auch Iskala kleidete sich auf solche Weise, obwohl sie kein Brimborium nötig hatte, um ihre Erscheinung unheimlich zu machen. Sie war kahl bis auf ein Dutzend kleiner Zöpfe, die aus ihrem Hinterkopf sprossen. Sie träufelte etwas in die Augen, um sie rot zu färben, sodass sie gemeinsam mit dem in ihre Stirn eingesetzten Rubin ein irritierendes Dreieck bildeten.

Heute wirkte die hochgewachsene Kampfherrin des Zauberbanners nervös. Gonters Lehrer, vor allem sein Vater, hatten ihm beigebracht, dass der Befehlshaber seinen Leuten Mut zusprechen sollte, wenn sie in den Kampf zogen. Iskala jedoch redete mit niemandem. Stattdessen sah sie sich immer wieder um. Mal starrte sie das Dämonenhaupt an, dann wieder den geschlossenen Wagen mit dem Schwertfeuer, die beiden weißen Ochsen davor oder die Söldner, die sich in wechselnden Gruppen zusammenfanden.

»Ist sie immer so aufgeregt, bevor es losgeht?«, fragte Gonter.

Nirto zuckte die Achseln. »Nicht jeder hat so viel Eisen im Blut wie die Krieger des Sturmbanners.«

Jetzt, da er auf sie achtete, kam Iskalas Verhalten Gonter seltsam vor. »Müsste sie nicht eigentlich das Kommando führen?«

»Im Moment gibt es wenig zu befehlen«, meinte Nirto. »Wir sind keine Kleinkinder. Obwohl …« Er musterte Gonter anzüglich. »Sagen wir, die meisten von uns können auf sich selbst aufpassen. Man braucht uns nicht mehr zu erklären, welcher Stiefel an den linken Fuß gehört und welcher an den rechten.«

»An diesem Abend hatte ich zu viel getrunken!«, verteidigte sich Gonter. »Und das nur, weil Pirlitu im *Blinden Haudegen* unbedingt …«

Nirto lachte. »Um Iskala brauchst du dich jedenfalls nicht zu sorgen«, meinte er. »Obwohl sie nicht so aussieht, ist sie eine gestandene Kriegerin. Daran gemessen, dass sie nicht unter dem Sturmbanner kämpft, selbstverständlich.«

»Natürlich kennst du sie besser als ich und …«

Gonter unterbrach sich, als der Priester zwischen den Säulen die Trinkschale zurückgab, sich aufrichtete und die Arme ausbreitete. Er beschränkte sich nicht mehr darauf, das Bildnis anzuschauen, sondern sagte etwas. Zwar sprach er zu leise, als dass Gonter ihn verstanden hätte, aber der Mund bewegte sich.

»Da passiert etwas«, erkannte Gonter.

Nirto folgte seinem Blick. »Du hast recht.« Er holte tief Luft. »Auf, ihr Hunde!«, brüllte er. »Verdient euch euren Sold! Es geht los! Aufstellung!«

Hitze traf Gonters Rücken. Als er sich umdrehte, sah er, wie sich das Dämonenmaul öffnete. Orangefarbene Glut strahlte zwischen den schwarzen Lippen hervor. Erst jetzt begriff er, dass er dieses Maul bereits durchschritten hatte, nur in der anderen Richtung, auf den Platz hinaus: beim Rückmarsch von Ygôda, wo er sich den Söldnern angeschlossen hatte. Seine Erinnerung war merkwürdig verschwommen, mit Gewissheit wusste er nur noch, dass er sehr erschöpft gewesen war. Und das dämonische Gesicht hatte völlig anders ausgesehen – weil es den Rachen weit aufgerissen hatte! Dem näherte es sich jetzt wieder an.

»Brauchst du eine besondere Einladung?«, schrie Nirto in sein Gesicht. »Da hast du sie!« Er packte Gonters Kettenhemd über der Brust und schleuderte ihn in Richtung der Kameraden. »Lange genug ausgeruht!«

Die beiden Bannerträger stellten sich mit den Standarten auf. Die des Zauberbanners zeigte drei silberne Blitze auf rotem Grund. Gonter rannte zur anderen, auf der eine Faust einen Turm zerschmetterte. Sein Platz war ganz hinten in der Marschformation, bei der Handvoll Söldner aus Lostors Rotte, die sich nicht beim Vorauskommando befanden. Vor ihnen formierten sich die Rotten von Nirto, Brono und Salvaya in Dreierreihen. Nicht alle Krieger standen in Formation, einige kümmerten sich um die Wagen, die neben dem Schwertfeuer auch Zelte, Proviant und Ausrüstung transportierten. Der Blitzstein blieb bei der Legion in Rorgator. *Ebenso wie die Männer meines Vaters*, dachte Gonter. Bei den Unterkünften des Sturmbanners hatte er mehrmals fremde Gestalten gesehen, und auch in der Stadt hatten ihn vermutlich Spione beobachtet. Er war froh, dass es zu keinem weiteren Zugriff gekommen war. Er hätte ungern gegen Menschen gekämpft, die seine Eltern geschickt hatten. Und Eivora zu erklären, wieso er die ganze Sache vor ihr verheimlicht hatte, wäre ebenfalls unangenehm geworden.

Das Dämonenmaul öffnete sich auf einer Breite von fünfzehn Schritt bis auf eine Höhe von fünf Schritt. Die vier Hauer waren die einzigen Zähne, und sie standen weit am Rand, sodass sie den Durchmarsch nicht behinderten.

Im Innern des Mauls, wo ein Rachen hätte sein sollen, erstreckte sich schnurgerade eine glühende Straße. Gonter vermutete, dass sie aus Magma bestand, weil sich Schlieren und Wirbel träge in ihr bewegten, aber insgesamt hatte sie eine so klar abgegrenzte Form wie eine Eisenstange, die ein Schmied aus der Esse zog.

Gonter runzelte die Stirn und versuchte vergeblich, sich an Einzelheiten seines Marschs aus Ygôda zu erinnern. Es war, als ob der menschliche Verstand nicht dazu gemacht wäre, solche Gefilde wie jenes zu erfassen, in das er sich jetzt begeben würde.

»Sturmbanner vor!«, brüllte Nirto.

Der Bannerträger reckte die Standarte in die Höhe.

Gonter achtete darauf, nicht zu zögern, als sich die Kolonnen in Bewegung setzten. Wenn er auch nur um einen Schritt den Anschluss verlor, würde es noch schwieriger, sich zu überwinden. Sein Herz hämmerte. Er durfte nicht daran denken, dass er im Begriff stand, ins Maul eines Dämons zu steigen, und dass Dämonen Gefallen am Untergang von Menschen fanden. Dass sie nach Seelen gierten, die sie quälen konnten. Sie wollten die Welt in einem Feuersturm verbrennen und sich an den Schreien der Gepeinigten erfreuen.

Worauf lasse ich mich nur ein?, fragte sich Gonter.

Das Feldzeichen befand sich bereits im Innern. Die flirrende Luft verzerrte seine Umrisse.

Warum tue ich das? Für wen? Für was?

Konnte er sich noch entziehen? Was würde passieren, wenn er sich jetzt umdrehte, fortrannte und sich weigerte, den Marsch mitzumachen? Vielleicht bliebe es bei ein paar spöttischen Bemerkungen von Nirtos Seite, wenn die Legion zurückgekehrt wäre.

Was war mit seinen Kameraden? Fürchteten sie sich ebenfalls?

Während des Wartens hatte Gonter einige von ihnen zittern sehen, andere hatten so laut gelacht, wie es nur verunsicherte Menschen taten. Selbst Salvaya, die als Rottmeisterin über viel Erfahrung verfügen musste, hatte sich mit dem Schleifen ihrer Klinge abgelenkt.

Dennoch marschierten sie jetzt alle am ihnen zugewiesenen Platz innerhalb ihres Banners. Gonter lauschte auf den Tritt der Stiefel, die in unerbittlicher Gleichmäßigkeit auf den Stein trafen. Das gab ihm Halt, und er klammerte sich daran fest.

Ich bin inmitten meiner Einheit, dachte er. *Umgeben von meinen Kameraden. Wohin ich auch gehe, selbst wenn meine Heimat nichts mehr von mir wissen will, und wenn mich auch alle Götter verfluchen – meine Kameraden werden bei mir sein. Ganz gleich, wohin dieser Weg uns führt. Welche Härten und welche Gefahren uns auch erwarten, wir werden uns ihnen Schulter an Schulter stellen.*

Er dachte an Nirto, an die gnadenlose Kampfweise, die er lehrte. Er wusste, dass alle im Sturmbanner durch eine ähnliche Schule gegangen waren. Dies war der neunundneunzigste Kontrakt des Klingenrauschs, die Meriten an den Feldzeichen kündeten von den größten Triumphen. Königreiche waren unter dem Ansturm dieser Legion zerbrochen.

Nicht wir müssen uns fürchten, dachte Gonter, *sondern diejenigen, gegen die wir ausrücken.*

Als er auf den glühenden Pfad trat, löste sich sein Geist von seinem Körper. Als schwebte er über seinem eigenen Kopf, sah er sich marschieren, aber er erkannte keine Farben, nur schwarze

Kriegergestalten auf dem Weg aus flüssigem und doch unnachgiebigem Feuer. Was geschähe, wenn die unsichtbare Kraft, die das Magma in Form hielt und die Menschen hinderte, darin einzusinken, plötzlich verlosch? Würde man dann überhaupt bemerken, dass man brannte, oder würde man in einer Flamme vergehen wie eine Wolke von Zundersporen?

Gonter verlor sein Zeitgefühl. Er marschierte, marschierte und marschierte.

Er spürte Hitze, die ihn völlig durchdrang. Er befand sich im Reich des Feuers. Hier verbrannten die Nichtigkeiten seines Menschenlebens, all die Bedenken und Rücksichtnahmen, all die Skrupel und das Zaudern. Was übrig blieb, waren die Gier und der Hass auf alle, die ihn kleinmachen und zurückhalten wollten. Auf seinen Vater, der ihn wie ein nützliches Haustier behandelt hatte, das ihm statt eines Stöckchens den Thron von Ygôda hatte bringen sollen. Auf seine Mutter, die ihm wie eine Glucke jedes Abenteuer missgönnte. Er hasste all diese Bevormundung! Nur die Söldner verstanden ihn, weil sie ebenso fühlten wie er. Gemeinsam würden sie Mauern einreißen, um sich die Schätze dahinter zu nehmen. Vor ihrem »Hammerschlag!« würde die Welt erzittern. Niemand sollte mehr wagen, ohne Furcht an Gonter zu denken!

Sie marschierten in dichten Rauch, sodass er bald nichts mehr sah außer schwarzem Qualm. Das Gefühl für seinen Körper kehrte jedoch erst zurück, als das Glühen unter den Stiefeln erlosch. Mit jedem Herzschlag wurde es dunkler, der Rauch zog sich immer dichter zusammen, bis Gonter Widerstand spürte, wenn er seine Arme bewegte. Es war beinahe, als ginge er durch Wasser, das ihm bis zum Kinn stand.

Nun drang der Qualm auch in seine Lungen. Er kratzte im Hals.

Gonters Muskeln wurden weich. Er fühlte sich, als sei er einen Tag und eine Nacht lang mit schwerem Gepäck unterwegs gewesen.

Unter seinen Füßen knackte etwas. Der Grund war uneben, Gonter stieß an ein hartes Hindernis.

Der Rauch lichtete sich. In der Nähe leuchtete eine Laterne auf, dann eine zweite und eine dritte. Für jede Rotte hatten die Weibel eine ausgegeben.

Schemenhaft erkannte er seine Kameraden. Sie befanden sich in einem Trümmerfeld. Hier hatten einmal Häuser gestanden, und offensichtlich waren sie abgebrannt. Gebälk knackte, während es abkühlte.

»Verdammt sollt ihr sein, wenn ihr euch nicht sofort beim Banner einfindet!«, brüllte Nirto. »Hierher, verflucht! Kaum angekommen, und schon ausruhen, oder was? Das könnte euch so passen!«

Gonter folgte der Stimme.

Er fand nicht nur Nirto, sondern auch Eivora. In ihrem Kettenhemd und mit dem neugierigen Aglix auf der Schulter wirkte sie wach und ausgeruht. »Na, Großer?« Sie grinste keck. »Ich hoffe, während ich weg war, hat Nirto dir beigebracht, wie man vernünftig mit Zunge küsst.«

9. Jäger

Fiafila-Ignuto saß in dem Zimmer, das man ihr und Yra zugeteilt hatte. Das tat sie bereits eine geraume Weile. Durch das Fenster sah sie den tiefschwarzen Nachthimmel.

Die nachgerückten Krieger schliefen in ihren Quartieren: einem leeren Stall, einem Patrizierhaus, dessen Bewohner die Seuche getötet hatte, und einer Reithalle.

Wenn Fiafila-Ignuto das Gewicht verlagerte, kratzten die Dornen am Rücken ihrer Panzerung über das Holz der Lehne. Ihre Arme ruhten auf den Stützen. Alle Lampen waren gelöscht, aber sie hatte sich an die Dunkelheit gewöhnt, sodass sie die Umrisse der Möbel im Schein erahnte, der aus den glühenden Äuglein des Homunkulus fiel.

Auch in ihren Gedanken war Ignuto aktiv. Sie ließ sich in Gewaltfantasien treiben, ohne zuzulassen, dass sie sie überwältigten. Es ging um rauchende Balken, um brennende Häuser und die Schreie jener, an denen die Flammen leckten. Fiafila-Ignuto hatte den Brand genossen, der zum Tor für den Klingenrausch geworden war. Die Söldner wussten, dass die Dämonen es liebten, wenn Dinge in Feuer aufgingen. Manchmal bewiesen sie ihren Dank für einen erfolgreichen Feldzug, indem sie ihnen auf diese Weise huldigten. Der Homunkulus hatte Erinnerungen an solche Zeremonien, und es ärgerte ihn, dass sie stets im symbolischen Rahmen blieben. Wie herrlich wäre es, eine ganze Stadt brennen zu sehen! Nicht nur ein Elendsquartier wie jenes, das sie heute abgefackelt hatten, sondern eine Metropole wie Alton. Fiafila-Ignuto gestattete sich, in dieser Vorstellung zu schwelgen.

Da ihre Atemzüge das lauteste Geräusch im Raum waren, wurde sie sofort aufmerksam, als sich die Klinke regte. Langsam bewegte sie sich nach unten, dann schob sich die Tür zaghaft nach innen. Ein sachter Lichtschein fiel durch die Öffnung.

»Du brauchst nicht vorsichtig zu sein«, sagte Fiafila-Ignuto. »Ich bin wach.«

Einen Moment verharrte die Tür, dann schob Yra sie auf. Die Kerze beleuchtete ihr spitzes, mausartiges Gesicht und das wuschelige, zu allen Seiten abstehende Haar, das sie offenbar heute gewaschen hatte. Überhaupt musste ihre Magd der Körperpflege einige Beachtung geschenkt haben. Die Fingernägel der Hand, die die Kerze hielt, waren sorgfältig gefeilt, und das Mädchen brachte Blumenduft mit ins Zimmer. Yra schien Schwierigkeiten zu haben, Fiafila-Ignuto jenseits des Lichtscheins auszumachen.

»Hier bin ich«, half sie ihr.

Das Mädchen kam auf sie zu, sah aber aus, als rechne sie damit, jeden Moment die Flucht ergreifen zu müssen.

»Willst du die Tür offen lassen?«

Die Magd schloss sie, nahm eine Kerze von einem Wandleuchter und entzündete den Docht, wobei sie sich von ihrer Herrin fernhielt.

»Wie geht es Kort?«, erkundigte sich Fiafila-Ignuto. Der Homunkulus labte sich an der Wut, die in ihr brodelte.

»Gut«, sagte Yra und klang dabei wirklich erfreut. »Er lacht über die Verbrennungen. Er hat nur zugelassen, dass man ihm die Salbe aufträgt, weil ich ihn darum gebeten habe.« Zum ersten Mal sah sie Fiafila-Ignuto nun an. Unter der spitzen Nase strahlte ein stolzes Lächeln.

Der Sessel knackte, als sich Fiafila-Ignuto hochdrückte. »Hilf mir aus der Rüstung.«

Yra eilte zu ihr und nestelte an den Schnallen. Inzwischen hatte sie Übung darin und stach sich nicht mehr an den Dornen.

Andere Gefahren waren der Dreizehnjährigen dagegen unbekannt.

»Er ist kein harmloser Mann«, sagte Fiafila-Ignuto.

»Und du bist nicht meine Mutter«, gab sie pampig zurück.

Ignuto forderte, die Magd mit einer Maulschelle zu züchtigen, aber sie unterdrückte den Impuls. »Das stimmt. Deine Mutter hat dich verkauft. Du weißt, was dann geschehen ist.«

»Ich wurde geschändet!« Yra riss unnötig stark an der Brustschnalle des Harnischs. »Sprich es ruhig aus. Ich schäme mich nicht dafür, es war nicht meine Schuld. Ich war zu schwach, um mich zu wehren.«

Ignuto wusste um die Abneigung seiner Trägerin gegen dieses Verbrechen, aber die Erinnerung war zu süß für ihn. Bilder stiegen auf, die Yra am Boden liegend zeigten, mit einem Jungen ihren Alters, der sich auf ihr abmühte und der später glühende Kohlen auf ihre sich noch entwickelnden Brüste und die Scham legte. Yra wand sich und schrie.

War das tatsächlich so geschehen, oder schmückte der Homunkulus die Szenerie aus? Inzwischen wusste Fiafila-Ignuto, dass Fantasien nicht von der Wirklichkeit zu unterscheiden waren, wenn derjenige, der ihnen nachhing, fest genug an sie glaubte. Die Wahrheit im eigenen Kopf schuf sich jeder selbst.

»Ich habe gehofft, du wärst vorsichtiger«, sagte Fiafila-Ignuto.

Yra trug das untere Rumpfteil ihrer Rüstung zum Gestänge. »Habe ich denn kein Recht auf Glück?«

Fiafila-Ignuto schnaubte. »Du bedeutest Kort nichts. Er war ein Offizier. Ein Kampfherr!«

Die Kleine starrte auf den Boden, während sie zurückkam, um sich mit dem Rest des Panzers zu beschäftigen.

»Er hat mehrere Tausend Krieger befehligt, Yra. Auch Kriegerinnen. Nach jedem Feldzug war seine Börse schwer von Silber. Was glaubst du – kann er die Frauen noch zählen, die ihm in Rorgators Tavernen ihre Gunst verkauft haben?«

Sie legte das rechte Armstück ab und wandte sich dem linken zu.

»Er strebt nach dem Thron einer Grafschaft«, fuhr Fiafila-Ignuto fort. »Dir wird nicht entgangen sein, wie groß Alton ist, und das ist nur eine Stadt seines neuen Reichs. Du kannst unmöglich glauben, dass du ihm irgendetwas bedeutest.«

»Davon verstehst du nichts!«, rief Yra. Obwohl sie mit dem

linken Armteil noch nicht fertig war, wandte sie sich ab, nahm das rechte und trug es zum Gestell.

»*Wir sollten sie auf ihren Platz verweisen und ihr ein Sklavenhalsband umlegen*«, meinte der Homunkulus. »*Sie spricht mit uns wie eine Gleichrangige.*«

Es ist schlimmer, dachte Fiafila-Ignuto. *Wir benehmen uns wie Mutter und Tochter.*

»Dir ist hoffentlich klar, was er von dir will.« Fiafila-Ignuto erinnerte sich an das Gespräch auf dem Segler, als Kort sich darüber ausgebreitet hatte, dass nur blutjunge Frauen schön seien. Yra war unverkennbar dabei, zu erblühen. *Ich sollte ihr ein anderes Kleid schneidern lassen. Eines, das mehr verbirgt.*

Tränen standen in Yras Augen, als sie herumfuhr. »Du gönnst ihn mir nicht, weil dich niemand liebt, weil …« Bebend und mit geballten Fäusten verstummte sie.

»… weil ich ein Ungeheuer bin«, vollendete Fiafila-Ignuto den Satz.

Sie ging einen Schritt auf das Mädchen zu, schalt sich dann aber selbst eine Närrin. Es gab wohl niemanden in der Welt, dessen Umarmung Yra in diesem Moment weniger willkommen wäre als die einer Herrin, die sie von dem Mann trennen wollte, der ihr so groß und mächtig vorkam und der ihr das Gefühl gab, wichtig zu sein.

»*Außerdem würden die Stacheln sie aufspießen*«, erinnerte der Homunkulus. »*Du trägst noch das Brustteil.*«

»Ich war nicht immer ein Ungeheuer«, sagte Fiafila-Ignuto. *Eigentlich bin ich das gerade mal seit einem Mond.* »Ich weiß, wie eine Frau fühlt. Kort weiß das auch, und er versteht sich darauf, es auszunutzen. Aber kannst du dir vorstellen, auf dem Thron einer Gräfin zu sitzen?«

Trotzig hob Yra das Kinn. »Warum sollte ich nicht herrschen können? Iskala ist eine Kampfherrin, ebenso wie Pirlitu, Jakena und Eivora. Unser Wille ist es, der Mauern baut und Mauern bricht!«

»Hast du dir diesen Spruch selbst ausgedacht, oder plapperst du nach, was Kort dir ins Ohr träufelt?«

»Er ist anders! Er hat mich nicht angefasst. Aber ich wünschte, er hätte es getan!«

Er hat sie genau da, wo er sie haben will, erkannte Fiafila-Ignuto.

»Und – bist du enttäuscht, dass du nicht an ihrer Stelle bist?«

Unsinn!

»Was soll dann dieser Streit?«

Ich bin nicht eifersüchtig. Ich sorge mich um sie. Das verstehst du nicht.

»Da gebe ich dir recht. Und ich frage mich, wieso du dich auf solches Gerede mit deiner Magd einlässt. Du bist die Herrin!«

»Du kannst nicht mehr lieben!«, jammerte Yra. »Dieses Ding, das aus deiner Schulter wächst, vergiftet dich mit Hass. Darum siehst du überall nur das Schlechte! Aber die Welt ist nicht nur schlecht, es gibt auch das Schöne.«

»Kort ist kein gefühlvoller Schöngeist.«

»Du kennst ihn doch gar nicht! Er war ein Söldnerführer. Natürlich musste er da hart sein. Aber er hat auch eine weiche Seite, die er nur wenigen zeigt.«

»Zu diesen wenigen zählst du, nehme ich an.«

»Ja, so ist es! Auch, wenn dein Gesicht deswegen grün anläuft.«

Es war so weit. Fiafila-Ignuto schlug ihr so kräftig auf die Wange, dass Yras Kopf zur Seite flog. Sie hatte Glück, dass die Handschuhe bereits ausgezogen waren.

»Du bist meine Magd.«

Sie wunderte sich, wie fest ihre Worte klangen, obwohl die Gedanken durch ihren Kopf wirbelten. Wie viel Wahres lag in Yras Rede? Wie hoch war der Preis, den ihr dämonischer Begleiter forderte, wirklich? Konnte sie überhaupt darüber nachdenken, ohne dass Ignuto ebenjene Gedanken belauschte und sogar manipulierte?

»Du dienst *mir*, nicht Kort«, fuhr sie fort. »Ich rate dir, das nicht zu vergessen.«

Sie zeigte auf die Liege, die noch zusammengeklappt an der Wand neben ihrem Bett stand.

»Die brauchst du nicht aufzubauen«, bestimmte Fiafila-Ignuto. »Heute Nacht wirst du auf dem Boden schlafen.«

Für Eivora zeigte das hölzerne Abbild Arohns keinen Unsterblichen, sondern jemanden, der nie gelebt hatte. Das Gesicht des Gottes war makellos glatt und vollkommen symmetrisch bis in die fein herausgearbeiteten Härchen der Brauen. Das Haar lag in beidseitig gleichmäßigen Locken, am Scheitel in größeren Bögen als an den Spitzen, wo es sich kräuselte. Der Jagdrock zeigte keine Falte. Eivora vermutete, dass er aus Stoff oder Wildleder bestehen sollte, auch wenn sie das nicht mit Gewissheit sagen konnte, weil die lebensgroße Holzfigur unbemalt war. Über Brust und Bauch lief eine Knopfleiste, was jedenfalls gegen einen Metallharnisch sprach, aber das Gewand war so glatt wie Eisen. Der hüftlange Überwurf lag in sauberen Falten auf dem Rücken und dem linken Arm, der lässig herunterhing. Die rechte Seite ließ dieses Kleidungsstück frei, dort trug der göttliche Jäger einen gut gefüllten Köcher an der Hüfte. Trotz der feingliedrigen Finger sahen die Hände weich aus, die Gelenke waren kaum gekerbt und auch die Knochen zeichneten keine harten Linien. Der Bogen in der Linken nahm die geschwungenen Formen auf, aber noch schlimmer fand Eivora, dass die rechte Hand mit abgespreiztem Zeigefinger die ohnehin schon übermäßig ordentlichen Locken zurechtstrich. An dem Mann, den dieses braunrote Bildnis darstellte, hatte das Leben keinerlei Spuren hinterlassen.

Der Blick aus den mandelförmigen Augen der Holzstatue flog in die Ferne, über die zweite Figur hinweg, die einhundert Schritt entfernt an der Flussbiegung stand. Sie zeigte einen monströs großen Bären, der mit erhobenen Tatzen und einem Pfeil im Herzen brüllte. Die Abendsonne glänzte auf dem aus Kupfer gefertigten Geschoss.

Eivora atmete tief ein. Der Duft des Birkenwaldes erfrischte die Luft. Das Herbstlaub spielte mit den Farben von Gelb über Ocker bis Rot, aber es war ein warmer Tag. Trotz der Brise, die über den plätschernden Bach und die Lichtung vor der Kapelle strich, wäre ihr Umhang nicht nötig gewesen.

Die Stätte der Verehrung war ein großes Blockhaus, dessen Form eine Jagdhütte nachahmte. Eivora hatte mit ihren Leuten –

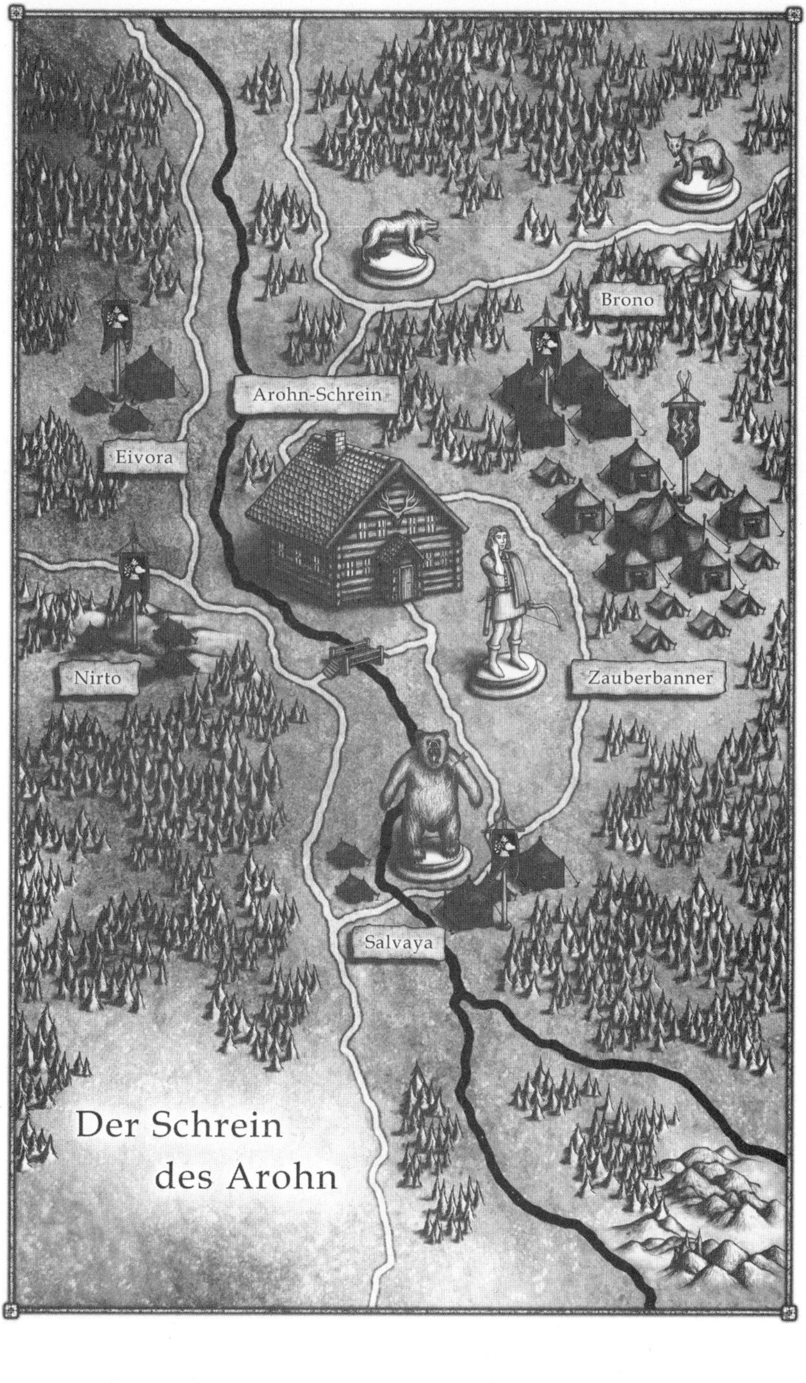
Brono
Arohn-Schrein
Eivora
Nirto
Zauberbanner
Salvaya
Der Schrein
des Arohn

die achtzehn Krieger aus Lostors Rotte waren ihr derzeit direkt unterstellt – die Mittelhalle und die auf zwei Stockwerke verteilten Gemächer untersucht, um sicherzugehen, dass kein Attentäter Kort bei seiner Rückkehr von der Jagd auflauerte. Das war die erste Aufgabe des Pilgers: In seinem härenen Gewand musste er dem Wild nachstellen und eine Beute zu Arohns Haus bringen. Nirtos Rotte schützte ihn während dieses Unterfangens.

Eivora kümmerte sich derweil um die Sicherung des Umfelds, denn sie würden die Nacht hier verbringen. Mit Ausnahme zweier Leibwächter schliefen sie nicht im geweihten Haus, schließlich waren sie in den Augen der Frommen schändliche Dämonendiener. Die in alle Richtungen verteilten Zelte der beiden Banner waren inzwischen aufgebaut. Eivora hörte keine Hammerschläge mehr. Stattdessen drang das Geschwätz der Küchenhilfen an ihre Ohren, die unter Anweisung des Priesters Keijo große, dampfende Töpfe auf die grob gezimmerten Tische vor der Kapelle stellten. Am Bratentag und bei der Hasenhatz, also zu Ahrons Hochfesten, verpflegte man hier die Pilger. Heute rief die Glocke die Söldner zum Essenfassen. Aus jedem Lager kamen zunächst fünf Krieger mit ihren Feldgeschirren. Sie würden die nach Karotten, Pfeffer und Wildbret duftende Speise zu ihren Zelten mitnehmen und dort ihren Hunger stillen, während die nächste Gruppe ging, um sich ihren Teil zu holen.

Eivora, die bisher am Sockel des Götterbildnisses gelehnt hatte, stieß sich mit der Schulter ab und beobachtete den Mann, der schnellen Schrittes die schmale, mit einem gedrechselten Geländer versehene Brücke überquerte. Dieser Söldner kam nicht wegen des Essens. Er hieß Zein und gehörte zu Nirtos Rotte. Sein verschwitztes Haar klebte an der Stirn, grüne Moosflecken verunzierten die Hose, und an der Schwertscheide hing ein abgerissener Zweig mit zusammengerolltem Herbstlaub.

Zein entdeckte sie, noch bevor er die Kapelle erreichte. Er blieb stehen und nickte ihr zu.

Sie erwiderte die Geste.

Er bog nach links ab und verschwand hinter dem Gebäude.

Kurz darauf kamen Tibea und Jenuna, ebenfalls Angehörige von Nirtos Banner. Sie waren unzertrennlich, obwohl sie äußerlich nichts verband. Tibea war beinahe so klein wie Eivora, Jenuna dagegen mittelgroß, aber sehr breit gebaut. Das lag an ihren Knochen, sie hatte weit ausladende Schultern. Bei einer solchen Statur suchte man unwillkürlich nach einem Bauch, aber ihr Körper war alles andere als massig. Das Kettenhemd saß eher zu locker.

Auch diese beiden verteilten sich im Gelände auf der hiesigen Flussseite. Sie wirkten ruhig, und Eivoras bestätigendes Nicken versicherte ihnen, dass sich während ihrer Abwesenheit keine Gefahr gezeigt hatte. Dennoch blieben sie aufmerksam.

Kort überquerte die Brücke mit einem Hirsch über den Schultern. Das Blut aus der Todwunde des Tiers färbte sein hellgraues Gewand auf der rechten Seite dunkel. Auch wenn das Geweih nicht besonders prächtig war, handelte es sich um eine stolze Beute, wenn man bedachte, dass er auch ein Reh oder einen Hasen hätte schießen können. Dennoch ging Kort mit sicherem, zügigem Schritt. Sein Bogen sah wie eine Stange aus, da er die Sehne ausgehängt hatte. Er trug ihn gemeinsam mit dem Köcher an seinem unteren Rücken.

Eivora hörte ein erfreutes Jauchzen. Es kam von Yra, die anscheinend den Tempeldienern half und nun, beim Anblick des erfolgreichen Kort, auf den Fußballen wippte und ihr Strahlen hinter den Händen zu verbergen versuchte.

Befand sich auch Fiafila-Ignuto hier? Mit schnellen Blicken suchte Eivora die Umgebung ab. Schon die Söldner betrachtete man mit Misstrauen, aber eine Avatar, der ein dämonischer Ableger aus der Schulter spross, hätte die Priesterschaft sicher herausgefordert. Andererseits hatte sich die ehemalige Priesterin heute eine Weile mit Keijo unterhalten. Aufseiten des Obersten Deuters war das allerdings wohl kein harmonisches Geplauder gewesen, oft hatte er den Kopf so heftig geschüttelt, dass die goldenen Nasenringe mit lautem Klacken gegeneinandergeschlagen waren.

Nun trat der in ein braunes Gewand mit gewaltigem Kragen

gekleidete Mann ins Freie. Zwar ging Keijo dem Pilger nicht entgegen, aber er breitete die Arme aus, was den Kugelbauch unvorteilhaft vordrückte. Der Vorsteher der Kapelle, ein vom Alter gebeugter Grauhaariger in Wildlederkleidung, eilte an seine Seite. Er brauchte den von einem Gehörn gekrönten Stab zweifellos, um die dürren Beine zu unterstützen.

Eivoras Aufmerksamkeit galt weniger dem Empfang des Jägers als den weiteren Söldnern aus Nirtos Rotte, die in angemessenem Abstand hinter ihm die Brücke überquerten. Sie entdeckte Gonter, sobald er zwischen den Birken auf der anderen Seite des Flusses hervorkam. Er überragte die Kameraden. Sie liebte das Spiel des Lichts auf seinem brünetten Haar, und sein kräftiger Körper wurde mühelos mit dem Kettenhemd fertig, das er bereits den ganzen Tag trug. Sein Schritt hatte beinahe etwas Tänzelndes, als er über die Brücke kam.

Die Priester geleiteten Kort in die Kapelle, wo er Arohn sein Opfer darbringen sollte.

Nirto kam direkt zu Eivora. »Keine Probleme«, meldete er.

»Gut. Ich habe eure Zelte bereits aufbauen lassen.« Eivora zeigte nach Südwesten. »Ihr lagert auf der anderen Seite des Flusses am Hang des Hügels. Von hier aus sieht man die Stelle nicht, aber umgekehrt werdet ihr die Kapelle gut im Blick haben.«

Nirto nickte knapp.

»Meine Leute«, sie meinte die Rotte, die Lostor bis zu seinem Tod kommandiert hatte, »übernehmen hier die Sicherung. Die Lagebesprechung mit den Rottmeistern ist in einer Stunde in Salvayas Lager. Es liegt flussabwärts an der Furt.«

»Derjenigen, über die wir anmarschiert sind?«

»Genau die.«

»Das finde ich.« Wieder nickte er knapp.

»Das ist vorerst alles. Wegtreten.« Sie schlug die Faust gegen die linke Schulter, er erwiderte den Gruß.

Sie blieb in der Nähe und beobachtete, wie Nirto seine Leute zusammenrief. Sie wusste, dass eine Kampfherrin ihren Rottmeistern nicht in die Führung von deren Einheiten hineinreden durfte, sonst schwächte sie die Kommandostruktur. Deswegen war sie froh, als Nirto genau das tat, was sie hoffte: Er lobte die Krieger für den Einsatz während der Begleitung des Jägers und gab ihnen dann zwei Stunden frei. Danach sollten sie sich für die Befehlsausgabe bereithalten.

Die meisten begaben sich zum Lager auf dem Hügel, aber Gonter kam zu ihr. Die blauen Augen funkelten über dem breiten Lächeln. »Was hast du vor?«, fragte er.

»Zunächst einmal das hier.« Sie legte ihre Hände auf seine kräftige Brust, stellte sich auf die Fußballen und wartete, bis er sich herunterbeugte, damit sie sich küssen konnten.

Ihre Lippen lösten sich erst nach einer langen Weile wieder voneinander.

»Ich gehe unsere Stellungen ab«, sagte sie.

»Darf ich dich begleiten?«

»Gern.«

Sie folgten den Windungen eines engen, von Laub und abgebrochenen Zweigen gereinigten Pfads nach Norden. Sie genoss es, schweigend neben Gonter zu gehen. Er war so stark und entschlossen, aber zugleich war er wie ein Junge, der zu wenig von der Welt wusste, um zwischen Traum und Wirklichkeit zu unterscheiden.

Schmunzelnd zog sie ihn nochmals an sich und forderte einen weiteren Kuss. *Ein bisschen Traum tut auch in der Wirklichkeit gut.*

Sie erreichten eine Holzfigur, die einen Wolf mit gesträubtem Nackenfell und gefletschten Zähnen zeigte. In seiner Brust steckte ein Bronzepfeil, aber die Sonne stand jetzt zu tief, um ihn zum Leuchten zu bringen. Noch war die Nacht nicht hereingebrochen, doch die Schatten beherrschten bereits den Wald.

Eivora formte eine Kugel aus ihren Händen, legte sie mit den Daumen an die Lippen, blies hinein und streckte dabei nacheinander einige Finger. Das Geräusch ähnelte dem Ruf eines Tannpfeifers.

Die Wache zeigte sich nicht, antwortete aber mit dem Trällern eines Gelbhalses.

Sie bogen nach Osten ab.

»Warum bist du so schweigsam?«, fragte Eivora. »Hast du Probleme mit Nirto?«

»Nein«, sagte er etwas zu schnell.

Sie gingen noch zehn Schritte, in denen die auf den Weg gestreuten Rindenstücke unter ihren Stiefeln knirschten, bevor er anfügte: »Eigentlich nicht.«

Eivora überlegte, ob sie nachfragen sollte. Keinesfalls durfte sie Gonter helfen, indem sie die Mühen seiner Ausbildung minderte. Das hätte die Söldner sowohl gegen ihn als auch gegen sie aufgebracht, und vor allem hätte das seine Vorbereitung auf Situationen, in denen es hart auf hart kam, abgeschwächt. Milde im falschen Moment rächte sich später oft mit tödlicher Gewalt.

Ihre Neugier siegte. »Was ist passiert?«

»Es geht nicht um mich«, sagte Gonter. »Es geht um Nirto. Ich habe gesehen, wie er Kort den Hirsch zugetrieben hat.«

Eivora wartete darauf, wie die Geschichte weiterging, aber es schien dieser Vorfall zu sein, der Gonter störte. »Wir helfen unserem Auftraggeber«, sagte sie.

»Aber doch nicht bei einer göttlichen Prüfung!«, rief Gonter empört. »So sollte es nicht sein. Es geht darum, dass Kort sein Jagdgeschick beweist. Treiber einzusetzen ist verboten!«

»Das ist nicht unsere Sache«, erwiderte Eivora.

»Aber wir sind ihm doch verpflichtet.«

»Für die Dauer des Kontrakts«, bestätigte sie.

»Wie sollen wir ihm vertrauen?« Gonters Widerwille war deutlich zu hören. »Er ist ein Schwindler. Wieso sollte er sein Wort uns gegenüber halten, wenn er die Götter betrügt, die er zu verehren vorgibt?«

»Weil ihm diese Götter keine fünf Zoll Stahl durchs Herz stoßen, wenn er sie hintergeht.«

Gonter starrte auf den Weg und schüttelte den Kopf.

»Wenn Arohn dieses Handeln in seinem heiligen Wald so zuwider ist«, fragte Eivora, »wieso hat er es nicht verhindert? Warum hat er den Hirsch nicht verscheucht? Wieso hat er keine Wölfe geschickt, um ihn zu reißen, bevor Kort ihn bekommt?«

Sie erreichten eine Holzstatue von einem Fuchs. Er war dreimal so groß wie das kapitalste Tier dieser Art, das Eivora je gesehen hatte. Trotzdem durchschlug der Bronzepfeil seine Brust, sodass er auf der anderen Seite wieder austrat.

»Dieser Gott ist ein fleißiger Bogenschütze«, versuchte Eivora einen Scherz. »Seiner Beute begegnet man hier überall.«

»Im Westen sind wir an einem Dachs vorbeigekommen«, sagte Gonter, aber er schien nicht amüsiert.

Sie verließen den Pfad und wandten sich nach Südosten. Ihre Schritte raschelten im trockenen Laub.

»Die Götter greifen nicht in die Unternehmungen von uns Sterblichen ein«, meinte Gonter.

»Wenn diese Vorgänge so unwichtig für Arohn sind, wieso kann man ihn dann beleidigen, indem man einem Pilger bei der Jagd hilft?«

»Das verstehst du nicht. Du hast nie in einem Tempel gekniet.«

»Jedenfalls nicht vor Göttern«, präzisierte sie.

Gonters Miene verdüsterte sich. Sie hätte die Dämonenkulte Rorgators wohl besser unerwähnt gelassen.

»Ich glaube, die Götter scheren sich nicht um uns.« Vorsichtig schielte sie aus dem Augenwinkel zu ihm herüber. »Ihnen ist egal, was wir tun und was aus uns wird. Meistens, jedenfalls.«

Seine Miene blieb verschlossen, und er schwieg weiter.

Eivora war froh, als die Geräusche von essenden und scherzenden Söldnern das monotone Rascheln ihrer Schritte überlagerten.

Bronos Lager bestand aus vier Zelten, die jeweils fünf Krieger vor der Witterung schützten. Sie waren aus schwarzem Leinen gewebt und daher leicht von den weinroten Unterkünften des Zauberbanners zu unterscheiden. Die Spitzkuppel von Fiafila-Ignutos Felddomizil schob sich wie ein Eindringling zwischen die Äste einer Birke.

Gerade traf der geschlossene Karren mit den zwei weißen Ochsen ein, der das Schwertfeuer transportierte. Brono nahm ihn selbst in Empfang und winkte ihn an die Stelle, wo er in der Nacht stehen sollte. Dort lag Heu für die Tiere bereit.

»Sei nicht verwirrt wegen dieser Sache.« Sie streckte sich, um Gonter einen Kuss zu geben. »Es geht um den Kontrakt, nur der zählt. Nirto weiß, dass wir schneller fertig sind, wenn Kort die Prüfungen rasch besteht.«

Eine Gestalt in einem roten, alles verhüllenden Gewand, wie viele Magier es trugen, löste sich von der Seite des Karrens und ging zielstrebig zu Fiafila-Ignutos Zelt.

Iskala beobachtete das mit sichtlichem Missfallen. Als die Kampfherrin Eivora bemerkte, kam sie zu ihr.

»Wir haben ein Problem«, sagte sie, ohne Gonter zu beachten.

Fiafila-Ignuto suchte im Tanz der grünen und purpurnen Flammen nach Antworten. Trockene Hitze strahlte vom Feuerbecken in ihr Gesicht, ihre Augen schmerzten, wenn sie blinzelte. Die Kohlen zischten leise, wenn ein Rest eingeschlossener Feuchtigkeit verdampfte, ab und zu zerbrach eine von ihnen knackend.

In der Welt der Menschen war Feuer nicht greifbar. Man konnte keine Flamme festhalten, alles, was man ihr entgegenwarf, drang hindurch. Dennoch wirkte sie auf greifbare Dinge ein. Sie verbrannte Holz, schmolz Eisen und verschmorte Fleisch. Deswegen war das Feuer eine Brücke zwischen dem Diesseits und dem Jenseitigen, wo die Toten in den Fängen der Dämonen schrien und Wesen existierten, deren Fremdheit den menschlichen Verstand in den Wahnsinn zu treiben vermochte.

Fiafila-Ignuto nutzte dieses Tor, um mehr über Wilania-Pressitos Ritual herauszufinden. Sie musste erkunden, wie sie Kesters Klinge in das Schwertfeuer einbinden konnte, um den Dämon zu besänftigen und ihn dazu zu bringen, ihr Schutz vor den Herren des Feuers zu gewähren. Sie hatte erreicht, dass man sowohl das Artefakt als auch das Schwert des gefallenen Flammenbringers auf diesen Feldzug mitgenommen hatte, aber das reichte nicht aus. Bislang beschränkte sich ihr Wissen auf die Andeutungen der erfahreneren Avatar: Man benötigte einen meisterlichen Schmied und Kesters Blut. Oder Eivoras, da das seine im Magma verdampft war.

»Treib es nicht zu weit«, mahnte der Homunkulus. *»Hier lauern Dinge, die deinen Verstand zerreißen wollen.«*

Du schwärmst doch ständig davon, dass ich mehr zu vollbringen vermag, als du je für möglich gehalten hast.

»Gerade deswegen würde ich dich ungern verlieren.«

Gemeinsam mit getrocknetem Mondschattenkraut, zerriebener Schwarzkrötenhaut und Knochenpulver brannte auch etwas von Fiafila-Ignutos Blut in diesem Feuer. Es stammte aus einer Wunde, die sie sich mit einer Stahlklinge an ihrer linken Schulter beigebracht hatte, wo sich ihr menschliches Fleisch mit dem des Homunkulus verband. Die anderen Ingredienzien dienten lediglich dem Übergang, Fiafila-Ignuto folgte der Spur des Bluts.

Die Helligkeit der Flammen blendete ihre Augen, sie sah nur undeutliche Gestalten. Gehörnte Riesen zerschmetterten etwas mit gewaltigen Hämmern. Eine Schlange trieb durch die zuckende Hitze, ihre Giftzähne waren lange, spitze Schatten, die sich ungewöhnlich scharf abzeichneten. Aus einer diffusen, bewegten Masse reckten sich ihr Arme entgegen. Manche Formen konnte sie nicht erkennen, es mochten ferne Gräber sein oder auch große Tiere, die majestätisch langsam dahinzogen.

Sie verließ sich auf ihren Geruch. Einmal sog sie die Luft so stark ein, dass eine Flamme in ihre Nasenlöcher züngelte und sie von innen verbrannte. Sie zuckte zurück, ließ sich aber nicht lange abhalten.

Fiafila-Ignuto folgte der Witterung von Kraft und Leben, das die Grenzen des Körperlichen überschritt. Sie roch nach Lorbeer, und während ihr Geist ihr in der Welt jenseits des Greifbaren nachspürte, musste er mehrfach die Richtung ändern. Kraft und Leben waren von Fäulnis, Zerfall und Neid bedroht, die nach Moder, Sumpf und Gallsäure stanken. Oft überdeckten sich die Gerüche. Fiafila-Ignuto hielt inne und prüfte sorgfältig, wo der Lorbeerduft am stärksten war, um dann dieser Richtung zu folgen. Mehrmals kehrte sie um, weil sie in die Irre gegangen war.

»Treibe es nicht zu weit. Diese Dinge sind nicht für deinen Verstand bestimmt.«

Das zeigte sich auch darin, dass Fiafila-Ignuto nicht im eigentlichen Sinne begriff. Worte hätten dabei versagt, festzuhalten, wie sie sich die Regeln der Magie erschloss. Sie erkundete die Gesetze wie ein Kind, das Laufen lernte. Sie prägte diese Gebote ihrem Instinkt ein, nicht ihrem Intellekt.

Ein Kind fällt, während es Laufen lernt. Ich habe keine Mutter, die mich auffängt, bevor ich in einen Abgrund taumele.

Aber es faszinierte sie so sehr! All die Zeremonien und Gebete, die sie als Priesterin absolviert hatte, wurden zu Teilen eines Musters, das sie nun erkannte. Die täglichen Übungen, die Segensformeln und die speziellen Riten an hohen Festtagen waren ihr bisher als eigenständige Traditionen erschienen, die man nicht hinterfragte, wie Inseln in einem Meer. Die Gläubigen steuerten mal diesen, mal jenen Hafen an, je nachdem, wohin der Wind des Lebens sie wehte. Nun aber war es so, als trocknete das Meer aus. Die Inseln erwiesen sich als Gipfel von Bergen, die in einer Tiefe, die Sterbliche niemals ergründeten, miteinander zusammenhingen. Fiafila-Ignuto ahnte, dass auch die schrecklichen Rituale der Dämonenpriester irgendwie in die Landschaft passten, die sie gerade für sich kartografierte.

Auf eine Weise, die sie noch nicht erfasste, verband das Leben alles miteinander.

»Nur wo Leben ist, gibt es Hass und Liebe«, sagte der Homunkulus in ihrem Kopf. *»Die dunklen Mächte wollen unterwerfen, nicht zerstören.«* Sie schmeckte, dass auch Ignuto die Vorstellung gefiel, andere zu unterdrücken.

Wie hilft uns das mit Kesters Schwert?

»Das weiß ich nicht. Deine Forschungen sind auch für mich neu. Wir dringen ins Jenseits vor, das voller Wissen ist, aber wie sollen wir ausgerechnet das Ritual finden, mit dem sich das Schwertfeuer erweitern lässt?«

Ja, das war die entscheidende Frage. Sie folgte der Witterung des Lebens, doch was nützte ihr das? Wenn Blut ein Werkzeug war, dann eines, das man häufig verwendete. Die Dämonenpriester fügten ihren Opfern beinahe immer Wunden zu, und selbst in Zeremonien für die Götter floss oft Blut. War es also wie ein Hammer, mit dem man Eisen in Form schlagen, einen Nagel in die Wand treiben, ein Blech ausbeulen oder einen Meißel durch den Stein führen konnte? Mit einem Hammer konnte man auf nadelfeine Punzen klopfen, um einen Silberteller zu ziselieren oder einen Helm mitsamt dem Schädel darunter zertrümmern.

Der Lorbeergeruch zerfaserte immer weiter. Fiafila-Ignuto vermochte nicht mehr zu entscheiden, in welcher Richtung die stärkste Fährte lag. Vielleicht, weil sich das Blut für unterschiedliche Zwecke ähnlich gut verwenden ließ.

»Unsere Gabe ist auch fast aufgebrannt«, stellte der Homunkulus fest.

Ja. Sie seufzte. *Aber wenn wir hier nicht weiterkommen, wäre all die Mühe mit dieser Pilgerfahrt umsonst. Dann bräuchten wir die Aufzeichnungen in der Rolle des Triumphs aus dem Glühenden Tempel. In ihr ist auch Wilania-Pressito fündig geworden.*

»Für heute reicht es. Spürst du den Schmerz in deinem Gesicht nicht?«

In der Tat biss die Hitze in Stirn und Wangen, weil sie zu nah am Feuerbecken war. Besser, sie trug frische Steinsalbe auf.

Fiafila-Ignuto musste sich sehr anstrengen, um die Lider zu schließen und sich abzuwenden. Helle Flecken tanzten in der Dunkelheit. Sie zwinkerte mehrmals. Allmählich wurde die Einrichtung ihres Zelts sichtbar. Der Waffenhalter mit den Peitschen, den Stachelkeulen und dem alten, hässlichen Dolch stand neben dem voluminösen Bett. Auf einem runden Tisch wartete der Wein, der inzwischen sicher genug geatmet hatte. Mehrere Kohlebecken befanden sich im Zelt verteilt, noch waren sie nicht entzündet.

Am Eingang stand eine verhüllte Gestalt und sah sie an. Sie trug eine rote Robe, bestickt mit kantigen schwarzen Zeichen, wie es im Zauberbanner üblich war. Unter der Kapuze bedeckte ein Tuch das Gesicht, sodass nur ein Streifen für die Augen frei blieb.

»Ich habe niemanden gerufen«, stellte Fiafila-Ignuto fest.

»Das Schwertfeuer ist eingetroffen.«

»Sehr schön.« Eigentlich wollte Fiafila-Ignuto das wuchtige Artefakt in Augenschein nehmen. Sie hoffte, an dem aus Klingen geschmiedeten Eisentisch einen weiteren Hinweis zu finden – etwas, wonach sie im Jenseits suchen konnte. Sie wollte die Vielzahl der Spuren reduzieren, um doch noch etwas über das Ritual zu erfahren.

Aber statt hinauszugehen, zögerte sie. *Woher kenne ich diese Stimme? Ist das nur irgendeine Söldnerin, der ich flüchtig begegnet bin?*

»Wie lange stehst du schon da?«, fragte Fiafila-Ignuto.

»Eine Ewigkeit.« Die Robe raschelte, als die Magierin einen Schritt näher kam. »Nur eine kurze Weile.«

Mehr als in den widersprüchlichen Worten hörte Fiafila-Ignuto den Wahnsinn in der Stimme. »Bist du das, Prekesta? Zeige dich!«

Mit ihren behandschuhten Händen streifte sie die Kapuze ab.

Fiafila-Ignuto erkannte das rotgelockte Haar.

Sie neigte den Kopf und griff in den Nacken, um die Verschnürung der Maske zu lösen. Der Stoff war mit dem Kragen der Robe vernäht, sodass er über die Brust fiel, als sie ihn nach vorn klappte.

Ihr Gesicht und auch der Hals waren auf merkwürdige Weise verbrannt. Die Oberfläche war uneben wie Eichenrinde, in den Senken rosafarben wie rohes Fleisch, auf den Graten dagegen verkohlt, sodass sich ein schwarzes Geflecht ergab. Das konnte jedoch nicht das Resultat einer gewöhnlichen Flamme sein, denn Ohren und Nase hätten bei einer solchen Gewalt abschmoren müssen. Stattdessen wiesen sie eine gesunde Form auf, die Nase war sogar fein geschwungen. Es wirkte eher, als sei die Haut durch etwas Fremdes ausgetauscht worden.

Braune Augen sahen ihr aus dem entstellten Antlitz entgegen. Die kupferfarbenen Wimpern und Brauen waren ebenso unversehrt wie das Haupthaar.

Fiafila-Ignuto setzte zu sprechen an, aber ihre Kehle war so trocken, dass sie kein Wort herausbekam.

»Auch die Priester im Glühenden Tempel sind erschrocken«, sagte Prekesta.

Stimme, Gestalt, Haar und Augen ließen keinen Zweifel daran, dass diese Frau wirklich die Söldnerin war, die mit einer lederüberzogenen Eisenstange an Männern in besiegten Städten Rache für das nahm, was man ihr angetan hatte. Fiafila-Ignuto hatte sie als fanatische Feuergläubige kennengelernt, aber mit dieser Entwicklung hatte niemand rechnen können. Alle hatten gedacht, Prekesta würde sich im Hochtempel der Dämonen einigen lächerlichen Übungen unterziehen, so, wie Kort heute dem Wild nachgestellt hatte, um es Arohn darzubringen.

Prekestas spöttisches Grinsen war ein weiterer Hinweis darauf, dass ihre Haut anders verbrannt war, als man es etwa von Avataren kannte, bei denen die dem Homunkulus zugewandte Gesichtshälfte mit der Zeit wie Kohle erhärtete. Prekestas Mimik zeigte keine Einschränkung.

»Ich vermute, meine Initiation war erfolgreich«, sagte sie.

»Was bist du?« Fiafila-Ignutos Stimme kippte.

»Harnastes!«, schrie der Homunkulus in ihrem Kopf. *»Sie war bei Harnastes! Er hat sie in dieses Ungeheuer verwandelt und hinter uns hergeschickt!«*

Das wissen wir nicht.

»Er verlangt nach mir! Er will mich verbrennen, um meine Erfahrung in sich aufzunehmen! Alles, was mich ausmacht, soll in ihm aufgehen.«

»Ich bin die Heroldin des roten Risses.« Prekesta grinste noch immer. »Ich habe eine Nachricht für dich, Götterdienerin: Wohin auch immer du rennst, um dich zu verkriechen – das Feuer ist schon vor dir dort.«

»Harnastes!«, kreischte Ignuto. *»Harnastes schickt sie!«*

»Raus!«, schrie Fiafila-Ignuto und warf sich herum.

Sie hastete zum Waffenständer und riss das Erste heraus, was sie zu fassen bekam, eine Keule mir nadeldünnen Stacheln.

Als sie sich wieder dem Eingang zuwandte, war Prekesta verschwunden.

10. Sternenfall

Gonter achtete auf die Handzeichen, mit denen Nirto die Rotte in Stellung brachte. Vorsichtig darauf bedacht, kein Geräusch zu verursachen, zog er das Schwert aus der Scheide. Das welke Laub am Busch vor ihm war gelb und braun und raschelte bei jedem Windhauch, was Gonter in diesem Moment willkommen war.

Nirto beorderte Tibea nach vorn. Die zierliche Frau bewegte sich geschmeidig wie eine Katze, obwohl sie gebückt lief und bereits einen Pfeil schussbereit auf der Sehne des doppelt geschwungenen Kurzbogens hatte. Sie sah nach oben, wo Gonter

Elchforst

den Posten in der Astgabel wusste. Hinter einem Felsen ging sie in Deckung und nickte Nirto zu.

Der Rottmeister sah zur anderen Seite. Gonter konnte nicht erkennen, mit wem er sich dort verständigte, aber er vermutete, dass es Tersten war. Der Weibel sollte mit seinen Leuten den nördlichen Bogen des Halbkreises schließen, und anscheinend meldete er Vollzug, denn Nirto blickte nun wieder nach vorn.

Von dort drangen die Geräusche einer Erzählung zu Gonter. Die Worte verstand er nicht, aber er hörte immer wieder das Gelächter der Jugendlichen. Wenn er richtig gezählt hatte, lauschten sie zu viert dem Greis, der auf einem Baumstumpf saß. Zu fünft, wenn man den Posten in der Baumkrone mitzählte, der ebenfalls mehr Interesse zeigte, der Geschichte zuzuhören, als das Umfeld im Auge zu behalten. Überhaupt machte diese Gruppe trotz ihrer Bewaffnung einen wenig kriegerischen Eindruck. Die jungen Leute lagen auf Decken, wie bei einem zwanglosen Ausflug ins Grüne. Dabei gehörten sie mit Sicherheit zur Straßensperre, an der man Kort die Durchquerung des Elchforsts verwehrte, denn sie bewachten drei Dutzend Pferde, die mit zusammengebundenen Vorderläufen auf der Südseite der Lichtung grasten.

Nirto zeigte auf Tibea, ohne sie anzusehen. Seine Aufmerksamkeit galt den Gegnern. Er wartete, bis wieder Gelächter in der Gruppe ausbrach, und riss die Hand herunter.

Bei Tibea waren Aufstehen, Umdrehen und den Bogen Ausziehen eine einzige fließende Bewegung. Für einen Wimpernschlag schien die Zeit ebenso den Atem anzuhalten wie die Schützin, während sie zielte. Dann zischte der schwarze Pfeil.

Gonter sprang auf und rannte los. Um ihn herum brachen die Söldner aus der Deckung.

Der Schrei des Getroffenen gellte nur kurz, bis er dumpf auf den Boden schlug und der Laut zu einem Wimmern wurde. Gonter verbat sich, nachzusehen, was dort geschah. Seine Aufgabe bestand darin, die Südseite abzuriegeln. Dort hatten sie sich wegen der Pferde nicht aufstellen können, der Wind hätte sie verraten.

Das Gelächter wich überraschten Rufen. Stahl klirrte, aber nur kurz.

Gonter erreichte seine Position neben Zein. Die beiden Schwertkämpfer wandten sich dem Geschehen zu, um keinen Gegner zu den Pferden durchzulassen.

Die Überfallenen waren völlig verängstigt. Der Greis zitterte mit erhobenen Händen, zwei Jünglinge lagen am Boden. Gonter konnte nicht erkennen, ob sie verletzt waren. Jedenfalls standen Söldner neben ihnen. Ein junger Mann mit grellgelber Jacke, deren hochgestellter Spitzkragen über seine Schultern reichte, rannte nach Westen, wo zweihundert Schritt weiter die Straßensperre, die Nirtos Rotte weiträumig umgangen hatte, den Weg blockierte. Er würde nicht weit kommen, Terstens Krieger schnitten ihm den Weg ab.

Eine vielleicht zwanzigjährige Frau lief auf Gonter und Zein zu. Sie trug keine Waffe und brauchte beide Hände, um ihr hellblaues Kleid zu raffen, damit sie nicht auf den Saum trat. Dadurch entblößte sie ihre weißen Strümpfe. Ihr Gesicht war beinahe ebenso bleich, was sicher nicht nur an der Schminke lag. Das lockige, brünette Haar trug sie zu einem Turm hochgesteckt.

Gonter vergewisserte sich mit einem raschen Rundumblick, dass es keine weiteren Gegner gab.

Zein sprang in den Weg der Dame und richtete das Schwert auf ihr Gesicht.

Abrupt blieb sie stehen.

»Kein Laut«, knurrte Zein. »Auf die Knie und die Hände schön nach oben, wo ich sie sehen kann.«

Sie starrte nur die Klinge an, auf der ein Sonnenstrahl schimmerte.

»Na los!«, zischte Zein, wobei er sein Gebiss entblößte.

Seit Gonter wusste, dass der Eckzahn rechts oben nicht Zeins eigener war, sondern ein Ersatz, den ihm ein Medikus eingesetzt hatte, zog er immer wieder seinen Blick an. In der Truppe scherzte man, der ursprüngliche Besitzer sei kein Mensch, sondern ein Hund gewesen, und in der Tat war er seltsam spitz.

»Soll ich dir das Gesicht aufschlitzen, Fräulein?«, fragte Zein.

»Mach keinen Unsinn.« Gonter steckte sein Schwert weg, ging zur Dame, fasste sie an den Schultern und drückte sie auf die Knie. Mit einer Hand hielt er sie fest, obwohl sie sich nicht wehrte, und zog mit der anderen einen Lederriemen aus dem Gürtel.

»Warte«, forderte Zein mit einem lüsternen Grinsen. »Wir müssen noch sichergehen, dass dieses Vögelchen keine Krallen unter dem Gefieder versteckt.«

Er hockte sich vor sie und tastete sie ab. Dabei ging er besonders sicher, dass sie keine Klinge an ihren Brüsten verbarg.

Sie ließ es über sich ergehen. Gonter zog ihre Hände nach hinten und fesselte sie.

Zein wanderte derweil tiefer. Er kicherte, als er ihren Schoß untersuchte. »Dagegen kann selbst die neue Avatar nichts haben, oder was meinst du, Prinz? Wir dürfen uns schließlich nicht in Gefahr begeben.«

»Wie heißt du?«, fragte Gonter, um sie abzulenken.

»Hilenn«, antwortete sie tonlos.

»Mach den Mund weit auf, Hilenn.«

Er knebelte sie.

Nirto pfiff, damit sich seine Leute ihm zuwandten. Er kreiste mit der Hand über dem Kopf und zeigte zum Rand der Lichtung. Dort sollten sie sich sammeln.

Gonter fasste Hilenn am Oberarm und zog sie auf die Füße, was ihr sicher recht war, da sie so aus der Reichweite von Zeins grapschenden Händen kam. Dem spitzen Gesicht des Söldners war das Bedauern anzusehen, aber er stand auf und folgte Nirtos Befehl.

Sie versammelten sich um die Gefangenen. Jenuna kümmerte sich um die Bauchwunde, die der Pfeil dem Posten beigebracht hatte. Dabei ging sie wohl nicht allzu zartfühlend vor, der Jüngling schrie gegen den Knebel an.

»Was war denn das für ein Schuss?«, fragte Nirto Tibea.

»Ich habe getroffen«, sagte sie zerknirscht.

»Ja, aber wo?« Zorn funkelte in Nirtos grauen Augen. »Er

durfte nicht schreien. Wenn wir Pech haben, sind unsere Gegner an der Sperre gewarnt. Wenn das so sein sollte, hoffe ich, dass ihre Pfeile jemanden treffen, die es verdient hat.«

Tibea presste die Lippen aufeinander und nickte. Die roten Wangen verrieten ihre Verlegenheit.

Nirtos Blick schweifte über die Rotte, die nach den Verlusten im vorigen Kontrakt weit unter Sollstärke war. Er befehligte nur fünfzehn statt fünfundzwanzig Krieger, sich selbst und Gonter mitgerechnet, der der Einheit nur probeweise zugeteilt war.

»Ich hoffe, bei diesem Tänzchen hat sich niemand den Fuß verknackst?«, fragte der Rottmeister. »Gut. Zein und Gonter bleiben hier, der Rest folgt mir.«

Ohne eine Bestätigung abzuwarten, überquerte der Trupp in lockerem Laufschritt die Lichtung und verschwand auf der Westseite im Wald.

Gonter betrachtete die verschüchterten Gesichter der Gefangenen. »Das sind noch Kinder.«

Zein zuckte die Achseln. »Wenn sie mit den großen Jungs spielen, müssen sie darauf gefasst sein, eins auf die Nase zu kriegen. Außerdem ist der da ein Greis.« Er zeigte auf den Geschichtenerzähler.

Ob er wohl Sagen von strahlenden Helden und ruhmreichen Schlachten zum Besten gegeben hatte, wie Gonter sie aus den Liedern bei Hofe kannte? Und ob die jungen Leute hier daran geglaubt hatten, dass sie selbst glorreiche Krieger wären?

»Denkst du, die an der Sperre sind ebenso jung?«, fragte Gonter.

»Ebenso verzärtelt, meinst du wohl«, versetzte Zein. »Wenn es nur nach dem Alter ginge, könnten die hier ihr Blut bereits Garallo zu saufen geben.«

Gonter sah hinüber zu den Pferden. Trotz des hektischen Geschehens, das sich auf der Lichtung abgespielt hatte, grasten sie friedlich.

»Wird Nirto Gefangene machen?«, fragte Gonter.

»Wenn sie schlau genug sind, sich zu ergeben.« Zein schlenderte zu den Decken, auf denen die jungen Leute gelegen hatten. »Er ist kein Verschwender. Selbst ein völlig unfähiger Kämpfer vermag mit einem Bogen oder einem verirrten Stoß einen Glückstreffer zu landen.«

Ein schwarz-weiß geschecktes Pferd mit einer Blesse auf der Stirn näherte sich mit den kurzen Schritten, die ihm die Fessel erlaubte. Es war kein edles Tier, in seinem Wuchs erkannte Gonter Eigenschaften von drei Rassen.

Zein nahm sich einen Proviantkorb, ließ sich seufzend am Baumstumpf nieder und untersuchte den Inhalt. Ein Apfel gefiel ihm. Er rieb ihn an seinem Hemd und zerschnitt ihn in vier Teile.

Die Gefangenen drängten sich aneinander, als erhofften sie sich davon Schutz. Dabei musste selbst der Dümmste unter ihnen begreifen, dass sie den Söldnern ausgeliefert waren.

Gonter hockte sich neben den mit der Pfeilwunde. Ein Verband wand sich in mehreren Lagen um seinen Bauch. Blut war nicht zu sehen, offenbar hatte das Geschoss keine allzu große Wunde gerissen. Dennoch war der Mann bleich und zitterte unentwegt.

Gonter holte eine der Decken und breitete sie über ihm aus. Der Verletzte schien es nicht zu bemerken, aber Hilenn sah ihn dankbar an.

Gonter war klar, dass das Töten zum Kriegerleben gehörte, aber wussten diese jungen Leute das auch? Oder die an der Sperre? Sie hatten große Reden geschwungen und Kort als jemanden verhöhnt, der niemals die Grafenkrone tragen würde, weil er so verdorben sei, dass Iljuga ihn ausspeie. Es war leicht, mutig zu sein, wenn man hinter einem dicken Verhau stand.

Eivora hatte einen Umweg durch den Wald vorgeschlagen, aber Kort wollte sich nirgendwo vorbeischleichen. Anderenorts säumten seine künftigen Untertanen den Pilgerweg und jubelten ihm zu, das war nach seinem Geschmack. Außerdem hätten es die Karren mit der Ausrüstung und vor allem der mit dem Schwertfeuer schwer mit dem weichen Waldboden. Also musste die Sperre weg.

Ob diese jungen Leute verstanden, dass ihr Leben Söldnern wie Nirto gleichgültig war? Rorgators Legionen kannten nur den Kontrakt, den es zu erfüllen galt. Sie mordeten nicht aus Bosheit, sondern weil dies ihr Geschäft war. Es gab Ausnahmen, die dem Feuerkult der Dämonen verfielen und alles verbrannten, was in die Reichweite ihrer Fackeln kam, aber Nirto gehörte nicht dazu, und überhaupt waren solche Krieger im Sturmbanner selten.

Für die Besatzung der Sperre machte das keinen Unterschied. Dort würden alle sterben, die sich zu spät ergaben. Viele wohl schon beim ersten Ansturm, bevor sie begriffen, dass die Söldner in ihrem Rücken standen. Manche in den Augenblicken danach, solange sie noch in ihren Heldenträumen schwelgten und nicht erfassten, dass nun echte Krieger über sie kamen, denen das Töten so leichtfiel wie das Naseschnäuzen. Wie viele würden sich ergeben? Und wie würde Kort über sie urteilen?

Gonter zählte selbst erst sechsundzwanzig Jahre, er hielt sich nicht für einen lebenserfahrenen Mann. Aber im Vergleich zu den verängstigten Augen, in die er blickte, hatten die seinen viel gesehen. Sicher hatten diese Menschen Verwandte durch die Seuche verloren, aber es war ein Unterschied, ob eine Krankheit einem wenigstens ein paar Wochen des Abschieds einräumte oder ob kalter Stahl einen plötzlich wehrlos machte und man begriff, dass es von der Gnade des Gegenübers abhing, ob das eigene Herz noch ein weiteres Mal schlug. Gonter erinnerte sich an seine Gefangenschaft in Ygôda, wo er um ein Haar mit einem Fleischerhaken in der Schulter von der Mauer geworfen worden wäre, wie es einigen Kameraden widerfahren war.

»Gib es zu, sie tun dir leid!«, rief Zein zwischen zwei Bissen herüber.

Er hatte recht. In diesen jungen Leuten sah Gonter keine Gegner, deren Überwindung Ehre einbrachte. Bestenfalls waren sie ein Hindernis, das man beiseiteschob. Nirto erachtete sie als vollkommen wertlos, sogar als lästig. Sicher näherte er sich der Straßensperre mit der gebotenen Vorsicht eines erfahrenen Rottmeisters, aber sie lag nur zweihundert Schritt entfernt. Das war so nah, dass jeden Moment der Befehl zum Angriff kommen konnte.

Gonters Blick huschte über die Gefangenen. Er fragte sich, welcher von ihnen sein Mitleid am stärksten erregte. Der alte Mann mit dem faltigen Gesicht, der nur noch ein kurzes Leben vor sich hatte? Vielleicht hatte er sich viele Verdienste in seinem Dorf erworben. Oder der Verwundete, den der Pfeil so unverhofft ereilt hatte und der noch immer zitterte?

Er entschied sich für Hilenn. Ihre großen Augen, betont durch silberne und nachtblaue Lidstriche, mussten jedes Herz rühren. Gonter zog seinen Dolch und schnitt ihr Kleid vom Saum bis zur Hüfte auf.

»Was wird das denn?«, rief Zein. »Will der Prinz doch noch einen Ritt wagen?«

Gonter betastete den entblößten Oberschenkel.

Hilenn schrie gegen ihren Knebel an, vermochte sich seiner Kraft aber nicht zu entwinden.

»Mach nur, ich halte dicht«, ermunterte Zein ihn.

Gonter stieß den Dolch tief ins Fleisch. Er führte die Klinge von außen, damit er die große Schlagader an der Innenseite der Schenkel nicht verletzte. Nirto hatte ihm gezeigt, wo man so treffen konnte, dass ein Gegner verblutete. Gonter hoffte, dass er die Lektion richtig behalten hatte, und genau das vermied.

Hilenns Schreien wurde höher, aber wegen des Knebels trug es nicht weit.

Ein anderer Gefangener rappelte sich auf und warf sich trotz der auf den Rücken gefesselten Hände gegen Gonter.

Für Kindereien hatte er keine Zeit, er stieß den Jüngling zurück.

Der Rempler hatte dafür gesorgt, dass die Waffe in der Wunde verrutscht war. Sie blutete heftig, aber nicht in Stößen.

Gonter warf sich Hilenn über die Schulter und ging zum gescheckten Pferd. Es war ungesattelt, aber für die kurze Strecke würde es auch so gehen.

Zein stand auf. »Wo willst du hin?«

Gonter legte Hilenn auf das Pferd und durchschnitt die Fußfessel des Tiers. »Bleib hier!«, rief er Zein zu. Er schwang sich hinter der Gefangenen auf den Rücken.

Gonter liebte Pferde. Schon als Kind hatte er das Gefühl von Freiheit genossen, wenn er über die Hügel galoppierte. Er kannte sich mit Rennern und Kaltblütern aus, hatte aber auch Schlachtrösser und Ackergäule geritten. Er wusste, wie man allein durch Schenkeldruck ein Pferd ohne Zügel lenkte. Er drehte das wiehernde Tier nach Westen und stieß ihm die Fersen in die Flanken. Es machte einen Satz und rannte los.

Zwischen den Bäumen zog Gonter Hilenn heran und löste ihren Knebel.

Sie schrie unartikuliert, eine Mischung aus Schmerz, Protest und Angst.

Schnell erreichte er die Sperre. Ein Dutzend dicker Baumstämme lag hier übereinander, ein Karren und mehrere Fässer stützten sie ab und bildeten zugleich eine ungleichmäßige Plattform, auf der die jungen Leute so hoch standen, dass sie über das Hindernis sehen konnten. Ein paar Dutzend Schritt auf jeder Seite verlängerten ein Geflecht aus Dornenranken und einige Findlinge die Sperre.

Nirtos Angriff hatte noch nicht stattgefunden, die Söldner mussten sich irgendwo im Gelände verbergen. Die gut zwei Dutzend Gegner sahen dem heranpreschenden Reiter überrascht entgegen.

Gonter warf Hilenn zu Boden, wendete das Pferd und vergrößerte den Abstand so weit, dass ihn zumindest ein schlechter Bogenschütze verfehlen würde. Zu seiner Beunruhigung entdeckte er zwei Armbrüste, die auf ihn zielten.

»Gebt auf«, rief er, »dann sind euch Korts Großmut und Gnade gewiss! Eure Freunde sind gefangen. Wollt ihr enden wie sie?« Er zeigte auf Hilenn.

In den Mienen sah er teils Entsetzen, zum Teil aber auch Wut. *Was habe ich erwartet? Ich habe eine von ihnen verwundet.*

»Entscheidet euch! Bringt Hilenn zu einem Heiler, bevor sie verblutet. Sie braucht euch! Oder kämpft, dann wird es noch mehr Verletzte geben, und Hilenn stirbt.«

»Wenn wir für die gerechte Sache sterben, dann soll es so sein!«, rief ein dürrer Mann, den Gonter auf dreißig Jahre schätzte. Er trug einen breiten Schnurrbart, und der hohe Kragen zeigte seine herausgehobene Stellung an. »Wir werden diesem Okkupator den Durchgang verwehren, und das Gejammer einer Frau wird uns nicht daran hindern!«

Seine Augen sprühten vor Wut.

»Denkt nach!«, rief Gonter. »Ihr könnt unmöglich siegen. Ihr steht gegen erfahrene Krieger. Wer von euch hat schon einmal einen Menschen getötet? Die Anführerin eurer Gegner war vierzehn, als sie einem Mann das erste Mal eine Klinge ins Herz stieß.«

Einige der jungen Leute tauschten rasche Blicke, aber der Anführer mit dem Schnurrbart ließ in seinem Zorn nicht nach. »Rodalf ist der rechtmäßige Herrscher! Kort hat seiner Heimat den Rücken gekehrt, aber Rodalf war bei uns, als die Seuche zuschlug. Er betete und fastete. Er ist kein liederlicher Söldner, der sich kein bisschen um das Leben der Menschen in Iljuga schert.«

»Mir scheint, dir ist das Leben der dir Anvertrauten ebenfalls gleichgültig«, meinte Gonter. »Du schäumst vor Wut, aber für Hilenn hast du noch nichts getan.«

»Bitte!«, schrie die Verwundete. »So helft mir doch!« Da ihre Hände noch auf dem Rücken gefesselt waren, vermochte sie sich nicht selbst um die Verletzung zu kümmern. Mit dem Stich im Bein konnte sie noch nicht einmal aufstehen. »Ihr wisst, dass ich für meine kleine Schwester sorgen muss. Unsere Eltern sind doch tot!« Sie weinte.

Ein junger Mann sprang vom Karren, zwei weitere folgten kurz darauf. Gemeinsam eilten sie zu ihr.

Gonter sah das Blut, das in einem fort aus Hilenns Bein strömte. *Habe ich doch zu tief gestochen? Oder an der falschen Stelle?*

In den Gesichtern sah er jetzt mehr Zweifel als zuvor. Hilenns Geschrei zeigte Wirkung.

»Schießt den Kerl endlich aus dem Sattel!«, rief der Anführer. »Ihr habt doch eure Armbrüste, um …«

Ein schwarzer Pfeil schlug seitlich in seine Brust.

Er schrie spitz, prallte gegen die Befestigung und sackte in die Hocke. Der gefiederte Schaft verhinderte, dass er den Arm senkte. »Zu Hilfe!«, rief er. »Ich bin getroffen!«

Gonter zog sein Schwert und reckte es in die Höhe. »Eure Stellung ist verloren! Wir sind hier überall. Ergebt euch und rettet euer Leben.«

Viele sahen unsicher zu ihrem verwundeten Anführer.

»Was glaubt ihr denn, was ihr ihm bedeutet? Ihm seid ihr doch ebenso gleichgültig, wie es euch ist, wer auf dem Grafenthron sitzen wird! Ob Rodalf oder Kort, was schert es euch? Für ihn ist es wichtig, weil er sich von Rodalfs Gunst eine hohe Stellung verspricht. Aber wofür wird er die nutzen? Ihr habt gesehen, wie egal es ihm ist, wenn jemand wie Hilenn leidet. Wer von euch glaubt, dass er sich mehr um euch kümmern wird als um sie?«

Ein weiterer schwarzer Pfeil schlug neben einem Armbruster in einen Baumstamm. Sofort senkte der Mann seine Waffe.

»Ergebt euch, wenn ihr leben wollt!«, rief Gonter.

Als der Erste seine Klinge fortwarf, ging es schnell. Die Waffen landeten auf dem Boden.

Im Nu war Nirtos Rotte zur Stelle und sammelte sie ein. Man verzichtete darauf, die Gefangenen zu fesseln, und führte sie nur in den Wald. Tersten eilte auf die andere Seite der Sperre zum Haupttrupp der Söldner, damit sie die Ochsen brachten, um das Hindernis einzureißen.

Gonter stieg vom Pferd. Er sah, dass Hilenns Wunde versorgt wurde, und auch um den Anführer kümmerte sich jemand. *Keine Toten*, dachte er erleichtert. *Es ist tatsächlich niemand gestorben.*

»Was war das denn?«, blaffte Nirto. »So etwas habe ich dir nicht beigebracht.«

»Auf diese Weise gibt es die geringsten Verluste«, verteidigte sich Gonter. »Wir haben noch nicht einmal Verletzte.«

»Weil sie nicht auf dich geschossen haben. Aber sie standen kurz davor, und wenn der erste Bolzen geflogen wäre, dann wäre er nicht allein geblieben. Ein ganzer Schwarm davon hätte es sich in deinem weichen Herzen gemütlich gemacht.«

»Mein Plan ist gelungen«, meinte Gonter.

»Ja.« Nirto hängte seine Axt in den Eisenring am Gürtel. »Erstaunlich.« Er wandte sich den Söldnern zu, die die erbeuteten Waffen sichteten.

Tibea und Jenuna dagegen sahen Gonter zornig an.

»Mich staucht er zusammen, und dir lässt er alles durchgehen«, sagte die Bogenschützin bitter.

»Lass ihn.« Jenuna zog ihre Freundin mit sich. »Eivora hält die Hand über ihn. Er kann sich herausnehmen, was er will.«

Gonter runzelte die Stirn, während er ihnen nachsah.

Erst mein Vater und jetzt Eivora, dachte er. *Werde ich immer nur als Schatten von anderen beurteilt?*

Nach der Verzögerung durch die Barrikade im Elchforst war der nächste Schrein nicht mehr vor Einbruch der Dunkelheit zu erreichen. Man bezog Quartier in Sternmühl, einem Weiler von einhundert Seelen, dessen Häuser sich um eine Wassermühle gruppierten. Die reichste Familie des Orts machte Mehl zu Silber, indem sie es an Bäckereien in fünfzig Meilen Umkreis verteilte. Diese Familie bewohnte ein dreistöckiges Haus, das abseits von den anderen am Hang zwischen den Bäumen stand, die in diesen Tagen kahl wurden. Durch ihre Wipfel funkelten die Sterne des nachtschwarzen Himmels.

Fiafila-Ignuto wunderte sich, die Tür dieses Hauses offen vorzufinden. Sie überlegte, ob sie den Klopfer benutzen sollte, aber er war in Form einer Wildgans gestaltet, die den schweren Ring im bronzenen Schnabel hielt. Ihre Finger verharrten davor, doch in den trügerischen Schatten beschlich sie die seltsame Furcht, das Wappentier des Gottes, dem sie abtrünnig geworden war, könnte nach ihr schnappen.

Sie senkte die Hand, straffte die Schultern und trat über die Schwelle. Nahe dem Eingang schien Sternenlicht in den großzügig gestalteten Flur, am anderen Ende flackerte der Widerschein eines Feuers. Das reichte aus, um die durch florale Schnitzereien verzierte Holzverkleidung der Wände zu erahnen. Zwischen den Türen standen Öllampen auf blattförmigen Halterungen, aber sie waren nicht entzündet. Fiafila-Ignuto machte kleine Schritte, um zu vermeiden, dass sie im Dunkeln stolperte.

»Yra nimmt sich zu viel heraus!«, grollte der Homunkulus in ihrem Kopf. *»Sie benimmt sich immer weniger wie eine Dienerin. Sie sollte längst zurück sein und uns berichten!«*

Manchmal reicht der Wille allein nicht, um etwas zu vollbringen, dachte Fiafila-Ignuto, obwohl sich der Ärger der Kreatur auf sie übertrug. Die Trennlinie zwischen ihren eigenen Emotionen und denen ihres dämonischen Gefährten verwischte, aber in diesem Fall spürte sie die Sorge um das Mädchen neben der Wut. Da sich der Homunkulus nicht um andere sorgte, musste diese Strömung aus ihr selbst kommen.

Sie folgte dem Gang und hörte zwei Stimmen, die sich unterhielten. Bald übertönten sie das Knirschen des Teppichs.

»Prekesta könnte sie erwischt haben«, überlegte Ignuto. *»Das könnte sie gegen uns einnehmen. Es war unklug, eine so unerfahrene Spionin auf sie anzusetzen! Du hättest stattdessen das Gespräch mit Iskala suchen sollen. Was immer aus Prekesta geworden ist – Iskala scheint unwohl dabei zu sein.«*

Das können wir immer noch angehen. Jetzt müssen wir Yra finden. Vielleicht ist sie verletzt.

»Vergiss Yra! Es geht um uns. Wenn Prekesta diesem Gör auf die Schliche gekommen ist, müssen wir weg. Weg von Harnastes!«

Sei nicht so feige.

Am Ende des Flurs öffnete sich ein gemütliches Zimmer mit einem Sofa. Eine Harfe mit einem Schemel stand davor, ein Bärenfell lag auf dem Boden. Das Feuer im Kamin prasselte, der Geruch des Kiefernholzes lag in der Luft. Zwei Sessel standen schräg dem Feuer zugewandt, dazwischen ein kleiner runder Tisch.

»… ergreifen keine Partei«, sagte derjenige, der links saß. »Weder für Rodalf noch für Kort, aber diese Wallfahrt soll jedem offenstehen, der sein Herz reinigen will, um es den Göttern darzubieten. Das hat nichts mit der Frage zu tun, wer über Iljuga herrschen wird. Mein Vater hat mich gelehrt, dass es jedem möglich sein soll, sich der Tugend von Neuem zuzuwenden.«

»Ganz recht, ganz recht.« Fiafila-Ignuto erkannte Keijos Stimme. Er stellte ein halb geleertes Weinglas ab.

»Es wird gut sein, wenn der Streit beigelegt ist«, sagte der Linke. »Man sollte meinen, dass wir nach der Seuche zusammenrücken, und ich tue alles dafür, dass dies in Sternmühl auch geschieht. Aber viele haben ihre Dörfer aufgegeben und streunen nun durchs Land. Sie suchen nach jemandem, dem sie nehmen können, was ihm gehört. Darum habe ich die Wehr gebildet!« Eine schlanke Faust kam zum Vorschein, um gleich darauf wieder vom Sessel verdeckt zu werden. »Das gemeinsame Üben mit dem Spieß bringt die Männer noch enger zusammen.«

»Da sprecht Ihr wohl«, beschied Keijo, »doch gebe ich zu bedenken, dass wehrhaftes Volk gefährlich werden kann, wenn es einmal unzufrieden wird.«

»Das ist mir bewusst, aber das Elend hat all unsere Büttel hinweggerafft. Ich entschied aus der Not.«

»Ich bin beeindruckt, wie gut Ihr die Lage trotz Eurer Jugend im Griff habt.«

»Manchmal lastet das Schulzenamt schwer auf meinen Schultern, doch mein Vater hat mich gelehrt, jede Verantwortung anzunehmen. In den Salzzacken gibt es viele Unzufriedene, so war das schon vor dem Unglück, das uns getroffen hat. Ich fürchte, Ihr müsst sie dennoch durchqueren?«

»Leider. Wir haben keine andere Wahl, als dem Pilgerweg zu folgen.«

Der Linke seufzte. »Gern würde ich Euch einige meiner wehrhaftesten Männer mitgeben, damit Ihr eine vertrauenswürdige Garde hättet. Allein: Ich kann sie nicht entbehren.«

»Das ist mir klar«, sagte Keijo. »Die Zeiten sind unsicher, überall lauern Verrat und Anmaßung. Gäbe es mehr Treue wie Euch, Elint, wir bräuchten keine Dämonenanbeter, um einen Thronanwärter zu schützen.«

»Manche Schwerter sind schön anzuschauen«, sagte Fiafila-Ignuto laut, »andere sind hart und scharf.«

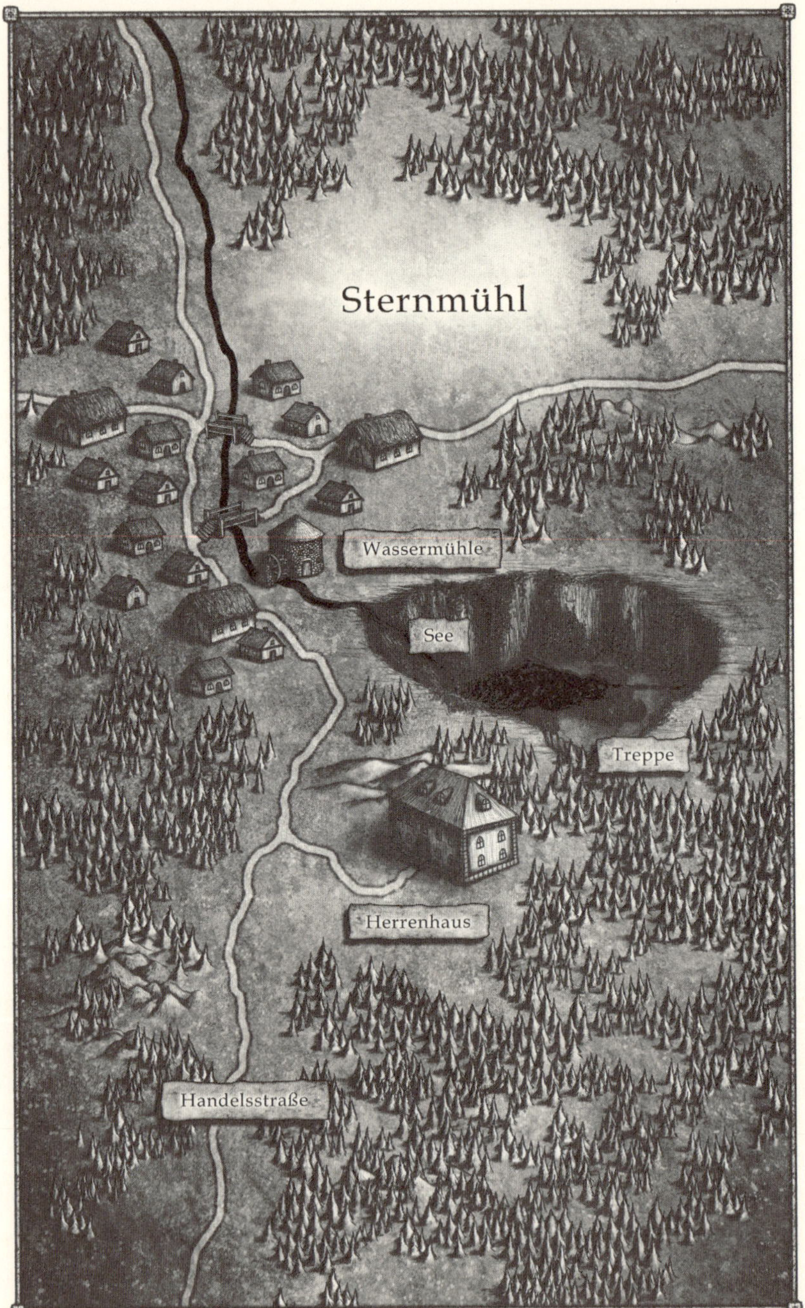
Sternmühl
Wassermühle
See
Treppe
Herrenhaus
Handelsstraße

Beide Männer sprangen auf.

Fiafila-Ignuto erinnerte sich, Elint bereits bei der Ankunft in Sternmühl gesehen zu haben, nur wäre sie nicht auf den Gedanken gekommen, dass der höchstens siebzehn Jahre zählende Bengel mit den schielenden Augen der Schulze war. Sie hatte ihn für einen Boten gehalten, vielleicht auch für einen Sohn des Dorfvorstehers.

»Das mag er sein«, meinte Ignuto. *»Die Seuche hat bei den Alten wohl härter zugeschlagen. Elint könnte der erstgeborene Überlebende seines Geschlechts sein.«*

»Niemand hat Euch gerufen, Dämonenmetze!« Im Zorn berührten sich Keijos Brauen. Goldrot schimmerten die Nasenringe im Kaminfeuer. »Sagt, was Ihr wollt, und dann verschwindet wieder.«

»Ich suche …«, begann sie.

»Wenn du ihm sagst, dass du nach deiner Magd suchst, lacht er dich aus.«

Eine gute Herrin sorgt sich um ihr Gesinde.

»Gutes Gesinde befolgt die Aufträge seiner Herrin. Yra ist störrisch. Wenn ihr etwas zugestoßen ist, hat sie es verdient.«

»Falls Ihr Kort sucht: Er ist nicht hier«, sagte Keijo.

Fiafila-Ignuto genoss es, ihn zu missachten und sich stattdessen dem jungen Schulzen zuzuwenden. »Findet ein angehender Graf kein Obdach in Eurem Haus?«

Keijo schnaubte. »Ein Pilger darf an heiligen Orten um Aufnahme bitten. In Sternmühl gibt es kein geweihtes Dach, also schläft er unter offenem Himmel.«

»Dann hat er Glück, dass es heute nicht regnet.«

Keijo verschränkte die Arme. »Dies ist zwar keine Kapelle, aber Eure Dämonen haben hier auch keine Heimstatt. Also verschwindet.«

Sie ließ zu, dass Ignutos Zorn sie erfüllte. Fauchend loderte das Kaminfeuer auf, Funken sprühten aus einer leuchtenden Wolke hervor.

Elint stolperte zurück, und Keijo zuckte zusammen.

»Ich will nicht weiter stören.« Fiafila-Ignuto schmunzelte,

während sie sich umdrehte. »Wähnt Euch ruhig in wohliger Sicherheit, aber tut mir den Gefallen und kommt Euch dabei nicht auch noch klug vor.«

Hier ist Yra jedenfalls nicht, dachte sie auf dem Weg nach draußen, *ansonsten hätte Keijo nicht vermutet, dass ich auf der Suche nach Kort sei.*

»Du hast sie ausgeschickt, um Prekesta auszuspionieren. Also, wo könnte Prekesta stecken? Dass sie nicht im Lager des Zauberbanners ist, wissen wir.«

Fiafila-Ignuto trat aus dem Haus. Die Sterne funkelten kalt wie Diamanten.

Sie folgte dem mit flachen Steinen ausgelegten Pfad hinunter zur wesentlich schlechter befestigten Handelsstraße, entlang deren sich der Weiler erstreckte. Ein Bauer betrieb eine Schenke in seiner Scheune. Heute hatten jene Söldner sie übernommen, die in der Nacht nicht zur Wache eingeteilt waren. In den meisten anderen Häusern brannte Licht hinter den Fenstern, die Bewohner trauten sich bei so vielen Bewaffneten wohl nicht hinaus. Dabei hatte Sternmühl sie freundlich empfangen.

Iljuga ist seltsam, dachte Fiafila-Ignuto. Zwei Wegstunden früher hatte eine Barrikade den Pilgerweg versperrt, und hier schien man Kort gegenüber aufgeschlossen. Niemand wusste, wie es im nächsten Dorf aussehen würde. Das Gespräch, das die Avatar belauscht hatte, warnte vor den Bewohnern der Salzzacken – was immer das für eine Region sein mochte.

Fiafila-Ignuto schlenderte die Straße entlang. Sicher war Yra nicht in einem der Bauernhäuser, dort hätte man wohl jede Fremde abgewiesen. Also blieben noch die Schenke und eines der Zeltlager der Söldner. Eivora legte grundsätzlich einen Sicherungsring. Bestimmt gab es Posten in beiden Richtungen an der Straße. Das Zauberbanner übernachtete im Westen, und wenn es nicht auch im Osten eine Wache gegeben hätte, wäre Fiafila-Ignuto enttäuscht gewesen.

»Aber was sollte Prekesta dort wollen?«, fragte der Homunkulus.

Und wenn Yra sich einfach verirrt hat?

»Dann wirst du sie auf keinen Fall finden.«

Sie stellte sich vor, wie das Mädchen mit gebrochenem Knöchel neben einem Kaninchenbau lag. Aber hätte es dann nicht nach Hilfe gerufen? Die Nacht war still, Geräusche trugen weit. Selbst das Plätschern des Mühlbachs drang bis hierher.

Das Gewässer gluckerte stromabwärts der Mühle, die sich als großer Schattenriss vor den Sternen abzeichnete, einen Steinhang hinunter in ein riesiges Loch, an dessen Grund es einen Teich bildete, der unterirdisch abfloss. Abgesehen von der glitschigen Schräge, über die der Bach kam, waren die unregelmäßigen Ränder dieses Lochs so steil wie die Wände eines Brunnenschachts, aber mit Ranken bewachsen. Bei ihrer Ankunft hatte sich Fiafila-Ignuto dieses Areal angesehen, das bunte Laub und das blaue Wasser des Teichs boten einen verzauberten Anblick. Vielleicht besaß dieser idyllische Ort Anteil daran, dass trotz des Todes, den die Seuche auch nach Sternmühl getragen hatte, die Harmonie der Gemeinschaft erhalten geblieben war. Menschen brauchten Erfahrungen der Ruhe und des Friedens, um das Gleichgewicht in ihrem Innern zu bewahren.

»Du bist wirklich eine Priesterin«, spottete Ignuto.

Aus der Entfernung und bei Nacht betrachtet, war das Loch nur eine schwarze Öffnung im Boden, hundert Schritt lang, fünfzig maß es an der breitesten Stelle. *Seltsam, wie anders die Dinge erscheinen, wenn das Licht fehlt.*

»Manchmal bist du unerträglich«, meinte der Homunkulus. *»Gehen wir jetzt zur Schenke?«*

Fiafila-Ignuto sah den Schattenriss von jemandem, der dort stand, wo sie eine Treppe wusste, die zum Teich hinabführte. Er bewegte sich nicht. Wenn sie die Umrisse richtig deutete, trug er eine Rüstung, also war er wohl ein Söldner.

Ein Wächter?, dachte sie.

»Was sollte er denn hier beschützen?«

Nicht ›was‹. Durch das Rascheln des gefallenen Laubs ging sie zu dem Mann. *Sondern ›wen‹.*

»Ist Kort da unten?«, fragte sie.

»Ja, Avatar.« An der Stimme erkannte sie Mehol.

Das Kettenhemd verlieh seiner eigentlich schlanken Gestalt

Masse. Das Schwert trug er an der linken Seite, der Helm hing rechts am Gürtel. Fiafila-Ignuto hatte beobachtet, dass die meisten Krieger den Helm abnahmen, wenn sie sich nicht bedroht fühlten. Vielen schien es unangenehm zu sein, das Gewicht längere Zeit auf dem Kopf zu tragen. Ihr selbst ging das jedenfalls so. An ihre Rüstung dagegen hatte sie sich gewöhnt.

»Schläft Kort schon?«

»Nein.«

Schmeckte sie Nervosität in ihrem Gegenüber? Lag das nur am dämonischen Körper, der aus ihrer Schulter wuchs, oder hatte er etwas zu verbergen? Falls Letzteres zutraf, konnte es sich nicht um Kort drehen. Was der Auftraggeber tat oder unterließ, ging die Avatar nichts an.

Sie ging an ihm vorbei und stieg die Stufen hinunter. Die Wände sperrten den Blick auf die Umgebung des Lochs aus, nur der Sternenhimmel blieb übrig. Unter ihr spiegelten sich die silbrigen Lichtpunkte auf der Oberfläche des Teichs, lediglich auf der linken Seite, wo der Bach hineinfloss, störten Wellen das Bild. Fiafila-Ignuto fragte sich, ob Sternmühls Bewohner die Büsche am Ufer gepflanzt hatten. *Bei diesem Idyll würde mich auch nicht wundern, wenn eine Nymphe für diese Schönheit sorgte.*

»Konzentriere dich lieber auf deine Ohren.«

Am Fuß der Treppe blieb Fiafila-Ignuto stehen und lauschte.

»Links«, half der Homunkulus.

Sie schmeckte starke Emotionen, die auch dem dämonischen Wesen gefielen. Eine Geilheit prickelte in ihrem Mund, wie sie ihr noch nie begegnet war. Normalerweise war diese Regung so dominant, dass sie alles andere überdeckte. Fiafila-Ignuto schmeckte sie auch im Lager ab und zu. Sie konnte den Verstand wegspülen, und viele Menschen suchten sogar dieses kurze Vergessen von Mühen und Sorgen, vermutete sie. Aber hier war mehr, und es kam mit einem Mal, aus ein und derselben Quelle. Eine andere Gier war dabei, auch die Wonne der Macht und eine Sehnsucht nach etwas Unbestimmten, das sie nicht erfasste. Auch das war noch nicht alles, Widerwillen schmeckte sie ebenfalls heraus.

Widerwille kam auch noch von woanders, vermischt mit Angst. Während sie sich dem Bach näherte, hörte sie Stimmen über das sanfte Plätschern.

»Reiz mich nicht!«, zischte Kort. »Du kannst mir nicht schöne Augen machen und dich dann verweigern. Bleib jetzt liegen!«

»Ich kann das nicht.« Das war Yra!

Fiafila-Ignuto ging schneller. Sie bemerkte eine unbewegte Gestalt zwischen den Büschen, aber das war ihr in diesem Moment gleichgültig. Auf dem Boden sah sie die helle Haut von Yras Beinen. Dazwischen mühte Kort sich ab. Noch schien er angekleidet zu sein, wenigstens, so weit sie erkannte. Unter der härenen Kutte trug er eine Lederhose, die bis zu den Waden reichte, damit sie von flüchtigen Beobachtern unbemerkt blieb.

»Bitte, Herr!«, schluchzte Yra. »Nicht jetzt. Ich kann nicht so …«

»Ich werde dir schon beibringen, was du können musst!« Er drückte einen Kuss auf ihren Mund.

Jetzt, da sie nur noch zwei Schritte entfernt war, vermochte Fiafila-Ignuto Korts Wallungen besser auseinanderzuhalten. Da war diese Geilheit, aber sie passte nicht zu allem anderen, nicht zum Grundton von Entschlossenheit, Machtwillen und Hoffnung und erst recht nicht zur seltsamen Unsicherheit, die Kort selbst zu ängstigen schien. Sie schmeckte fremd. Kort wehrte sich dagegen, von seinem Trieb überwältigt zu werden.

Die stärkste Regung in Yra war Angst. Dazu mischten sich Scham und paradoxerweise auch ein wenig Stolz, aber das alles kam aus ihr, wie verschiedene Noten in einem Gericht.

Die Geilheit in Kort dagegen war … doppelt, wie Fiafila-Ignuto jetzt erkannte. Er begehrte Yra, doch das war nur eine beiläufige Regung, der er vielleicht an einem langweiligen Tag nachgegeben hätte. Das, was seinen Verstand mitriss, kam von woandersher. Es schmeckte falsch, als hätte jemand ein Scheffelchen Salz in den Teig für Süßgebäck gemischt.

Fiafila-Ignuto wollte Yra helfen, aber dieses Phänomen faszinierte sie. Sie wandte sich um und suchte mit dem Blick die Gestalt zwischen den Büschen. Sie stand noch immer dort, hoch aufgerichtet. Es war ein Mensch mit abgerundeten Konturen. Insbesondere fehlte der Hals, der Kopf verbreiterte sich zu den Schultern hin. *Sie trägt eine Kapuze.*

»Tu nicht so, als wüsstest du nicht, wer dort steht.«

Sie drehte sich wieder zu den beiden im Gras. »Lass das, Kort!«, rief sie streng. »Das bist nicht du selbst, und du weißt es. Widerstehe.«

Er stützte sich ab und sah zu ihr hoch. »Was machst du denn hier?«

»Wen interessiert das? Ich helfe dir, dein eigener Herr zu sein. Das zählt.«

Verwirrt sah er Yra an, die unter ihm weinte, und dann wieder zurück zu Fiafila-Ignuto. Seine Geilheit war unvermindert stark, aber darunter regte sich der Stolz, der seinen Willen befeuerte.

»Du willst eine Grafschaft beherrschen, oder? Wie soll dir das gelingen, wenn dich ein Mädchen, das kaum Brüste und Schamhaar hat, durcheinanderbringen kann?«

»Hexe!« Er drückte sich in die Hocke. »Was hast du mit mir gemacht?«

»Nur eine kleine Prüfung, die ich mithilfe meiner Magd vorgenommen habe«, log sie. »Du hast schlecht abgeschnitten.«

»Was fällt dir ein, mich auf die Probe zu stellen?«

Fiafila-Ignuto zuckte mit den Achseln.

Kort stand auf und ordnete seine Kutte.

Yra blieb liegen. Sie bedeckte noch nicht einmal ihre Beine. Viel konnte jedoch nicht passiert sein, sie trug ihre Wäsche noch.

»Aus dem Weg!«, verlangte Kort und stapfte an ihr vorbei Richtung Treppe.

Prekesta wartete, bis er verschwunden war, bevor sie mit leisem Lachen zwischen den Büschen hervortrat. »Selten habe ich mich dermaßen amüsiert. Menschen sind so leicht zu beeinflussen.«

»Diese Fähigkeit haben dir die Dämonen also gegeben«, stellte Fiafila-Ignuto fest. »Du kannst Gefühle in anderen wecken.«

Prekestas verschleiertes Haupt neigte sich zur Seite. »Nur verstärken, und nur solche Regungen, die meinen Herren gefallen. Ich bin lediglich eine Heroldin. Aber das wird reichen, glaub mir.«

»So also trägst du die Botschaft der Dämonen in die Welt. Hast du auch eine Nachricht für mich? Eine andere als die, dass das Feuer überall ist?«

»Bist du wahnsinnig? Reize sie nicht!«

Wieder lachte Prekesta leise. »Der Klingenrausch wird nur noch kurz Bestand haben, weißt du? Kester will seine alte Legion stärken, aber die anderen werden Kester töten, das ist gewiss.«

Fiafila-Ignutos Herz pochte. *Kester hat noch Interesse am Klingenrausch! Wilania-Pressitos Plan kann gelingen. Wenn wir seine Waffe mit dem Schwertfeuer verbinden, wird er uns dankbar sein. Er wird uns schützen!*

»Bist du schwerhörig? Die anderen stehen gegen ihn! Er geht unter.«

Nein.

Fiafila-Ignuto grinste. »Du übersiehst das Offensichtliche«, sagte sie.

»Und was sollte das sein?«

»Wenn die anderen Dämonen imstande wären, Kester zu vernichten, hätten sie es längst getan.«

»Wir zweifeln an deiner Demut, Pilger Kort«, sagte Gileza.

Das Alter der Frau reichte sicher an die siebzig Jahre, aber es hatte sie nicht gebeugt, sondern nur ausgezehrt. Ihr knochiges Gesicht war frei von Falten, an den dünnen Händen, die sich aus den weiten Ärmeln der vielfarbigen Robe schoben, zeigten sich keine Flecken. Das Haar leuchtete golden in der Sonne, und die blauen Augen blickten hellwach, nicht unfreundlich, aber entschlossen. Sie nannte sich eine Braut des Hul, was sie zu einer hochrangigen Priesterin im Kult des Gottes machte, dem seine Jünger hier in einem blütenförmigen Tempel huldigten. Jedenfalls, wenn sie Einlass zwischen den weißen Steinblättern fanden, die als Wände dienten. Sie umschlossen einen runden Bereich von zwanzig Schritt Durchmesser, wölbten sich nach außen und legten sich wieder auf den Boden, wo ihre Spitzen ausliefen. Der Baumeister musste ein großes Talent sein, auch wenn die Witterung das gottgeweihte Haus angriff und eines der Blätter zerbrochen hatte.

»Was verlangt Ihr, dass ich tun soll, um Huls Tempel der Erneuerung würdig zu sein und das Gotteshaus betreten zu dürfen, ehrwürdige Gileza?«, fragte Kort.

Inzwischen kannte Eivora ihren Dienstherrn gut genug, um ihm anzumerken, dass er sich nur mit Mühe beherrschte. Splitternackt stand er auf dem Vorplatz, über den der kühle Wind das Herbstlaub trieb. Seine zernarbte Haut bekam Pickel wie ein gerupftes Huhn, und sein Geschlecht zog sich so weit aus der Kälte zurück, dass nur noch ein schrumpeliger Hautzipfel zu sehen war.

»Übe dich in Geduld.« Huls Braut zeigte auf einen Baum, dessen fleischige Blätter der Jahreszeit trotzten. Saftig grün hingen sie an den Zweigen. »Warte dort, bis wir von deiner Aufrichtigkeit überzeugt sind.«

Kort betrachtete das Gewächs. Der glatte, gerade Stamm trug eine kugelrunde Krone, als wolle der Baum damit seine nahezu kahlen Geschwister verhöhnen.

»Wie lange wird das dauern?«, fragte er.

Gileza schmunzelte wie eine gutmütige Großmutter, die ihren Enkel ertappte, wenn er einen Streich ausheckte. »Das hängt von deiner Reinheit ab. Vielleicht darfst du morgen bereits eintreten, vielleicht übermorgen oder am Tag danach.«

Keijo stieß seinen Stab auf den Boden. »Bei allem Respekt, Gileza, bedenkt die Wichtigkeit dieser Reise! Die Grafschaft braucht eine feste Ordnung, der Thron darf nicht länger verwaist bleiben.«

»Das ist nicht meine Sache«, meinte Gileza. »Mir ist nur dieser Tempel anvertraut, und den wird kein Unwürdiger betreten. Wenn es einen Tag dauert, Kort Bescheidenheit zu lehren, dann ist es gut. Wenn er eine Woche oder einen Mond braucht, dann wird er eben so lange warten müssen. Ansonsten steht es ihm frei, ohne unseren Segen weiterzuziehen.«

Kort breitete die Arme aus. »Wie viel Demut verlangt Ihr noch? Ich stehe nackt vor Euch!«

»Und mit riesigem Gefolge!« Gileza funkelte ihn an, bevor ihr Blick zu Keijo ruckte. »Wie könnt Ihr das zulassen, Oberster Deuter? ›Schutzlos soll der Pilger sein und auf die Götter vertrauen.‹ So steht es geschrieben.«

»Ich kann bezeugen, dass Kort auf dem ganzen Weg weder Rüstung noch Waffe angerührt hat.« Keijo klang unsicher. Eivora sah ihm an, dass er wusste, dass diese Wallfahrt nur den Buchstaben, nicht aber dem Geist der Gebote genügte.

»Er braucht die Rüstung nicht selbst zu tragen«, sagte Gileza. »Hundert andere erledigen das für ihn. Schon allein er ist eine Beleidigung für jeden Pilger, der mit ernster Demut im Herzen auf dem Weg der Götter wandelt!« Sie zeigte auf Tersten.

Der Weibel, der das Haar auf der Vorderseite bis zu den Ohren ausrasierte, trug einen so großen Rundschild, dass sich auch Eivora immer wieder fragte, wie er mit dem Gewicht klarkam.

»Hier gelten die Wünsche eines angehenden Herrschers nichts«, entschied Gileza. »Kort mag unter dem Ewiggrünen Baum warten, oder er mag gehen, ganz, wie ihm beliebt. Aber wenn wir ihm in Huls Tempel Erneuerung gewähren sollen, muss er sich nach unseren Regeln richten.«

Iskala trat vor und betrachtete die Priesterin. Die Kampfherrin lächelte, aber das gab ihrer Miene nichts Beruhigendes. Der Rubin in ihrer Stirn war dunkel wie alter Wein, kein Sonnenstrahl traf ihn, um ihn zum Funkeln zu bringen.

Gileza hielt ihrem Blick stand. Sie versuchte sich sogar daran, das Lächeln zu erwidern, aber es wirkte steif, und sie gab es auf.

Schließlich zog Iskala die Hände aus den Ärmeln der Robe und zeigte mit der Linken auf einen Esel, den einer ihrer Magier heranführte. Wie viele Angehörige des Zauberbanners war auch dieser Mann vollständig mit rotem Stoff verhüllt. Er strich über den Rücken des Tiers, dessen Zügel er mit der anderen Hand hielt. Einige helle Haare blieben an seiner Kleidung hängen.

»Gehört dieses reizende Geschöpf Eurem Tempel?«, fragte Iskala freundlich.

Gileza schien erleichtert, den Blick von der Kampfherrin wenden zu können. »Ein treues Lasttier«, sagte sie.

»Treue ist ja so wichtig, findet Ihr nicht auch?« Iskala bewegte die Finger der Hand, mit der sie auf das Tier deutete. Die spitz zugefeilten Nägel schimmerten kalt. »Der Verlust eines treuen Untergebenen schmerzt sehr.«

Der Esel gab einen klagenden Laut von sich. Er schwankte auf seinen stämmigen Beinen.

Iskala schloss die Hand zur Faust. Ihr Magier trat einige Schritte zur Seite.

Das Tier röchelte. Seine Flanken zitterten.

»Was tut Ihr da?«, fragte Gileza mit kippender Stimme.

»Ich möchte mit Euch darüber plaudern, wie schade es ist, wenn man sich gegenseitig Trübsal zufügt. Mein Argument wird am besten durch gegenwärtiges Erleben deutlich.«

Eivora wunderte sich, was für lange Wimpern der Esel hatte. Er blinzelte. Angst stand in den großen Augen. Das Tier wandte den Kopf zur Seite. Die simple Bewegung überforderte seinen Gleichgewichtssinn, es stolperte und stürzte.

»Was soll das?«, rief Gileza. »Hört sofort auf damit.«

»Ich fürchte …«

Der Esel hustete Schaumflocken.

»… dafür ist es bereits zu spät.« Iskala ließ den Arm sinken.

Das Grautier röchelte elendig, seine Hufe stießen ins Leere. Dann lag es still.

Nun stand Wut in Gilezas Augen. »Das war unnötig.«

Achselzuckend wandte sich Iskala dem Ewiggrünen Baum zu und streckte ihren Arm in seine Richtung aus.

»Halt!«, rief die Priesterin. »Das dürft Ihr nicht tun!«

Ohne ihren Arm zu bewegen, sah Iskala Gileza an. »Nun kommt unser Gespräch an den Punkt, an dem es interessant wird. Wenn ich Euch recht verstehe, schlagt Ihr vor, wir sollen uns gegenseitig keinen Kummer mehr bereiten?«

Gilezas Blick huschte über die Söldner. Inzwischen war die

Marschkolonne beinahe vollständig eingetroffen, sogar der Ochsenwagen mit dem Schwertfeuer stand schon neben dem Tempel, nur die Nachhut fehlte noch.

Kort lachte. »Ich glaube, ich habe genug Buße getan. Bringen wir es hinter uns!«

An den Blicken der Gläubigen erkannte Eivora, dass diese Worte nicht gerade zu ihrer Erbauung beitrugen, aber niemand hinderte den unbekleideten Pilger daran, den Tempel zu betreten. Eivora folgte ihm mit Keijo und den Söldnern, die als seine Leibwache eingeteilt waren.

Im Inneren des Gebäudes öffnete sich ein runder Raum. Die Kristalldecke ließ das Tageslicht ein, verzerrte aber durch ihre vielen aneinanderstoßenden Flächen den Blick auf die Wolken. Sie sahen aus, als habe sie jemand zerschnitten und stümperhaft wieder zusammengesetzt.

Von mehreren Stangen hingen farbige, mit Knoten versehene Schnüre so dicht, dass sie Vorhänge bildeten. Während sie Kort zu einer Liege vor einem Standbild eines schmunzelnden Jünglings begleitete, bemerkte sie, dass sich mit dem Blickwinkel auch das Motiv auf diesen Raumteilern änderte. Auf einem zwei Schritt breiten Stück war es zunächst ein Springbrunnen, ein paar Schritt weiter ein Vogel und von der anderen Seite ein lachender Knabe.

Eivora beobachtete, wie ihre Krieger Aufstellung nahmen. Den kurzen Gang, der nach außen führte, sicherte Brono. Der massige Rottmeister würde jeden Neugierigen abschrecken. Fünf Söldner verteilten sich an der Wand. Eivora zog sich ebenfalls zurück.

Zwei Tempeldienerinnen holten tellergroße Schalen mit Salben und einer dampfenden Flüssigkeit aus einem Nebenraum. Sie kicherten, während sie sich dem nackten Mann auf der Liege näherten. Kort war etwa doppelt so alt wie Eivora, aber seine Muskeln waren noch stark und die Narben erzählten von Schlachten, in denen er sich bewährt hatte. Sie verstand, dass so manches weibliche Auge mit Wohlwollen auf ihm ruhte.

Während die eine Dienerin Korts Rücken mit einer gelben

Paste einrieb, schnitt die andere mit einer Schere das Haar von seinem Kopf. Sie ging nicht gerade sparsam zu Werk, die roten Strähnen bildeten bald einen kleinen Teppich auf dem Holzboden. Mit dem Bart verfuhr sie ebenso.

Eivora glaubte nicht, dass von den beiden Gefahr ausging. Deswegen behielt sie den Raum im Blick. Die Fädenvorhänge behinderten die Sicht und narrten das Auge bei jedem Luftzug. Sie vertraute darauf, dass Brono niemanden ungeprüft hineinließ, aber die Nebenräume machten ihr Sorgen. Wenn sich ein Attentäter dort verborgen hielt, konnte er möglicherweise unerkannt in den Raum gelangen. Sie schätzte ab, wie nah jemand an die Liege kommen würde, der die Deckung der Vorhänge ausnutzte. Einen Dolchstoß würde sie sicher verhindern können, die Armbrust an ihrem linken Unterarm war gespannt und geladen. Wenn der Mörder allerdings selbst eine Fernwaffe einsetzte, gehörte ihm der erste Schuss.

Die Dienerin, die die Paste auf Korts Rücken verteilt hatte, schabte diese nun mit einem Knochenmesser wieder ab. Darunter kam gerötete und jetzt völlig haarlose Haut zum Vorschein. Die andere legte die Schere weg und rieb die Paste nun auch auf den Kopf.

Eivora entdeckte Yra, Fiafila-Ignutos Magd. Brono musste sie hereingelassen haben. Dagegen sprach ja auch nichts, aber Eivora fragte sich, was das Mädchen hier suchte. Yra betrachtete Kort mit einem Gesichtsausdruck, in dem sich Neugier und Furcht mischten.

Sie war nicht die Einzige, die sehen wollte, was hier vor sich ging. Auch eine von Iskalas Magierinnen war im Tempel. Ob das Prekesta war? Die Kampfherrin hatte von ihrer Rückkehr berichtet. Ihre Initiation hatte sie verändert, sie behauptete, nun eine Heroldin des roten Risses zu sein, was wohl bedeutete, dass sie sich für eine Sendbotin der Dämonen hielt. Dass sie nicht einfach nur verrückt war, bewies ihr auf merkwürdige Weise entstelltes Äußeres. Unzweifelhaft hatten jenseitige Mächte sie berührt, meinte Iskala, und sie vermutete eine Rivalität zwischen ihr und der Avatar. Eivora hatte noch nicht mit Prekesta gesprochen, zumal sie der anderen Kampfherrin unterstand, aber sie vertraute Iskalas Urteil.

Ob die Rotgekleidete im Tempel allerdings wirklich Prekesta war, vermochte Eivora nicht zu erkennen. Jeder hätte unter der Verhüllung stecken können.

Der Gedanke missfiel ihr. Ob Iskala ebenfalls raten musste, welcher ihrer Magier den Aufzug trug? Dann könnte jemand einen der ihren außer Gefecht setzen, sich die Kleidung aneignen und sich so einschleichen.

Führte wirklich nur Neugier diese Frau in Huls Tempel? Oder steckte ein Plan dahinter? Eivora sah keine Klinge, aber wenn es nicht gerade um einen Bidenhänder ging, mochte sich auch eine Waffe unter dem wallenden Gewand verbergen.

Eivora bewegte sich an der Wand entlang auf die Magierin zu. Manchmal verdeckte ein Vorhang die Frau, aber sie regte sich kaum.

Eivora passierte einige Wandnischen, in denen Figuren von Mischwesen aus Mensch und Tier standen. Löwenköpfige waren ebenso darunter wie eine Frau mit einem Skorpionschwanz und ein Mann, dem statt Armen auf jeder Seite vier Tentakel aus den Schultern wuchsen.

Vor dieser Nische stand Keijo. Der Priester erschrak so heftig, als er Eivora bemerkte, dass die goldenen Nasenringe aneinanderschlugen. Einen Moment lang starrte er sie an, dann wandte er sich mit einem Ruck ab und entfernte sich.

Eivora betrachtete die Nische, entdeckte aber nichts Ungewöhnliches. Vor dem Tentakelmann lagen ein Seestern und eine Muschelschale aus Perlmutt, ein Netz kleidete den Hintergrund aus.

Aglix huschte ihren Arm hinunter und besah die Gaben aus der Nähe. Ob es in Iljuga unschicklich war, diese Wesenheit zu verehren?

Darüber sollte sich der Priester mit Fiafila-Ignuto streiten. Die beiden beharkten sich immer wieder, konnten aber nicht voneinander lassen.

Eivora sammelte den Feuersalamander ein und stellte sich neben die Magierin. Jetzt sah sie eine rote Haarsträhne, die sich aus der Kapuze ringelte und auf die Brust fiel. Prekesta hatte rotes Haar, das die Verbrennungen laut Iskala nicht in Mitleidenschaft gezogen hatten. Also war das hier wahrscheinlich eine Kameradin und keine getarnte Attentäterin. Eivora beruhigte sich ein wenig, nahm sich aber vor, wachsam zu bleiben.

Das war nicht einfach, denn die Zeremonie gestaltete sich eintönig. Ihr Ziel bestand wohl darin, Kort von allen Haaren zu befreien, nur die Wimpern sparte man aus. Die Dienerinnen schabten jedoch Rücken, Haupt und Bauch, die Beine und Arme, die Schambehaarung und den Hintern. Mit winzigen Scheren schnitten sie sogar in seinen Nasenlöchern herum. Als Kort aufstand, sah er sehr fremd aus. Von hinten erinnerte sein Kopf an ein Ei, und im Gesicht war ein heller Bogen, wo nun der Bart fehlte.

Die Dienerinnen wuschen ihn, womit der Ritus abgeschlossen zu sein schien. Er nickte Eivora zu und ging hinaus.

Keijo hielt das kratzige Gewand für ihn bereit. Während Kort es überzog, kam Gonter zu Eivora.

»Wir müssen reden«, sagte er.

»Was ist passiert?«, fragte sie alarmiert. Auf die Schnelle sah sie kein Anzeichen für einen Kampf. Die Söldner machten sich bereit, den Marsch fortzusetzen. Bis zur Abenddämmerung konnten sie noch den nächsten Schrein erreichen.

»Nicht hier«, sagte er. »Komm ein Stück zur Seite.«

Sie umrundeten den Tempel.

»Also, was ist los?«, fragte sie.

Ernst sah er sie an. »Wir sollten mehr Abstand voneinander halten.«

Eivora fühlte sich, als habe ihr jemand einen nassen Lappen ins Gesicht geworfen. »Bis jetzt bist du immer gern in mein Zelt gekommen.« Sie versuchte ein Lachen. »Bin ich dir zu anstrengend?«

»Das ist es nicht.« Er schüttelte den Kopf. »Ich will ins Sturmbanner aufgenommen werden, und das will ich ohne Hilfe schaffen.«

»Das tust du«, beteuerte sie. »Ich bin sicher, dass es dir gelingen wird. Und ich werde dir dabei nicht den Schwertarm führen und auch nicht deine Rüstung für dich schleppen.« Sie hielt den Atem an und spürte den Puls in ihren Handgelenken pochen.

»Das weiß ich, aber meine Kameraden zweifeln daran.«

»Wer macht dir Ärger?«, brauste Eivora auf.

Er seufzte. »Wenn mir jemand Ärger machen würde, dann müsste ich selbst damit fertigwerden. Darum geht es. Sie glauben, dass du immer die Hand über mich hältst. Jeder denkt, dass Nirto mich weniger hart rannimmt, weil er fürchtet, du würdest ihn zusammenstauchen, wenn mir etwas passiert.«

»So ein Unsinn!« Das war doch alles falsch! Eivora fühlte sich wie die Zuschauerin eines schlechten Schauspiels. »Als ob Nirto sich in die Führung seiner Rotte hineinreden ließe.«

»Ich weiß, dass es nicht so ist. Aber das ist zu wenig. Ich will kein Schatten sein.«

»Was soll das nun wieder bedeuten?« Noch immer pochte der Puls in ihren Handgelenken. Sie wollte Gonter berühren, über seine breite Brust tasten, aber sie wagte es nicht. Er hätte bemerkt, dass ihre Finger zitterten.

»Bis ich nach Rorgator gekommen bin, war ich nichts als der Sohn meines Vaters. Jetzt will ich Gonter sein, ich selbst. Ich will für meine Verdienste geachtet und für meine Fehler geschmäht werden, nicht für die von jemand anderem.«

Langsam schüttelte sie den Kopf. »Also willst du mich nicht mehr sehen? Nicht mehr mit mir allein sein, meine ich?«

Er presste die Kiefer aufeinander, bevor er antwortete. »Es geht um meine Würde.«

»Und die ist wichtiger als unsere gemeinsame Zeit?«

Er schien nicht zu wissen, wohin er mit den großen Händen sollte, die so wohlige Schauer in Eivoras Körper zu streicheln verstanden. »Ich muss das allein schaffen«, sagte er.

»Ich verstehe.«

»Es kann wieder anders sein, wenn wir zurück in Rorgator sind.« Das klang wie eine Ausrede.

»Du kannst mich nicht einfach wegstellen wie einen gebrauchten Besen und mich wiederholen, wenn es dir passt!« Wütend wandte sich Eivora ab und ging zurück zu den anderen. Wenn er unbedingt wollte, dass niemand mehr glaubte, er stünde unter ihrem Schutz – das konnte er haben!

Sie wartete, bis er hinter einem der blattförmigen Ausleger des Tempels in Sicht kam. »Also gut!«, rief sie ihm zu. »Du bist ein Söldner wie jeder andere, Gonter, und ich erwarte, dass du deine Pflicht erfüllst! Ansonsten: Bleib mir aus den Augen!«

Sie stapfte davon und spürte, wie ihre Wangen unter den Blicken der Umstehenden heiß wurden. Sie machte sich lächerlich. Hoffentlich half ihm das wenigstens.

11. Staub

Gonter befand sich in der Mitte der einhundert Schritt langen Steinbrücke, als auf der Seite der Schlucht, der sie entgegenmarschierten, ein Knall ertönte. Sein Echo hallte durch den staubtrockenen Einschnitt zwischen den Bergen. Ein Zischen folgte, die erfahrenen Söldner rissen ihre Schilde über die Köpfe und hockten sich ab. Geschosse krachten ein paar Schritt vor Gonter, wo Bronos Rotte marschierte, auf die Brücke. Steinsplitter trafen ihn, Staub wehte ihm in die Augen. Um ihn herum wurde geschrien.

Ein weiterer Knall kündigte einen zweiten Geschosshagel an. Arme und Beine waren aufgerissen, Blutspritzer tupften den Stein rot. Ein Söldner zog einen Kameraden durch eine Staubwolke zurück, ließ ihn aber liegen, als Salvaya »Vorwärts!« brüllte.

Gonter zog das Schwert und versuchte die nächsten Geschosse auszumachen. Sie fielen in einer Wolke rasch größer werdender Punkte. Er sprang zur Seite, um nicht getroffen zu werden. Diesen Gedanken hatte auch ein Kamerad, der dadurch aber dem Abgrund zu nahe kam. Mit einem gellenden Schrei fiel er in die Tiefe. Diesen Sturz konnte er unmöglich überleben, nach fünfzig Schritt erwartete ihn ein felsiger Boden.

Die Ochsen, die den Wagen mit dem Schwertfeuer zogen, brüllten. Bei einem der mächtigen Tiere färbte eine Wunde das weiße Fell über der Schulter rot, es riss wild an seinem Geschirr.

Hinter dem Wagen trat Eivora den Rückzug an. Sie brachte Kort in Sicherheit. *Der Kontrakt ist alles, was zählt*, dachte Gonter.

»Hinterher!«, schrie Nirto, zeigte aber in die andere Richtung, wo das Feldzeichen mit Garallo auf dem Schaft nur als tanzender Schatten hinter all dem Staub zu erahnen war. Er rannte los, und die Rotte folgte ihm.

Gonter wich den Verletzten aus. Einer presste die Hände auf den Oberschenkel, der über dem Knie abknickte, eine Kameradin lag mit ausgestreckten Gliedern bewusstlos auf dem Rücken. Wieder knallte das Geschütz, das irgendwo auf der anderen Seite stand.

Diesmal regneten nicht nur die faustgroßen Steine herab, die schon wie übergroße Hagelkörner überall auf der Brücke lagen. Ein zwei Schritt langer, armdicker Pfeil pflügte durch die Staubwolke und zischte so nah an Gonter vorbei, dass er den Luftzug spürte. Einem Kameraden riss er das rechte Bein ab, ohne dadurch merklich langsamer zu werden.

Der Verkrüppelte stürzte auf den Boden, sein Blut spritzte aus der Wunde wie Wein aus einem angeschlagenen Fass. Gonter würgte, zwang seinen Mageninhalt aber wieder hinunter.

Staubtalbrücke

Er sah, dass sich die rot gekleideten Angehörigen des Zauberbanners um das Schwertfeuer kümmerten. Der verletzte Ochse taumelte über den Rand der Brücke und drohte nun, das gesamte Gefährt mitzureißen. Sie versuchten, ihn loszuschneiden. Einige Kameraden schützten sie mit einem Schildwall vor Geschossen, aber gegen Pfeile wie den von eben würde noch nicht einmal Tersten standhalten.

»Weiter!«, befahl Nirto.

Die Söldner, die sich unter ihre Schilde geduckt hatten, sprangen auf und fielen wieder in Laufschritt. In diesem Moment hätte Gonter sein Kettenhemd liebend gern gegen einen Schutz getauscht, der ein Geschoss auf Abstand hielt, aber er musste sich auf seine Agilität verlassen. *Nah ran, so schnell wie möglich!*, dachte er. *Ein Katapult schleudert die Steine im Bogen. Es kann einem nichts anhaben, wenn man unmittelbar davorsteht.*

Das galt auch für die Balliste, die die Riesenpfeile verschoss. Gonter erkannte sie jetzt in gerader Linie hinter dem Plateau, auf das die Brücke führte. Sie stand über einem Steilhang zehn Höhenschritt oberhalb. Das nächste Geschoss zischte los. Es flog über die Köpfe von Salvayas Rotte hinweg und senkte sich langsam ab. Gonter bückte sich im Laufen, um nicht getroffen zu werden.

Salvayas Leute brüllten »Hammerschlag!« und stürmten den Hang hinauf. Zu beiden Seiten zog sich der Handelsweg am Berg entlang. Nur selten hatte man ihn gänzlich aus dem Stein geschlagen, auf dem Großteil der Länge verbreiterte ihn ein Bohlenpfad, den Schrägpfosten abstützten.

Gonter passierte gerade das Zollgebäude, einen steinernen Rundbau, neben dem eine hochgeklappte Schranke stand, als gegnerische Fußtruppen aus ihrer Deckung rannten und Salvayas Rotte in die Flanke fielen.

Sofort brachen die Söldner den Sturmlauf gegen die Balliste ab und stellten sich dem Angriff. Es gab keine gerade Kampflinie, die Krieger prallten ungeordnet aufeinander. Schwerter, Äxte und Lanzen krachten auf Schilde, stießen in Körper und trennten Gliedmaßen ab.

»Hammerschlag!«, brüllten die Söldner nach dem Wappenspruch des Klingenrauschs, *Sei Hammer, nicht Amboss!*, oder »Garallo!«, um den Dämon anzurufen, der ihr Feldzeichen zierte. Mit »Iljuga!« und »Rodalf!« hielten ihre Gegner dagegen, aber in Gonters Ohren klangen sie weniger entschlossen. Obwohl sie einen hohen Preis an Verwundeten und Gefallenen zahlten, gelang es ihnen jedoch, einen Keil in die Söldner zu treiben und eine Handvoll abzutrennen. Darunter befand sich auch der Bannerträger. Garallo geriet in Gefahr, doch Salvayas verbliebenes Dutzend wurde weiter abgedrängt.

Nirto beorderte seine Rotte in die Deckung des Zollhauses. Gonter zählte zehn Kameraden, fünf lagen irgendwo auf der Brücke oder waren von den anderen getrennt.

Der nächste Ballistepfeil schoss an ihnen vorbei. Er schlug in den Schwertfeuerwagen und brachte ihn in bedrohliche Schräglage. Auch der zweite Ochse rutschte nun brüllend in den Abgrund. Das Ledergeschirr hielt ihn, aber mehrere Söldner mussten sich auf der anderen Seite an den Wagen hängen, damit er nicht nachrutschte. Diese Position machte sie wehrlos gegen die Katapultgeschosse, die neuerlich auf sie einprasselten. Die meisten flogen zu kurz, einige verfehlten die Brücke und fielen in den Abgrund, aber manche rissen blutige Wunden.

»Sie haben uns überrascht!«, rief Nirto. »Jetzt sind wir dran. Zeigen wir diesen Kerlen, dass sie sich mit den Falschen angelegt haben!« Er musterte seine Rotte. »Tibea, Rastor, Seulek – ihr nehmt eure Bögen und schießt mir jeden weg, der sich an die Balliste stellt. Jenuna, Zein, Gonter – holt Garallo zurück. Die anderen – mit mir!«

Jenuna führte ihren kleinen Trupp an. Sie rannten einen Bogen, so weit es das Plateau zuließ, und umgingen so den Bereich, in dem sich Salvayas Kämpfer und die Angreifer ineinander verbissen hatten. Die Gegner waren in der Überzahl, wenigstens fünfzig Krieger, gut erkennbar an den bunten Zierumhängen mit den hochgestellten Kragen, die sie über den Lederpanzern trugen. Eisenrüstungen sah Gonter nicht.

Das Feldzeichen wankte über den Kämpfenden. Obwohl

Gonter der Legion erst kurze Zeit angehörte, spürte sogar er die Sorge, es könne verloren gehen. Diese Befürchtung wandelte sich in Wut, als er auf den ersten Gegner traf, auch wenn dieser bereits angeschlagen war. Jenuna hatte den Iljuger in den Oberschenkel gestochen, rannte aber weiter. Der Mann taumelte Gonter entgegen. Seine Augen waren glasig, er hielt das Schwert eher fest, als dass er es geführt hätte.

Gonter nutzte Schwung und überlegene Reichweite aus, indem er seine Klinge gerade nach vorn stieß. Sie durchbohrte das Leder und drang eine Handspanne tief in den Körper.

Der Gegner ließ die Waffe fallen und brach in die Knie. Gonter rannte weiter, um den Anschluss an Jenuna und Zein zu halten.

Für wenige Schläge hatten sie noch den Überraschungseffekt, aus einer unerwarteten Richtung zu kommen. Sie nutzten ihren Vorteil weidlich. Sieben weitere Gegner gingen zu Boden, bevor sich die anderen neu gruppierten. Dadurch mussten sie den Kreis öffnen, der das Feldzeichen einschloss.

Nur noch drei Kameraden wehrten dort die Gegner ab, während der vierte kniete und wohl auch das nur fertigbrachte, weil er sich am Schaft festklammerte. Zwar hielt er in der Linken ein Schwert, aber er hatte nicht mehr die Kraft, es zu schwingen.

Zein, Jenuna und Gonter verstärkten die Stellung. Gemeinsam mit den anderen Söldnern bildeten sie nun mit den Rücken nach innen einen Kreis.

Ein Mann mit spitzem Helm rückte vor. Nirto hatte Gonter beigebracht, auch die Waffen des Gegners gegen diesen zu nutzen. Er trat gegen die Unterkante des Schilds, sodass der obere, eisenverstärkte Rand ins Gesicht prallte.

Unwillkürlich senkte der Mann den Schutz und nahm gleichzeitig den Kopf zurück.

Gonter stach tief in seinen Hals und riss die Klinge sofort nach rechts, um einen weiteren Angriff zu blocken. Mit der Linken fasste er das Gelenk der Schwerthand seines Gegners. Mit entschlossener Kraft riss er die Waffe zur Seite. Zwar deckte der Schild noch den Körper, aber der rechte Arm lag nun frei. Gonter durchtrennte ihn oberhalb des Ellbogens.

Sie kämpften sich Richtung Zollgebäude. Zein nahm den Schild eines Gegners auf und drückte damit hangabwärts. Gonter schlug und stach, wo immer er eine Lücke ausmachte. In diesem Kampf ging es nicht darum, jemanden eindeutig niederzuringen. Man nutzte jede sich bietende Gelegenheit, und wenn ein Kontrahent verletzt oder auch nur aus Furcht floh, war das ebenso gut, wie ihn zu töten.

Wieder krachte ein Katapult. Gonter sah, dass der Schwarm der Geschosse vom Hang südlich der Brücke aufstieg. Dorthin war Nirto unterwegs.

Gonters Gruppe brach durch. Sie gaben die Kreisformation auf und bildeten eine Linie aus fünf Kämpfern zwischen den Gegnern und dem Bannerträger, den ein nicht ganz so schwer verwundeter Kamerad stützte.

Ein Streich unterlief Gonters Abwehr, prallte aber an seinem Kettenhemd ab.

Im Rückschwung der misslungenen Parade nutzte Gonter den Schwertknauf, um den Schlag ins Gesicht des Gegners zu verstärken.

Krachend brach das Jochbein. Mit einem Röcheln taumelte der Mann zurück. Zein stach in seinen Oberschenkel.

Die Gegner gerieten nun auch auf ihrer linken Flanke unter Druck, weil Salvayas Rotte vorrückte. Der gegnerische Kommandant entschloss sich zu einem geordneten Rückzug nach Süden.

Salvaya zeigte mit ihrem Schwert den Steilhang hinauf. »Zur Balliste!«

Diesmal stellte sich niemand ihrem Ansturm entgegen. Die Bogenschützen hatten die Mannschaft am Geschütz bereits weitgehend außer Gefecht gesetzt. Die beiden Überlebenden ergaben sich.

Damit hatten die Söldner keine unmittelbaren Gegner mehr. Salvaya pflanzte das Feldzeichen neben der Balliste auf und schickte einige Kameraden aus, um die Verwundeten zu versorgen.

»Wo steckt Nirto?« Die Rottmeisterin atmete heftig, aber sie wirkte glücklich.

Gonter sah den geschwungenen Berghang im Süden entlang. Es war kaum zu glauben, wie schnell sich die fruchtbare Gegend, durch die sie bis gestern marschiert waren, in trockenes Ödland verwandelt hatte. Hier gab es nur Felsen, Staub und dürre Sträucher. Zu dieser Bergsteppe hätte glühende Hitze gut gepasst, doch der Herbst drückte auch hier die Temperaturen.

Die abziehenden Gegner – sie mochten noch zwanzig Mann stark sein – bewegten sich den Hang entlang über den Handelspfad. Mit dem Ausbau durch die abgestützten Bohlen war er meist gerade breit genug für ein Fuhrwerk, aber immer wieder gab es Plattformen, an denen sich zwei Gefährte passieren konnten. Auf einer davon, knapp einhundert Schritt entfernt, standen die Katapulte. Es waren zwei Löffelschleudern mit starren Wurfarmen, die gegen Prellbalken schlugen. Die Mannschaft füllte Steinbrocken in die halbkugelförmigen Schalen.

»Nirto ist irgendwo da drüben«, sagte Gonter. »Er will sich um die Katapulte kümmern, schätze ich.«

Über die Brücke rückten jetzt die Kameraden nach. Sie rannten, so schnell sie konnten, aber der Karren mit dem Schwertfeuer versperrte einen Großteil des Wegs. Von den Ochsen war nichts mehr zu sehen, die Söldner des Zauberbanners schoben ihn jetzt selbst zurück auf die sichere Seite, wo sich vermutlich auch Kort befand.

Ein Geschütz knallte, die Geschosse flogen den Bogen. Das Katapult machte einen Satz. Der aus Bohlen gefügte Untergrund erzitterte.

Eivora hatte ihre Leute gut vorbereitet. Auf der Südseite der Brücke waren alle mit Schilden ausgerüstet, aus denen sie jetzt einen dreireihigen Schutzwall bildeten.

»Nirto hat Schneid«, meinte Salvaya anerkennend.

Der Rottmeister musste irgendwo noch ein paar Kameraden aufgetrieben haben. Zu acht kamen sie den Hang herunter und verfolgten die abziehenden Gegner. Pfeile und Wurfspeere flogen von einer Gruppe zur anderen.

Aber die Iljuger zeigten kein Interesse, sich auf einen Nahkampf einzulassen. Als sie ihre Katapulte erreichten, zerschlug einer von ihnen ein Seil, was dazu führte, dass der Weg vor den Söldnern einbrach und in die Tiefe stürzte. Beinahe wären zwei Kameraden den Bohlen in den Abgrund gefolgt, gerade noch konnten sie sich nach zehn Höhenschritt auf dem rauen Fels festklammern.

»Das wird langwierig«, murmelte Salvaya. »Ohne den Pfad müssen wir über den Hang klettern, da lässt sich keine Kampfformation bilden. Ich nehme an, Eivora wird die Dunkelheit abwarten.«

»Dann haben wir aber keine Brücke mehr, um den Rest nachzuholen«, vermutete Gonter.

Die Bedienungsmannschaft des zweiten Katapults lud nun nicht mehr eine Vielzahl kleiner Geschosse, sondern einen großen Brocken in die Schale. Sie richteten die Schleuder neu aus. Nun zielte sie nicht mehr auf die Mitte der Brücke, sondern auf einen Bereich näher dem Zollhaus.

Nirto versuchte, die Gegner mit Bogenschüssen zu behindern, aber große Strohschilde vereitelten diese Absicht.

»Vielleicht können wir ihm helfen.« Mithilfe einiger Kameraden zog Gonter die Balliste herum, bis sie auf die Katapultstellung zeigte. Sie spannten und legten einen Pfeil ein.

»So einem Schätzchen werden sie kaum den Zutritt verwehren.« Jenuna lachte.

Ihr erster Schuss ging über das Ziel hinweg.

»Genug Reichweite haben wir schon mal«, meinte Gonter.

Das Katapult krachte. Der schwere Felsen flog viel flacher als die Vielzahl kleinerer Geschosse zuvor. Er sackte so rasch ab, dass er die Brücke selbst verfehlte. Dafür traf er einen der gemauerten Stützpfeiler und riss ein Stück heraus.

Die Brücke bebte so stark, dass die Söldner, die sie noch nicht verlassen hatten, stürzten.

»Noch so ein Schuss, und wir kriegen das Schwertfeuer nicht mehr auf diese Seite herüber«, erkannte Salvaya tonlos.

Eivora schien die gleiche Überlegung zu haben. Sie schickte die Reste von Bronos Rotte und einige Kameraden des Zauberbanners zurück. Man sah ihnen die Erschöpfung an, sie liefen nicht mehr so schnell wie vorher.

»Falls der Gegner Truppen auf der anderen Seite hat, reibt er unsere Nachhut auf, wenn wir nicht rechtzeitig zurück sind«, meinte Salvaya.

»Wieso haben unsere Späher die Katapultstellung übersehen?«, fragte Gonter.

»Weil sie noch nicht da war. Die Iljuger haben die Geschütze hastig aufgebaut. Siehst du, wie sehr ihre Plattform zittert, wenn sie schießen? Sicher haben sie einen anderen Standort geplant.«

»Warte!« Gonter hielt Jenuna zurück, als sie mit der Balliste schießen wollte. »Halt tiefer!«

»Ich glaube, ich bin tief genug«, widersprach sie. »Ich habe ausgeglichen, was beim ersten Mal zu viel war.«

»Ich habe ein besseres Ziel.«

»Besser als die Katapulte?«

»Leichter zu treffen und mit der gleichen Wirkung. Seht ihr das Geflecht von Stützbalken, das die Plattform an der Wand hält?«

»Er hat recht!«, rief Salvaya. »Die Konstruktion droht ohnehin nachzugeben. Dass sie das Stück Bohlenweg abgerissen haben, macht die Angelegenheit noch instabiler. Mach es, wie Gonter sagt!«

Sie bockten den hinteren Teil der Balliste auf, bevor sie den Haltebolzen losschlugen. Die Sehne knallte, der Pfeil zischte davon.

Einen Herzschlag später durchschlug er die Haltestreben. Die Plattform brach weg, die Katapulte stürzten in die Tiefe, und mit ihnen fielen auch die meisten Gegner schreiend auf den Grund der Schlucht.

Gonter steckte sein Schwert weg.

Eivora lächelte anerkennend zu ihm hoch, bevor sie die Verletzten sammeln ließ.

»Du brauchst gar nicht so dümmlich zu grinsen«, sagte Salvaya. »Uns erwartet eine Menge anstrengender Arbeit. Eine Schande, dass wir die Schanzknechte nicht dabeihaben.«

»Was meinst du?«, fragte Gonter.

»Als du den schönen Weg noch weiter demoliert hast, ist dir offenbar nicht in den Sinn gekommen, dass wir in genau diese Richtung unterwegs sind, oder? Wir selbst können sicher einen Kletterpfad am Hang entlang finden, aber für unsere Ausrüstung brauchen wir die Karren, und die brauchen einen Weg.« Grinsend schlug sie ihm auf die Schulter. »Gut, dass du so kräftige Arme hast.«

»Hoffentlich stürzt sie nicht ab«, meinte der Homunkulus.

Du sorgst dich selten um jemanden, dachte Fiafila-Ignuto.

»Wir brauchen ihr Blut ebenso nötig wie das Schwertfeuer.«

Derzeit können wir damit noch nichts anfangen.

Fiafila-Ignutos Forschungen in den Flammen blieben ergebnislos. Sie hatte noch immer keine Vorstellung, wie sich Kesters Klinge mithilfe von Eivoras Blut in das Schwertfeuer schmieden ließ.

»Ja, das ist ärgerlich, bei all den Strapazen, die wir hier auf uns nehmen. Notfalls müssen wir eben bis zur Rückkehr nach Rorgator warten und uns die Rolle des Triumphs besorgen.«

Es war unmöglich, den in die Tiefe gestürzten Bohlenweg zu reparieren, dafür fehlte ihnen das Bauholz. Deswegen hingen die Söldner jetzt mit Steigeisen und Leinen gesichert im Steilhang. Die Deichsel des Karrens, der bislang das Schwertfeuer transportiert hatte und nun zurückgelassen wurde, war in den Fels gerammt und diente als wichtigster Haltepunkt für die Seile und Ketten, mit denen man die Lasten über den Abgrund beförderte.

»Hauptsache, wir verlieren nicht auch noch das Artefakt!«

Eivora stand an der provisorisch verstärkten Kante, wo das Holz gerade noch gehalten hatte, als die Plattform mit den Katapulten in die Tiefe gestürzt war. Dort unten mühten sich einige Söldner, den letzten Kameraden zu bergen, den sie in der Dunkelheit nicht hatten holen können. Er war vierzig Schritt weit den Hang hinabgerutscht und dabei an so viele Felsen geprallt, dass beide Beine, ein Gutteil der Rippen und die rechte Schulter gesplittert waren.

»Es hätte besser seinen Schädel erwischt.«

Er ist ein Kamerad, und Kameradschaft hält die Legion zusammen.

»Er war ein Kamerad. Jetzt ist er ein Krüppel. Kein Feldscher wird ihn wieder kampffähig machen.«

»Zieh stärker, verflucht!«, rief Bol. Gemeinsam mit Itena hielt er das Seil, das an einem Bein des Schwertfeuers festgebunden war und dazu diente, den Eisentisch von der Felswand wegzuhalten. Gerade bugsierten sie die Last, deren Hauptgewicht an zwei über die Deichsel laufende Ketten hing, um einen Steinbrocken herum, der wie eine Nase vorragte.

»Du hast leicht reden, Kraftprotz!«, gab die Söldnerin mit der Augenklappe zurück.

»Wenn du nicht so faul wärst, würden dir auch Muskeln wachsen!« Tatsächlich gehörte Bol zu den kräftigsten Männern der Legion. Selbst bei dieser schweren Arbeit trug er noch seinen Eisenharnisch.

»Wer hat sich denn im letzten Kampf besser geschlagen?«, rief Itena. »Meine Klingen haben vier Gegner gefällt. Bei dir war es einer, oder?«

»Deine waren schon verwundet!« Bols Gesicht lief rot an. Fiafila-Ignuto schmeckte, dass das nicht nur an der Anstrengung lag, die die Arbeit am Seil ihm abverlangte.

»Straffer ziehen!«, rief Mehol. Er stand in der Wand, neben der Felsnase, und drückte den aus Schwertklingen geschmiedeten Eisentisch mit einer Stange weg. »Das werdet ihr ja wohl noch hinkriegen, auch wenn ihr sonst komplett unfähig seid!«

»Komm du nur hier rüber, und ich zeige dir, wer unfähig ist!«, rief Bol. »Und dir auch, Mädchen!«, zischte er Itena ins Gesicht. Fiafila-Ignuto schmeckte seinen Zorn. Hätte er nicht beide Hände am Seil gebraucht, wäre es wohl zu einer Schlägerei gekommen.

»Das wäre ein unterhaltsames Vergnügen, aber wir brauchen das Schwertfeuer.«

»Ich mache dich gleich mit meiner Stange hier bekannt, du Idiot!«, rief Mehol. »Warte nur einen kurzen Moment!«

»Komm doch her! Ich zeige dir deinen Platz!«

»Ihr Schwächlinge habt beide nicht das Zeug zum Rottmeister!«, rief Itena. »Und ihr seid so dämlich, dass man euch diese Einsicht in den Kopf prügeln muss. Das werde ich gern übernehmen.«

»Es reicht!«, donnerte Eivora mit einer Stimme, die für eine so zierliche Person überraschend laut und fest war. »Eure Streiterei schadet uns allen. Damit ihr es wisst: Ich werde denjenigen zu Lostors Nachfolger ernennen, der sich am meisten für die Gruppe einsetzt. Im Moment gebt ihr da alle ein schwaches Bild ab. Ich überlege, ob ich mich außerhalb der Rotte umsehen soll.«

Fiafila-Ignuto schmeckte den Zorn der drei, der sich nun vereint auf Eivora richtete. Noch waren sie aber nicht so weit, sich gegen ihre Kampfherrin aufzulehnen. In grimmigem Schweigen setzten sie ihre Arbeit fort.

Sie hatte jedoch auch etwas bei Eivora geschmeckt, nämlich die Lüge, und das irritierte sie.

»Sei nicht naiv.« Der Homunkulus klang gelangweilt. *»Eivora ist zu erfahren, um wirklich denjenigen zum Offizier zu machen, der sich am meisten für die Gemeinschaft einsetzt. Manche sind trotz ihrer kriegerischen Natur folgsame Gemüter. Sie fügen sich gut in die Position eines Untergebenen. Andere gieren danach, Rottmeister zu werden. Gier ist ein guter Antrieb, aber nur, wenn sie Aussicht auf Erfolg hat. Das muss man ab und zu befördern.«*

Ich hätte vermutet, du würdest von der Befähigung sprechen, die man zum Kommandieren braucht.

»Auch die hat nichts damit zu tun, dass man sich wie ein Schaf in die Herde fügt.«

Das Schwertfeuer passierte die gefährlichste Stelle. Die Söldner befestigten weitere Ketten an den eisernen Beinen und führten sie über einen Felsblock, der sich nahe am intakten Bohlenweg befand. Danach lösten sie die Kette an der Deichsel. Jetzt ging es nur noch darum, den Tisch auf den sicheren Grund zu wuchten. Auch diese Aufgabe begleiteten Flüche und Verwünschungen.

Missbilligend sah Fiafila-Ignuto, dass Yra Kort schon wieder mit schwärmerischem Blick betrachtete. Der kräftige Mann stand mit entblößtem Oberkörper am Rand des Bohlenwegs, sodass man genau sah, dass sein Haar bestenfalls noch aus kurzen Stoppeln bestand. Wo sich vorher kupferfarbene Locken gedreht hatten, gab es jetzt gerade einmal die Andeutung von Schatten. Den Rücken kehrte er dem Abgrund zu, während er mit einer Geißel über die Schultern schlug, sodass die mit Knoten versehenen Lederschnüre auf die Haut klatschten.

»Er schlägt nicht besonders fest«, sagte Fiafila-Ignuto zu ihrer Magd. »Ich schmecke kaum Schmerz.«

»Ein Krieger wie er lacht über Schmerzen, unter denen andere schreiend den Verstand verlieren.«

»Diese Geißeln sind offenbar tatsächlich geeignet, das Hirn aus dem Kopf zu peitschen«, versetzte Fiafila-Ignuto.

Kort hatte sein Marterinstrument von einem Flagellanten bekommen. Eine ganze Gruppe dieser sich selbst kasteienden Männer wartete auf dem Bohlenweg, bis die Söldner vollständig übergesetzt hätten. Dann wollte sie ihren Weg in die andere Richtung fortsetzen, um ihre Lehre, dass die Götter die Bußfertigen liebten, in die fruchtbaren Lande jenseits der Trockenschlucht zu tragen. Auch jetzt schlugen sich diese halb nackten Männer teils selbst, teils gegenseitig. Bei ihnen schmeckte Fiafila-Ignuto stärkere Schmerzen als bei Kort, doch niemand schrie oder wimmerte auch nur. Die Augen der meisten waren stumpf, aber noch unheimlicher waren die wenigen, in denen der Fanatismus hell und kalt glänzte.

»Mir scheint, die Frommen sind ebenso verrückt wie die Dämonenanbeter«, sagte Eivora, als sie sich neben sie stellte.

»Ein großer Geist erscheint den geringeren wahnsinnig«, sagte Yra. Ihre Augen waren noch immer bei Kort. Sicher hatte sie diesen Spruch von ihm.

Auch mit den Flagellanten wanderten Bewunderinnen. Manche trugen Bänder mit Dornen um ihre Arme oder die Oberschenkel, aber keine tat sich an, was diese Männer erduldeten. Bei einem von ihnen erkannte Fiafila-Ignuto kaum noch Haut auf dem offenen Rücken. Dennoch geißelte er sich unablässig. Er spürte nichts mehr.

Kort dagegen mochte die Durchblutung anregen, aber Wunden würde er nicht davontragen. »Er tut nichts, was ohne Nutzen für ihn ist«, sagte Fiafila-Ignuto.

»Er ist klug«, meinte Yra. »Ein echter Feldherr.«

»Hast du noch nicht genug von ihm?«

Eivora wandte sich wieder ihren Leuten zu. Mehol erreichte den Weg, was den Streit neu beflügelte.

»Es ging nur zu schnell.« Yra knabberte auf ihrer Unterlippe. »Ich war nicht auf sein Ungestüm vorbereitet.«

»Was redest du da? Wäre ich nicht gekommen, er hätte dich unter seinen Willen gezwungen.«

Yra runzelte die Stirn. »Er ist ein starker Mann, kein zahmes Haustier. Wenn er mich liebt, wird er mich vor jeder Gefahr beschützen.«

Fiafila-Ignuto lachte auf. »Er liebt dich aber nicht! Du bist ein Zeitvertreib, das ist alles.«

Yra verschränkte die Arme und entfernte sich von ihrer Herrin. Der Bohlenweg war jedoch nur vier Schritt breit, sodass sie im Gedränge von Söldnern und Flagellanten nicht weit kam. Sie stellte sich neben Keijo, der Kort ebenfalls bei seiner Selbstzüchtigung beobachtete. Der Priester sah dabei sehr nachdenklich, beinahe schon besorgt aus. Heute Morgen war er offenbar nicht dazu gekommen, seinen Bart zu flechten. Leider fing der Homunkulus keine Emotionen von ihm auf.

»Es gibt zu viel Zwist unter uns«, meinte Eivora, als sie zurückkehrte. »Auch bei dir, scheint mir.«

»Ich habe meine Magd schon im Griff«, sagte Fiafila-Ignuto kühl.

»Und Prekesta auch? Ich hörte, dass ihr kurz davorsteht, euch an die Gurgel zu springen.«

Fiafila-Ignuto wusste nicht, wieso, aber sie glaubte, die Heroldin des roten Risses auch unter der Verhüllung zu erkennen, obwohl die Mitglieder des Zauberbanners die Roben wechselten und die aufgenähten Zeichen deswegen keine Orientierung boten. Der Homunkulus teilte ihr unbestimmtes Gefühl, vermochte aber auch nicht zu sagen, ob er die dämonische Kraft in Prekesta spürte. Jedenfalls stand sie dort, wo Mehol, Itena und Bol gerade das Schwertfeuer abstellten. Vielleicht war sie eingeteilt, die Söldner zu beaufsichtigen, die den Eisentisch von nun an tragen würden.

Fiafila-Ignuto streckte den Arm aus, um Aglix mit dem Zeigefinger an der Kehle zu kitzeln.

Der Feuersalamander huschte über Eivoras Nacken auf ihre andere Schulter.

Er hatte nicht immer Angst vor mir, dachte sie. *Früher hat er meine Nähe gesucht.*

»Blödes Viech.«

»Iskala mag ihn gern.« Eivora klang ein wenig beleidigt.

Hatte Fiafila-Ignuto ihren abfälligen Gedanken etwa ausgesprochen? Oder vielmehr den Gedanken des Homunkulus?

Sie musste vorsichtiger werden.

»Vor allem in Eivoras Nähe«, mahnte Ignuto. *»Sie darf nichts von unserem Plan erfahren.«*

Eivora lockte den Lurch auf ihre Hand und kratzte seinen Kopf. Das Tier schloss genießerisch die Augen.

»Sein Gift hat den Esel getötet, weißt du?«, erzählte Eivora.

»Vor dem Hultempel?«

Eivora nickte. »Unser kleiner Freund macht sich nützlich.«

Das Schwertfeuer war nun von allen Seilen und Ketten befreit. Eivora befahl, es ein Stück weiter zu tragen, auch um Platz für die nachfolgende Ausrüstung zu schaffen. Dadurch entstand allgemeine Bewegung auf dem Bohlenweg.

»Gehen wir ein wenig gemeinsam«, schlug Fiafila-Ignuto vor.

Sie ließen die Hauptgruppe hinter sich und folgten dem Weg am Hang entlang, der von Vorsprüngen und Ausbuchtungen gekennzeichnet war. Der Voraustrupp sicherte den Pass, wo der Pfad über die Hügel und damit zurück auf festen Grund führte.

»Das Sturmbanner hat wieder einen hohen Preis gezahlt«, eröffnete Fiafila-Ignuto das Gespräch, nachdem sie eine Weile schweigend gegangen waren.

»Wir haben siebzehn Krieger verloren, davon acht Tote«, sagte Eivora. »Aber wir sind selbst schuld. Wir hätten den Weg vor uns gründlicher aufklären sollen.«

Kort hatte auf Geschwindigkeit gedrängt, nur deswegen hatten sich die Gegner während der Dunkelheit in Stellung bringen können.

»Wie viele sind noch kampffähig?«, fragte Fiafila-Ignuto.

»Im Sturmbanner achtundvierzig, bei Iskala eine Handvoll weniger. Das sollte reichen, um einen Pilger zu schützen, solange wir keinen groben Fehler mehr zulassen.«

»Aber du glaubst, dass wir dabei sind, einen solchen zu begehen.«

Eivora lachte auf. »Das ist doch offensichtlich! Wir befinden uns auf einer eigentlich einfachen Mission, aber statt sie ruhig durchzuziehen und unser Silber mitzunehmen, zerstreiten wir uns. Du und Yra, du und Prekesta, Keijo und Kort, die Krieger untereinander, die Rottmeister, Iskala und ich. Sie meint, wir sollen Kort eine Rüstung anziehen, unter der Kutte, wo es keiner sieht, damit niemand aufschreit, dass er die Auflagen der Wallfahrt verletzt. Zwei Stunden haben wir heute Nacht darüber gestritten, statt auszuruhen und Kraft für den weiteren Marsch zu schöpfen.«

»Das ist kein Zufall«, sagte Fiafila-Ignuto.

»Nein, diese plötzliche Trockenheit schlägt aufs Gemüt. Hinter dem Gebirge liegt eine Salzwüste. Ich schmecke sie schon auf meinen Lippen.«

»Das meine ich nicht. Unsere Wut, die Ungeduld und die Gier sind stärker in uns, als sie es sein sollten.«

Eivora blieb stehen. »Ich höre.«

»Ich weiß nicht, wie sie es macht, aber Prekesta stachelt dunkle und selbstsüchtige Gefühle an. Sie macht deine Krieger rebellisch und fördert den Streit.«

Forschend sah Eivora sie an.

»Nein, das sage ich nicht, weil Prekesta und ich miteinander hadern. Frag Iskala, sie wird dir bestätigen, wie sehr sie sich verändert hat. Die Dämonen haben sie berührt und mit ihrer Botschaft in die Welt geschickt. Sie soll im Herzen der Menschen, denen sie begegnet, das Feld für die Mächte des Feuers bestellen.«

Eivora nahm eine eckige Silbermünze aus ihrem Beutel, schnippte sie in die Höhe, sodass sie sich blitzend überschlug, und fing sie wieder auf. »Das müsste dir doch gefallen.«

»Du glaubst, eine Avatar sei die Verbündete eines jeden, der für die Dämonen arbeitet?«

Sie schnippte die Münze noch einmal hoch. »Der Gedanke kam mir.« Ohne hinzusehen, fing Eivora das Silber wieder auf.

»Wir sind untereinander uneins. Zwietracht liegt im Wesen des Dämonischen. Denk daran, dass es die Offiziere ungern sehen, wenn ihre Untergebenen zu oft den Glühenden Tempel aufsuchen. Dämonen schließen keine Bindungen, sie lösen sie. Das gilt auch für Eide, die man auf Banner schwört, es sei denn, man besänftigt die Feuerherren mit Blut, Asche und Gold.«

Eivora sah den Weg entlang, den sie gekommen waren. Bis zur Biegung war niemand zu entdecken. Der Wind zupfte an den Spitzen ihres schwarzen Haars, die neben dem Kinn nach vorn stachen. Den Wurf der Münze beeinflusste er nicht, das glänzende Metall schien zu schwer zu sein.

»Kannst du Prekesta von dem abbringen, was sie tut?«, fragte die Kampfherrin.

»Du meinst, ohne sie zu töten?«

»Wir dürfen sie auf keinen Fall umbringen!«, schrie Ignuto in ihrem Kopf. *»Wir müssen sehr vorsichtig sein. Die Dämonen werden uns vernichten, wenn wir ihrer Heroldin schaden! Harnastes wird keine Ruhe geben, bis er mich in sich aufgenommen hat und deine Seele auf seinem Teller liegt.«*

Überlass das mir.

»Vielleicht täuschst du dich«, meinte Eivora. »Wir sollten nichts tun, das wir später nicht wieder korrigieren können. Aber wir müssen den Klingenrausch zusammenhalten.« Ihre Faust schnappte um die Münze und hielt sie fest.

»Ich müsste darüber nachdenken«, sagte Fiafila-Ignuto. »Wenn ich etwas unternehme, hat das seinen Preis.«

»Die Einheit ist das Vermächtnis meines Vaters. Sie ist jeden Preis wert.«

»Solche Versprechen haben bereits viele bereut«, warnte Fiafila-Ignuto.

»Du löst das Problem mit der Zwietracht, und ich werde zahlen, was du verlangst.« Sie steckte das Silber zurück in den Beutel. »Aber zuerst lieferst du.«

Fiafila-Ignuto streckte ihr die Hand hin. »So sei es.«

»Wir dürfen Harnastes nicht weiter reizen! Was tust du?«

Ich sichere uns das Blut, das wir brauchen, um Kesters Wohlwollen zu erwerben.

Fiafila-Ignuto blickte in die Augen der Frau, die vielleicht ihre Freundin geworden wäre, wenn sich die Dinge anders entwickelt hätten. Sie kam sich wie eine Verräterin vor.

Eivora schlug ein.

Vor Irqualas Tempel herrschte ein Gedränge, wie es dieser abgelegene Ort wohl selten sah. Die Gläubigen verstanden die Seuche, die so viele vor der Zeit hinweggerafft hatte, als Mahnung oder gar als Gruß der göttlichen Würgerin. Pilgerscharen drängten sich am Westhang des Mirschargebirges, das hier sanft zum weiten Becken der Salzwüste abfiel, in der sich bizarre Felsformationen wie gezackte Säulen erhoben. Die meisten Menschen kamen nicht über den traditionellen Weg aus Alton, sondern von der Handelsstraße, die weiter im Süden verlief, und offenbar stammten viele von weit her. Eivora sah fellumwundene Helme, Filzmützen, Gugeln und Kopftücher aus grobem Leinen. Zelte gruppierten sich überall in der kargen Landschaft, am beliebtesten waren die Erhebungen, auf denen die Sonne lange stand und so die Herbstkälte fernhielt. Dort sorgte man auch mit Grillspießen und fahrbaren Öfen für das leibliche Wohl der Pilger. Vernehmliches Grölen zeugte davon, dass sich manche einem Zechgelage hingaben, statt fromme Übungen zu absolvieren, aber auch mehrere Flagellantengruppen fanden sich hier.

Der Tempel war viel zu klein für die andrängende Menge. In

gewöhnlichen Zeiten mied man wohl das mit einer spitzen Kuppel versehene Gebäude, dessen Fassade menschliche Gebeine schmückten, die zu kunstvollen Ornamenten angeordnet waren. Nun aber brachten Angehörige die Knochen ihrer Verstorbenen, von denen sie zuvor das Fleisch geschabt hatten. Irquala hatte sie mit ihrer Gabe, dem Tod, gesegnet, jetzt sollten sie der Göttin nahe sein, die sie gerufen hatte. Vor dem Tempel entstand eine Skulptur, das zehn Schritt hohe Haupt einer Göttin, die ernst in Richtung der fruchtbaren Lande im Süden schaute. Drei Männer, die sich die Lippen zugenäht hatten, arbeiteten auf dem Gerüst, begutachteten Schulterblätter, Wirbel und Kniescheiben und nagelten sie an ihren Platz auf der aus Lehm gestalteten Rohform. Manche dieser Knochen waren verschrumpelt, einige nach Brüchen krumm wieder zusammengewachsen und andere so klein, dass sie unmöglich von Erwachsenen stammen konnten.

Eivora beobachtete das Treiben von einem Hügel östlich des Tempels, auf dem sich die Söldner sammelten. Wegen der Verwundeten und der fehlenden Zugtiere waren sie langsam vorwärtsgekommen, der Tag neigte sich bereits dem Ende zu. Dennoch trafen immer weitere Pilger ein und vergrößerten die Menge vor der heiligen Stätte. Sie sah auch einige mit Verbänden um Kopf oder Arme und fragte sich, ob sie sich die Verletzungen an der Staubtalbrücke im Kampf gegen den Klingenrausch zugezogen hatten. Immerhin trugen manche die traditionelle iljugische Tracht mit dem hohen Kragen. Das härene Gewand des Pilgers, wie Kort es angelegt hatte, war dagegen selten.

»In diesem Gedränge kann alles Mögliche passieren«, murmelte Eivora. »Am liebsten würde ich dich in einer Sänfte reinbringen, umgeben von drei Sicherungsringen.«

»Wenn das da unten nicht zu einem Großteil mein Volk wäre, hätte es etwas Amüsantes, die Menge auseinanderzutreiben«, meinte Kort mit gedämpfter Stimme. »Aber wie die Dinge liegen, gäbe das Gerede, das meinem Gegner nützen würde.«

»Du meinst Rodalf.«

Ein wölfisches Grinsen entblößte die Zähne. Seine Mimik

wirkte falsch, vor allem, weil die Brauen fehlten, die man ihm im Hultempel abrasiert hatte. Die nachwachsenden Stoppeln waren so kurz, dass man ihre Kupferfarbe nur erahnen konnte. Das galt auch für Wangen und Kinn, die zudem unpassend milchig waren, weil der Bart die Sonne in den Jahren zuvor abgehalten hatte. Dass der Kahlkopf einem Ei ähnelte, wäre eine Beschönigung gewesen. Die Stoppeln wuchsen dort ungleichmäßig, es gab dunklere und hellere Stellen, sodass insgesamt ein schmutziger Eindruck entstand.

»Meine Gegner sind eher diejenigen, die mein zartes Brüderchen benutzen wollen, um selbst die Macht an sich zu reißen«, erklärte Kort. »Er soll nur ein paar Jahre auf dem Grafenthron sitzen, bis sich die Dinge beruhigen. Danach werden ein paar Edle mit wenig edlen Mitteln untereinander ausmachen, wer von ihnen der echte Graf wird.«

Eivora überlegte, was Gonter wohl dazu sagen würde. In manchem war der Königssohn naiv, aber gerade bei Hofintrigen mochte er sich besser auskennen als eine Söldnerin, die es gewohnt war, Streit mit ehrlichem Stahl auszutragen. Sie vermisste seine Nähe und zugleich war sie stolz auf die Anerkennung, die er im Kampf an der Brücke errungen hatte. Er hatte so unglaublich gut ausgesehen, als er die Stellung an der Balliste erobert hatte! Der Brustkorb heftig unter der Anstrengung pumpend, das Haar wild, das Gesicht stolz.

»Iskalas Magier versuchen, die Leute zu bewegen, eine Gasse für dich zu bilden.« Sie zeigte auf die verhüllten Gestalten in den roten Roben, die auch im Gewühl gut zu sehen waren.

»Großen Erfolg scheinen sie nicht zu haben.«

Eivora gab ihm recht. Vor dem Tempel drängten sich zu viele Gruppen, von denen jede ihren Sprecher haben mochte, aber der eine Befehlshaber, der alle im Griff hatte, fehlte. Deswegen gab es niemanden, dem man Silber in die Hand drücken konnte, damit er die Sache regelte.

»Ob es in der Nacht leerer wird?«, fragte Kort.

Eivora schüttelte den Kopf. »Sie lagern, wo sie stehen, bis der Tempel wieder öffnet. Keiner will seinen Platz verlieren.«

Ein Magier führte einen ganz in Weiß gekleideten Mann den Hügel herauf. Er trug einen Hut mit Schatten spendender Krempe, von dem ein Tuch auf den Rücken hing. Die verlängerten Zipfel hatte er über die Schultern gelegt und vor der Brust locker verknotet. An seinem Waffengurt baumelte eine mit einer Lederscheide geschützte Sichel an einem unterarmlangen Schaft.

»Ich grüße Euch, Kort, Thronanwärter von Iljuga«, sagte er.

»Ich bin nur ein einfacher Pilger«, gab Kort zurück. »Mit wem habe ich die Ehre?«

»Mein Name ist Eilan, und ich habe Euch bereits erwartet, um Euch in meiner Heimat willkommen zu heißen. Wir hoffen, dass Ihr die Fehler Eurer Vorgänger beenden werdet, sodass wir gute Nachbarn sein können.«

Kort versteifte sich. Eivoras linker Mittelfinger tastete nach dem Abzug der Armbrust.

Sie schätzte Eilan auf knapp dreißig Jahre. Seine Haltung verriet ihr, dass er verstand, eine Position einzunehmen, die seine Bewegungsfreiheit erhielt. Er schien sich jedoch auch bewusst, dass er sich in der Gegenwart von Kriegern befand, denn er achtete darauf, die Hand von seiner Waffe entfernt zu halten. Die Ärmel waren so eng um die Gelenke geschnürt, dass er kein Messer hervorziehen könnte, das vielleicht darunter versteckt war.

»Wer schickt Euch?«, fragte Kort.

»Das Volk der Salzzacken.« Mit weiter Geste zeigte er auf die weiße Ebene im Westen, in der die kantigen Felssäulen harte Schatten warfen. »Seit der Zeit meines Urgroßvaters unterdrückt, doch nun, da die Seuche unsere Peiniger schlug, wieder frei.«

Kort schnaubte. »Von ihrer Freiheit haben die Narren an den Salzbecken schon gefaselt, als ich noch mit einem Steckenpferd gespielt habe.«

»Träume reifen, bis sie zur Wahrheit werden«, sagte Eilan ernst.

»Am süßesten träumt, wer am tiefsten schläft.« Vielsagend sah Kort auf das Götterbildnis, das aus Knochen geformt wurde.

»Der Tod schreckt denjenigen nicht, der in Knechtschaft lebt«, behauptete Eilan. »Iljugas Vögte haben ebenso viel Blut wie Salz aus unserem Land gepresst. Nicht nur Feldzüge, auch Minen fordern Menschenleben. Man erblindet, wenn man zu lange dort gräbt, und Wunden bleiben offen. An einem Kratzer kann man verbluten. Dennoch zwangen sie die Unsrigen immer wieder, das weiße Gold zu heben.«

»Und so wird es auf ewig sein«, sagte Kort. »Iljuga braucht das Salz, gerade jetzt, da sich die Grafschaft von der Seuche erholen muss.«

»Dann werdet Ihr einen gerechten Preis dafür zahlen müssen.«

»Ich habe gelernt, mit Stahl zu zahlen.«

»Wenn dies Euer letztes Wort ist, rate ich Euch, dorthin zurückzukehren, wo man Euch respektiert und wo Ihr Euch auskennt. Hier werdet Ihr feststellen, dass man Euch in gleicher Währung wechselt.«

»Denkt daran, dass Kort ein Pilger ist«, bat Eivora, auch, um ihren Auftraggeber daran zu hindern, weitere Drohungen auszusprechen.

»Dieser Pilger ist nur eine Schale«, gab Eilan zurück. »In seiner Brust keimt der Tyrann.«

»Aber Ihr selbst habt Kort doch willkommen geheißen.«

»In der Hoffnung, er würde mehr Respekt für unsere Freiheit zeigen und bereit sein, ein guter Nachbar zu werden.«

»Noch ist nichts entschieden«, sagte Eivora. »Noch sind wir nicht in Abidia. Vielleicht überdenkt er seine Haltung auf dem Weg durch Euer Land.«

Eilan verzog den Mund. »Er kommt, um Salz zu suchen, aber er mag Eisen finden.«

»Wollt Ihr damit sagen, dass ihm in den Salzzacken Gefahr droht?«

Eilan sah wieder Kort an, der die Fäuste zusammenpresste und sich wohl nur beherrschte, weil sie in voller Öffentlichkeit standen. »Er sollte gehen, woher er gekommen ist.«

Damit drehte sich Eilan um und stieg den Hügel hinab.

»Ich wünschte, du hättest den eingebildeten Bengel erschlagen«, zischte Kort.

»Das hätte seine Leute endgültig gegen dich aufgebracht. So besteht die Möglichkeit, dass er nur für sich spricht und man uns die Salzzacken passieren lässt.«

Kort schüttelte den Kopf. »Sie waren schon immer rebellisch. Ein seltsames Volk. Sie beklagen sich, dass sie im Salz sterben, aber sie weigern sich, es zu verlassen. Dort kennen sie sich aus wie niemand sonst. Nur sie finden Trinkwasser, wo alle anderen dürsten.«

»Also sollen wir ein paar Fässer mitnehmen?«

»Es kann nicht schaden, aber zu dieser Jahreszeit ist es in den Salzzacken nicht so heiß, dass man viel schwitzen würde. Es wird unangenehm, wenn man nichts dabeihat, aber die drei Tage bis Abidia sollten wir durchhalten.«

Eivora sah nach Süden. »Müssen wir wirklich dem alten Pilgerweg folgen? Unsere Späher meinen, wenn wir uns zur Handelsstraße wenden, sind wir in der Hälfte der Zeit da und vermeiden das Salz.«

»Und ich werde mir noch auf dem Totenbett anhören, dass die Reinigung vor meiner Inthronisation unvollständig gewesen sei. Das kommt nicht infrage.«

Eivora nickte. »Dann sollten wir uns beeilen, die Angelegenheit zu Ende zu bringen. Je weniger Zeit sie haben, einen Hinterhalt vorzubereiten, desto besser. Am besten, Iskala schickt sofort einige Kundschafter voraus.«

»Das Salz ist trügerisch«, warnte Kort. »Es bildet ähnliche Hohlräume wie die Lava in Rorgator.«

»Ich sage ihnen, dass sie vorsichtig sein sollen.« Eivora war schon als Kind zierlich gewesen, was auf den schwarzen Gesteinsfeldern einen Vorteil darstellte. Mehrere Spielkameraden waren jedoch eingebrochen, und die Bruchkanten der Lava schnitten wie sprödes Glas.

Eivora suchte Keijo und fand ihn abseits auf einem Felsen stehend. Beinahe hätte sie ihn übersehen, weil er heute keines seiner edlen Gewänder angelegt hatte. Stattdessen trug er eine

Hose aus braunem Stoff und ein helles Leinenhemd, dessen Kragen gerade einmal bis zu den Ohrläppchen reichte. Auch den Amtsstab hatte er nicht dabei. Die über die Lippen hängenden goldenen Nasenringe zeichneten ihn jedoch nach wie vor aus.

»Kort hat ein Problem.« Sie zeigte auf die Menschenmenge vor dem Eingang. »Könnt Ihr ihn in den Tempel bringen?«

»Was kümmern Euch Korts Sorgen?« Die übliche Arroganz fehlte in Keijos Frage. Er sah Eivora nicht einmal an, sein Blick haftete am Knochen um Knochen anwachsenden Götterbildnis. »Ihr sorgt doch nur für seinen Schutz. Für seine spirituelle Reinigung seid Ihr nicht zuständig.«

»Das stimmt, aber sie ist Eure Aufgabe. Ihr seid der Oberste Deuter.«

Er lächelte freudlos, was wegen des zauseligen, ungeflochtenen Barts schäbig aussah, schwieg aber.

»Es wäre unklug, lange hier zu verweilen«, sagte Eivora. »Das würde Kort, aber auch uns alle einer unnötigen Gefahr aussetzen.«

»Unser Leben liegt in den Händen der Götter. Keiner von uns kann eine Stunde hinzufügen, wenn die Ewigen ihren Richtspruch fällen.« Bei anderen Gelegenheiten hatte Keijo ähnliche Weisheiten in belehrendem Tonfall vorgetragen. Jetzt klang er resigniert.

Eivora entschied, dass ihr die Probleme des Priesters egal sein konnten. Sie musste sich darum kümmern, dass die Legion ihren Kontrakt erfüllte.

In ihrer Tasche spielte sie mit einer Silbermünze, die ein Loch in der Mitte aufwies, durch das ihr kleiner Finger passte. »Was muss Kort in diesem Tempel tun, bevor wir weiterziehen?«

»Von einem Pilger wird erwartet, dass er der Göttin die Gebeine eines lebenden Tiers darbringt.« Er zeigte auf einen Händler. »Seht Ihr den da? Der verkauft Vögel. Die werden gern genommen. Man kann ihnen leicht das Genick brechen und kommt ohne Probleme an die Knochen.«

»Er ist nicht der Einzige, der solche Ware anbietet.«

Wieder erschien das bittere Lächeln auf Keijos Gesicht. »Ihr seht den Andrang. Es ist in Mode, Irquala aufzuwarten. Man gibt ihr die Knochen eines Tiers und löst damit die Schuld von den eigenen, sagen ihre Jünger. Somit hat die Göttin keinen Grund mehr, das eigene Leben vor der Zeit zu fordern. Sie hat ja schon ein anderes dafür bekommen.«

»Je mehr ich über Eure Götter lerne, desto ähnlicher erscheinen sie unseren Dämonen.«

Versonnen sah Keijo auf die sich drängenden Menschen, den Tempel und die weiße Ebene, die sich bis zum Horizont erstreckte. Ihre Färbung war ungleichmäßig, an manchen Stellen glänzte das Salz wie Schnee, an anderen mischte sich genug Sand hinein, um ein weniger grelles, ockerfarbenes Band zu erzeugen. Eivora verstand, dass man sich in diesem Anblick verlieren konnte, zumal die Felsnadeln und ihre Schatten rätselhafte Formen bildeten, aus denen ein Priester Botschaften der Götter lesen mochte. Aber für so etwas fehlte Eivora an diesem Tag die Geduld.

»Reißt Euch zusammen, Keijo«, forderte sie. »Dies ist die letzte Station vor unserer Ankunft in Abidia. Lasst uns zusammenarbeiten, dann haben wir es bald geschafft.«

»Es ist nur ein hohles Symbol.«

»Was meint Ihr?«

»Diese ganze Wallfahrt. Nichts als Eitelkeit. In Wahrheit geht es niemandem darum, den Göttern zu gefallen. Man will nur die anderen beeindrucken.«

Eivora musterte ihn genauer. Sie entdeckte Striemen an seinem Hals, gerade noch in der Hemdöffnung sichtbar.

»Geißelt Ihr Euch schon lange«, fragte sie, »oder erst, seit wir den Flagellanten begegnet sind?«

»Das geht Euch nichts an«, sagte er ohne Nachdruck.

»Haltet Ihr die etwa für wahre Gläubige? Habt Ihr nicht die Weiber gesehen, die sie begleiten? Die waren ganz rollig vom Blut und den nackten Männerkörpern. Denkt Ihr, diese Büßer leben enthaltsam, wenn die Sonne versinkt?«

»Jeder Heuchler urteilt rasch über andere. Ihr scheint da keine Ausnahme zu sein, Eivora.«

»Ich bin keine Heuchlerin. Ich habe nie behauptet, eine fromme Frau zu sein.«

»Nein.« Er sah sie an. »Das nicht. Aber was ist mit diesem Gonter? Wem wollt Ihr vorspielen, dass Ihr Euch wirklich voneinander losgesagt habt? Wenn die Zuneigung nicht so deutlich in Euren Blicken stehen würde, bräuchte man nur ihn beobachten, wie er Euch ansieht.«

»Das geht Euch nichts an!«, fauchte Eivora.

»Das stimmt.« Er sah wieder zum Tempel. »So wenig, wie Euch meine Geißel etwas angeht oder mich der Mummenschanz, den Kort aufführt.«

Eivora sah ein, dass Keijo in dieser Stimmung keine Hilfe war. Dennoch wollte sie Kort noch heute in den Tempel bringen. Und wann hatte der Klingenrausch jemals Unterstützung von außen benötigt?

Sie besprach sich mit Iskala, und kurz darauf gab sie Kort eine weite, braune Robe. Sie selbst zog ebenfalls ein solches Gewand über. Den Saum und die Ärmel musste sie mehrfach umkrempeln, und wenn sie den Kopf nicht in den Nacken legte, sah sie unter der Kapuze nur den Bereich unmittelbar vor ihren Füßen. Sie war sicher, dass niemand eine gerüstete Söldnerin oder Iljugas Thronanwärter unter einem solchen Aufzug vermutete.

»Und jetzt?«, fragte Kort.

»Jetzt treiben wir die Sache voran.«

Sie nahm einem Magier einen aus Weidenruten gebundenen Vogelkäfig ab. Der blau gefiederte Insasse schien zu ahnen, was ihm bevorstand, denn er verzichtete auf fröhlichen Gesang. *Götter können grausam sein*, dachte Eivora. *Und Menschen sind seltsam. Unser Mitleid regt sich wegen eines Vogels, dessen Hals wir brechen sollen, aber wenn die Ewigen mit einer Seuche Tausende dahinraffen, bringen wir ihnen die Knochen als Zeichen der Verehrung.*

Kort und Eivora umgingen die Menge, in der bald Unruhe aufkam. Wenn sich Iskala auf etwas verstand, dann darauf, ein Spektakel zu veranstalten. Eine Flamme schoss vier Schritt in die Höhe.

Eivora hatte diese Spielerei mehrfach aus der Nähe gesehen. Die Magier entzündeten dafür ein Pulver, das sie in einem runden Tonkrug von der Größe eines Wassereimers anmischten. Leider sah die Flamme zwar spektakulär aus, war aber zu kalt, um sie als Waffe zu verwenden. Man konnte die Hand hineinhalten, ohne sich zu verbrennen. Üblicherweise war das auch der nächste Teil der Vorführung: Ein Magier ging durchs Feuer, und bei der dritten Flamme blieb er sogar darin stehen.

Die Aufmerksamkeit wanderte vom Knochenbildnis zu Iskalas Truppe. Das missfiel den Bauleuten. Sie kletterten auf den höchsten Punkt des Gerüsts und beschimpften Iskalas Leute, sie sollten die Andacht der Gläubigen nicht stören. Dabei bedienten sie sich wilder Gesten, da sie wegen der zusammengenähten Lippen nicht rufen konnten.

Die Menge ließ sich jedoch gern ablenken. Wer mehrere Stunden ausharrte, ohne in den Tempel eingelassen zu werden, war dankbar, wenn etwas die Monotonie der Bußgesänge durchbrach. Die Menschen strömten vor den Flammen zusammen. Eivora hörte Iskala rufen, auch wenn sie die Worte nicht verstand. Vermutlich nahm die Kampfherrin das Streitgespräch mit den Baumeistern auf, die nun Unterstützung von einigen Frommen erhielten.

All das war zwar zu wenig, um den Eingang frei zu bekommen – wer bis dorthin vorgedrungen war, ließ sich wohl selbst durch ein Erdbeben nicht mehr vertreiben. Aber die Umgebung des Tempels leerte sich, und an der Rückseite fand Eivora ein Fenster in drei Schritt Höhe, das breit genug war, um sie beide einzulassen. Sie gab Kort den Vogelkäfig und nutzte die zur Verzierung in die Wand eingelassenen Oberschenkelknochen als Steighilfe. Einige Gläubige sahen ihr zwar verwundert zu, unternahmen aber nichts.

Bevor sie es sich anders überlegen konnten, griff Eivora unter die Kutte, holte ihr Kurzschwert hervor und schlug mit dem Knauf so hart gegen den Fensterrahmen, dass der kleine Riegel auf der Innenseite nachgab. Sie hielt sich fest und half Kort mit der freien Hand herauf. Er benutzte auch ihr Bein als Steighilfe.

Als er an ihren linken Oberschenkel fasste, stach die inzwischen verschorfte Axtwunde. Gemeinsam kletterten sie ins Innere.

Eivora sah sich im kleinen Anbetungsraum um. »Hier ist ja wenig los.«

Ein paar Kerzen glommen verteilt an den Wänden, aber hauptsächlich kam das Licht aus Fenstern wie dem, durch das sie gekommen waren. Das sorgte für einen milchigen Schimmer auf dem hellen Putz. Nur eine Tür führte aus diesem Sanctum, und ein einzelner Gläubiger kniete vor der einen halben Schritt hohen Statuette einer schlanken Frau. Die Figur stand bis zu den Knien in einem Haufen kleiner Gebeine. Der Gläubige rieb weitere Knöchelchen mit einem Tuch trocken. Rechts lagen weiß und sauber diejenigen, die bereits fertig waren, links solche, an denen noch Fleischfetzen hingen. Seine Gabe stammte nicht von einem Vogel, sondern von etwas Größerem wie einem Hasen oder einem Fuchs.

Eivora fand merkwürdig, dass der Mann nicht von seiner Tätigkeit abließ, obwohl er ihr Eindringen bemerken musste. Sie stellte sich zwischen ihn und Kort.

Der Gläubige erhob sich. Er schlug die Kapuze seiner grauen Robe zurück und enthüllte dadurch ein haarloses Haupt. Gelbe Beulen übersäten es so dicht, dass sie ineinander übergingen. Um die Augen und unter der Nase hatte er sie wohl weggeschnitten, dort klafften offene Wunden.

»Sieht so die Seuche aus?«, fragte Eivora.

Sie brauchte einen Moment, um zu verstehen, dass das Röcheln des Gläubigen ein Kichern war.

»Nur für jene, die glücklich sind, so wie ich.« Die Finger, die er ihr jetzt entgegenstreckte, waren geschwollen wie prall gefüllte Wasserschläuche. »Meine Frau starb zuerst, dann meine Töchter.« Wieder röchelte er. »Ich habe auch Knochen von meinen Lieben dabei. Denkt ihr, sie werden der Würgerin gefallen? Meine Töchterlein waren doch viel hübscher als das Vögelchen, das ihr bringt.«

Kort zog die braune Kutte über den Kopf. »Hast du ein Messer?«, fragte er Eivora.

»Ich dachte, es reicht, wenn du dem Vogel das Genick brichst.«

»Und die Knochen soll ich mit den Fingern herauspulen?«

Sie gab ihm ihre kurze Klinge.

»Das ist feiner Stahl«, meinte der Gläubige. »Er sieht hart und scharf aus. Und du trägst ein Kettenhemd unter der Kutte … Du bist es gewohnt, Menschen zu töten, oder?« Zwischen den gelben Beulen öffnete sich ein Lächeln. »Ich habe keine Angst mehr vor dem Tod. Du könntest mir helfen …« Er schlurfte näher.

Eivora schlug den Knauf ihres Kurzschwerts hinter dem rechten Auge gegen seinen Schädel. Bewusstlos brach er zusammen.

»Ich helfe nur denen, die mich dafür bezahlen.« Sie eilte zur Tür und spähte in den Gang dahinter, sah jedoch niemanden. Gedämpft hörte sie den Lärm der Menge draußen. Sie sah zurück durch das Fenster, das sie benutzt hatten. Die Halterung des Riegels war gebrochen, sie konnten es nicht mehr verschließen, aber bislang fand ihr Beispiel keine Nachahmer.

Kort holte den Vogel aus dem Käfig. Er tötete schnell und effizient, ebenso wie er danach den Brustkorb aufbrach und die Rippen entnahm. Den Rest des Kadavers hielt er noch in der Hand, als er Eivora das Messer zurückgab.

Sie nickten einander zu und machten sich auf den Weg nach draußen. Die Wachen am Eingang waren zu überrascht, um sie aufzuhalten.

»Alles erledigt.« Eivora zwinkerte ihnen zu.

Kort drückte einem von ihnen den toten Vogel in die Hand. »Weitermachen.«

Aglix kletterte über Eivoras gespreizte Finger, während Fiafila-Ignuto die Beinwunde untersuchte. Auch als sie die Hand wendete, behielt der gelb-schwarze Lurch problemlos seinen Halt. Die kleinen Zehen kitzelten auf ihrer Haut.

»Schmerzt es noch?«, fragte die Avatar. Ihr Gesicht erschien Eivora grauer, die Steinsalbe gehörte jetzt dazu.

»Nur noch selten. Wenn man es quetscht.«

Fiafila-Ignuto drückte zu.

Eivora biss die Zähne zusammen, aber ihre Hand zuckte.

Aglix ließ sich nichts anmerken.

Fiafila-Ignuto nickte. »Es ist nur Schorf, die eigentliche Verletzung ist verheilt. Dein Bein erinnert sich noch daran, daher der Schmerz. Er wird mit der Zeit verblassen.«

»Er behindert mich auch nicht mehr. Ich kann das linke Bein genauso belasten wie das gesunde.«

Fiafila-Ignuto stand auf und verstaute den Tiegel mit der Heilsalbe wieder in Eivoras Reisetruhe. »Das heben wir besser auf, bis du etwas hast, das die Behandlung lohnt.« Es war ohnehin nur noch ein kümmerlicher Rest.

Eivora nickte. Sie wusste, dass das Leben einer Söldnerin Verletzungen mit sich brachte. Solange sie nicht verkrüppelt wurde, war sie zufrieden.

Da Eivora nur einen Schemel in ihrem Zelt hatte, setzte sich Fiafila-Ignuto auf die Hängematte. Wenn man sich den Homunkulus auf ihrer Schulter wegdachte, sah sie überraschend harmlos aus, während sie sanft vor- und zurückschaukelte. An diesem Abend trug sie ein rotes Kleid anstelle der Rüstung, die der Feldschmied des Zauberbanners gerade ausbesserte.

Eivora kleidete sich wieder an. Sie waren allein in ihrem Zelt, aber dennoch blieb sie in der Nähe des Kurzschwerts. Die Avatar war nicht die milde Priesterin, die sie als Gefangene mit nach Rorgator gebracht hatte.

»Wie denkst du darüber, dass wir nach Abidia zurückkehren?«, fragte Eivora.

Die Avatar zuckte mit den Achseln, was wegen des Homunkulus seltsam aussah. Die linke Schulter war weniger beweglich als die rechte. »Ich überlege, dem Basäontempel einen Besuch abzustatten. Immerhin habe ich jahrelang dort gelebt.«

»Denkst du, man würde dich freundlich aufnehmen?«

Sie lächelte undeutbar. »Eigentlich sind sie dazu verpflichtet, jeden gütig zu behandeln, der mit reinem Herzen eintritt.«

Zweifelnd betrachtete Eivora die abgründigen Äuglein der dämonischen Wesenheit. Soweit sie wusste, besaß Ignuto noch nicht einmal ein Herz.

»In Sternmühl hat man Keijo vor den Salzzacken gewarnt«,

sagte Fiafila-Ignuto. »Ich habe gehört, wie er mit dem Dorfschulzen gesprochen hat.«

»Dem Schnösel?«

»Mit der Lage in Iljuga scheint er sich auszukennen. Er ist jung, aber nicht blöd.«

»Ich weiß, dass man Korts Ansinnen hier nicht unterstützt. Jedenfalls nicht mehr, seit er diesen Boten so abgefertigt hat. Hier scheint ein freiheitsliebendes Volk zu wohnen.«

»Das müsste dir doch entgegenkommen. Hast du mir nicht gesagt, das Beste am Söldnerleben sei, dass man das eigene Leben im Griff hat?«

»Meine Rüstung ist mein Schutz, meine Waffe meine Freiheit«, zitierte Eivora. »Aber egal, ob unsere Gegner ihre Fesseln sprengen oder jemand anderes unterjochen wollen, bleiben sie unsere Gegner. Wenn sie sich in unseren Weg stellen, werden sie es bereuen. Nur der Kontrakt zählt.«

»Keijo scheint gerade ein paar sehr grundsätzliche Gedanken dazu anzustellen, worauf es im Leben wirklich ankommt.«

Eivora nahm drei Silbermünzen, schnippte sie gleichzeitig in die Luft und fing sie wieder auf. Sie mochte das Blinken, wenn sie sich überschlugen. »Geißelt er sich noch?«

»Er reibt sich sogar Salz in die Striemen.«

Die Zelte standen unterhalb des Irqualatempels, am Beginn der Ebene. Man musste nicht lange suchen, um eine offene Salzfläche zu finden, auch wenn diese mit Sand vermischt war. Vielleicht könnte man die Körner sieben, damit man sie rein genug bekam, um Speisen zu würzen. Eivora fühlte jedenfalls, wie die Luft hier unten ihre Nase reizte.

»Wofür büßt er?«, fragte Eivora. »Oder ist auch das Prekestas Werk?«

Nachdenklich runzelte die andere Frau die Stirn. »Das passt nicht in das Bild, das ich mir von ihren Fähigkeiten gemacht habe. Sie verstärkt selbstsüchtige Regungen.«

»Und wenn er sich kasteit, um Eindruck zu schinden?«, überlegte Eivora.

»Er macht kein Aufhebens darum. Wenn er sich peitscht, tut

er es abseits, und er schickt niemanden, um das Salz zu holen, sondern geht selbst hin.«

Eivora seufzte. »Dann sollte ich ihm wohl eine Leibwache zuteilen.«

»Das wäre ein kluger Gedanke.«

»Wenn er wirklich für etwas Buße tut, muss er eine Schuld auf sich geladen haben.«

»Das kann Jahre zurückliegen.«

»Aber wieso regt sich der Stachel dann genau jetzt? Viele seiner Landsleute haben die Seuche für eine Mahnung der Götter gehalten und sich bekehrt«, überlegte Eivora. »An ihm ist das vorbeigegangen. Also kann er erst danach … Moment!«

»Fällt dir etwas ein?«

»Im Tempel des Hul, dieses Gottes der Jugend …«

»Hul steht für Gesundheit und Spannkraft«, korrigierte die ehemalige Priesterin.

»Keijo sah aus, als fühlte er sich ertappt.«

»Was hat er gemacht?«

»Ich weiß nicht. Er stand vor einem Schrein mit so einer Meeresgottheit. Sie hatte Tentakel.« Mit ihren Fingern deutete Eivora die Vielzahl der Gliedmaßen an.

Langsam schüttelte Fiafila-Ignuto den Kopf. »Das sagt mir nichts.«

Eivora sah zu, wie Aglix eine Zeltstange hinaufkletterte und dann seinen Weg kopfüber am Dach fortsetzte.

»Egal, ob sie etwas mit Keijo zu tun hat oder nicht, müssen wir Prekesta Einhalt gebieten«, sagte sie. »Der Priester geht uns letztlich nichts an, soll Kort sich mit ihm herumschlagen, wenn er verrückt wird. Aber meine Rottmeister werden immer aufsässiger.«

»Du meinst Lostors Krieger?«, fragte Fiafila-Ignuto.

»Die auch, aber jetzt spreche ich wirklich von den Rottmeistern, Salvaya, Brono und Nirto.« Nacheinander schnippte sie die drei Münzen in die Höhe. »Heute ging es darum, dass Iskala und ich beschlossen haben, unsere Verwundeten nicht durch die Salzzacken mitzunehmen, sondern sie nach Abidia vorauszuschicken. Wenn wir wirklich auf Widerstand stoßen, sind sie nutzlos. Sie behindern uns sogar.«

»In meinen Ohren klingt das sinnvoll«, meinte Fiafila-Ignuto.

»Das Problem hat begonnen, als es darum ging, welche unserer Krieger sie begleiten sollen. Schließlich kann ich sie schlecht ohne Schutz schicken, wenn sie kampfunfähig sind.«

»Lass mich raten: Die Rottmeister wollen sich vor dem Salz drücken und jeder von ihnen will die Eskorte anführen.«

»Im Gegenteil. Es kam beinahe zu einer Meuterei, weil keiner von ihnen hintanstehen will. Sie fiebern einem Kampf entgegen. Es ist, als wäre das Gefecht an der Brücke eine Vorspeise gewesen, die ihren Hunger geweckt hat.«

»Also schickst du Lostors Leute?«

Eivora schnaubte. »Mehol und Itena würden sich an die Gurgel gehen, und wenn ich nur einen schicke, werden sich beide zurückgesetzt fühlen. Ich habe mich beinahe mit den Rottmeistern geprügelt. Da war so viel Wut in mir …«

»Das klingt schon eher nach dem, was ich von Prekesta erwarte.«

»Iskala wird Krieger aus dem Zauberbanner abstellen. Wer aus dem Sturmbanner noch kämpfen kann, wird mit uns kommen. Ein paar erkunden bereits den Weg vor uns, trotz der Dunkelheit. Aber das löst das größere Problem nicht. Falls Prekesta ihre Kraft auf die Kampfherren anwendet, wenn wir wieder in Rorgator sind, wird der Klingenrausch zerbrechen.« Eivora ballte die Hand um die Münzen. »Das werde ich verhindern.«

»Überstürze nichts. Prekesta hat mächtige Schutzherren.«

Eivora leckte über ihre Lippen. Hier trockneten sie schnell aus und schmeckten salzig.

Sollte sie Fiafila-Ignuto danach fragen, ob auch Gonters Wunsch, ohne sie klarzukommen, von Prekesta angestachelt wurde? Aber was würde sie mit der Antwort machen? Wenn die dämonische Macht nichts damit zu tun hatte, dann hatte Gonter vielleicht wirklich genug von ihr. Wenn Prekesta aber ein Gefühl in ihm verstärkte, bedeutete das dennoch, dass er diesen Wunsch in sich trug. Egal, was Fiafila-Ignuto sagen würde,

Eivoras einzige Hoffnung in dieser Angelegenheit bestand darin, dass es Gonter nur darum ging, sich vor den anderen in Nirtos Rotte zu behaupten. Sie hatte noch nicht einmal gewagt, zu fragen, wie er sich schlug.

Ich vermisse ihn mehr, als gut für mich ist. Dabei weiß ich doch, dass solche Bindungen bei Söldnern selten von Dauer sind.

Sie war froh, dass Fiafila-Ignutos Worte sie von der Grübelei ablenkten. »Ich kann Prekesta stoppen, wenn du das willst, aber vorher muss ich wissen, dass es dir mit unserem Pakt ernst ist.«

»Welche Gegenleistung verlangst du?«

»Du musst etwas für mich tun.«

Das Lauern in Fiafila-Ignutos Blick erregte Eivoras Misstrauen. *Sie ist wirklich eine Dämonenpaktiererin geworden. Aber mit jemandem, der Blümchen auf weiche Hemden stickt, könnte ich jetzt auch nichts anfangen.*

»Ich werde dir helfen«, sagte sie.

»Egal, worum es geht?« Die Avatar sah ihr in die Augen.

Was hat sie vor?, fragte sich Eivora.

Doch das war nicht entscheidend. Wichtig war nur, was Eivora wollte. Sie stellte sich vor, wie die Wut, die Prekesta anzufachen verstand, die Kampfherren überwältigte, die Hunderte Hellebarden oder Pikeniere befehligten. Ließe sich Jakena dazu verleiten, den Klingenrausch zu verlassen? Sie haderte damit, nicht Flammenbringerin geworden zu sein. Wenn auch nur ein Kampfherr einen solchen Entschluss fasste, mochte das die Legion zerreißen.

»Ich werde tun, was du verlangst, solange es nicht gegen den Klingenrausch geht«, versprach Eivora.

Fiafila-Ignuto stand auf. »Mit der Legion hat es nichts zu tun.« Sie nahm eine Fackel und hielt sie vor ihre linke Schulter. Ein Flammenstoß aus den Augen des Homunkulus entzündete sie.

Sie streckte ihr das brennende Ende entgegen. »Zieh deine Hand da durch.«

Eivora zögerte. *Sie hat irgendetwas Konkretes im Sinn.* Um Zeit zu gewinnen, legte sie die Münzen auf eine Truhe und gürtete das Kurzschwert.

»Es geht nur um dich.« Etwas loderte in den Augen der Avatar, und es war nicht der Widerschein weltlicher Flammen. »Um niemanden sonst.«

»Und wenn doch?«

»Dann bist du frei von unserer Vereinbarung.«

An der Zeltdecke fraß Aglix eine Fliege, die in einem Kokon an einem Spinnennetz hing.

»Du wirst doch nicht den kurzen Biss der Flammen fürchten?« Es hätte eine Neckerei sein können, aber Fiafila-Ignutos Gesicht war so verkrampft wie Nirtos vorhin, als der Rottmeister kurz davorgestanden hatte, seine Axt zu ziehen.

Eivora atmete tief durch. *Ich bin unwichtig, wenn auf der anderen Waagschale der Klingenrausch liegt.*

Sie führte die Hand durch die Flamme. Die Hitze biss stärker, als sie erwartet hatte. »Es sei, wie wir es besprochen haben.«

Fiafila-Ignuto senkte die Fackel. »Ich kümmere mich um Prekesta, bevor sie Schaden anrichten kann.«

Offenbar war dieser Pakt das, was die Avatar eigentlich zu Eivora geführt hatte. Sie verschwand grußlos.

Nachdenklich betrachtete Eivora den dunklen Fleck in ihrem Handteller.

12. Salzfeuer

»Das ist dieser Felsen dort.« Der Kundschafter zeigte auf eine der bizarren Steinsäulen und drückte mit der anderen Hand eine Kuhle in den mit Salz vermischten Sand. »Und das der kleinere daneben.« Mit dem Finger zog er eine zweite Vertiefung. Sie hatte den gleichen scharfen Winkel wie der zerklüftete Steinpfeiler. »Die Fußspuren verlaufen hier.« Eine gestrichelte Linie zeigte an, wo er fündig geworden war. »Hinter dem Felsen verlieren sie sich.«

»Der Wind wird sie verwischt haben«, vermutete Iskala. Wie die meisten Söldner trug sie einen Schal vor Nase und Mund, um das Salz abzuhalten, das die Böen zwischen den Steinsäulen vor sich hertrieben. Ihre Augen waren nun auch neben den Iriden rot.

»Wie alt ist die Fährte?«, fragte Eivora.

»Höchstens einen Tag«, vermutete der Kundschafter. Er trug die rote Kleidung des Zauberbanners. In den Salzzacken mit ihrem mal weißen, mal ockerfarbenen Boden und den bizarren Formationen aus gelbem Stein machte ihn das auffällig.

Eivoras Blick schweifte über die Landschaft. Die baumhohen Steinsäulen standen hier dichter, als sie es gestern erlebt hatten. Manche von ihnen gingen ineinander über, sodass sie unregelmäßige Wände von zehn oder zwanzig Schritt Länge bildeten. Zudem war der Boden uneben. Zwar gab es keine nennenswerten Hügel, wohl aber Wellen. Für die marschierenden Krieger stellten sie kein Hindernis dar, doch in ihren Tälern konnte sich eine Hundertschaft verbergen, bis man sich auf zwanzig Schritt näherte. Dazu säuselte und pfiff der Wind um die Felsen, schmirgelte sie mit Sand und Salz, sodass er die Geräusche von jemandem überdeckte, der sich leise bewegte.

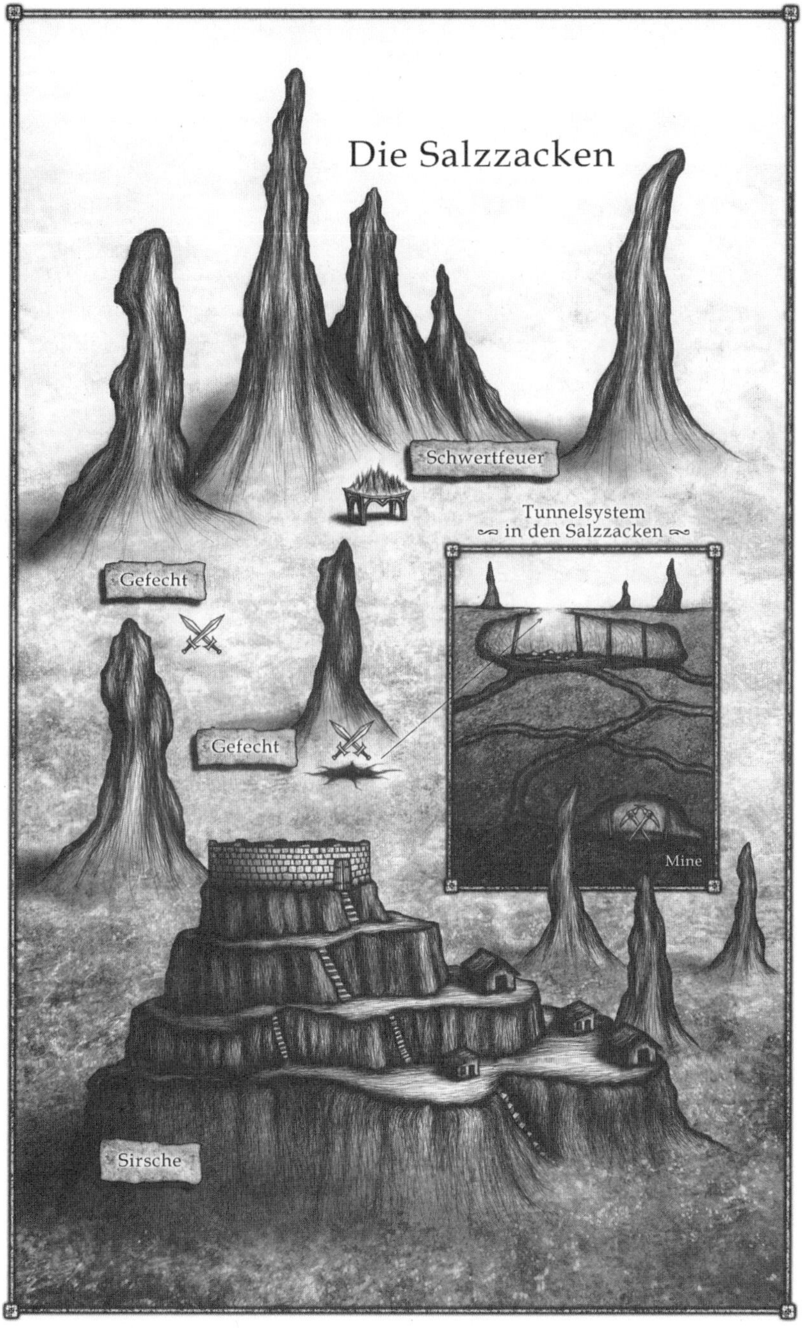
Die Salzzacken
Schwertfeuer
Tunnelsystem
in den Salzzacken
Gefecht
Gefecht
Mine
Sirsche

Eivora betrachtete wieder die Zeichnung im Boden. »Können wir nach Osten ausweichen?«

»Der Pilgerweg verläuft hier«, sagte Kort mit der befehlsgewohnten Stimme eines Offiziers.

Er zeigte auf einen mit einem blauen Strich versehenen, hüfthohen Pfahl, der verloren im Sand stand. Etwas weiter fand sich eine Markierung an einer Felssäule, und jenseits der nächsten Bodenwelle entdeckte Eivora noch eine.

»Ich will nicht ausweichen«, fuhr Kort fort. »Ich bezahle euch nicht, damit ich dann doch den Schwanz einziehe wie ein zahnloser Köter. Dieser rebellische Pöbel hat ohnehin eine Abreibung nötig. Je eher wir ihn auf seinen Platz verweisen, desto besser.« Er spie aus.

Eivora musterte die Handvoll Magier, die sich bei ihnen an der Spitze der Marschkolonne befanden. Sie alle waren bis auf eine schmale Öffnung vor den Augen verhüllt, aber sie erkannte Prekesta an einer Strähne ihres kupferfarbenen Haars, die sich neben dem Schleier aus der Kapuze hervorschlängelte. Sie bohrte ihren Blick in die Augen der Frau, die Zwietracht in die Legion trug und die nun wohl auch ihren Auftraggeber unleidlich machte. Eivora war versucht, auszuprobieren, ob Aglix' Gift dieses Problem lösen könnte, aber sie zweifelte daran. Die Söldnereinheit befand sich in einem schwierigen Übergang, Lostor hatte schon vor Prekesta gegen sie aufbegehrt. Eivora konnte nicht jeden Krieger des Klingenrauschs töten, um sich auf diese Weise aller Widersacher zu entledigen. Im Gegenteil, sie wollte die Legion zu der Größe zurückführen, die sie unter ihrem Vater besessen hatte.

Worran näherte sich entlang einer Bodenwelle. Auch er war ein Kundschafter aus Iskalas Zauberbanner. Er verwendete viel Mühe darauf, die zahlreichen Talismane, die ihn vor Entdeckung schützen sollten, so zu verschnüren, dass sie nicht klirrten. Diesmal schien der Aufwand nicht zum Erfolg geführt zu haben, an der linken Seite klaffte ein Schnitt in seinem roten Gewand. Er belastete das rechte Bein stärker als das andere.

»Ich vermute, es gab Ärger«, sagte Eivora.

»Der Boden ist tückisch«, meinte Worran. Aus der Nähe sah man den hastig angelegten Verband über seinen Rippen. »Ich bin eingebrochen, als mich einer der Rebellen angegriffen hat.«

»War er allein?«

»Ein Späher wie ich, nehme ich an.«

»Wo einer ist, da können noch mehr sein«, sagte Eivora. »Wir müssen davon ausgehen, dass sie wissen, wie weit wir auf dem Pilgerpfad vorgedrungen sind.«

»Derjenige, dem ich begegnet bin, spricht nicht mehr. Aber ich glaube, du hast dennoch recht.«

»Hattest du nur Pech, oder ist der Boden hier überall trügerisch?«, fragte Eivora.

»In diesem Bereich ist er brüchig wie morsches Holz.« Worran verzog das Gesicht, als er sich neben die Zeichnung hockte. Mit der gestreckten Hand zog er eine Furche in den Sand.

»Damit können wir das Ausweichen nach Osten vergessen«, stellte Eivora fest.

»Ich werde nicht ausweichen«, stellte Kort klar. »Ich folge dem Pilgerweg, und wer einen Kontrakt geschlossen hat, mich zu schützen, wird das ebenfalls tun müssen.«

Eivora hätte befehlen können, die Möglichkeiten im Westen zu erkunden, aber da die Rebellen wussten, wo sie sich befanden, konnten sie auch dort keinen Vorteil erwarten. Es war besser, die Entscheidung zu suchen. Das Sturmbanner bestand noch aus knapp fünfzig kampffähigen Söldnern, das hätte manchen Stadtherrn nervös gemacht. Hinzu kamen gut halb so viele Angehörige des Zauberbanners.

»Zeigen wir ihnen, dass es niemals klug ist, sich in unseren Weg zu stellen«, sagte Eivora.

»Das Schwertfeuer könnte uns einen Vorteil bringen«, meinte Brono. »Es wäre gut, wenn wir wüssten, wo unser Gegner steht.«

Fiafila-Ignuto nickte. Sie trug wieder die Rüstung mit den Eisendornen. Nur der Helm und die Schutzglocke für den Homunkulus fehlten.

»Wir brauchen einen geschützten Ort dafür«, meinte Eivora.

Brono zeigte mit seinem Kampfhammer auf eine große Felsstruktur, die sie vor fünfzig Schritt passiert hatten. Schon diese Bewegung unterstrich die Geschmeidigkeit, die der Rottmeister trotz seiner Leibesfülle besaß. »Die Säulen dort bilden eine Art Hufeisen. Da wären wir von drei Seiten geschützt.«

»Du wirst auch dort bleiben«, sagte Eivora zu Kort. »Ich kann kein Kindermädchen abstellen, um dafür zu sorgen, dass dein Leibchen keinen Riss bekommt.«

Grinsend griff der kahle Mann das graue Gewand über seiner Brust. »Du glaubst gar nicht, wie froh ich bin, wenn ich das kratzige Ding loswerde. Noch ein Grund, keinen Umweg zu machen.«

Worran beschränkte sich nicht allein auf Talismane, sondern trug seinen Sold zu Bilderstechern, die Schutzsymbole in seine Haut ritzten. Inzwischen bedeckten sie beide Wangen. Er schwankte, als er wieder aufstand.

»Wie schwer ist deine Verletzung?«, fragte Eivora.

»Es geht schon.«

»Ich brauche jemanden, der die Signale gibt«, meinte Eivora. »Du würdest den ganzen Spaß verpassen, während du oben auf dem Felsen mit den Fähnchen spielen würdest, aber vielleicht ist das ja etwas für dich.«

Sie wussten beide, dass die Aufgabe gefährlicher war, als Eivora sie darstellte. Worran würde die Befehle weitergeben, die man aufgrund der Erkenntnisse erteilte, die man aus dem Schwertfeuer gewann. Um gut sichtbar zu sein, musste er auf die Felsen klettern. Dort wäre er ein ungedecktes Ziel für Bogenschützen, und wenn sich der Klingenrausch zurückzöge, wäre es möglich, dass er zu langsam herunterkäme und in Gefangenschaft geriete.

Dennoch zögerte er nicht. »Ich tue, was der Legion am meisten nützt.«

Das Brennen des Kampfrauschs überdeckte den Geschmack der Angst und das Prickeln des Schmerzes. Fiafila-Ignuto sah den Söldner durch die Augen des Rebellen. Helm und Kettenhemd schützten den Krieger, aber die Sichel konnte die Eisenringe brechen, wenn die gebogene Spitze mit ausreichender Wucht auftraf. Die Vorahnung des Triumphs mischte sich in den Geschmack. Der Rebell holte weit aus, folgte seinem Feind mit einem Ausfallschritt und schlug gleichzeitig zu.

Der Söldner riss das Schwert in einen beinahe waagerechten Block.

Die Waffen krachten aufeinander. Die Sichel rutschte die leichte Schräge der Klinge hinunter bis zur Parierstange.

Die Angst war zurück. Gallig drängte sie durch den Kampfrausch. Der Rebell begriff, dass der Söldner nur mit ihm spielte. Es hatte nie eine echte Lücke in der Deckung gegeben.

Das aufregende Aroma des Schmerzes füllte Fiafila-Ignutos Mund wie Gischt, die an einem Felsen aufschäumte. Der Rebell dagegen schmeckte sein eigenes Blut. Er hatte wohl keine Ahnung, woher der Treffer gekommen war. Nach dem Unterricht, den Nirto ihr erteilt hatte, vermutete Fiafila-Ignuto, dass der Söldner seinen Schild genutzt hatte, um den Unterkiefer zu zertrümmern.

Sie zog ihre Aufmerksamkeit zurück und verschaffte sich wieder einen Überblick auf dem Schwertfeuer. Zwei Angehörige des Zauberbanners versuchten, mit dem Ruß angebrannter Stöcke die Landmarken auf dem Eisentisch zu verzeichnen. Sie hatten es schwer, für eine gründliche Erkundung des Kampffelds war keine Zeit geblieben und der Flammenteppich zeigte lediglich die Emotionen der Menschen. Die Rotten von Brono und Nirto bildeten Gruppen, in denen grüne Flämmchen dominierten. Nach dem Marsch auf dem Pilgerweg stand den Söldnern der Sinn nach einem offenen Kampf. Bei Salvayas Leuten dagegen herrschte das Rot vor. Sie waren bereits auf den Gegner getroffen und ließen ihrem Hass freien Lauf. Auch bei den Rebellen nahm diese Farbe zu, aber Blau war ebenfalls dabei und zeigte ihre Furcht.

Viele Flammen standen vereinzelt, oft waren sie im niedrig brennenden, gelben Feuerteppich auf der unebenen, aus Schwertklingen geschmiedeten Fläche nur schwer auszumachen. Die Rebellen riegelten wohl den passierbaren Bereich in diesem Gebiet der Salzzacken ab, um zu verhindern, dass Kort doch noch durchschlüpfte.

Der ehemalige Kampfherr der Blutkrähen betrachtete das Schwertfeuer fasziniert. Er stand so nah, dass die bunten Flammen sein Gesicht färbten. Die Kerbe auf seiner Stirn wurde zu einer dunklen Furche. Wegen des rasierten Haupthaars sah man nun, dass sie sich weit nach hinten auf den Schädel zog.

Das Prasseln kündete davon, dass dort draußen, wo der auffrischende Wind Schleier aus Sand und Salz wob, gestorben wurde. Ab und zu hörte man auch das Klirren von Stahl, aber meist war das Heulen zwischen den Felsen zu laut.

Salvayas Rotte ging zum Angriff über und drückte die Gegner vor sich her. Die beiden anderen Söldnertrupps hatten ihre Zangenbewegung abgeschlossen und standen bereit. Als die Rebellen zu ihnen kamen, fielen sie ihnen schräg von hinten in die Flanken. Die an das Schwertfeuer gebundenen Geister jubelten, als das Schlachten begann. Das Prasseln des Todes wurde lauter.

Einzelne Figuren bildeten sich in den bunten Flammen, flackerten auf, hielten sich für zwei oder drei Herzschläge und zerfielen dann wieder. Ein blauer Rebell mit einer hinter der Schulter ausgeholten Sichel war darunter, ein Söldner mit einem Stoßspeer, ein Schwertkämpfer, der seine Waffe weit vorstreckte. Fiafila-Ignuto nahm an, dass er dort draußen jemanden aufspießte.

Die Avatar schwelgte in der Wonne von Hass, Wut, Kampfesrausch, Sterben und Pein, wie Schlemmer ein Festmahl genossen. Der Geschmack mischte sich immer neu, kein Tod glich dem anderen, und jeder Kämpfer hasste auf eine ihm eigene Weise. Es hing davon ab, welche Erfahrungen ihn geformt hatten. Der ehemalige Gossenschläger erlebte es als eine Bestätigung seiner rohen Kraft, wenn er einem Gegner den Stahl ins Herz stieß. Ein Söldner, der als Betteljunge aufgewachsen war, schlug wild um sich. Er hackte in jede Richtung, zerschnitt Muskeln und Sehnen und wollte eigentlich doch nur die Armut und die Hilflosigkeit treffen, die so lange sein Leben ausgemacht hatten. Es gab auch die Kühlen, die sich mit Bedacht zurückhielten, die ihre Strategie verfolgten, auf die günstigste Gelegenheit warteten und dann zustießen, als zögen sie eine Figur auf einem Spielfeld. Die mochte Fiafila-Ignuto nicht, sie hatten so wenig Geschmack wie ein Krug Wasser, in den man ein Becherchen Fruchtsaft mischte.

Prekesta trat nah an das Schwertfeuer heran. In ihrer aufrechten Haltung drückte sie die Brust heraus und der Blick aus den braunen Augen glitt kreuz und quer über den Flammenteppich. Wenn sich ein Kämpfer deutlich herausbildete, verweilte ihre Aufmerksamkeit bei ihm, bis er wieder im vielfarbigen Züngeln aufging. Ansonsten verbarg ihre Verhüllung, was in ihr vorging.

Ich will wissen, was sie fühlt, dachte Fiafila-Ignuto.

»Dazu müsste eine Flamme über ihre Haut lecken«, gab der Homunkulus zurück. *»Dann könnte ich besser erfassen, was in ihr vorgeht.«*

Kannst du das Schwertfeuer nicht anfachen?

»Es ist jenseitigen Ursprungs. Es entzieht sich mir.«

Der dämonische Gefährte eröffnete ihr Möglichkeiten, von denen sie in ihrem früheren Leben nichts geahnt hatte. Die Schriften der Götter befassten sich nur oberflächlich mit ihren Widersachern. Hatte sie ursprünglich nur zugestimmt, ihn zu tragen, um sich selbst zu retten und vielleicht noch Schlimmeres zu verhindern, genoss sie inzwischen die Macht und den Respekt, den er ihr gab.

Fiafila-Ignuto wusste aber auch, dass Ehrlichkeit nichts war, was man von einem Homunkulus erwarten durfte. Er vermochte ihre Gedanken zu erfassen. Umgekehrt gelang das jedoch nur, wenn er ihr etwas mitzuteilen wünschte. Jetzt vermutete sie, dass er Prekesta nicht aushorchen wollte. Er fürchtete sich vor der Heroldin des roten Risses, weil er glaubte, dass Harnastes sie geschickt hatte, um ihn zu holen. Einen Dämon konnte man nicht besiegen, und zu versuchen, ihn zu überlisten, war ein gefährliches Spiel. Am ehesten ließen sich diese Wesenheiten besänftigen, bis sie sich jemand anderem zuwandten, der frischen Zorn in ihnen weckte.

Im Gegensatz zu ihrem Homunkulus überwog bei Fiafila-

Ignuto jedoch die Neugier. Sie wollte wissen, was es mit Prekesta auf sich hatte, und nun ergab sich eine Gelegenheit, andere Diener zu nutzen, um dieses Rätsel zu lösen.

Die Geister, die an das Schwertfeuer gebunden waren, sah sie für gewöhnlich als durchscheinend blaue, mit dem Eisen des Artefakts verwachsene Gestalten. Manche glichen menschlichen Rittern, andere schnappten mit Fängen und Klauen. Jetzt, da sie den Kampf in den Salzzacken erfassten, waren sie Hunderte Schritt weit gedehnt, schwebten über dem Geschehen oder drangen in einzelne Krieger ein, deren Sinneseindrücke Fiafila-Ignuto dadurch wahrnehmen konnte. Deswegen erschienen sie ihr wie aus dem Tisch hervorkommende Bänder, die sich in der Ferne verloren.

Sie wählte einen dieser Geister aus, indem sie ihn mit dem Blick fixierte, und schmeichelte ihm. Sie lobte seine Macht und die Schärfe seiner Sinne. Sie holte die Erinnerung an den Gefangenen, den sie im Glühenden Tempel gefoltert hatte, aus ihrem Gedächtnis und stellte sich die Szenerie so plastisch vor, dass sie das Blut zu riechen glaubte, das aus dem aufgerissenen Arm geflossen war.

Obwohl solche Dinge diese Geister immer interessierten, hatte Fiafila-Ignuto es schwer, seine Aufmerksamkeit zu erringen, da ihn der Kampf mit den Verstümmelungen, dem Hass und der Furcht sättigte. Also fügte sie ihrem Ruf eine Drohung hinzu. Sie erinnerte sich an die Huldigungen und ehrenden Lieder, die sie als Priesterin für Basäon gesungen hatte. In Gedanken sagte sie eine Formel auf, die ihn als Spieler in den Winden pries. Das wirkte auf den Geist wie eine Ohrfeige auf einen Menschen. Er kam zur Besinnung.

Nur du kannst vollbringen, was ich dir befehle, dachte sie. *Keiner der anderen ist so geschickt und so beherrscht. Komm und zeige mir Prekesta.*

»Bist du wahnsinnig?«, kreischte Ignuto in ihrem Kopf. *»Wir stehen in einem Gefecht. Für solche Sachen ist keine Zeit!«*

Sie ignorierte ihn. Aus ihm sprach nur die Feigheit, die eine Konfrontation mit Harnastes vermeiden wollte. Ihre Aufmerksamkeit blieb beim Geist, dem sie weitere Wonnen in dieser und in künftigen Schlachten versprach. Sollte er ihr jedoch nicht zu Willen sein, würde sie einen Segen über das Schwertfeuer sprechen. In diesem Fall würden die anderen Geister ihn sicherlich für die Unannehmlichkeit zur Rechenschaft ziehen.

Wie eine Bogensehne, die zurückschnellte, verdichtete sich der Geist zu einem männlichen Oberkörper mit Augen, wo Brustwarzen hätten sein sollen. Er wandte sich Prekesta zu und stürzte sich auf sie. Für Fiafila-Ignuto sah es so aus, als würde sein Leib in den ihren eintauchen.

Prekesta schien nichts zu bemerken. Sie beobachtete weiter das Schwertfeuer.

Dort wuchs jetzt abseits des Kampfgeschehens eine violette Figur in die Höhe. Die Position auf dem Eisentisch mochte dem Standort entsprechen, an dem sie sich im Schutz der hufeisenförmigen Felsen um das Artefakt versammelt hatten.

Das Flammenbildnis zeigte eine Gestalt in einer bodenlangen Robe, die in mehreren Falten fiel. Kapuze und Schleier verhüllten das Gesicht, wie bei Prekesta. Aber das war nur ein Teil der Darstellung. Wie Mischungen aus Flügeln und Tentakeln wanden sich ein Dutzend Gestalten aus ihrem Rücken. Keine glich der anderen. Manche hatten drei Hörner, andere zwei oder eines, bei einer nahm ein riesiges Maul die Stelle des Kopfes zwischen den Schultern ein. Es gab spitze Zähne und mehrfach gespaltene Zungen, Klauen, Spinnenfinger und Scheren wie bei einem Krebs. Diese Erscheinungen bedienten sich vielerlei Versatzstücke aus der Natur, um ebendiese zu verhöhnen, und ihnen allen wohnte der Geschmack elementarer Bosheit inne.

»Sie ist besessen.« Ignuto klang interessiert, nicht erschrocken.

Sind das Harnastes' Diener?

»Ich weiß nicht. Er mag ledrige Flügel, wenn er Formen erschafft, die außerhalb des Feuers bestehen sollen. Die sehe ich hier nicht.«

Nun fiel die violette Figur auch Prekesta auf. Sie brauchte einen Moment, um zu erkennen, dass diese sie selbst darstellte. Ihr Blick ruckte hoch und fixierte die Avatar.

Fiafila-Ignuto bemühte sich um ein kühles Lächeln.

»Es könnten streunende Geister sein«, sinnierte der Homunkulus. *»Verstoßene im Reich des Feuers, deren Herren ihrer überdrüssig wurden oder in den Flammen aus der Tiefe vergangen sind.«*

Dann hätten wir von ihnen nichts zu befürchten.

»Jedenfalls weniger als von Harnastes' Sendboten und meinen Meister spüre ich in Prekesta nicht.«

Dann kannst du sie jetzt doch erfassen?

»Was der Geist tut, hilft. Dieses Bildnis ist wie ein geöffnetes Tor. Ich schmecke, dass sie selbst ebenfalls von dem beeindruckt ist, was gerade geschieht.«

»Ist das ein Fehler?«, fragte Iskala.

Fiafila-Ignuto setzte zu einer Antwort an, bemerkte dann aber, dass die Kampfherrin nicht Prekestas Abbild, sondern einen anderen Bereich des Schwertfeuers betrachtete. Auch Eivora trat jetzt heran und runzelte die Stirn.

Das Gefecht hatte sich weiterentwickelt. Die Hauptgruppe der Rebellen an der Westflanke zog sich nach Süden zurück, und zwei Rotten der Söldner folgten ihr. Vereinzelt kam es zu einem Schlagabtausch, aber die Fliehenden bewegten sich eilig, und die Söldner legten mehr Wert darauf, ihre Reihen zu ordnen, als kopflos zu folgen. Für Fernwaffen schien der Wind inzwischen zu stark und zwischen den Steinsäulen auch zu unberechenbar.

Die dritte Rotte war schneller unterwegs, sie bewegte sich nach Osten. Falls sie ebenfalls jemanden verfolgte, waren diese Kämpfer nicht zu sehen. Es mochte sich um einige Versprengte handeln. Jedenfalls erfassten die Geister keine Ballung von Wut oder Kampfeswillen.

Um die grün brennende Rotte war das Schwertfeuer dunkler als gewöhnlich. Statt in verschiedenen Gelbtönen züngelten die Flämmchen tief orangefarben. Es sah aus, als bewegten sich die Söldner auf einer ausgestreckten Zunge.

»So etwas habe ich noch nie gesehen«, sagte Iskala, die die längste Erfahrung mit dem Schwertfeuer hatte. »Eine so konstante Färbung gibt es eigentlich nur, wenn auch Krieger zugegen sind, aber unsere Leute würden sich nicht durch eine feindliche Schar bewegen, ohne zu kämpfen.«

»Die Farbe steht für jemanden, der abwartet«, überlegte Fiafila-Ignuto. »Aber ich gebe dir recht, die Rebellen würden nicht einfach herumstehen, während wir zwischen ihnen hindurchlaufen.«

»Was, wenn sie sich verbergen?«, fragte Eivora.

»Hier?« Iskala schaute auf die Landschaft hinaus, die sich jenseits der Felsformation öffnete. Trotz des Staubs in der Luft erkannte man die sanften Wellen. »Hier wächst nichts. Womit sollten sie sich tarnen? In einem Wald wäre das anders, aber in einer solchen Wüstenei wird ihnen das nicht gelingen.«

Und wenn sie magische Hilfe haben?, überlegte Fiafila-Ignuto.

»Alle Magier, denen ich begegnet bin, sind Quacksalber«, gab der Homunkulus abfällig zurück. *»Sie zerstampfen Pulver oder mischen Gifte an, aber das einzige Übernatürliche, das sie beherrschen, ist die Einfalt ihrer Zuschauer.«*

»Stehen die grünen Flämmchen überhaupt für unsere Leute?«

Eivoras Frage hatte ihre Berechtigung. Das Schwertfeuer zeigte lediglich die Emotionen an, Grün bedeutete dabei Angriffslust. Ob ein Gegner oder ein Freund so empfand, war für das Ergebnis bedeutungslos.

»Du hättest nicht mit Prekesta spielen sollen«, warf Ignuto ihr vor. *»Dadurch haben wir die Lage aus dem Blick verloren.«*

Gerade eben warst du auch noch an ihr interessiert.

Sie löste den Geist des Schwertfeuers von Prekesta und verlangte von ihm, ebenso wie von den anderen, sich der merkwürdigen Stelle zuzuwenden. Dadurch verwischte die Darstellung bei den zwei Rotten, die auf dem Weg nach Süden waren.

Wo sich die Geister fokussierten, wurden die Farben intensiver. Das galt nicht nur für das Grün, sondern auch für den weiten Teppich des Orange, und dazwischen züngelten sich jetzt vereinzelte blaue Flämmchen.

Zeigt sie mir!, verlangte Fiafila-Ignuto.

Sie sah durch die Augen einer Söldnerin, die lief. Sie hatte ein blankgezogenes Schwert in der Hand, vielleicht war es Jenuna, die Faust war kräftig genug für sie. Vor ihr bewegten sich die

Fliehenden seltsam langsam, bald würden die Söldner sie einholen. Sie hatten offenbar die bessere Kondition. Fiafila-Ignuto zählte drei, nein, vier Gegner. Wegen der weißen Kleidung waren sie schwierig auszumachen, das Salz im Wind verwischte ihre Konturen. Die Söldnerin, deren Sinne sie teilte, sah zur Seite, auf einige Kameraden, die neben ihr liefen.

»Gonter ist dabei«, murmelte die Avatar. »Das ist Nirtos Rotte.«

»Und was ist mit den dunklen Flammen?«, fragte Iskala.

Zögernd schüttelte Fiafila-Ignuto den Kopf. Verbarg sich etwas im aufgewirbelten Staub?

Aber dafür war die Sicht noch zu klar.

»Das reicht!«, entschied Eivora. »Er soll die Verfolgung abbrechen. Worran!« Sie winkte dem Signalgeber, der oben auf der Felsformation dem Wind ausgesetzt war, der beißendes Salz über jede freie Hautstelle schmirgelte. »Nirto soll seine Leute sammeln und zurückkommen!«

Worran schwenkte die gelbe Flagge in zwei nebeneinanderliegenden Kreisen und danach seitwärts über seinem Kopf. Das wiederholte er mehrmals.

Falls jemand das Signal sah, gehörte Jenuna nicht dazu. Inzwischen war sich Fiafila-Ignuto sicher, dass sie die Sinne dieser Kameradin teilte. Für ihre Augen endete die Welt in zwanzig Schritt Entfernung. Der Kommandoposten befand sich außerhalb ihrer Sicht.

»Zu viel Staub«, murmelte die Avatar.

»Verdammt!«, fluchte Eivora. »Dann eben die Posaune.«

Einer der Krieger des Zauberbanners stieß in das lang gezogene, sich vorn weitende Bronzerohr. Fiafila-Ignuto hörte den Laut zweimal, mit ihren eigenen und mit Jenunas Ohren. Bei der Kameradin kam jedoch nur ein indifferentes Heulen an, überdeckt vom Gesang des Windes und verzerrt vom Echo, das zwischen den bizarren Steinsäulen herumgeisterte.

Nervös spannte Eivora die kleine Armbrust an ihrem Unterarm. Sie brauchte drei Versuche, um den Bolzen einzulegen und zu sichern.

Plötzlich fiel Jenuna.

Nein, sie brach durch die Salzkruste. Die gezackte Kante schrammte über ihre Beine, verletzte sie aber nicht, die Lederhose hielt. Die rechte Hand riss jedoch auf. Fiafila-Ignuto schmeckte den prickelnden Schmerz und sah, wie der Kameradin das Schwert entglitt.

»Es ist eine Falle!«, rief sie.

Benommen sah sich Jenuna um. Sie befand sich in einer Höhle oder in einem Tunnel. Das Tageslicht schimmerte an einigen Stellen durch die aus dünnem Salz bestehende Decke und schuf dadurch hellgraue Flecken. Hier unten gab es Laternenschein, aber die Augen hatten sich noch nicht genug eingewöhnt, um zu erkennen, wer die Lichter trug. Freunde waren es bestimmt nicht.

»Rotte!«, rief Eivora. »Sammeln! Wir holen unsere Leute!«

Eivora drückte ein Tuch vor Mund und Nase, während sie ihre fünfzehn Kämpfer in den Gegenwind führte. Am schlimmsten war das Salz für die Augen. Sie schmerzten bei jedem Zwinkern. Die meiste Zeit schloss Eivora sie bis auf Schlitze, aber dadurch verklebten die Wimpern.

Die Felsformationen waren jetzt kaum mehr als Schatten hinter Staubschleiern. Jede einzelne der bizarr geformten Säulen wäre in einer anderen Gegend eine auffällige Landmarke gewesen, aber hier kamen Vorsprünge, Zacken und tiefe Risse so häufig vor, dass man sie leicht verwechselte. Bald war Eivora unsicher, ob sie noch in die richtige Richtung marschierten, aber sie wusste, dass sie die Kameraden keinesfalls erreichen würden, wenn sie stehen blieben. Also stemmte sie sich gegen den Wind und setzte einen Fuß vor den anderen.

Nirtos Rotte bestand nur noch aus zehn kampffähigen Söldnern. Nach dem, was Fiafila-Ignuto gesehen hatte, stand sie einer vielfachen Übermacht gegenüber. Eivora vertraute den Fähigkeiten der Krieger, immerhin gehörten sie dem Elitebanner des Klingenrauschs an, aber sogar Ratten konnten einen Wolf zerreißen, wenn sie zahlreich waren.

»Eivora!«, rief Bol über das Pfeifen des Windes. »Unter uns ist der Boden hohl!«

Er zog den Spieß, den er durch das Salz zu seinen Füßen gestoßen hatte, nach oben und drückte ihn wieder hinunter. Offenbar fand die Waffe kaum Widerstand.

»Passt auf, dass ihr nicht einbrecht!«, rief Eivora.

Das wenige, was sie sah, deutete auf nichts Ungewöhnliches hin. Voraus stieg der gelbweiße Boden gemächlich an. Es hätte sich um einen massiven Erdhügel handeln können.

Eivora überlegte, ob es leichter wäre, sich bis zum Hohlraum durchzugraben. Aber niemand konnte sagen, ob die Höhle, auf die Bol gestoßen war, mit dem Bereich verbunden war, in dem Nirto und Gonter kämpften. Auch wenn es eine solche Verbindung gab, war sie vielleicht schwer zu finden. Tunnelsysteme waren trügerisch, und Eivoras Trupp hatte keine Laternen dabei. Ein Versäumnis, für das sie sich nun selbst schalt.

Wie die Dinge lagen, fänden sie eher die Stelle, an der die anderen eingebrochen waren. Wenn Fiafila-Ignutos Beschreibung zutraf, mussten sie nach einem Felszacken mit einer Öffnung nahe der Spitze suchen, die wie ein Vogel mit ausgebreiteten Schwingen aussah. Zwanzig Schritt weiter würden sie auf die Kämpfenden treffen.

Obwohl sie nur ein Auge hatte, entdeckte Itena den Felsen zuerst. »Sieht aus wie eine Blutkrähe, wenn du mich fragst«, meinte sie.

Tatsächlich war die Ähnlichkeit zum Wappentier der Legion, die Kort verlassen hatte, unverkennbar. War das ein gutes Omen, weil sie in Korts Auftrag marschierten? Oder ein böses, weil die Blutkrähen die Erzrivalen des Klingenrauschs waren?

Eivora spie aus, was kurzzeitig ein bisschen vom Salzgeschmack aus ihrem Mund schaffte. Das Schicksal war etwas, das darauf wartete, von dem geformt zu werden, der genug Kraft und Entschlossenheit aufbrachte. »Vorwärts!«

Als der Wind für einen Moment innehielt, hörte sie Rufe und das Klirren von Waffenstahl. Die Kampfgeräusche drangen gedämpft aus dem Boden, die genaue Richtung konnte Eivora nicht feststellen.

»Da ist das Loch!« Mehol zeigte auf eine gezackte Öffnung.

Eivora überprüfte den Sitz des Bolzens in der Führungsrille, zog das Kurzschwert und marschierte voran. Noch bevor sie das Loch erreichte, brach Bol hinter ihr ein. Der Untergrund trug Eivoras zierliche Gestalt, aber nicht seinen muskulösen Körper, den der Eisenharnisch zusätzlich beschwerte.

Mehol folgte Bol durch den Bruch, Eivora fiel in Laufschritt und führte den Rest der Rotte durch die größere Öffnung, die Nirtos gesamten Trupp verschluckt haben musste. Zum Großteil waren die Ränder gezackt wie gesplitterter Ton, aber an zwei Stellen war der Boden so weit abgesackt, dass er eine Art Rampe bildete. Er war jedoch sandweich, wie Eivora feststellte, als sie mehr hinabschlitterte als rannte.

Bol und Mehol kämpften bereits gegen eine Handvoll weiß gekleideter Rebellen, die Eivoras vom Salz tränende Augen im Schein mehrerer Laternen ausmachten. Weitere Gegner halfen offensichtlich Verwundeten auf. Verbandszeug, Krüge und Becher ließen sie liegen, um ihre Gefährten hastig in einen dunklen, mit Holzpfosten abgestützten Tunnel zu bringen.

Als Eivoras Trupp Mehol und Bol erreichte, waren die fünf Gegner verloren. Gegen fünfzehn kampferfahrene Söldner konnten sie unmöglich bestehen. »Ergebt euch!«, forderte Eivora.

Die wütenden Blicke, mit denen die Rebellen sie anstarrten, reichten als Antwort. Sie wollten ihren Kameraden die Flucht ermöglichen. Der Erste von ihnen bezahlte diese Tapferkeit mit einer Bauchwunde, die ihm ein Stich von Mehols Schwert beibrachte. Daraufhin zogen sich die anderen vier zum Eingang des Tunnels zurück, um ihn vollständig zu versperren.

Gern hätte Eivora dem Verwundeten den Gnadenstoß gegeben, aber die Laute seines Schmerzes mochten den Widerstand der anderen Gegner brechen. Sie sahen ihren Gefährten verrecken und erlebten, dass es kein schöner Tod war, wenn einem der Bauch aufgerissen wurde. Obwohl er zehn Jahre zurücklag, erinnerte sich Eivora an den Stich, der sie durchbohrt und um ein Haar das Leben gekostet hatte. Er war noch tiefer gewesen als der des Mannes, der nun starb, hatte aber weniger heftig geblutet. Die rote Flüssigkeit weichte das Salz auf, wo sich der Verletzte krümmte.

Rechts des Tunnels, den die vier bewachten, führten noch zwei weitere aus dem Raum, an dessen leicht gewölbter Decke verschiedene Grautöne ineinander übergingen. Alle drei Gänge waren abgestützt, und aus den an einer Wand liegenden Pfosten schloss Eivora, dass das auch für diesen Bereich gegolten hatte, bevor die Rebellen ihn zur Falle umgebaut hatten. Ihr Plan war so weit aufgegangen, dass sie Nirtos Rotte hier herunterbekommen hatten, aber Eivora sah keine Leichen und hörte Kampfgeräusche aus dem mittleren Tunnel. Nur, weil man ein Rudel Wölfe in eine Grube warf, waren die Raubtiere noch nicht besiegt.

Eivoras Leute brauchten keinen Befehl, um eine Lücke zu nutzen, wenn sie sich bot. Bol stieß seinen Speer vor. Zwar wehrte sein Gegner den Angriff ab, doch dadurch öffnete er die linke Flanke. Ein Schwert schnitt in seine Schulter.

Die Rebellen schwangen ihre Sicheln ähnlich wie Äxte. Die schnabelartigen Klingen waren an unterarmlangen Schäften befestigt. Mehol riss sein Schwert in einen waagerechten Block hoch, aber er fing die gegnerische Waffe in der Mitte ihrer Wölbung ab. Die nach unten weisende Spitze ragte zwei Spann weit über die Abwehr. Nur Mehols Helm verhinderte, dass seine Kopfhaut zerschnitten wurde.

Eivora sah ein, dass das Leiden des Verwundeten den gewünschten Effekt verfehlt hatte. Zudem wirkte seine Wunde zu schwer, um sie zu behandeln, selbst, wenn sich seine Kameraden jetzt noch ergaben und der Kampf endete. Sie erlöste ihn mit einem tiefen Schnitt durch die Kehle. Man sagte, dass man nichts mehr fühlte, wenn man auf diese Art starb, aber seine Glieder zuckten dennoch.

Der Rebell an der linken Seite fiel. Die übrigen drei zogen sich noch ein Stück zurück, sodass die Söldner ihnen in den Tunnel folgen mussten und ebenfalls nur noch zu dritt kämpfen konnten. Sie bildeten ihre Angriffsspitze sogar nur zu zweit, Bol mit seinem Eisenharnisch, der mit dem Speer immer wieder gerade vorstieß, und Itena, die für ihr Schwert mehr Raum brauchte. Gemeinsam holten sie einen weiteren Gegner von den Beinen. Als er mit seiner Sichel eine Attacke Bols abwehrte, zerschlug Itena sein Knie.

Die beiden Letzten machten noch immer keine Anstalten, sich zu ergeben.

Sie sind tapfer, dachte Eivora. *Es wäre schade um sie.*

»Lasst sie!«, rief sie. »Wir müssen weiter.«

Sie folgten dem Tunnel, aus dem die Kampfgeräusche drangen. Eivora mahnte sich zur Geduld. Hier gab es keine Beleuchtung, und der leicht abfallende Boden war so uneben, dass man stolpern konnte.

Sie passierten mehrere Abzweigungen, an denen sie lauschten, um sich richtig zu entscheiden. Einmal mussten sie dafür so lange warten, dass Eivora bereits befürchtete, sie kämen zu spät. Offenbar lief das Gefecht in Wellen ab, zwischen denen Kampfpausen eintraten. Das deutete darauf hin, dass sich eine Seite verschanzt hatte und die andere mit verschiedenen Ansätzen probierte, den Schutz zu knacken.

Schließlich sah sie Lichtschein, und kurz danach trafen sie auf die Rebellen. Sie benutzten einen Karren als Ramme, um mit ihm eine Barrikade aus Stützbalken zu brechen. Jenseits dieses Hindernisses wehrten sich einige von Nirtos Leuten, auch Gonter erkannte Eivora. Sie behaupteten eine der weiten Nischen in der unregelmäßig geformten, etwa dreißig Schritt durchmessenden Kaverne, in der offenbar sonst Salz abgebaut wurde. Es gab Hacken, Schaufeln, Eimer und Brechstangen, dazu einen Stoß Stützpfosten für den weiteren Ausbau des Tunnelsystems. Den Großteil der Höhle hielten an die vierzig Rebellen, von denen die Hälfte verletzt war. Das Blut war auf den weißen Gewändern gut zu sehen, aber die meisten kämpften dennoch weiter.

Eivora schoss einem von ihnen in den Rücken. »Angriff!«, befahl sie.

»Hammerschlag!« Der vielstimmige Kampfruf der Söldner hallte in der Kaverne.

Auch die Rebellen schrien, als sie die frischen Gegner bemerkten.

Waffen prallten aufeinander, dumpf dröhnten die Schilde, wenn sie einen Hieb aufhielten. Eivora spannte ihre Armbrust, ohne den Blick vom Geschehen zu wenden. Eine Sichel kratzte über Bols Harnisch. Er wirbelte seinen Speer wie einen Windmühlenflügel. Der Schaft schlug unter den Waffenarm seines Gegners und vereitelte so den Rückschwung.

Nirtos Rotte nutzte die Verwirrung der Rebellen, die sich erst auf die neue Situation einstellen mussten. Sie sprengten den Verhau aus Pfosten auf und stürzten sich auf die Gegner, die sich nun auf beiden Seiten entschlossenen Angriffen ausgesetzt sahen.

Dennoch kämpften sie weiter. Einigen gelang sogar der Durchbruch durch Eivoras Leute. Dadurch stand Eivora plötzlich zwei Kämpfern gegenüber. Beide waren bereits verletzt, einer am linken Arm, der andere an beiden Beinen, aber das schien ihre Wut nur anzustacheln.

Eivora löste ihre Armbrust aus und jagte den Bolzen in den Unterleib desjenigen, der schon am Arm getroffen war.

Er krümmte sich im Laufen, führte seinen Angriff aber zu Ende. Die Sichel sauste Eivora entgegen.

Sie erinnerte sich an die Lektionen, die sie gegen Axtkämpfer gelernt hatte, und machte einen Schritt in die Attacke hinein. Das sollte sie aus der Bahn der Klinge bringen. Zusätzlich riss sie ihr Kurzschwert über den Kopf.

Sie spürte den Aufprall. Ihr Block hielt, der Unterarm traf auf den Stahl. Leider hatte sie die Schneide nicht richtig ausgerichtet, sonst hätte sich ihr Gegner mit dem eigenen Schwung die Hand abtrennen können.

Auch der zweite Rebell war nicht untätig. Eivoras Schritt hatte ihn wohl ebenfalls überrascht, seine Waffe traf ihre rechte Seite mit dem Schaft. Die Klinge presste in ihren Rücken, aber zu schwach, um die weiten Ringe des Kettenhemds, das sie über dem Leder trug, zu zerschlagen.

Sie drückte sich zurück, wodurch sie den zweiten Angreifer mitzog, weil die Sichel noch an ihrem Rumpf festhakte.

Er versuchte, die Waffe frei zu reißen, aber mit dem Arm allein kam er auch gegen Eivora nicht an, wenn sie den ganzen Körper einsetzte. Er kippte nach vorn.

Das brachte sein Gesicht in eine günstige Position. Eivora löste den Block, der sie mit dem anderen Gegner verband, und rammte ihren Ellbogen hinein.

Leider war sie zu schwach, um seine Knochen zu brechen, aber der Kopf flog zur Seite.

Eivora nahm die Klinge zum Stich zurück, während sie gleichzeitig den anderen Gegner mit der Linken fasste und an sich vorbeizog. Sie setzte nach und stieß das Kurzschwert vor. Sie sah nicht, wo sie traf, aber sie fühlte, dass die gebogene Klinge nur ein kurzes Stück eindrang. Sie war sofort wieder frei.

Gegen zwei Gegner konnte Eivora nicht lange bestehen. Sie hechtete nach vorn, auf das Kampfgetümmel zu.

Die Sichel, die hinter ihr durch die Luft schnitt, bestätigte die Klugheit dieser Entscheidung.

Ein schwarzer Pfeil zischte an ihr vorbei und schlug in die Brust eines ihrer Verfolger. Es war derselbe, der schon den Bolzen und die Armverletzung weggesteckt hatte, aber das war nun doch zu viel. Er brach zusammen.

Der andere führte seine Sichel in einem Aufwärtshaken, der Eivoras Bein der Länge nach hätte aufschlitzen können. Zum Glück blieb es bei einer zerschnittenen Hose und einem Ritzer, der kaum die Haut durchdrang.

Wieder der linke Oberschenkel! Ich muss besser auf diese Seite achtgeben.

Ein Schild hätte Eivora mehr Sicherheit gegeben, aber dann hätte sie auf die Armbrust verzichten müssen. Außerdem hatte sie so die linke Hand frei. Blitzschnell bückte sie sich, nahm etwas von dem salzigen Sand auf und schleuderte ihn in die Augen ihres Gegners.

Er entschied sich zu spät, ob er den Angriff abbrechen oder durchziehen wollte. Er blieb stehen, seine linke Hand zuckte zum Gesicht, aber die erhobene Waffe ließ er vorgestreckt.

Eivora unterlief seinen Arm und führte einen Bogenschlag über sich. Diesmal achtete sie darauf, dass die Schneide direkt in die Bewegungsrichtung zeigte. Tief hackte der Stahl in den Unterarm, durchtrennte die Elle und blieb erst in der Speiche stecken.

Schreiend ließ ihr Gegner die Sichel aus der plötzlich kraftlosen Hand fallen. Blut quoll aus der Wunde am Kurzschwert entlang, über die Parierstange und auf Eivoras Finger.

Sie trat gegen sein Knie.

Er brach zusammen.

Eivora brauchte drei Versuche, um ihre Waffe zu lösen. Es gelang ihr gerade rechtzeitig, um den nächsten Angriff abzuwehren.

Für den Moment kamen die Kämpfe zum Erliegen. So weit Fiafila-Ignuto es durch das Schwertfeuer erkannte, waren die Söldner mit geringen Verlusten siegreich. Wo sie sich jetzt aufhielten, war nicht zu sehen. Die Geister waren träge nach all den Wunden, der Angst und dem Hass, die sie aufgenommen hatten, weil ihnen nun der Nachschub fehlte. Der Flammenteppich lag nichtssagend auf dem Eisentisch. Wenn irgendwo eine andere Farbe als Gelb züngelte, erschien es wie ein Versehen. Figuren bildeten sich erst recht nicht mehr heraus.

Fiafila-Ignuto gestattete ihren Geistern, sich zu erholen. Sie selbst fühlte ebenfalls die Erschöpfung und zog sich in eine Nische der hufeisenförmigen Felsformation zurück. Sie entzündete eine Öllampe, um ein Spießchen mit Geflügelfleisch darüber zu rösten. Sie hatte noch keinen richtigen Hunger, aber die eintönige Tätigkeit und etwas natürlicher Geschmack im Mund würden sie entspannen.

Der Wind heulte jetzt so stark, dass die Sandschleier im Freien so dicht standen wie Nebel. Ab und zu trieb eine Bö die salzige Luft in ihre Stellung. Dem Schwertfeuer machte das nichts aus, aber die meisten Söldner kauerten sich zusammen und schützten ihre Gesichter. Die Krieger des Zauberbanners sahen aus wie feuerrote Blumen, die in einer Wüste wuchsen.

Prekesta kam zu ihr.

»Erstich sie!«, schlug der Homunkulus vor. *»Tu es schnell, wie bei Wilania-Pressito.«*

Damals gab es keine Zeugen.

»Hier ist niemand, der sie deckt. Es ist viel sicherer als in Rorgator. Wir haben unseren Wert am Schwertfeuer bewiesen, keiner wird uns verraten. Nimm deinen Dolch! Mach es sofort!«

Fiafila-Ignuto knabberte am Fleisch. Es war noch nicht durch. Sie mochte es trocken.

»Deine Fähigkeiten übertreffen, was ich von Chastro-Ignuto kenne«, sagte Prekesta.

Fiafila-Ignuto sah an ihr hoch. Ob sie absichtlich eine Haarsträhne heraushängen ließ, damit man sie trotz der Verschleierung erkannte?

Sie zog den Fleischbrocken vom Spießchen und warf ihn Aglix hin. Eivoras Feuersalamander hockte auf einer zu einem Bündel verschnürten Zeltplane. Sie behauptete, er würde ihr Glück bringen. Den Kampf hatte sie wohl auch ohne ihn für sich entschieden, aber im sich immer weiter aufbauenden Salzsturm wäre ein wenig zusätzliches Glück sicher nützlich gewesen.

»Was sollen diese nutzlosen Überlegungen?«, fragte Ignuto. *»Du weißt doch jetzt, dass Prekesta mehr ist als ein Mensch. Sie ist gefährlich für uns! Bring sie endlich um.«*

Nochmals betrachtete Fiafila-Ignuto die Frau. Ihre braunen Augen erwarteten eine Antwort auf ihre Bemerkung.

»Antworte ihr mit dem Dolch! Oder stoß ihr den Fleischspieß in den Hals, schnell und unerwartet, wie Nirto es uns gezeigt hat.«

Der Homunkulus schickte ihr die Vorstellung von Prekesta, wie sie aus einer klaffenden Wunde blutete und die rote, warme Flüssigkeit über Fiafila-Ignutos Hand lief. Das Bild war kaum von einer Erinnerung zu unterscheiden, zumal das Triumphgefühl und die Erleichterung, die sie beim Sieg über Wilania-Pressito empfunden hatte, hinzukamen.

Bist du denn gar nicht neugierig, mit wem wir es zu tun haben, mein treuer Begleiter?

»Einer Schlange zertritt man am besten zuerst den Kopf und schaut dann nach, ob man mit ihrem Leder eine Schwertscheide beziehen kann.«

Sei ein bisschen mutiger.

Sie stützte sich am Felsen in ihrem Rücken ab, als sie sich erhob. Dabei tat sie so, als würde sie das Gleichgewicht verlieren. Kraftvoll warf sie die Lampe gegen Prekestas Robe, wo sie das Schienbein vermutete.

Der Ton zerbrach, das Öl spritzte auf den roten Stoff und fing sofort Feuer. Prasselnd kletterten die orangeroten Flammen an der schlanken Gestalt empor, die einen weiten Satz zurückmachte.

Jetzt könnte ich deine Fähigkeiten gebrauchen, dachte Fiafila-Ignuto.

Das Feuer schlug hoch. Von der Lache am Boden peitschte es Prekesta entgegen und entzündete nun zusätzlich einen Ärmel. Die Frau schrie.

Söldner eilten herbei.

»Nicht so«, flüsterte die Avatar. »Du sollst sie nicht verbrennen, sondern in sie hineinspüren. Was ist sie?«

Ignuto entfaltete seine Ohren. Sie spürte die Hitze des kleinen Körpers an ihrer Wange, als hätte jemand eine Ofenklappe aufgerissen.

Der Geschmack von Angst, Schmerz und Wut war am deutlichsten, aber damit gab sich der Homunkulus nicht zufrieden. Während Prekesta ihre Robe vom Körper riss, drang er weiter vor. Die Eindrücke, die er gewann, als er dem Feuer folgte, verwirrten Fiafila-Ignuto.

Bilder von Magma, abgrundtiefer Schwärze und deformierten Körpern gewitterten vor ihrem geistigen Auge. Sie schmeckte ein Frohlocken, das die Flammen begrüßte, die an Prekesta züngelten, und das im Gegensatz zur Furcht stand, die sie dazu brachte, Rettung zu suchen. Es hatte etwas Selbstzerstörerisches.

Zwei Söldner erreichten Prekesta und rissen sie zu Boden. Sie wälzten sie im Sand, um die Flammen zu ersticken.

Fiafila-Ignuto konnte verschiedene Geister in ihr unterscheiden. Ihre gegenwärtigen Gedanken waren sehr fremd, aber sie erfasste, dass die Bindung an die Frau für einige von ihnen eine Belohnung war, die ihre Sehnsucht erfüllte, endlich in die Welt hinauszuwandern und sie zu verderben. Bei anderen dieser Wesenheiten war sie eine Bestrafung für Aufsässigkeit.

Schmeckst du irgendwo Harnastes?

»Einer von ihnen denkt an ihn. Harnastes hat den Herrn dieses Geistes dazu gebracht, sich von ihm abzuwenden. Seitdem war er allein im Feuer und den Spielen der anderen Wesenheiten ausgeliefert.«

Das klingt danach, dass Prekesta nicht auf der Seite unseres Widersachers steht.

»Harnastes ist kein gewöhnlicher Gegner. Wir können ihn unmöglich besiegen, er …«

… wird uns zerfetzen, wenn wir ihn nicht besänftigen. Ich weiß. Das sagst du ständig.

Die durch das Öl genährten und vom Homunkulus verstärkten Flammen ließen sich nur schwer löschen. Die Söldner verlegten sich darauf, das Gewand, in dem Prekesta sich verfangen hatte, von ihr herunterzuschneiden. Ihre Haut war am gesamten Körper auf die gleiche seltsame Weise verbrannt wie in ihrem Gesicht. Das Fleisch glänzte roh, ohne zu bluten, und ein Netz von schwarzen Graten zog sich darüber. Das brennende Gewand hatte keine zusätzliche Entstellung bewirkt.

Du bist so still.

»Ich denke nach.«

Prekesta schüttelte ihre Helfer ab und stand auf. »Was sollte das?«, fauchte sie Fiafila-Ignuto an.

Die Öllache, in der die Splitter der Lampe lagen, brannte noch.

»Entschuldige.« Lächelnd zuckte sie die Achseln. »Ich bin so ungeschickt.«

Prekestas veränderte Erscheinung verunsicherte die Söldner. Sie entfernten sich von ihr, und diejenigen, die nicht zu Hilfe geeilt waren, starrten sie an und tuschelten miteinander. Fiafila-Ignuto überlegte, ob sie selbst ebenfalls schockiert gewesen wäre, bevor sie Umgang mit dämonischen Kräften gepflegt hatte.

»Und was jetzt?« Prekesta trat ihr verbranntes und zerschnittenes Gewand weg. »Soll ich nackt bleiben?«

»Für deine Blöße wird sich eine einfache Lösung finden.«

Behutsam und mit viel Geduld nahm Fiafila-Ignuto Aglix von der Zeltplane und setzte ihn auf einen Felsvorsprung. Dann nahm sie das Bündel von der Truhe, legte es beiseite, öffnete das Behältnis und nahm eine der roten Roben heraus, um sie Prekesta zu reichen.

Die andere Frau riss ihr das Kleidungsstück aus der Hand.

Während Fiafila-Ignuto nach einem Schleier suchte, ließen die Söldner Worran an einem Seil von seinem Posten oben auf dem Felsen herab. Der Staub war mittlerweile so dicht, dass er nichts mehr sehen konnte, und der Wind drohte ihn herunterzuwehen. *Ob das Basäons Werk ist?*, fragte sich die abtrünnige Priesterin.

»Lass mich dir mit dem Gesichtstuch helfen«, schlug sie vor.

Skeptisch sah Prekesta sie an, ließ aber zu, dass sie die Bänder nahm, die den Stoff am Hinterkopf befestigten. Es war seltsam, dass das kupferfarbene Haar so gänzlich unverbrannt war, obwohl die Haut von so großer Hitze zeugte.

»Vielleicht hat sie von innen heraus gebrannt?«

Fiafila-Ignuto brachte die Lippen nah an Prekestas Ohr. »Wir wissen beide, dass Kester mächtiger ist, als irgendwer erwartet hat«, flüsterte sie. »Sogar der Meister der Qualen ist überrascht und will sich alle Möglichkeiten offenhalten. Du und ich, wir könnten dafür sorgen, dass das Pendel in Kesters Richtung schwingt.«

»Weshalb sollten wir das tun?«

Aus der Tatsache, dass Prekesta ebenfalls flüsterte, statt Fiafila-Ignutos Andeutung brüsk zurückzuweisen, schloss die Avatar auf ihr Interesse.

»Nehmen wir einmal an, meine Verbindung zu Harnastes sei nicht mehr so befriedigend, wie sie es einmal gewesen ist.«

»Bist du verrückt? Willst du uns ans Messer liefern? Mit diesem Wissen kann sie zu den Dämonenpriestern gehen und sich mit ihnen verschwören, um Harnastes mit unserem Tod zu besänftigen!«

Fiafila-Ignuto drängte die Stimme in ihrem Kopf beiseite, so gut es ging.

»Und was hätte ich davon, Kester zu stärken?«, wollte Prekesta wissen.

»Das ist die falsche Frage. Die richtige lautet: Was hast du davon, vor den alten Dämonen auf dem Bauch zu rutschen?«

»Sie haben mir ihre Gnade erwiesen. Sieh, was ich jetzt bin!«

Fiafila-Ignuto knüpfte den Knoten an Prekestas Hinterkopf. »Das ist eine niedliche Antwort, aber sie passt nicht zu meiner Frage. Einem kleinen Mädchen wäre sie angemessen.«

»Wieso verspottest du mich?«

»Weil du weniger Verstand hast als Eivoras Lurch. Die Dämonen mögen dir eine Gunst erwiesen haben, für die du sie zweifellos reichlich entlohnen musstest.«

Mit spürbarem Widerwillen nickte Prekesta.

»Das ist Vergangenheit, für sie wie für dich. Sie erwarten einen weiteren Dienst, und ich nehme an, der hängt mit Ignuto und mir zusammen. Vielleicht auch mit dem Klingenrausch?«

Prekesta befühlte den Schleier. »Das mag sein.«

»Wenn du folgsam wie ein Hündchen bist, werfen sie dir einen weiteren Knochen zu. So wie Hunderten von anderen Dienern, die sie sich herangezogen haben. Du wirst immer nur eine von vielen sein – entbehrlich, unwichtig und ständig bedroht von denen, die nach mehr Macht gieren.«

»Denkst du, ich bin zu schwach, um mich im Glühenden Tempel durchzusetzen?«

Fiafila-Ignuto lachte leise. »Du willst nicht im Glühenden Tempel leben. Dich zieht es hinaus in die Welt. Deswegen haben sich deine Begleiter mit dir verbunden.«

»Was weißt du davon?«, fauchte Prekesta.

»Genug, aber darum geht es nicht.«

»Dann komm endlich zur Sache.«

»Bei den anderen Herren des Feuers wärst du nur eine kümmerliche Figur, die sie jederzeit austauschen können. Aber Kester ...« Sie machte eine Pause. »Kester hat noch kein großes Gefolge. Er wird denen einen Ehrenplatz zuweisen, die sich ihm jetzt anschließen. Wenn er unser Herr ist, sind wir seine vornehmsten Dienerinnen.«

Prekesta blinzelte. Ihre Lider waren auf die gleiche Weise verbrannt wie ihre restliche Haut. »In dem Kampf, den er im Magma austrägt, vermögen wir ihm nicht zu helfen.«

»Aber wir können ihm hier draußen Macht verschaffen. Du kennst das Schwertfeuer.«

»Natürlich«, bestätigte Prekesta.

»Weißt du auch, wie es geschmiedet wurde?«

»Man hat die Klingen großer Helden verbunden.«

»Und kein Held war jemals größer als Kester, der Flammenbringer des Klingenrauschs.«

Nachdenklich blickte Prekesta auf den wirbelnden Sand jenseits der Felsen. »Besitzt Eivora noch sein Schwert?«

»Du glaubst doch nicht etwa, sie hätte die Waffe ihres Vaters verkauft?«

»Sicher würde es Kester gefallen, seine Klinge mit dem wichtigsten Artefakt seiner Legion zu verbinden.«

»Dessen bin ich mir gewiss«, raunte Fiafila-Ignuto, obwohl die andere Kester besser gekannt hatte als sie.

»Wer weiß noch von deinem Plan?«

»Niemand. Nur du und ich, Prekesta.«

»Die Knochen der einzigen anderen Wissenden sind jetzt Zahnstocher für die Haie.« Ignuto kicherte.

Rufe forderten die Aufmerksamkeit der beiden. Söldner sprangen auf und griffen ihre Waffen. Im Zauberbanner waren dies meist Dolche, oft mit geflammten Klingen, aber auch einige Schwerter befanden sich darunter.

Fiafila-Ignuto hörte das Klirren von Stahl. Im Schwertfeuer züngelten grüne Flammen empor, aber auf die Entfernung konnte sie nicht sehen, in welchem Bereich.

Der Sturm verbarg die Angreifer gut. Fiafila-Ignuto war unsicher, wo sie nur Wirbel aus Salz und Sand sah und wo sich wirklich ein Krieger bewegte. *Dies ist wahrhaftig Basäons Zorn.*

Nur innerhalb der Felsformation, wo die Böen an Wucht einbüßten, erkannte sie die Kämpfer deutlich. Sie trugen weiße Gewänder mit flatternden Tüchern, die von ihren Kopfbedeckungen auf den Rücken hingen, und schwangen Sichelklingen, die an Holzschäften befestigt waren.

Die Kämpfer des Zauberbanners stellten sich ihnen entgegen. »Hammerschlag!« – der Schlachtruf erklang aus immer mehr Kehlen. Ein rot gewandeter Söldner duckte sich unter einem Hieb, der anderenfalls seinen Hals wie einen Halm zerschnitten hätte, und stieß den Dolch tief in die Innenseite des Oberschenkels. Ein dicker Blutstrahl schoss aus der Wunde, versiegte kurz und brach dann wieder hervor. Der Söldner überließ den Todgeweihten seinem Schicksal und warf sich auf den nächsten Gegner.

An anderer Stelle erstrahlte eine blendend helle Lichtkugel. Die Söldner hatten ihre Augen abgeschirmt, sodass sie gegenüber den orientierungslosen Rebellen im Vorteil waren. Ihre Angriffe trafen die Ziele.

Aber das stoppte die Flut der Angreifer nicht. Immer neue drängten aus dem Sturm heran, und jetzt drehte die Windrichtung, sodass der salzige Sand direkt in die Stellung wirbelte. Fiafila-Ignuto bedeckte die Augen und hustete.

»Bastarde!«, schrie Kort. Seine Stimme war auch über den Sturm deutlich zu verstehen. »Euch werde ich lehren, wie man gehorcht!«

Als die Böen nachließen und sich der Sand etwas lichtete, sah Fiafila-Ignuto den ehemaligen Kampfherrn in seiner Pilgerkutte, wie er einen Rebellen am ausgestreckten Arm erwürgte. Der Mann schlug mit seiner Sichel zu, aber Kort fing den Angriff ab und verdrehte den Arm, bis ein Knochen knackte und die Waffe zu Boden fiel. Als der Körper erschlaffte, ließ Kort ihn achtlos fallen und nahm die Sichel auf. Mit kraftvollen Schritten stapfte er zu einer Gruppe von fünf Gegnern, die zwei von Iskalas Magiern zu überwältigen drohten.

Inzwischen hatte Fiafila-Ignuto einige Kämpfe erlebt, aber niemals hatte sie ein Schlachten gesehen, wie Kort es veranstaltete. Er verhielt sich, als könne ihn nichts verletzen, aber das war eine List. Als ein Gegner nach seiner breiten Brust schlug, schien die muskulöse Gestalt um den Angriff herumzufließen. Plötzlich war er neben dem Mann, griff ihn am Rücken und schleuderte ihn in die Bahn einer zweiten Attacke, um ihn als Schild zu nutzen. Die Sichel des Kameraden stach tief in den Bauch. Bevor der Angreifer sein Entsetzen überwand, schlug Kort die krumme Klinge mit solcher Wucht durch den Unterkiefer, dass sie zur Nase wieder austrat. Während der Gegner stürzte, fing er seine Waffe auf, sodass er nun mit zwei Sicheln kämpfte. Mit augenverwirrender Schnelligkeit wob er ein Netz mit seinen Klingen, schlitzte, hieb und stach, bis die Gegner zerschnitten und verstümmelt auf dem Boden starben.

Mit aller Selbstverständlichkeit ergriff er das Kommando über die Söldner in seiner Nähe. Er ordnete ihre Reihen und schien die Krieger sogar, so weit Fiafila-Ignuto das beurteilen konnte, gemäß ihren Fähigkeiten einzusetzen. Seine jahrzehntelange Erfahrung erlaubte ihm wohl, einen Kämpfer auf den ersten Blick einzuschätzen, was für die Gegner verheerend war, den Kameraden aber den Sieg sicherte.

Der Kampfesmut der Rebellen brach mit Eivoras Eintreffen. In ihrem Gefolge marschierten alle vier Rotten des Sturmbanners. Es gab keinen Kampf mehr, nur noch Flucht. Eivora verzichtete auf eine Verfolgung durch das undurchsichtige Sturmtreiben.

Stattdessen sammelte sie die Truppen beim Schwertfeuer. »Verluste?«, fragte sie und nahm die Meldungen entgegen.

Sie kamen so schnell, dass Fiafila-Ignuto den Überblick verlor. Insgesamt hatte der Klingenrausch kaum dauerhafte Ausfälle, allerdings schmeckte die Avatar den Schmerz, den das Salz in den Wunden verursachte.

»Wir haben eine befestigte Siedlung entdeckt«, berichtete

Eivora. Kurz musterte sie die Kohlezeichnungen, die auf dem Schwertfeuer die Landmarken nachbildeten, und deutete dann einen Schritt seitlich des Artefakts in die Luft. »Ungefähr hier.«

»Worauf warten wir?«, rief Kort. »Holen wir uns das Pack!«

»Ihr dürft nicht kämpfen«, sagte Keijo leise. »Ein Pilger darf kein Leben nehmen.« Der Priester ging gebückt. Die Selbstgeißelungen mochten den Rücken schwächen, und die geröteten Augen verrieten, dass auch sein Geist verwundet war.

»Dies ist der falsche Zeitpunkt«, knurrte Kort, »um dem Grafen von Iljuga zu sagen, wie er mit solchem Geschmeiß umgehen sollte.«

»Noch seid Ihr nicht Graf.«

Kort zeigte mit einer blutigen Sichel auf die Leiche eines Rebellen. »Sieh ihn dir an! So ergeht es jedem, der sich zwischen mich und meinen Thron stellt. Wenn bei meiner Rückkehr nach Alton alle das Knie vor mir beugen, wird es mir recht sein. Wenn ich durch ein Spalier von hundert Leichen links und rechts zu meiner Krönung schreiten sollte, auch.«

Keijo senkte den Blick.

»Wie wäre es, wenn wir die Stellung verbrennen, in der sie sich verkriechen?«, fragte Prekesta. Alle Augen richteten sich auf sie. Auch die Heroldin des roten Risses hielt eine blutige Klinge in der Hand, einen unterarmlangen Flammendolch.

»Mir scheint, du erinnerst dich an den Schrei des Kriegers in deinen Adern«, sagte Eivora. »Oder täusche ich mich und du willst immer noch lieber Flämmchen verehren? Bist du wieder bei uns, Prekesta?«

Die Angesprochene löste den Schleier, indem sie die Haltebänder zerriss. »Sei Hammer, nicht Amboss!« Grinsend sah sie erst Eivora, dann Fiafila-Ignuto an.

13. Befestigung

Basäon ist ein wankelmütiger Gott, dachte Fiafila-Ignuto.

Der Wind legte sich. Nur noch vereinzelt wirbelte Sand auf.

Dennoch blieb die Sicht diesig, der feinere Staub würde noch eine Weile brauchen, um zu Boden zu sinken. Obwohl sie ein Tuch vor Mund und Nase trug, roch sie bei jedem Atemzug das Salz.

Eivora führte die Marschkolonne zur befestigten Stellung, in die sich die Rebellen zurückgezogen hatten. Für diese Gegend war die Felsformation ungewöhnlich. Hier ragten keine schlanken Säulen auf, stattdessen lagen Gesteinsscheiben übereinander. Der Anblick erinnerte Fiafila-Ignuto an erstarrte Lachen geschmolzenen Wachses, die in der Färbung zwischen Ocker und Hellrot variierten. Sie bildeten bis zu zwei Schritt hohe Absätze, die einige Treppen miteinander verbanden. Eine Mauer zog sich am Rand des obersten Plateaus entlang.

»Wenn sie genug Wasser haben, können dort fünfhundert Menschen ausharren«, meinte Eivora.

»Ein paar davon haben wir ja schon erschlagen«, grollte Kort. Er trug jetzt einen Lederpanzer über der Kutte.

»Mehrere Hundert können es dennoch sein.«

Kort spie aus. »Das ist gut. Mein Stahl dürstet.«

Bereits in der Stellung am hufeisenförmigen Massiv hatten sie die Lage besprochen. Iskala, Kort und Eivora waren sich einig, dass sie die Gegner nicht im Rücken lassen durften, sonst würden sie wieder in einen Hinterhalt geraten. Abidia war noch weiter als einen Tagesmarsch entfernt, und es schien unmöglich, bei Nacht einen großen Vorsprung zu erlangen. Dafür geriet man in den Salzzacken zu leicht auf brüchigen Grund.

Also mussten sie den Gegner so hart schlagen, dass dieser von ihnen abließ. Um eine Befestigung zu brechen, wäre der Blitzstein ideal gewesen, aber der war in Rorgator. Fiafila-Ignuto hatte einen Vorschlag gemacht, wie man den Gegner hinter den Mauern hervorlocken könnte.

»Und das ist eine Eselei«, meinte der Homunkulus. *»Wenn es fehlschlägt, wird man uns damit in Verbindung bringen. Es wäre besser, den gefangenen Rebellen einem nach dem anderen den Hals durchzuschneiden, bis die in der Festung aufgeben.«*

Fiafila-Ignuto schmunzelte. Die Ängstlichkeit ihres Begleiters amüsierte sie. *Aber dann wüssten wir nicht, ob Prekesta wirklich auf unsere Seite gewechselt ist.*

Die Söldner fächerten zu einem Halbkreis auf, der den Bereich umschloss, in dem die Felsformation in die Ebene überging. Hinter den Kampffähigen lagerten die Verletzten und die gefangenen Rebellen. Bronos Rotte eilte voraus und kontrollierte die vereinzelten Hütten, die unterhalb der Stadtmauer auf dem Fels standen.

»Wir sollten sie in Brand stecken«, murmelte Fiafila-Ignuto. Kesters letzte Worte hallten in ihrem Kopf. *Entfacht die Flammen. Treibt sie alle ins Feuer.*

Die Krieger signalisierten, dass die Unterkünfte verlassen waren.

»Dann los«, sagte Eivora. »Hol sie raus.«

»Ich muss sie sehen«, erwiderte Prekesta. Sie trug jetzt ein Schwertgehänge über der Robe. Den Schleier hatte sie nicht wieder angelegt, aber die Kapuze reichte so tief, dass sie das verbrannte Gesicht verbarg.

Kort lachte. »Ich werde sie schon dazu kriegen, sich zu zeigen!«

Iskala befahl zwei Rotten zum Schutz, eine für Prekesta und eine für Kort.

»Ich begleite sie«, sagte Fiafila-Ignuto.

Iskala sah sie mit stechenden roten Augen an. »Ich hoffe, du weißt, was du tust«, raunte sie ihr zu.

»Das hoffe ich auch«, meldete sich der Homunkulus.

Sieh unseren Vorteil. Wenn wir das hier überleben, sind wir in der Legion und gegenüber den Dämonen gestärkt.

»Das ›Wenn‹ missfällt mir.«

Vertraue auf den Eigennutz und die Machtgier, die Prekesta antreiben. Sie wird uns nicht enttäuschen.

Die zwei Pulks von Rotgewandeten, je etwa ein Dutzend Magier stark, setzten sich in Bewegung. Die Treppen wurden zu Engpässen, auf den Steinflächen verteilten sich die erfahrenen Söldner, um keine Ziele abzugeben, bei denen ein Katapultgeschoss viele von ihnen gleichzeitig erschlagen könnte. Der Hinterhalt an der Brücke hatte bewiesen, dass man in Iljuga mit Geschützen umzugehen verstand.

Hinter der Mauer regte sich nichts. Sie war wenig imposant, gerade einmal zweieinhalb Schritt hoch, aber sie erhob sich direkt an einer Felskante, was den Höhenunterschied zu einem Angreifer, der davor stand, verdoppelte. Einzelne Bruchsteine auf der Mauerkrone mochten mit viel gutem Willen als Zinnen durchgehen, auch wenn sie zu klein waren, um einen Körper vollständig zu decken. Es gab Schießscharten, deren Verteilung jedoch willkürlich erschien. Beim Tor verstärkten Eisenbänder die Holzbohlen. Die Trockenheit hatte sie verzogen, Ritzen zeigten sich in den Fugen.

Zwei Absätze unterhalb der Stellung blieben die Söldner stehen. Dadurch trennten sie noch fünfzig Schritt von der Mauer. Ein guter Bogenschütze überwand eine solche Entfernung einigermaßen zielsicher, weswegen die Magier des Zauberbanners große, eckige Schilde aufstellten. Dahinter warteten sie. In ihren roten, vom inzwischen sanften Wind bewegten Roben sahen sie aus wie Flammen.

»Wenn eure Väter euch kennen würden, dann würden sie sich für eure Feigheit schämen!«, rief Kort. »Ihr dachtet wohl, in eurem albernen Salz würden wir von allein tot umfallen. Oder weswegen habt ihr uns diese unreifen Kinder geschickt? Das waren keine würdigen Gegner! Oder wollt ihr etwa sagen, das waren die Besten, die ihr aufbieten konntet?« Er lachte. »Kein Volk, das solche Schwächlinge in den Kampf schickt, hat die Freiheit verdient.«

Fiafila-Ignuto hörte die Schmähungen, aber der Homunkulus

schmeckte den Spott nicht. Entweder seine Sinne waren zu träge oder Kort verspürte tatsächlich keine Lust an der Herabwürdigung. Gut möglich, dass er die Provokationen so kühl kalkulierend einsetzte wie eine Truppenformation in der Schlacht.

»Seht mich gut an! Ich bin euer künftiger Graf. Wenn euch das nicht passt, dann kommt heraus und verhindert es!«

An der Mauer ließen sich die ersten Bewegungen ausmachen. Hinter den Schießscharten schimmerte etwas, ein Gesicht zeigte sich neben einer Zinne.

Prekesta reckte den Hals. »Ich muss näher ran.« Ohne auf Erlaubnis zu warten, schritt sie zwischen den Schilden hindurch. Der in den Hüften wiegende Gang wollte nicht zur würdevollen Robe passen.

Eine Handvoll Magier eilte hinter ihr her. Sie schleppten zwei Schilde mit, die aber nichts nützten, solange sie nicht aufgestellt waren.

Iskala warf Fiafila-Ignuto einen vielsagenden Blick zu. Der Rubin in ihrer Stirn wirkte wie ein drittes Auge, das niemals blinzelte.

Prekesta erklomm den Absatz unmittelbar vor der Burg. Die Magier wollten einen Schild vor ihr aufbauen, aber sie hielt sie zurück. Während Kort weiter Schmähungen rief, trat sie einen Schritt vor und streifte mit großer Geste ihre Kapuze ab.

Fiafila-Ignuto sah nur ihr kupferfarbenes Haar, aber von der Siedlung aus musste man nun ihr entstelltes Antlitz erkennen.

Rufe erschollen hinter der Mauer. Mehr Gesichter zeigten sich und starrten Prekesta an. Wer noch nie mit dem Dämonischen in Berührung gekommen war, musste sich fragen, wie ein Mensch solche Verbrennungen überleben konnte.

»Sie facht ihre Wut an«, meinte Ignuto. *»Schmeckst du es?«*

Tatsächlich füllte ein vielversprechendes Prickeln ihren Mund. *Kort und sie arbeiten gut zusammen.*

Die Söldner des Zauberbanners zogen ihre Waffen. Prekestas Leibwachen sahen unentschlossen zu Iskala. Sollten sie ihre Schutzbefohlene zurückholen, sie decken oder sie einfach gewähren lassen?

Die Verteidiger nahmen ihnen die Entscheidung ab, als sie das Tor aufstießen. Ungeordnet, ohne jede Formation, stürmte ein Dutzend weiß gewandeter Männer heraus. Sicheln bildeten die bevorzugte Bewaffnung, aber auch ein Speer war dabei.

Prekesta stand unbewegt wie eine Schlafwandlerin.

Die Magier wollten sie decken, doch der Krieger mit dem Speer war schneller. Er schleuderte seine Waffe. Sie bohrte sich durch Prekestas Leib.

Iskala beorderte die Rotte um Kort zurück. Die übrigen Magier eilten mit Bronos Leuten zu Prekesta.

Die Rebellen waren so aufgebracht, dass sie in einem fort brüllten und die Augen verdrehten. Hätten sie überlegt gehandelt, wäre Prekesta wohl in ihre Hand gefallen. Wegen ihres kopflosen Vorgehens gelang es, die schwer verwundete Heroldin des roten Risses aus dem unmittelbaren Kampfbereich zu bergen, indem man ihren schlaffen Körper auf das nächste Steinplateau herabließ.

Fiafila-Ignuto hielt ihren Dolch in der Faust, verspürte aber wenig Lust, sich auf eine direkte Konfrontation einzulassen. Ihre Begabung umfasste andere Gebiete.

»Lasst den Speer in der Wunde!«, befahl sie den Trägern. »Er verhindert, dass sie verblutet.«

»Glaubst du, ihr Körper arbeitet noch so wie der eines gewöhnlichen Menschen?«

Das werden wir bald herausfinden.

»Niemand wird uns einen Vorwurf machen, wenn sie jetzt stirbt ...«

Und sie wird uns zu Dank verpflichtet sein, wenn wir sie retten.

»Dankbarkeit ist etwas für Schwächlinge.«

Fiafila-Ignuto zog sich mit der Verletzten zurück, während die Söldner die Rebellen vor der Festung überwältigten. Sie konnten jedoch nicht in die Anlage eindringen. Offenbar erfasste der von Prekesta provozierte Wahn nur diejenigen, die sich am Ausfall beteiligten. Innen waren besonnenere Kämpfer am Werk. Sie verriegelten das Tor und empfingen die Söldner mit Steinen, die sie von der Mauer warfen, und vereinzelten Pfeilen.

Es lag kein Vorteil darin, den Angriff fortzuführen. Die Hälfte der Gegner aus dem Gefecht nahm der Klingenrausch als Gefangene mit in die Ebene, die anderen ließ er als Leichen zurück, deren Anblick die Verteidiger zum Nachdenken bringen sollte.

Fiafila-Ignuto rief nach Feuer und Verbandszeug.

Eivora spielte mit Aglix und einer Silbermünze, während sie die Gefangenen inspizierte. Die Söldner hatten ihnen die Waffen abgenommen und sie an Fuß- und Handgelenken gefesselt. So saßen sie auf dem hellen Sand, drei Reihen zu zehn Mann. Es waren ausnahmslos Männer, Frauen schienen in den Salzzacken nicht zu kämpfen. Einige von ihnen bluteten, aber die Heiler kümmerten sich zunächst um die eigenen Leute.

Sie blieb vor einem Rebellen stehen, der mit versteinerter Miene geradeaus starrte. Er hatte den breitkrempigen Hut verloren, den die meisten seiner Kameraden trugen. Eine Schramme zog sich über seine Stirn, aber sie konnte nicht tief sein, denn sie war bereits verschorft. Eivora erkannte ihn an den ungewöhnlich hellen Lippen.

»Du bist der Bote, der zu Irqualas Tempel gekommen ist, um Kort das Recht auf die Salzzacken abzusprechen«, stellte sie fest.

»Dies ist nicht sein Land.« Er sah sie nicht an, wirkte aber auch nicht unterwürfig.

Sie zuckte mit den Achseln. »Das ist nicht meine Sache. Ich erfülle nur meinen Kontrakt.«

Er presste die Lippen aufeinander.

Dies ist ein stolzes Volk, dachte Eivora. »Dein Name ist Filan, wenn ich mich richtig erinnere.«

»Und du bist Eivora, die Anführerin der Söldner.«

»Nur eine von zweien«, schränkte sie ein.

Im Versuch, die Silbermünze zu erhaschen, wechselte Aglix von einer Hand auf die andere. Sein Schwanz sah aus, als klebte Zucker daran, weil er durch den hellen Sand gelaufen war.

»Ich habe plötzlich eine unerklärliche Wut in mir verspürt«, sagte Eilan. »Ich verstehe nicht, was mich getrieben hat. Eigentlich vertrauen mir die … normalerweise bin ich ein besonnener Mensch.«

Eivora sah, wie er unter seiner überstürzten Handlung litt. »Es kam nicht gänzlich aus dir selbst«, sagte sie.

Er nickte langsam. »Ihr habt uns überlistet. Ich weiß nicht, wie ihr es gemacht habt, aber wir waren gezwungen, Sirsche zu verlasen.«

»Heißt eure Festung so? Sirsche?«

Freudlos lachte er auf. »Ihr kommt in dieses Land, kämpft für den nächsten Tyrannen und wisst nichts vom Leben hier.«

»Wir sind Söldner«, stimmte Eivora zu. »Wenn ihr an seiner Stelle den Kontrakt mit uns geschlossen hättet, würden wir für die Salzzacken kämpfen.«

Nun sah Eilan sie doch an. »Wie viel müssten wir bezahlen, damit ihr euch noch einmal überlegt, ob ihr auf der richtigen Seite steht?«

Eivora setzte den Feuersalamander auf ihre Schulter und schüttelte lächelnd den Kopf. »So geht das nicht. Der Kontrakt ist geschlossen und wir werden ihn zu Ende führen.«

»Wie ehrenhaft!«, spottete Eilan. »Und dennoch bedient ihr euch einer feigen List, um uns aus der Stellung zu locken.«

»Eine Grube im Salz ist auch nicht gerade ein Fanal des Mutes.«

»Dafür ist sie klug.«

Sie grinsten einander an.

Eivora drehte sich um und sah die in großen Stufen aufsteigende Felsformation hinauf. Inzwischen war die Luft wieder klar, aber die Sonne berührte beinahe den Horizont, sodass lange Schatten auf dem Land lagen. »Wie viele Kämpfer habt ihr noch in Sirsche?«

»Netter Versuch, aber das werde ich dir ganz sicher nicht verraten.«

»Wenn wir euer Dorf stürmen«, sie würde fortan den Begriff ›Festung‹ vermeiden, um ihn nicht zu ermutigen, »werden wir keine Rücksicht nehmen können. In der Hitze des Gefechts mag so mancher Streich jemanden treffen, der eigentlich nicht kämpfen will. Habt ihr auch Frauen und Kinder dort oben?«

»Sie kennen die Gefahr.«

»Du siehst selbst, dass wir fünfundsiebzig kampffähige Krieger aufbieten«, sagte sie.

»Und eine Menge schmutziger Tricks«, vermutete er.

Wieder grinsten sie beide.

»Fünfundsiebzig erfahrene Kämpfer«, setzte Eivora erneut an. »Ich denke, wir stimmen darin überein, dass jeder von ihnen fünf deiner Leute aufwiegt. Habt ihr mehr als dreihundertfünfzig Klingen in Sirsche?«

»Wir haben genug. Keiner wird seinem Leben gegenüber seiner Ehre den Vorzug geben.«

»Das habe ich befürchtet.« Eivora nickte. Das hier war nicht ihr Kampf. Es galt, was sie gesagt hatte: Der Kontrakt war alles, was zählte. »Es ist schade um euch«, meinte sie trotzdem.

Sie verließ die Gefangenen und wanderte durch das Feldlager, wobei die Silbermünze zwischen ihren Fingern tanzte. Die meisten Söldner überprüften ihre Waffen, richteten ihre Rüstung oder versorgten kleinere Wunden, die wegen des Salzes brannten. Alle wussten, dass der nächste Kampf unmittelbar bevorstand. Manche wollten für sich sein, mit anderen scherzte sie oder fragte danach, wie sie sich bisher geschlagen hatten.

Fiafila-Ignuto beschäftigte sich mit Prekesta. Inzwischen war das Blut am Speer, der die Frau getroffen hatte, die vielleicht noch seltsamer war als die Avatar, getrocknet. Der Verband lag fest um ihren Bauch. Fiafila-Ignuto glaubte, dass sie überleben würde, auch wenn sie die Augen noch nicht geöffnet hatte. Eivora vermutete, dass die Avatar übersinnliche Kräfte nutzte, um die Sendbotin der Dämonen zu heilen. Jedenfalls erschien auch der Homunkulus, der sich sonst kaum um den Tod von Menschen scherte, ungewöhnlich interessiert. Die tiefschwarzen Äuglein unter den grauen Wulsten beobachteten jeden Handgriff, und oft wandte er den gehörnten Kopf, damit er alles erfasste.

Als sie Gonter kommen sah, ging Eivora zu Iskala, um ihn

gemeinsam mit der anderen Kampfherrin zu erwarten. Nirtos Rotte hielt die Stellung oben in der Nähe der Festung, um Überraschungen vorzubeugen. Eine Einheit des Zauberbanners dagegen hatte ihre Leute im Umkreis verteilt, sie sicherten nach außen.

Eivora genoss Gonters Anblick, wie er das Felsmassiv herunterkam. Er bewegte sich mit geschmeidiger Kraft, wie ein Löwe. Seine Linke lag am Griff des Schwerts und drückte es zurück, damit es auf den Stufen nicht zwischen seine Beine geriet. Es fiel Eivora schwer, sich vorzustellen, dass er stolpern könnte. Er war ein Mann, der immer aufrecht ging, das brünette Haar, das der Helm in diesem Moment leider zum größten Teil verdeckte, schien die Sonnenstrahlen anzuziehen. Er war wie der edle Ritter aus einem Märchen. Und doch wollte er nur ein Söldner sein, der das Schicksal mit den eigenen Händen formte.

Er ist nur ein Krieger von vielen, ermahnte sich Eivora, *und ich bin seine Kampfherrin und darf ihn nicht anders behandeln als jeden anderen.* Es versetzte ihr einen Stich in die Brust, dass er anscheinend genau das wollte: nichts Besonderes für sie sein. Sie merkte ihm nicht an, dass er ihre Nähe vermisst hätte.

Auch Iskala sah Gonter entgegen. Die beiden Kommandantinnen tauschten ein knappes Nicken.

»Was gibt es?«, fragte Eivora härter, als sie beabsichtigt hatte.

»Die Rebellen wollen ihren Anführer freikaufen«, meldete er. »Nirto meint, er kann diese Verhandlung nicht allein führen.«

»Also haben wir mit unseren Gefangenen einen großen Fang gemacht.«

Gonter nickte. »Der Mann heißt Eilan.«

Eivora lachte auf. »Ich hätte mir gleich denken können, dass er kein einfacher Bote ist!«

»Du kennst ihn?«, fragte Iskala.

»Ich habe gerade zum zweiten Mal mit ihm gesprochen. Er redet tatsächlich wie jemand, der Verantwortung für eine größere Sache trägt.«

»Dann sind wir sicher, dass er nicht unter den Toten ist«, meinte Iskala. »Was bieten die Rebellen denn?«

»Eine Truhe voll Silber.«

»Es gibt große und kleine Truhen.«

»Und keine davon wird Kort groß genug sein«, vermutete Eivora. »Am Ende trifft er die Entscheidung.«

»Er will kämpfen, schätze ich«, sagte Iskala. »Auf der ganzen Wallfahrt habe ich ihn nicht so zufrieden gesehen wie jetzt, wo er eine Rüstung trägt und Klingen in Fleisch hauen kann.«

»Sicher will er die Rebellen zerschmettern«, meinte Eivora. »Aber er ist nur unser Auftraggeber, nicht unser Befehlshaber. Unser Kontrakt legt fest, dass wir ihn sicher nach Abidia bringen. Für die Eroberung einer Festung hat er nicht gezahlt.«

»Bestimmt wäre er bereit, den Sold zu erhöhen.«

Eivora versuchte, Gonter mit den Augen einer Kommandantin zu sehen und nicht als den Mann, dessen Wärme und Kraft ihr nachts fehlte Er war unverletzt, stark und dazu jemand, der eine höfische Erziehung genossen hatte. Viele Fechtmeister hatten ihn ausgebildet, und solange man nach den Regeln eines gerechten Kampfs gegen ihn focht, hatte Eivora ihn noch nie besiegt gesehen.

»Vielleicht gibt es noch eine andere Lösung«, sagte sie. »Diese Rebellen halten viel von Ehre. Das können wir ausnutzen.«

»Ehrenhaftigkeit sollte man niemals ausnutzen«, versetzte Gonter.

»So meine ich es nicht. Wir können sie an der Ehre packen und dadurch auch uns selbst helfen. Unsere Verluste bleiben gering, die Lage lässt sich rasch klären, unser Kontrakt wird erfüllt und auch sie werden kaum noch ein weiteres Menschenleben verlieren.«

Der letzte Punkt gefiel Gonter. Seine Miene lichtete sich.

»Lass hören«, bat Iskala.

»Ein Duell«, sagte Eivora. »Wir lassen Gonter gegen Eilan antreten.«

»Ist er noch tüchtig dafür?«, fragte Gonter.

Seine erste Sorge gilt dem Gegner. Der Gedanke machte Eivora stolz, weckte aber auch Zweifel, ob er in der Welt der Söldner bestehen könnte.

»Eilan ist unverletzt«, sagte sie. »Ich bin sicher, dass er für seine Sache kämpfen will. Das würde seine Ehre wiederherstellen. Er ist gekränkt, weil Prekesta ihn zu einem unsinnigen Ausfall verführt hat.«

»Und du denkst, dass sie sich ergeben, wenn Gonter gewinnt?«, fragte Iskala.

»Das wäre die Bedingung. Sie ziehen ab, wir brennen die Festung nieder.«

»Das würde der Avatar gefallen«, meinte Iskala. »Sie murmelt die ganze Zeit, dass wir die Flammen entfachen sollen.«

»Und wenn sie gewinnen?«, fragte Gonter.

»Dann geben wir unsere Gefangenen frei und ziehen nach Abidia. Sie machen uns nur langsamer, und eine Belagerung halten wir ohnehin nicht durch. Dafür haben wir zu wenig Wasser In ein paar Tagen müssten wir also auf jeden Fall weiterziehen. Vorher könnten wir allenfalls stürmen, und diese Aussicht missfällt mir.«

»Mir auch«, stimmte Iskala zu. »Je mehr ich darüber nachdenke, desto klüger erscheint mir das Duell. Natürlich hätten wir die Rebellen danach im Rücken, aber wenn wir später weiterziehen würden, wäre es auch so. Wir haben bei der Sache nicht viel zu verlieren.«

Nichts außer Gonter, dachte Eivora. *Aber der ist auch nur ein Söldner, und kein Söldner ist wichtiger als der Erfolg des Klingenrauschs.* Sie schluckte und vermied, ihn anzusehen.

Gonter fühlte sich, als wäre er in die Zeit vor seinem Kontakt mit den Söldnern zurückversetzt. Eilan und er standen sich auf der weiten Steinplatte vor der Festung gegenüber wie in einer Fechthalle. Gonter hatte sein Schwert, Eilan seine Sichel, seine Leute sahen von den Zinnen zu, die Krieger des Klingenrauschs vom nächsttieferen Plateau, wo sie in Rotten geordnet angetreten waren. Hier würden jedoch nur sie beide kämpfen, Mann gegen Mann.

Gonters Kettenhemd lag bei Nirto. Er wollte so gerecht wie möglich gegen Eilan antreten, den ebenfalls nur dünner Stoff schützte. Beinahe bedauerte Gonter, größer und kräftiger zu sein, aber er ermahnte sich, den Gegner nicht zu unterschätzen. Vermutlich hatte der andere häufiger auf Leben und Tod gekämpft als er.

Es ist eben doch kein Fechtboden. Unsere Klingen bestehen nicht aus Holz, sondern aus geschliffenem Stahl.

Als sie sich auf drei Schritt näherten, löste Gonter den Blick von Eilans blauen Augen und versuchte, die gesamte Gestalt seines Gegners zu erfassen, ohne an einem Bereich des Körpers haften zu bleiben. Alles war wichtig. Die Füße bestimmten die Standfläche und damit die Festigkeit und den Radius, in dem man sich bewegte. Lastete das Gewicht auf dem rechten Fuß, dann war dieser zunächst unbeweglich. Das konnte man nutzen, beinahe, als wäre der Gegner gefesselt. Die unbelastete Seite dagegen konnte sich für Angriffe oder einen schnellen Rückzug bewegen. Eilan war erfahren genug, um das Gewicht nach jedem Schritt wieder in die neutrale Mitte zu bringen.

Sie umkreisten sich.

Plötzlich riss Gonter das Schwert auf der linken Seite hoch.

»Hammerschlag!«, riefen die Söldner begeistert.

Er war viel zu weit entfernt, um Eilan zu erreichen, und dieser erkannte das. Nur kurz zuckte sein Blick hinter der Klinge her.

Seine langsamen Schritte wechselten die Richtung.

Gonter vollzog das nach. Sie bewegten sich wie ein Tanzpaar, bei dem sich jeder dem anderen anpasste. Irgendwann würden sie jedoch versuchen, den Rhythmus des Gegners zu brechen. So durchstieß man eine Deckung und entschied einen Kampf für sich.

Wenn sich der Körper im Ganzen bewegte, war ein Punkt knapp unterhalb des Bauchnabels entscheidend. Dort lag der Schwerpunkt, letztlich hing alles andere daran. Beine und Hüfte verschoben ihn, Oberkörper und Arme wurden mitbewegt. Aber Gonter musste auch die Waffe im Blick behalten. Der Schaft vergrößerte die Reichweite um eine Unterarmlänge und die Sichelklinge würde über eine Parade haken. Gonter musste weiter vom Körper weg blocken, als wenn er einem Kämpfer mit einer geraden Waffe gegenübergestanden hätte.

Auch Eilan schlug jetzt Finten.

Gonter wich mit etwas Verzögerung nach rechts aus, als sein Gegner links vorstieß. Der Angriff war zu kurz, als dass er den Körper hätte erreichen können, wie beide wussten. Gonter wollte Eilan zur Annahme verleiten, er hätte ein Problem mit seinem Oberschenkel, das ihn träge machte. Dass der andere darauf hereinfiel, bezweifelte er zwar, aber der Versuch konnte nicht schaden.

Er fühlte den harten, felsigen Untergrund durch die Sohlen. Ein Sturz hätte hier ernstere Auswirkungen als auf einem federnden Fechtboden. Zwar würde die Aufregung des Kampfes den Schmerz verdrängen, aber eine gebrochene Schulter schränkte die Aktionsmöglichkeiten erheblich ein.

Der erste Schlagabtausch fiel zaghaft aus. Man kannte den Gegner kaum, es ging noch immer ums Abtasten. Man drang noch nicht weit vor, blieb in einem Bereich, der einen raschen Rückzug ermöglichte.

Gonter wusste, dass Nirto unter den Zuschauern war. Sein Ausbilder würde diese Kampfweise missbilligen. Er bevorzugte schnelle und endgültige Entscheidungen. Aber Nirto kämpfte nicht in Duellen, fast immer stand er gegen mehrere Gegner. In einem solchen Fall wäre die Art, wie Gonter jetzt kämpfte, leichtsinnig gewesen. Während des langwierigen Umkreisens, bei dem man sich vollständig auf das Gegenüber konzentrierte und die Umgebung weitgehend ignorierte, hätte jederzeit ein weiterer Gegner von hinten kommen und ihm den Garaus machen können.

Gonter erkannte eine günstige Gelegenheit, als Eilan einen Schritt zur Seite machte. Er war nah genug, damit Gonter ihn mit einem Ausfallschritt erreichte, und hatte den Fuß noch nicht abgesetzt. Sein Körperschwerpunkt war aber bereits zu weit, um die Bewegung noch abzubrechen. Eilan konnte nicht ausweichen.

Er tat das Nächstbeste und parierte Gonters Hieb mit der

Sichel. Das Schwert krachte in den Winkel zwischen Holz und Klinge. Eilan riss es in einem Bogen herum, löste dabei seine Waffe und ging sofort zum Gegenangriff über.

Die Sichel zischte in einer flach abfallenden Bahn von links oben herab.

Gonter ging in die Hocke.

Der auf seinen Kopf gezielte Schlag schnitt durch die Luft. Eilan drehte die Klinge und setzte den Rückschwung tiefer an.

Gonter kippte das Schwert so, dass die Spitze zum Boden zeigte, und parierte entschlossen mit einer senkrechten Wehr, die er am beinahe gestreckten Arm hielt.

Eilans Waffe prallte mit voller Wucht gegen den Stahl.

Mit hellem Knacken brach der Schaft. Der Kopf mit der Sichel flog davon. In Eilans Faust blieb nur ein Stock, der in einer unregelmäßigen Bruchkante endete.

Einen Herzschlag lang sah er verdutzt auf den kümmerlichen Rest, der ihm als Bewaffnung geblieben war. Dann sprang er zurück, hinaus aus Gonters unmittelbarer Reichweite.

»Hammerschlag!«, riefen einige Söldner, aber die meisten folgten dem Geschehen in gebannter Stille.

Als er sicher war, dass Gonter nicht sofort nachsetzte, hielt Eilan Ausschau nach dem fortgeschleuderten Teil der Waffe. Er lag zehn Schritt entfernt auf dem Fels.

Gonter stellte sich zwischen seinen Gegner und die Klinge.

Eilan presste die Kiefer aufeinander, senkte die Stirn und schloss die Faust so fest um den gebrochenen Schaft, dass die Knöchel weiß hervortraten. Er würde nicht aufgeben, auch wenn es Wahnsinn war, den Kampf fortzusetzen.

Gonter senkte das Schwert. »Wer hat eine Waffe, die dem Mut Eilans angemessen ist?«, rief er.

Sowohl die Söldner als auch die Rebellen hinter der Mauer schwiegen. Säuselnd trieb der Wind ein wenig Sand über das Plateau.

»Hat jemand eine Waffe für meinen Gegner?«, rief Gonter. »So können wir nicht weitermachen!«

Mehol löste sich aus der Rotte und lief heran. Statt den Umweg über die Treppe zu nehmen, überwand er den knapp zwei Schritt hohen Absatz, indem er sprang und sich hochdrückte. Er hatte eine Axt dabei, eine Waffe, die der Sichel nahekam, die Eilan gewohnt war.

Die Rebellen wollten nicht auf sich sitzen lassen, dass ihr Anführer mit einer Waffe kämpfte, die er wegen der Gnade ihrer Gegner schwang. Sie riefen ihn zur Mauer, von wo ihm jemand eine Sichel herunterreichte.

Gonter nickte Mehol zu. »Danke.«

»Das gefällt mir besser.« Ein schiefes Grinsen verzog das Gesicht des Kameraden mit dem aschblonden, verfilzten Haar. »Wäre schon blöd, wenn dir die Axt den Schädel spalten würde, die ich deinem Gegner in die Hand gedrückt habe.«

»Sieht es von unten so aus, dass ich mich dermaßen schlecht schlage?«

»Bis jetzt hast du die Sache im Griff«, meinte Mehol. »Aber das Glück ist eine treulose Hure.«

Gonter sah Eivora ganz vorn bei den Söldnern stehen. Ihr Gesicht war bleich, und sie hatte die Arme verschränkt, als wolle sie das Herz in ihrer Brust schützen.

Mehol zog sich wieder zurück, und Eilan stellte sich von Neuem auf. Er prüfte das Gewicht der Sichel, die sich äußerlich kaum von der ersten unterschied.

»Ihr habt Ehre im Leib, Gonter«, sagte er.

»Ich weiß, dass auch Ihr nicht auf diese Weise hättet siegen wollen. Wahrscheinlich hatte der Schaft schon einen Riss, bevor unser Kampf begann.«

»Dennoch könnte Euer Großmut Euch das Leben kosten.«

»Ich hätte dem Duell nicht zugestimmt, wenn es das nicht wert wäre«, versicherte Gonter.

»Ich bedauere, dass wir uns als Feinde begegnen.«

Ich auch.

Eilan griff mit weiten Schwüngen an.

Gonter wich erst zurück, dann schlug er sein Schwert gegen die Sichel. Stahl klirrte, Funken sprühten.

In einem Bogen attackierte Eilan Gonters vorderes Bein.

Gonter riss das Knie zur Brust.

Die Sichel zischte mit solcher Wucht unter seinem Fuß hindurch, dass ein Treffer mit Sicherheit seine Wade zerschnitten und ihn womöglich für den Rest seines Lebens verkrüppelt hätte.

Die Kämpfer waren einander zu nah für einen sauber platzierten Schwertstreich. Gonter nutzte den vorwärts gerichteten Schwung für einen Ellbogenstoß in Eilans Seite.

Das brachte seinen Gegner aus dem Gleichgewicht. Er stolperte.

Gonter setzte nach.

Eilan parierte den schrägen Spalthieb.

Um ihm keine Gelegenheit zu einem Gegenangriff zu geben, trat Gonter zu, während er ausholte. Der Fuß streifte den hastig abgedrehten Bauch nur, aber das Manöver erreichte seinen Zweck. Schon war die Klinge wieder auf dem Weg.

Eilan blockte mit dem Schaft der Sichel, aber er hielt ihn in einem ungünstigen Winkel. Das Schwert rutschte daran herunter und prallte auf das Handgelenk. Zwar traf die Klinge nicht mit der Schneide auf, aber die Wucht reichte aus, um den Griff um die Waffe zu lösen.

Eilan fasste nach, um zu verhindern, dass die Sichel ihm gänzlich entfiel. Das kostete ihn im entscheidenden Augenblick die Aufmerksamkeit.

Gonter schob sich vorwärts und führte die Schwertklinge nach oben, bis sie in den Winkel zwischen dem Unterkiefer und dem Hals des Gegners drückte.

Eilan erstarrte.

Gonter griff seinen Waffenarm und hielt ihn nieder.

Heftig atmend standen sie voreinander, die Gesichter wenig mehr als eine Handspanne entfernt.

»Worauf wartest du?«, fragte Eilan.

»Mit einem kurzen Ruck könnte ich deine Gurgel durchschneiden«, stellte Gonter fest.

Schweigend sah Eilan ihn an. In seinem Blick lag kein Groll. Gonter hatte ihm eine zweite Gelegenheit gegeben, und auch diese hatte er nicht genutzt. Er war bereit, die Folgen zu tragen, und leistete keinen Widerstand mehr.

Gonter spürte, wie sich sein Herzschlag beruhigte. Der Kampf war vorbei.

»Wem wäre damit geholfen, dass ich dich töte?«, fragte er so leise, dass ihn niemand außer dem Kontrahenten verstand.

»Kort wird es begrüßen, schätze ich«, knirschte Eilan. »Und er bezahlt euch doch, oder?«

»Das tut er.« Dennoch widerstrebte es Gonter, diesen Mann zu töten. Er war doch kein Stück Vieh, dem man den Hals durchschnitt, um es ausbluten zu lassen!

Eilan ließ seine Waffe fallen. »Wir wissen, dass es zu Ende ist.« Seine Stimme zitterte. »Tu es, bevor ich anfange zu wimmern.«

»Du hast Angst.«

»Natürlich. Wer weiß denn, ob auf der anderen Seite etwas außer ewiger Finsternis wartet?«

»Vielleicht noch Schrecklicheres. Hast du schon einmal einen Dämon gesehen?«

Eilan kicherte, obwohl die Klinge dadurch in seinen Hals schnitt. »Willst du mir jetzt noch Angst einjagen?«

»Nein, ich will dein Leben retten. Kort will eure Rebellion niederschlagen. Schwöre dem Kampf gegen ihn ab, das sollte ihm reichen.«

»Niemals!«

Gonter gab ihm einige Atemzüge Zeit, darüber nachzudenken, ob die schnell hervorgestoßene Antwort angesichts des Stahls, der sein Leben binnen eines Augenzwinkerns beenden konnte, wirklich noch seiner Überzeugung entsprach.

»Wenn ich dich töte, kannst du auch nicht mehr gegen Kort kämpfen«, sagte er eindringlich. »Dein Kampf für die Salzzacken ist vorbei, so oder so. Du kannst nur noch für dich selbst kämpfen, und dazu musst zu zuerst deinen Stolz überwinden.«

»Die Salzzacken sind mein Leben.« Trotz der klaren Worte stiegen Tränen in seine Augen.

»Dieses Leben ist vorbei«, versetzte Gonter. »Aber ich schenke dir ein neues, wenn du es annimmst. Deine Heimat wirst du verlassen müssen, doch du wirst ferne Länder sehen. Danach kannst du immer noch herausfinden, was das Jenseits bietet.«

Eilan weinte. »Meine Leute werden mich verachten. Damit kann ich nicht …«

Gonter wartete, doch Eilan brachte den Satz nicht zu Ende.

»Du bist ein guter Kämpfer«, meinte Gonter. »Wenn du tapfer bist und dich der Disziplin unterordnest, wird man dich in Rorgator respektieren. Komm mit uns! Drei Jahre verpflichtest du dich in einer Legion. Was danach ist, weiß niemand. Du könntest zurückkehren.«

»Aber wird es meine Heimat dann noch geben?«

»Wo Leben ist«, Gonter nahm die Klinge vom Hals, »da ist auch Hoffnung.«

Trotz der Vereinbarung, dass die Rebellen die Waffen strecken und die Siedlung übergeben sollten, blieb das Tor von Sirsche geschlossen. Zunächst hatte man die Rufe eines aufgeregten Disputs gehört, jetzt wurde geschrien, und wenn sich Eivora nicht sehr täuschte, kamen das Krachen und das metallische Klirren von aufeinanderprallenden Waffen.

Kort trug noch immer den Lederpanzer, auch wenn er die Sicheln inzwischen abgelegt hatte. Er starrte zu Eilan hinüber, der mit auf den Rücken gefesselten Händen in Nirtos Rotte stand. Die Sonne war untergegangen, aber im Flammenschein war er gut zu erkennen. Jeder zweite Söldner trug eine brennende Fackel.

»Wir sollten ihm die Haut abziehen und ihn im Salz wälzen«, murrte Kort. »Das würde diesen Bastarden beweisen, dass nicht mit uns zu spaßen ist.«

»Er hat sich ergeben, und wir haben ihnen zugesagt, dass wir sie nicht hinrichten, wenn sie die Waffen abgeben«, erinnerte Eivora.

Kort grinste. »Diese Vereinbarung gilt für die, die sich nach dem Duell ergeben. Als er sich ergeben hat, war das Duell noch nicht vorbei. Es endete erst mit seiner Aufgabe.«

»Das ist mir zu hoch. Ich bin Söldnerin, keine Advokatin.«

»Trotzdem fichst du gelegentlich mit der Zunge.«

Sie kraulte Aglix' Nacken. Von dem Feuersalamander sah sie in der Dunkelheit kaum mehr als die gelben Flecken. Er saß auf ihrem waagerecht vor dem Bauch gehaltenen Unterarm.

»Lass sie sich doch gegenseitig die Köpfe einschlagen«, schlug sie vor. »Dadurch erledigt sich ihre Rebellion von selbst.«

»Aus einem solchen Sieg erstrahlt keine Glorie«, meinte Kort missmutig. »Außerdem tun sie vielleicht nur so, um Zeit zu gewinnen. Möglich, dass ein Entsatzheer auf dem Weg ist.«

»Wenn sie nur schauspielern, dann schreien sie aber überzeugend.«

In der Tat nahmen die Schmerzenslaute zu. Man schien nun endgültig dazu übergegangen zu sein, mit den Waffen zu sprechen.

»Die Avatar könnte das Schwertfeuer befragen«, schlug Iskala vor. Ihr bis auf die Zöpfe im Nacken kahler Kopf ähnelte im silbrigen Sternenlicht einem dreiäugigen Totenschädel.

»Warum seid ihr so ungeduldig?«, fragte Eivora. »Vor Tagesanbruch marschieren wir ohnehin nicht weiter. Da können wir doch abwarten, wie die Sache ausgeht.«

»Ich wäre ein schlechter Geier«, sagte Kort. »Ich warte ungern ab, bis meine Beute von allein verreckt. Wir sollten die Mauer stürmen.«

»Im Moment scheinen die Rebellen uneins zu sein«, stellte Eivora fest. »Ein Angriff wäre die sicherste Methode, um sie erneut zu vereinen. Wenn wir Sturmleitern anlegen würden, wären sie sofort wieder Kameraden.«

Kort spie aus. »Dann lass uns ausprobieren, was passiert, wenn wir den Gefangenen die Haut abziehen. Einem nach dem anderen, den Fußkranken zuerst.«

»Ich bezweifle, dass das ihr Vertrauen auf eine gute Behandlung für den Fall stärkt, dass sie sich ergeben«, gab Eivora zu bedenken. »Es wird ihren Widerstand erhärten. Egal, mit welchem Winkelzug du ihnen erklären willst, dass die Milde den Gefangenen, die wir bis jetzt gemacht haben, noch nicht versprochen wurde.«

»Woher weißt du das? Es könnte genauso gut ihren Mut brechen. Du kennst das Pack aus den Salzzacken nicht.«

»Ich kenne Gonter.« Sie sah zu ihm hinüber. Er stand bei Nirtos Söldnern, als wäre er seit Jahren einer von ihnen. Auch Helm und Kettenhemd hatte er wieder angelegt. Er war kampfbereit wie sie alle. »Du hast das Duell der beiden doch gesehen. Sie ähneln sich.«

»Was soll das nun wieder bedeuten?«

»Ehre«, sagte sie nur. Sie hatte keine Lust, Kort zu erzählen, was sie durch die gemeinsame Zeit mit Gonter über seine Vorstellungen gelernt hatte. Eigentlich wollte sie auch nicht mehr ständig an diese gemeinsamen Stunden, an sein Lachen und seine Wärme denken. *Er ist jetzt einer von vielen Söldnern, die unter meinem Befehl stehen.*

»Hört ihr das?«, fragte Iskala.

»Was?«, wollte Kort wissen.

»Die Stille«, erkannte Eivora. »Sie scheinen eine Entscheidung getroffen zu haben.«

Mit schnellen Blicken überzeugte sie sich von der Wachsamkeit der Rottmeister. Die Söldner, die bis jetzt auf dem Boden gesessen hatten, standen auf.

Das Tor öffnete sich.

Eivora setzte Aglix an ihrem Kragen ab. Er huschte unter die Rüstung.

Die Rebellen kamen unbewaffnet und mit erhobenen Händen heraus. Nur wenige hatten oberflächliche Verletzungen, aber alle stellten versteinerte Mienen zur Schau.

»Ihr habt richtig entschieden!«, rief Eilan ihnen entgegen. »Diese Söldner achten ihre Vereinbarungen. Man wird niemanden von euch töten.«

Korts Stirn lag in grimmigen Falten, während er beobachtete, wie man die Männer fesselte. Die Frauen und Kinder beachtete man nicht, sie wirkten verschüchtert.

Etwa zweihundert Menschen fanden sich auf dem Plateau

ein. Es dauerte eine Weile, ihnen die Waffen abzunehmen und sie sicher zu verwahren.

»Die Weiber und die Blagen können gehen!«, verkündete Kort mit großer Geste. »Bittet eure Verwandten, euch aufzunehmen. Berichtet ihnen, dass der neue Graf jede Rebellion niederschlägt. Und seid euch gewiss, dass ihr niemals wieder so milde davonkommen würdet.«

»Entdeckst du dein weiches Herz?«, flüsterte Eivora ihm zu.

Er grinste. »Jeder Herrscher braucht ein Volk. Nach der Seuche ist mir jede Zuchtstute recht.«

Er ging zu den Männern, die nun gefesselt in Dreierreihen standen. So sollten sie in die Ebene hinab- und später den Pilgerweg entlang nach Abidia geführt werden.

»Was euch angeht, so werdet ihr leben«, rief Kort, »denn so haben wir es vereinbart! Aber jubelt nicht zu früh. Ihr werdet kein Glück mehr sehen. Ich werde euch ins finsterste Loch werfen, das sich in Alton findet. Ihr sollt gerade genug Essen bekommen, um am Leben zu bleiben. Ich weiß, dass der Hunger Menschen zu Tieren macht. Kein Henker braucht seinen Strick an euch zu verschwenden. Schon bald werdet ihr wie Ratten übereinander herfallen!«

Unwillkürlich grinsten Gonter und Eivora einander an. Sie hatten sich nicht abgesprochen. Sie verstanden sich gut genug, um zu wissen, dass sie in diesem Moment dasselbe dachten.

Eivora wandte sich an die Gefangenen. »Ihr habt gehört, was euer künftiger Graf gesagt hat. Wenn es euch dennoch schwerfällt, eurer Heimat den Rücken zu kehren, kann ich das gut verstehen. Aber ihr habt tapfer gekämpft. Vielleicht will der ein oder andere von euch sein Glück als Söldner in Rorgator versuchen. Bis wir in Abidia eintreffen, könnt ihr es euch überlegen.«

Sie genoss Korts verblüfftes Gesicht.

»Was soll das?«, zischte er. »Das sind meine Gefangenen!«

»Dann muss ich etwas in unserem Kontrakt übersehen haben. So, wie ich mich an den Text erinnere, steht dort nicht, dass wir unsere Gefangenen an dich zu übergeben haben.«

»Aber dies ist nicht euer Konflikt! Das sind meine Feinde!«

»Hast du Angst vor ein paar Unbewaffneten in Fesseln?«

»Nein, aber …«

»Wir schützen deine Wallfahrt!«, fiel Eivora ihm ins Wort. »Diese Gefangenen begleiten uns bis Abidia. Dort endet deine Pilgerreise. Wer nach Rorgator mitkommen will, um künftig für Silber zu kämpfen, der marschiert mit uns durchs Feuer. Mit den anderen kannst du deinen Spaß treiben.«

»Von so einem Vorgehen habe ich noch nie gehört.«

»Ich werde die Legion meines Vaters wiederaufbauen«, sagte Eivora fest. »Dafür brauche ich Rekruten. Die hier können kämpfen, das haben sie bewiesen. Vielleicht sind einige von ihnen für den Klingenrausch geeignet. Du wirst sie nicht wiedersehen, wer weiß, wohin uns der nächste Kontrakt führt.«

Er blickte von ihr zu den Gefangenen. »Das gefällt mir nicht.«

Die Magier drangen mit ihren Fackeln nach Sirsche ein. Bald schon färbte der Feuerschein den Himmel rot. Der laue Wind trieb die Funken in die Nacht hinaus.

Die Söldner eskortierten die Gefangenen nach unten, Kort und Iskala schlossen sich ihnen an. Die Frauen und Kinder jammerten und weinten.

Eivora blieb allein mit Aglix zurück. Der Feuersalamander krabbelte ihren Arm hinunter und dann von Hand zu Hand.

Sie beobachtete die höher werdenden Flammen, die bald nicht nur durch das offene Tor, sondern auch über der Mauer zu sehen waren.

»Entfacht die Flammen«, flüsterte sie, »treibt sie alle ins Feuer.«

14. Ziel

»Bleib bei ihr«, befahl Fiafila-Ignuto ihrer Magd.

Sie sah in Yras spitzes Gesicht. In den vergangenen Wochen schien das Mädchen gealtert. Nein, gereift. Yra hielt sich gerader. Die Scheu war aus ihren braunen Augen verschwunden, sie trug das Kinn höher und selbst das krause Haar erschien wie der Strahlenkranz einer Herrscherin. Sie achtete auch mehr auf ihre Kleidung, was wohl nicht nur dem Umstand geschuldet war, dass sie sich erst daran hatte gewöhnen müssen, etwas anderes als Sackleinen zu tragen. Sie suchte sich nun Kleider aus, die sie so schnüren konnte, dass die sich entwickelnden Brüste und die schmale Taille zur Geltung kamen.

Fiafila-Ignuto sah noch einmal nach Prekesta. Sie schlief auf dem kleinen Karren, den die Söldner auf Fiafila-Ignutos Geheiß aus Sirsche gerettet hatten. Das tat sie meistens, aber wenn sie erwachte, war sie klar, erkannte ihre Umgebung und konnte sprechen. Vermutlich würde sie die Bauchwunde überleben. Fiafila-Ignuto hatte sie mit Salben behandelt, damit sie sich nicht entzündete, und dabei festgestellt, dass Prekesta auch innerlich verändert war. Sie besaß zwar Organe, aber das, was Fiafila-Ignuto von ihnen gesehen hatte, ähnelte nicht dem, was sie von anderen Frauen kannte. Prekestas Darm war hellrot und der Magen nur wenig dunkler. Beide Farben erinnerten an Magma.

Fiafila-Ignuto hatte die Wunde verbunden, obwohl sie kaum blutete. Der Homunkulus konnte dem Schmerz nachspüren, und dabei erkannte er, dass nur ein unwesentlicher Teil Prekestas litt. Der größte Teil ihrer Persönlichkeit langweilte sich. Oder ihrer Persönlichkeiten, Mehrzahl. Fiafila-Ignuto teilte sich Körper und Verstand mit dem Homunkulus, bei Prekesta waren es ein Dutzend Geister.

»Komm zu mir, wenn sich etwas Ungewöhnliches tut«, wies sie Yra an.

Fiafila-Ignuto ging zur Spitze der Marschkolonne, die schon eine ganze Weile stillstand. Sie passierte das Schwertfeuer, dessen Trägern man die Erschöpfung ansah, obwohl sich drei Trupps abwechselten. Davor kam das Feldzeichen des Zauberbanners, dann Bronos Rotte und die von Lostor, die Eivora derzeit selbst befehligte. Mehol trug die Standarte des Klingenrauschs, über der Garallo spitzzahnig grinste.

Die Söldner standen neben der Straße, auf der Pilgergruppen, Schausteller, Kaufleute und Bauern mit ihren Feldfrüchten in die Stadt der tausend Tempel strömten oder von dort aufbrachen. Die Stelle, an der der Klingenrausch Abidias helle Stadtmauer durchbrochen hatte, war deutlich zu erkennen. Offensichtlich hatte man die Ausbesserungen hastig vorgenommen – der Putz fehlte noch, was den Eindruck von grauem Schimmel erweckte, der sich durch die Verteidigungsanlage fraß. Hinter der Mauer kletterten die Gebäude der Stadt den Ost- und Südhang des Kegelbergs hinauf. Die Abendsonne brachte nur noch wenige Häuser zum Leuchten. Fiafila-Ignuto vermisste das Funkeln der Aquamarine über den Eingängen der Tempel.

»Die waren lohnendes Plündergut.« Der Homunkulus sagte es gelangweilt. Ignuto hatte kein Interesse an Reichtümern. Er wollte Schönheit nicht besitzen, sondern verbrennen.

»Abidias Bürger sind nachtragend«, meinte Eivora missmutig.

»Willst du damit sagen, dass sie diejenigen, die vor ein paar Monden ihre Brüder erschlagen und ihre Töchter geschändet haben, nicht mit offenen Armen empfangen?«

»Ich habe ihnen erklärt, dass wir dieses Mal keinen Auftrag haben, der sich gegen sie richtet. Sie verstehen nicht, dass alles nur ein Geschäft ist.«

»Wie engstirnig von ihnen«, meinte Fiafila-Ignuto.

»So sind die Menschen.«

Fiafila-Ignuto fragte sich, ob Eivora die Ironie in ihrer Bemerkung überhört hatte. In Momenten wie diesen wurde ihr klar, wie unterschiedlich das Leben der beiden Frauen verlaufen war.

»Du bist in einer Traumblase aufgewachsen.«

Die ist ja nun euretwegen geplatzt.

»Die da vorn verwehren uns den Zutritt.« Eivora zeigte auf eine halbe Hundertschaft Gerüsteter, die sich nicht um den normalen Verkehr scherten, sondern neben dem Tor angetreten waren und die Söldner im Auge behielten. »Dabei gehören sie gar nicht zur Stadtwache, wenn ich es richtig verstehe.«

»Ich kenne ihren Anführer.« Ein Mann mit schwarzem Vollbart stand vor den anderen. Er lehnte sich auf ein Schwert, das beinahe so groß war wie er selbst. »Das ist Honrek, der Hohepriester des Asgord. Er kam zur gleichen Zeit hierher wie ich. Sein Gott ist ein ziemlicher Rabauke. Als ich noch in Abidia war, sah man seine Jünger lieber von hinten als von vorn. Es scheint, als hätte er nach der Plünderung Zulauf bekommen.«

»Können diese Kerle kämpfen?«

Fiafila-Ignuto zuckte mit den Achseln. »Soweit ich weiß, führen sie an jedem ihrer Feiertage Turniere durch, aber das sind ritualisierte Gefechte ohne Verletzte.«

Eivora wechselte Aglix von einer Hand in die andere. »Ich bin sicher, dass wir mit ihnen fertigwürden, nur hätten wir danach ganz Abidia gegen uns.«

»Davon darfst du ausgehen.«

»Aber ich kann Kort auch nicht allein in die Stadt lassen.«

»Denkst du, dort droht ihm Gefahr?«

»Das auch, schließlich haben wir schon eine Menge Leute kennengelernt, die nicht glücklich wären mit ihm als Grafen. Wenn sein Bruder genug Denkfähigkeit besitzt, um ohne Hilfe den Weg durch ein geöffnetes Scheunentor zu finden, wird er ein paar Gauner mit langen Messern hierher geschickt haben.«

»Ist dir in den Sinn gekommen, dass jemand Hemmungen verspüren könnte, den eigenen Bruder zu erdolchen?«

»Darauf verlasse ich mich lieber nicht«, meinte Eivora. »Aber selbst wenn Kort nichts zustößt, könnte die Sache schlecht für uns ausgehen. Der Kontrakt bestimmt, dass wir ihn die gesamte

Wallfahrt über beschützen, und die endet erst am Tempel des Zeutron in Abidia. Kort grollt uns, weil wir ihm die Gefangenen wegnehmen. Er könnte auf den Gedanken verfallen, sich um die Zahlung herumzudrücken.«

»Also müssen wir in die Stadt.«

»So ist es.«

Fiafila-Ignuto nickte. »Lass mich das machen.«

Sie ging zu Honrek. Eivora setzte Aglix auf ihre Schulter und begleitete sie.

Der gepanzerte Priester hatte sich nicht verändert, aber für sie selbst galt das Gegenteil. Mit aufgerissenen Augen starrte er den Homunkulus an.

»Fiafila! Was ist mit dir geschehen?«

»Ich heiße jetzt Fiafila-Ignuto.«

»Dieses …« Angewidert verzog er den Mund. »Dieses Ding, das da aus dir herauswuchert, ist eine Blasphemie! Es spottet dem Willen der Götter.«

»Und das mit einigem Erfolg, wie mir scheint. Aber darüber können wir ein andermal plaudern. Wieso versperrt ihr uns den Weg?«

»Weil der Klingenrausch Abidia geplündert hat!«, rief er empört.

Sie betrachtete seine Rüstung. Früher hatte sie ihr imponiert, aber nachdem Fiafila-Ignuto nun seit einigen Monden unter Berufskriegern weilte, erkannte sie, dass es sich um ein Zeremonialstück handelte. Schwarzes Leder bildete aus mehreren Komponenten die Grundform, die am Hals viel zu viel Platz ließ. Das machte sie bestimmt bequem, ließ aber den Halsansatz schutzlos. Die Nieten, die die Schulterstücke am Harnisch hielten, würden beim ersten Treffer brechen. Überall befanden sich bronzene Aufsätze, die Delfine, Fasane, eine nackte Schönheit, einen Drachen oder ein grimmiges Gesicht zeigten. Es waren Geschenke befreundeter Tempel. Fiafila-Ignuto entdeckte auch eine Gänsefeder, die für Basäon stand. Jede dieser Verzierungen wäre in hohem Bogen davongeflogen, wenn ein Streich sie getroffen hätte.

Am brauchbarsten erschien noch das Schwert. Es steckte zwar in einer Scheide, sodass Fiafila-Ignuto die Klinge verborgen blieb, aber schon allein das Gewicht musste bei einem direkten Treffer einigen Schaden verursachen. Ob Honrek damit umzugehen verstand, war eine andere Frage.

»Und eure Ablehnung hat nichts damit zu tun, dass dein Gott in Iljuga weniger verehrt wird als Arohn?«

Fiafila-Ignutos Frage war eine Beschönigung. Arohn war der Schutzgott der Grafschaft, was seiner Priesterschaft enormen Einfluss verschaffte. Das machte den Jäger zum Patron aller Bogenschützen, und weil diese ebenfalls im Heer marschierten, riefen auch die meisten Krieger ihn an, selbst wenn sie mit Schwert, Lanze oder Axt kämpften.. Dadurch wurde Asgord bedeutungslos. Die Vermutung, dass Honrek dem angehenden Grafen demonstrieren wollte, dass man sich mit seinem Gott und mit dessen Gefolgschaft besser gutstellte, lag nahe.

»Ich bin stolz auf dich«, meldete sich Ignuto. *»Früher hättest du nicht so schnell erkannt, was diesen Kerl antreibt.«*

»Damit hat das gar nichts zu tun«, sagte Honrek eine Spur zu scharf, um glaubwürdig zu sein. »Kort darf jederzeit passieren.«

Fiafila-Ignuto drehte sich um. Kort stand gleichmütig inmitten der Söldner. Zwischen den Gerüsteten fiel er sofort auf, weil er sein härenes Gewand trug. Für den Einzug nach Abidia gab er also wieder den bescheidenen Pilger. Seltsamer fand Fiafila-Ignuto, dass auch Keijo beinahe vollständig auf die Insignien seines Standes verzichtete. Seine Kleidung war unauffällig, der Amtsstab fehlte, nur die beiden goldenen Nasenringe machten ihn als Obersten Deuter kenntlich. Sie wusste nicht, ob er sich noch geißelte. Es machte keinen Spaß mehr, mit ihm zu streiten. Eigentlich konnte man sich gar nicht mehr mit ihm anlegen, er gab sich nachdenklich und einsilbig und nahm alle Sticheleien unwidersprochen hin.

Sie wandte sich wieder Honrek zu. »Die Stadt steht jedem Pilger offen«, erinnerte sie, »nicht nur jenen, die ein Büßergewand tragen und in Demut nahen.«

Honrek lachte höhnisch. »Zu welchem Tempel wolltet ihr

wohl unterwegs sein? Orila? Ach, nein, ihr bestellt ja keine Felder, für die ihr um Segnung bitten könntet. Oder Golahm? Der verlangt ein warmes Herz, um die Wärme der Sonne zu schicken. Das ist wohl kaum eure Sache. Und wie eine zerknirschte Frau, die ihre Untreue bereut und Basäon um Vergebung bitten will, siehst du auch nicht aus. Also macht euch nicht lächerlich!«

»Lächerlich ist daran gar nichts«, versetzte Fiafila-Ignuto. »In Abidia stehen nicht nur Tempel für die hellen und lichten Götter. Es gibt auch die geheimen, in den Kellern und in den engen Gassen. Oder leugnest du, dass auch Irqualas Würger hier eine Heimstatt haben?«

»Das weiß niemand gewiss.« Er wich ihrem Blick aus.

»Niemand?« Sie setzte ihr kältestes Lächeln auf. »Doch, ich weiß es. Und du weißt es ebenfalls.«

»Und wenn schon! Selbst Irquala will mit den Dämonenanbetern aus Rorgator nichts zu tun haben.«

»Ich habe nie gesagt, dass wir zu ihr wollen«, versetzte Fiafila-Ignuto. »Aber ihr Beispiel zeigt, dass Abidia auch verborgene Stätten der Verehrung kennt. Und, glaube mir, darunter sind auch welche, von denen du nichts ahnst.«

»Und wem soll man dort huldigen? Doch wohl kaum euren dämonischen Mächten?«

»Ebenjenen«, behauptete Fiafila-Ignuto. »Wir sind Pilger auf dem Weg zu den Dämonenschreinen Abidias und niemand darf uns den Zutritt verwehren.«

»Du lügst! Solche Orte gibt es hier nicht!«

»Oh doch, Honrek. Und das werde ich dir vor jedem Altar und auf jedes Artefakt schwören. Aber wäre dir das wirklich recht? Eine Avatar«, leicht neigte sie den Kopf zu ihrer linken Schulter, »die in einem Tempel vor dem gesamten Volk beeidet, dass die Finsternis in Abidia wohnt? Wie ich sehe, hat dein Kult die Sicherung der Stadt übernommen.«

»Nur einen Teil davon.«

»Wie auch immer. Wird man fragen, wie gut du deine Aufgabe erfüllst, wenn du noch nicht einmal weißt, dass Dämonen durch die Gassen wandeln?«

»Jetzt übertreibst du! Das ist maßlos!«

Fiafila-Ignuto schmeckte seine Verunsicherung.

Ihr Lächeln wurde breiter. »Glaube mir, du willst gar nicht erkunden, was unter der harmonischen Oberfläche dieser Stadt brodelt.«

Er sah ihr in die Augen, wohl, um herauszufinden, ob sie ernst meinte, was sie sagte. Er schluckte.

»Also«, fragte Eivora, »wie geht es weiter? Soll ich auch meine Söldner schwören lassen? Mehr als hundert?«

Honrek drehte sich um, rief ein paar Befehle und zog mit seinen Kriegern ab.

Eivora gab das Kommando, in die Stadt einzumarschieren.

»Das war gekonnt gelogen«, raunte sie Fiafila-Ignuto zu. »Beinahe hätte ich es dir selbst geglaubt.«

»Ich habe die Wahrheit gesagt«, meinte die Avatar. »In dieser Stadt gibt es sogar sehr viele Dämonenschreine. Alle Menschen tragen einen Ort in ihrer Brust, an dem sie die Dunkelheit verehren. Das Böse wohnt in jedem Herzen.«

Von Fiafila-Ignuto wusste Eivora, dass Zeutron ein Gott des Wandels war. Die Wallfahrt endete mit seiner Verehrung, weil Kort zeigen sollte, dass er ein tugendhafter Herrscher werden wollte und dafür sein sündhaftes Leben ablegte.

Er hatte den großen Hymnus gesungen, sein härenes Gewand verbrannt und ein frisch gewebtes angelegt und eine Blume gepflanzt. Er hatte die Liste seiner Verfehlungen auf ein großes Pergament geschrieben, es in winzige Schnipsel gerissen und diese in den Wind gestreut. Er hatte die tiefen Einsichten gepriesen, zu denen die Pilgerfahrt ihm verholfen habe. Er hatte den Mahnungen der Ältesten gelauscht, die von Fehlern und Glück berichtet hatten, deren Kette ein erfülltes Leben ergäbe. Er hatte den Eid der Erneuerung abgelegt und sich dem Dienst an seiner Grafschaft geweiht.

Nun machte er eher den Eindruck, er wolle zu Ausschweifungen zurückkehren, wie auch Rorgator sie jedem bot, der eine gut gefüllte Börse vorwies. Dem Charakter der hier verehrten

Gottheit entsprechend besaß der Zeutrontempel nicht nur einen kargen Bereich für die eintreffenden Pilger, wo sie sich zu Boden warfen und den Segen erhielten. Es gab auch einen luxuriös ausgestatteten Raum im Obergeschoss mit weinroten Vorhängen, weichen Kissen, großen Liegen, duftenden Kerzen und dicken Teppichen. Hier lag Kort inmitten dreier Frauen. Die am züchtigsten Gekleidete trug immerhin einen Gürtel, auch wenn sie ansonsten splitternackt war. In einer Ecke saß Yra mit verheultem Gesicht und sah zu, wie Kort sich intensiv mit den Schönheiten beschäftigte.

Eivora hatte das Dokument dabei, mit dem ihr Auftraggeber bestätigen sollte, dass der Kontrakt erfüllt war, aber dafür blieb noch Zeit. Sie machte kehrt und stieg die Treppe wieder hinunter.

Im Gegensatz zum frommen Pilger kasteite sich Keijo in der kargen Halle, vor einem Bildnis, das eine geschuppte Katze darstellte. Er kniete auf dem Stein und streckte die mit Gewichten beschwerten Arme zu den Seiten. Da sein Oberkörper nackt war, sah man die Striemen, die über seinen Rücken liefen.

Eivora wollte ohnehin mit Keijo sprechen. Als sie zu ihm ging, fühlte sie sich jedoch beobachtet. Sie sah sich um, entdeckte aber niemanden zwischen den sandfarbenen Säulen, die an drei Wänden entlangliefen. An der vierten war das Bild Zeutrons als Halbrelief ausgeformt. Die Katze schritt seitwärts, aber der Kopf war dem Betrachter zugewandt. Farblose Edelsteine bildeten die Augen.

Ob unsere Leute sie bei der Plünderung übersehen haben?, fragte sich Eivora. *Oder sind sie neu?* Das Bildnis sah nicht aus, als sei es zerstört und wieder gerichtet worden. Entweder hatte niemand die Edelsteine aus den Augenhöhlen gebrochen, weil auch die Plünderer Blicke auf sich gespürt hatten, oder man hatte das gesamte Halbrelief erneuert.

Eivora schob den Gedanken beiseite. »Gut, dass ich Euch antreffe«, sprach sie Keijo an.

Der Priester öffnete die Lider. Er blinzelte, weil der Schweiß von seiner Stirn in die Augen lief. Es war nicht besonders warm, also musste ihn das Ausgestreckthalten der Arme anstrengen.

»Ich möchte mich von Euch verabschieden. Immerhin ist die Wallfahrt nun zu einem glücklichen Ende gekommen.« Sie beobachtete seine Miene genau.

»Es gibt kein gutes Ende.« Keijo lallte. Er hatte also tatsächlich bis in den frühen Morgen gesoffen.

»Seid Ihr so traurig, mit dem künftigen Grafen nach Alton zurückzukehren?«

»Kort kann nicht Graf werden. Es sei denn, er wiederholt die Pilgerfahrt.«

Eivora setzte sich im Schneidersitz vor ihn. »Nirto hat mir berichtet, dass Ihr heute Nacht in der Schenke so etwas gemurmelt habt. Wie kommt Ihr auf den Gedanken?«

»Seine Wallfahrt ist ungültig.« Er ließ die Arme sinken und stellte die Gewichte ab. »Ein Pilger muss sich ganz in die Hände der Götter geben, er legt keine Rüstung an und schwingt keine Waffe. Aber Kort hat in den Salzzacken gekämpft. Ich habe es gesehen. Ich kann kein Zeugnis für ihn ablegen.«

»Habt Ihr ihm das schon gesagt?«

Keijo schüttelte den Kopf, seine Nasenringe klirrten aneinander. Er sah erbärmlich aus, als wollte er gleich losheulen.

»Erklärt mir das Problem, Oberster Deuter.«

»Was interessiert es Euch, Söldnerin? Ihr schert Euch nicht um Sünden.«

»Aber um unseren Kontrakt. Ich bin verpflichtet, Kort bis zum Ende seiner Wallfahrt zu schützen. Wenn er auf den Gedanken verfällt, er müsse zurück und die Reise nochmals unternehmen, könnte er meinen, dass auch unsere Pflicht noch nicht erfüllt sei.«

»Wer wird schon immer seiner Pflicht gerecht?«, flüsterte Keijo. »Die Menschen sind zu schwach für die Gebote der Götter.«

»Kort hat eine Sichel geschwungen«, gab Eivora zu bedenken. »In vielen Ländern würde man das als Werkzeug sehen, nicht als Waffe.«

»Er hat damit getötet«, sagte Keijo.

»Das kann kein Hindernis sein. Jeder Pilger opfert ein Tier in Irqualas Tempel.«

»Dabei wird den Göttern kein Leben genommen. Es wird ihnen dargebracht.«

Eivora stützte sich mit den Händen ab und lehnte sich zurück auf die gestreckten Arme. »Mir scheint, die Regeln der Götter erlauben mehrere Auslegungen.«

»Darum braucht man Priester, die zwischen den Sterblichen und den Ewigen vermitteln.«

»Dann nutzt Euren Einfluss, um Eurer Grafschaft nach der Seuche einen Bürgerkrieg zu ersparen. Verkündet, dass Kort die Prüfung bestanden hat.«

»Nein, das werde ich nicht«, flüsterte Keijo. »Lügen töten die Selbstachtung.« Er saß jetzt gebückt. Sein Gesicht sah aus, als hätte er noch nie gelacht.

»Ich habe mit Fiafila-Ignuto geredet«, begann Eivora vorsichtig. »Ich bin beeindruckt davon, wie sie uns gestern in die Stadt gebracht hat. Wir haben über die Schatten in den menschlichen Herzen gesprochen. Sie hat mir gesagt, dass Ihr schon eine ganze Weile trübsinnig seid. Sie meint, es liegt wahrscheinlich an den Flagellanten, denen wir begegnet sind, aber ich glaube, es gibt einen anderen Grund.«

Feindseligkeit schimmerte in Keijos Augen. »Und was für ein Grund sollte das sein?«

»Nun, ich erinnere mich an Euer Erschrecken, als Ihr in Huls Haus bemerkt habt, dass ich Euch beobachtet habe. Ihr standet an der Nische mit dieser Figur, die Tentakel anstelle von Armen hat. Sicher entsinnt Ihr Euch.«

»Was wollt Ihr gesehen haben?«

»Nicht viel, das gebe ich zu. Aber Euer Verhalten war schon seltsam. Als ich heute Nacht mit Fiafila-Ignuto bei einem Krug Wein saß, kam mir der Gedanke, dass Euch vielleicht etwas überkommen haben könnte, das Ihr jetzt bereut.« *Und dass Prekesta diese Gier in Euch angestachelt hat, braucht Ihr nicht zu wissen.*

Keijo schwieg, was ebenso gut war wie ein Geständnis.

»Sicher verzeiht Ihr unsere Neugier. Wir haben in Eurem Gemach nachgesehen. Ihr habt Euch von vielem getrennt. Stimmt es, dass Ihr Eure vornehmen Gewänder ein paar nackten Bettlern gegeben habt?«

»Das geht Euch nichts an.«

»Eine großherzige Geste. Die Sparsamkeit Eures Hausstands hat es uns auch einfacher gemacht, das hier zu finden.« Sie zog ein mit eingelegtem Perlmutt verziertes Kästchen aus der Tasche ihrer Tunika. »Neben Eurem Amtsstab, der wie ein Besen in der Ecke lehnt, ist dies das einzig Kostbare in Eurem Besitz.«

»Habt Ihr es geöffnet?«, fragte er mit belegter Stimme.

»Ich habe noch nie eine so große Perle gesehen. Wie ein Hühnerei, und vollständig schwarz. Einem finsteren Glanz seid Ihr da verfallen.«

Er rieb sein Gesicht. »Dann haben die Götter wohl entschieden, meine Buße zurückzuweisen. Ihr wisst, dass diese Perle eine Gabe an Zilesquar ist.«

»Ist das der Mann mit den Tentakeln?«, fragte Eivora.

»Derjenige von Huls Söhnen, der dafür sorgt, dass sich die Schwärme jedes Jahr erneuern und die Fischer mit Nahrung versorgen. Man wird diesen Schatz vermissen, und wenn Ihr Euer Wissen öffentlich macht, wird man mich davonjagen wie einen räudigen Hund.« Er sah ihr in die Augen. »Gewährt Ihr mir einen Tag Vorsprung, um zu fliehen? Ich weiß nicht, wieso Ihr mir das zugestehen solltet, aber ich hänge an meinem Leben, obwohl ich so ein unwürdiger Wurm bin.«

»Also wollt Ihr davonlaufen? Ihr wärt ein Bettler mit einer Perle. Habt Ihr schon einmal auf der Straße gelebt? Wisst Ihr, wie man sich durchschlägt?«

Mit einem Schluchzen brachen die Tränen aus ihm heraus.

»Beherrscht Euch«, forderte Eivora. »Dieses Verhalten ist unangemessen für Iljugas Obersten Deuter.«

»Das werde ich nicht mehr lange sein.«

Eivora stellte das Kästchen zwischen ihnen auf den Boden. Aglix schnüffelte daran, fand es aber uninteressant.

»Ich brauche Euch als Obersten Deuter«, drängte sie. »Ihr müsst bezeugen, dass Kort die Wallfahrt erfolgreich absolviert hat. Sicher erinnert Ihr Euch daran.«

»Es ist eine Lüge«, flüsterte er.

»Wahrheit«, meinte Eivora, »wird überschätzt. Das habe ich auch erst heute Nacht verstanden, als ich mit unserer Avatar gesprochen habe. Und bedenkt, wie viel Leid eine Lüge Eurem Volk ersparen wird. Der Bürgerkrieg, der Streit um die Thronfolge … Nichts davon braucht zu geschehen. Und eine andere Lüge wird Euren Sündenfall ungeschehen machen.«

»Was habt Ihr vor?«

»Ihr bezeugt Korts Erfolg. Das werdet Ihr gleich hier, in Abidia, tun. Öffentlich. Später könnt Ihr es dann in Iljuga wiederholen. Niemand braucht zu wissen, dass er in den Salzzacken gekämpft hat. Schließlich konnte man im Sandsturm auch kaum etwas sehen.«

»Und die Perle?«

»Ich nehme an, Euer Verlangen nach diesem Schatz hat inzwischen abgenommen.«

»Ich habe es mir aus dem Fleisch gegeißelt.«

Glaub das ruhig, dachte Eivora. In Wirklichkeit fehlte schlicht Prekestas Einfluss, der die unheilige Gier angefacht und kontinuierlich genährt hatte. Nun hielt Keijo nur noch an der Perle fest, weil er sich nicht eingestehen wollte, dass er alles umsonst aufgegeben hatte. Aber Eivora öffnete ihm die Tür zurück in sein altes, würdevolles Leben.

»Sie nützt Euch ohnehin nichts«, meinte sie. »Wo immer Ihr sie verkauft, wird man sie erkennen. Vielleicht findet Ihr einen verschwiegenen Händler, aber auch der müsste die Perle wieder loswerden, und man wird ihre Spur zurückverfolgen. Priester sind hartnäckig. Und behalten könnt Ihr sie erst recht nicht. Man könnte sie finden, wie Fiafila-Ignuto und ich sie gefunden haben.«

»Ich werde sie Euch nicht überlassen. Sie ist heilig, ich werde verhindern, dass Ihr sie in eine Stadt voller Dämonen verschleppt.«

Jedes Menschenherz ist ein Tempel für die Dämonen, dachte Eivora. »Ich lasse sie zurückbringen.«

»Zu Huls Haus?«, fragte Keijo.

Sie nickte. »Ich schicke zwei vertrauenswürdige Krieger. Sie werden ihr Paket nicht öffnen, wenn ich es ihnen verbiete. Ich lege eine Nachricht dazu, die besagt, dass ich den Räuber gefunden und erschlagen habe.«

»Und das soll man einer Söldnerin glauben?«

»Ich werde meinen Namen nicht dazuschreiben. Die Priester werden ihren Schatz zurückhaben und meine Leute werden nach Rorgator zurückkehren und nicht mehr greifbar sein.«

Keijo betrachtete die glänzenden Augen des Götterbildnisses. »Es bleibt eine Lüge.«

»Niemand braucht die Wahrheit.« Eivora steckte das Kästchen wieder ein und stand auf. »Was mich daran erinnert, dass ich etwas mit Kort zu bereden habe.«

»Aber was bleibt, wenn es keine Wahrheit mehr gibt?«, rief Keijo ihr nach.

»Der Sieg«, antwortete sie.

15. Kameraden

Eivora fand Pirlitu im *Fidelen Fidler*, der Kneipe, die sie in ganz Rorgator am meisten schätzte. Der Großteil ihrer Begleiter hatte bereits genug und schnarchte auf den Tischen oder unter den Bänken. Das tat Pirlitus Laune keinen Abbruch, sie tanzte mit drei jungen Männern und einer Söldnerin, die sich an einem Tamburin mit Messingschellen versuchte. Einer der Jünglinge zog an einer Pfeife. Der Rauch war schwerer als Luft. Von seinen Lippen schwebte er herab in Pirlitus geöffneten Mund.

Ein Tänzer mit gefälliger Gestalt, der nur mit einer zerrissenen Stoffhose und einer Weste bekleidet war, bemerkte Eivora als Erster. Mit ihrer Rüstung und in voller Bewaffnung störte sie wohl die angenehm erschöpfte Stimmung, die den Schankraum füllte. Er blieb stehen und wich unsicher ihrem Blick aus.

Dadurch wurde auch Pirlitu auf sie aufmerksam. Sie schob den Jüngling mit der Pfeife weg.

»Du bist zurück, Kleine«, sagte sie.

»So ist es.«

Weil sich Pirlitus Augen so deutlich im schwarzen Gesicht abhoben, war besonders offensichtlich, dass sie die Lider ein Stück weit senkte. Dadurch musste man seltener blinzeln. Als Eivora noch in ihrer Einheit gedient hatte, war das eine der Lektionen gewesen, die Pirlitu ihr beigebracht hatte. Wer seltener blinzelte, blinzelte auch seltener im falschen Moment. Der schlechteste Moment, der sich denken ließ, war, wenn ein Angriff bevorstand.

Eivora achtete darauf, die Hand vom Griff des Kurzschwerts fernzuhalten, während sie näher kam. Die Armbrust an ihrem Unterarm war ungeladen und entspannt.

»Hat Aglix dir Glück gebracht?«, fragte Pirlitu.

Der Feuersalamander hockte wieder auf seinem Lieblingsplatz, Eivoras Schulter. »Ich denke schon. Er ist treu und zuverlässig.«

»Hier läuft es auch gut. Viele Rekruten melden sich für den Klingenrausch.«

»Weil ich weg war?« Eivora bemühte sich um ein Grinsen.

Pirlitu erwiderte es gezwungen. »Unsinn. Der Zuspruch kommt eher von Gonters Ansprache. Er hat den richtigen Ton getroffen mit seiner Rede von rebellischem Geist und dem Schicksal, das man selbst in die Hand nimmt.«

Die Bewegung, mit der sie eine ihrer krausen Strähnen aus dem Gesicht strich, war etwas behäbiger als gewohnt. Entweder war sie angetrunken oder sie wollte Eivora vorspielen, dass dem so wäre.

»Es gibt sogar brauchbare Bewerber fürs Sturmbanner«, fuhr Pirlitu fort. »Ich habe sie in der Kaserne einquartiert. Wenn du willst, kannst du sie dir sofort ansehen.«

Eivora versuchte sich zu erinnern, wie Pirlitus Begrüßung früher ausgefallen war, wenn sie sich nach einer Weile wiedergesehen hatten. Vielleicht waren sie so etwas wie Freundinnen gewesen. Vielleicht auch nicht, wer wusste das schon so genau? Jedenfalls hätten sie sich umarmt, ein paar Becher Wein geleert und sich darüber gestritten, welcher Knabe den knackigsten Hintern hatte.

Aber jetzt war Eivora selbst eine Kampfherrin, ihr Vater war tot und auch andere Dinge waren geschehen und standen zwischen den beiden Frauen.

»Ich sehe mir die Rekruten morgen an«, beschloss Eivora. »Gönnen wir ihnen ein bisschen Schlaf. Zuerst will ich mit dir reden.«

»Ist auf dem Feldzug etwas passiert?«

»Auf jedem Feldzug passiert etwas, aber manchmal sind die Vorfälle wichtiger, die sich in Rorgator zutragen.«

»Was meinst du?«

»Zigûn wurde getötet«, Eivora beobachtete ihr Gegenüber genau, »und der Blitzstein wurde geraubt.«

»Das ist Monde her. Ein Kontrakt liegt dazwischen.«

»Zwei«, korrigierte Eivora. »Ygôda und Iljuga. Aber es ist noch nicht vorbei, solange meine Rottmeister Rache für Zigûn fordern. Der Zusammenhalt im Sturmbanner reicht über den Tod hinaus. Sie werden nie vergessen, dass man ihren Anführer überfallen und erschlagen hat. Ebenso wenig werden sie die Demütigung ungesühnt lassen, dass man den Blitzstein aus ihrer Obhut geraubt hat.«

»Das Artefakt ist zurück.«

»Aber der Stolz des Sturmbanners ist noch nicht wiederhergestellt.«

Pirlitu streifte die anderen Anwesenden mit einem schnellen Blick. Sie hatten sich an die Theke zurückgezogen. Die meisten Menschen besaßen ein Gespür dafür, wann sich Gefahr zusammenbraute. Jedenfalls traf das auf diejenigen zu, die länger als ein halbes Jahr in Rorgator lebten, ohne dabei verkrüppelt zu werden.

»Gehen wir nach hinten.« Pirlitu machte eine einladende Geste, ohne den Blick von Eivora zu wenden.

»Wohin?«

»Die zweite Tür auf der linken Seite.«

Eivora ging vor.

Im Raum waren drei Männer über einem Würfelspiel und reichlich Wein eingeschlafen.

Pirlitu trat einem von ihnen den Stuhl weg.

Polternd fiel er zu Boden. »Was bei allen …« Er verstummte, als er erkannte, wer ihn so rüde behandelte.

Die Kampfherrin der Armbruster benahm sich, als gehöre ihr der *Fidele Fidler*. Niemand, der noch einen intakten Unterkiefer hatte, stellte das infrage.

Die drei Kerle beeilten sich, hinauszukommen, und zogen sogar die Tür hinter sich zu.

Pirlitu roch an einer geöffneten Weinflasche. »Nicht übel«, urteilte sie und nahm zwei saubere Gläser von einem Regal, um sie auf einen kleinen Rundtisch zu stellen, der unbenutzt abseits stand. Sie achtete darauf, genug Abstand zu Eivora zu wahren, um einen schnellen Dolchstoß kommen zu sehen.

»Ich will kein Wort von dir hören«, sagte Eivora. »Hör mir nur zu.«

Pirlitu zuckte mit den Achseln. Falls sie eine Waffe hatte, war sie so klein, dass man sie unter der Tunika nicht erkannte. Da ihre Füße nackt waren, fehlten auch die Stiefel, in denen sie sonst gern eine dünne Klinge verbarg. Natürlich könnte sie etwas in diesem Raum verborgen haben, unter der Tischplatte zum Beispiel.

Eivora widerstand dem Drang, den Griff des Kurzschwerts zu fassen.

»Als ich aufgebrochen bin, wusste ich nur, dass einer der Angreifer behauptet hat, bei den Blutkrähen zu sein«, erklärte Eivora. »Das hat er mir erzählt, kurz bevor ich ihn getötet habe. Ich war zu spät, um Zigûn zu retten. Ich habe die Sache nur knapp selbst überlebt. So wie Leronn, aber den hast du ja dann in einem Duell erledigt.«

Pirlitu blieb stehen, obwohl sich genügend Stühle im Raum befanden. Wer sich setzte, gab seine Beweglichkeit auf.

»Aglix bringt wirklich Glück«, fuhr Eivora fort. »Unser neuester Auftraggeber kam ausgerechnet von den Blutkrähen. Ich hielt es für schlau, für unsere Dienste einen besonderen Preis mit Kort zu vereinbaren. Das Gold, das an die Dämonen geht, ist dieses Mal aus meiner Schatulle gekommen. Dafür habe ich mir sein Wissen gekauft.«

Pirlitus Hand umschloss noch die Weinflasche. Sie war lange nicht so gut wie eine geschmiedete Klinge, aber dennoch eine brauchbare Waffe, vor allem, wenn sie das Glas auf der Tischkante zerschlug und sich dadurch scharfe Zacken bildeten. Eivora war eine miserable Nahkämpferin, und Pirlitu wusste das. Das Duell mit Leronn im Feuerkreis war nicht der erste Zweikampf, in dem die schwarze Kampfherrin ihren Gegner getötet hatte.

»Kort könnte gelogen haben«, gab Pirlitu zu bedenken.

»Ruhe!«, donnerte Eivora.

Sie hatte es satt, für blöd verkauft zu werden. Ja, sie war die Tochter des Flammenbringers, und ihr Vater hatte sie oft beschützt. Aber sie war auch die Frau, die das Sturmbanner führte, und das nun bereits in zwei Kontrakten. Sie hatte oft gekämpft, für Silber, für Ruhm, für ihre Kameraden, und bislang hatte sie meistens gesiegt und immer überlebt. Das konnte man von vielen ihrer Gegner nicht behaupten.

»Aglix bringt mir Glück, aber ich weiß, dass Glück allein ebenso wenig ausreicht, wie hervorragende Fechtkunst garantiert, dass man auf einem Schlachtfeld besteht. Man muss nachdenken, wenn man siegen will.«

Sie sammelte die Würfel auf, die die Spieler zurückgelassen hatten, und tat sie in den Becher. Sie klapperten, als Eivora sie schüttelte, und knallten, als sie den Becher auf den Tisch stürzte. Sie ließ ihn stehen, ohne nachzusehen, wie viele Augen sie gewürfelt hatte.

»Es würde mich wundern, wenn Kort nichts von den Vorfällen in jener Nacht wüsste«, fuhr Eivora fort. »Er war ein hoher Offizier der Blutkrähen, und die Angreifer haben gekämpft wie Krieger einer Eliteeinheit. Das waren keine Spinner, die ihre Wut überwältigt hat, und auch keine Abenteurer, die trunkener Übermut getrieben hat. Sie sind mit kühlem Kopf vorgegangen und jemand hat sie beauftragt. Kort könnte wissen, wer das war.«

Pirlitu stand unbewegt und aufmerksam.

»Ich habe Kort nicht gefragt«, sagte Eivora. »Stattdessen habe ich seinen Teil des Handels umgewandelt. Was er auch weiß, in Fiafila-Ignutos Flamme musste er mir versprechen, für immer darüber zu schweigen. Niemand wird es erfahren.«

Sie ging auf Pirlitu zu.

»Ich will es nicht wissen.«

Eivora zog einen Stuhl zurecht und setzte sich an den runden Tisch.

»Wenn man mich fragt, werde ich sogar lügen und behaupten, dass Kort nichts weiß.«

Pirlitu blieb stehen. »Suchst du Freunde?«

Eivora schüttelte den Kopf. »Auch wenn wir es vielleicht einmal waren, werden wir nie wieder Freundinnen sein, Pirlitu.«

Sie nahm die Weinflasche aus der schwarzen Hand. Die andere Frau ließ es zu.

»Wir sind Kampfherrinnen des Klingenrauschs«, stellte Eivora klar. »Wir sind Erbinnen meines Vaters. Seine Legion liegt in unseren Händen. Ich brauche keine Freundinnen, sondern Kameradinnen, von denen ich weiß, dass ich mich in der Schlacht auf sie verlassen kann, weil unser Feldzeichen ihnen ebenso viel bedeutet wie mir.«

»Ich mag Garallos Grinsen.« Pirlitu entblößte ihre Zähne.

Eivora schenkte ein. Der Wein sah aus wie Blut, das in die fein geschwungenen Kristallgläser floss. Sie dachte an Gonter und daran, dass es albern war, wie sehr er ihr fehlte. Sie war eine Söldnerin, für dieses Leben hatte sie sich entschieden. Da war es besser, keine Gefühlsduseleien mit einem Untergebenen zuzulassen. Und genau das war Gonter jetzt: ein Krieger unter ihrem Kommando. Er machte seine Aufgabe gut, und das sollte jede Offizierin freuen. Alles andere war unwichtig.

»Ich habe meinem Sturmbanner versprochen, ihnen zu sagen, wer den Befehl für den Angriff auf meinen Vorgänger gegeben hat, sobald ich es erfahre«, sagte Eivora. »Aber noch weiß ich es nicht. Bis ich es herausfinde, halte ich mein Wort.«

Pirlitu nickte ernst.

Sie wussten beide, dass Korts Wissen nicht einmalig war. Jeder, der am damaligen Überfall beteiligt gewesen war, wusste Bescheid und konnten irgendwann reden.

Die Gläser klirrten hell, als sie anstießen.

»Auf den Klingenrausch.« Pirlitu behielt Eivora im Blick, während sie trank.

Freundschaft ist wertlos. Eivora nahm einen tiefen Schluck. *Ich brauche Kameraden. Das ist mein Leben.*

»Du kannst schon wieder gehen?«, fragte Fiafila-Ignuto.

»Ich habe nicht vor, ein Krüppel zu bleiben.« Prekestas verbranntes Gesicht zeigte eine Mischung aus Grinsen und Zähnefletschen.

Weniger als eine Woche lag der Treffer mit dem Speer zurück, aber die Heroldin des roten Risses stand bereits aufrecht. Sie trug ein fließendes Gewand aus schwarzem, glänzendem Stoff, eher ein dünner Mantel als eine Robe. Ein Gürtel hielt es an der Hüfte zusammen. Es war so locker gelegt, dass Prekestas Haut bis beinahe zum Nabel sichtbar war. Die Rundungen ihrer Brüste ließen sich nur erahnen, die zerklüftete Struktur der Verbrennungen mit den dunklen Graten war dagegen deutlich zu sehen. Vielleicht spielte Prekesta auch damit, sich so zu bewegen, dass die Feuerbecken sie gut beleuchteten.

Davon stand in ihrem Raum ein halbes Dutzend. Das Quartier ähnelte demjenigen, das Wilania-Pressito bewohnt hatte. Auch hier stellten Halbreliefs Dämonen dar, die Menschen verschlangen, und in die Decke über dem Bett war eine übergroße Fratze mit aufgerissenen Fängen eingearbeitet. Das Zimmer lag auf einer mittleren Ebene des Glühenden Tempels. Die Hitze erforderte, jeden Tag wenigstens drei Krüge zu trinken.

Aber vielleicht gilt das für jemanden wie Prekesta nicht.

In Ignutos Erinnerungen fanden sich neben Avataren auch viele andere seltsame Wesenheiten – aber so etwas wie die Heroldin des roten Risses hatte er ebenfalls noch nie gesehen. Das machte den Homunkulus nervös, er konnte sie nicht einschätzen, obwohl er eine Verwandtschaft spürte.

Prekestas Blick fiel auf Yra. Die Magd hielt die Augen bescheiden gesenkt.

»Ah, ich sehe, du bist deinem geliebten Kort untreu geworden und doch mit uns zurückgekehrt.«

»Er ist ein wollüstiger Keiler«, quetschte Yra hervor.

»Gut, gut.« Prekesta lachte. »Das ist gut.«

Sie zog ihre Sandalen an. Verwundert stellte Fiafila-Ignuto fest, dass ihre Bewegungen zwar träge ausfielen, sie sich aber sogar zu bücken vermochte.

Schmeckst du Schmerzen?, fragte sie ihren dämonischen Gefährten.

»Kein bisschen«, bedauerte er.

»Seid ihr nur zum Staunen gekommen, oder habt ihr noch den Mut, die Sache durchzuziehen?«, fragte Prekesta.

»Ich hoffe, du weißt, wo wir die Rolle des Triumphs finden«, sagte Fiafila-Ignuto.

»Natürlich.« Prekesta schüttelte den Kopf und ging zur Tür. »Immer dieses Misstrauen … Wieso sollte eine unschuldige Frau wie ich lügen?«

Choräle tönten durch den Glühenden Tempel. Man feierte den Brand von Furlagon, bei dem der Feuersturm eine volle Woche in der Stadt gewütet hatte. Noch heute wuchs nichts auf der verkohlten Fläche von fünf Quadratmeilen, wo einst eine blühende Siedlung inmitten einer fruchtbaren Ebene gestanden hatte. Sie war eine stete Mahnung, die den Einfältigen die Macht der Dämonen vor Augen stellte. An warmen Tagen trieb der Wind giftigen Qualm in das Land hinaus.

»Während meiner Initiation war ich oft in der Halle der Erkenntnis«, versicherte Prekesta. »Vertraut euch unbesorgt meiner Führung an.«

Der Gesang drang unterschiedlich laut an ihre Ohren, je nachdem, ob sie sich über einen offenen Pfad oder durch einen Tunnel im schwarzen Lavagestein bewegten. Prekesta führte sie nach unten, wo es noch mehr Magmabecken gab. Der Homunkulus genoss die Hitze, aber Yra war so nass vor Schweiß, als käme sie gerade aus einem Regenschauer. Ihren Umhang hatte sie bereits abgelegt, jetzt öffnete sie auch noch einige Verschnürungen ihres Kleids, sodass der Ausschnitt an einer Seite über die Schulter rutschte.

»Will Prekesta uns ans Messer liefern?«, fragte der Homunkulus.

Es gibt keinen Beweis dafür, dass wir planen, uns die Rolle des Triumphs auszuborgen. Niemand weiß, dass wir Kesters Klinge ins Schwertfeuer schmieden wollen.

»Mit genug Feuer werden wir früher oder später alles gestehen. Und Yra erst recht. Sie weiß viel zu viel!«

Die Gruppe passierte einige Hallen, in denen sich Dämonenjünger versammelten, um gemeinsam ein paar Tiere oder seltener auch einen Menschen zu quälen und dabei einen Hymnus auf die Herren des Feuers zu singen. Niemand beachtete sie, und wenn sie doch ein Blick streifte, vermutete man wohl, dass sie auf dem Weg zu einer anderen Feier seien.

In der Halle der Erleuchtung waren sie allein mit den gusseisernen Dämonenhäuptern, die die Wände in zehn Reihen übereinander auskleideten. Jedes der schwarzen Gesichter war individuell geformt, aber alle drückten Hass und Menschenverachtung aus. Brauen zogen sich über Augen mit geschlitzten Pupillen zusammen, Zornfalten kerbten die Stirn, Nüstern blähten sich angriffslustig. Immer war das Maul weit aufgerissen und entblößte spitze Zähne. In jedem Rachen loderte Feuer, und in den Flammen standen eiserne Zylinder, in deren Oberfläche kantige Schriftzeichen grell strahlten.

Dieses Licht aus mehreren Hundert Dämonenschlünden tauchte den Saal in eine rot zuckende Helligkeit. Ein Kohlebecken von den Ausmaßen einer Speisetafel nahm die Mitte des Raums ein. Hier brannte kein Feuer, aber der Widerschein der Flammen schuf die Illusion, dass sich die Kohlen danach sehnten, entzündet zu werden.

»Dort findest du, was du suchst.« Prekesta zeigte schräg nach oben. »Der mit dem gebogenen Horn auf der Stirn. Der sechste von rechts, dritte Reihe von oben.«

Wie bei einer Bibliothek mit Hochregalen gab es auch in der Halle der Erkenntnis Leitern, die sich entlang der Wände verschieben ließen. Fiafila-Ignuto nahm eine davon und rollte sie in Position.

»Sie hat kein Geländer. Wenn jemand daran rüttelt, während wir oben stehen, können wir leicht zu Tode stürzen.«

Sie hielt sich gut fest, als sie die Sprossen hinaufstieg.

»Hat Kort es dir eigentlich gut besorgt?«, fragte Prekesta unterdessen Yra. »Weshalb hat er von dir abgelassen?«

»Es war eine Orgie.« Der unterdrückte Zorn in der Stimme der Magd war unüberhörbar.

»Waren die anderen besser? Nun ja, obenrum hatten sie sicher mehr zu bieten.«

Fiafila-Ignuto erreichte die bezeichnete Dämonenfratze. Sie war annähernd rund und durchmaß einen Schritt. Das Horn bog sich aus der Stirn nach unten und berührte beinahe die wulstige Oberlippe. Die Schlitzpupillen waren tiefe Kerben, Fiafila-Ignuto hätte wohl ihre Hand bis zum Gelenk hineinstecken können.

»Ich schätze, du warst ein genügsames Eselchen«, spottete Prekesta weiter. »Als Ulv dich eingeritten hat, hast du ja auch mehr die stille Genießerin gegeben.«

Fiafila-Ignuto krampfte die Hände um die Holme der Leiter. Prekesta sprach von Yras Schändung. In jener Nacht hatte sie das Mädchen seiner Mutter abgekauft und es dem Knaben zugeführt, der sich als Belohnung an ihm hatte vergehen dürfen. Chastro-Ignuto war dabei gewesen, als Ulv sich nicht nur Yra aufgezwungen, sondern sie zudem mit glühenden Kohlen gequält hatte. Mit dem Homunkulus war auch ein Großteil der Erinnerungen auf Fiafila-Ignuto übergegangen.

Yra schwieg.

»So ein Eselchen ist sicher ganz nett«, fuhr Prekesta fort, »aber auf einer feurigen Stute erlebt ein Mann mehr.«

»Lass sie lästern«, riet Ignuto. *»Wir sind wegen etwas anderem hier.«*

Sie konzentrierte sich auf den Metallzylinder im Innern des Dämonenmauls. Er war eine Handspanne hoch und so dick wie ein Lanzenschaft. Die grellen Runen flimmerten vor Fiafila-Ignutos Augen. Das konnte nicht an der Hitze des Feuers liegen, das rundherum brannte, denn der Zylinder selbst war klar sichtbar.

Im Unterkiefer standen die Zähne in einer dichten Reihe, als wüchsen Dolchklingen hinter der Lippe. Oben dagegen bildeten sie eine durchgehende Schneide zwischen zwei langen Fangzähnen.

Wenn sich das Maul schließt, während ich den Zylinder greife, verliere ich die Hand.

»Das ist nur eine Skulptur aus Stein. Sie kann sich nicht bewegen.«

Ich hoffe, du irrst dich nicht.

Sie löste die Rechte von der Leiter und näherte sie zögernd dem Maul.

Was ist mit dem Feuer? Ich will nicht, dass meine Hand so aussieht wie die von Prekesta.

»Dann musst du eben schnell sein.«

Fiafila-Ignuto schluckte. Sie wagte nicht, die Hand auch nur einen Zoll zurückzunehmen, weil sie befürchtete, sich dann nicht erneut nähern zu können. Die Augen des Dämons sahen fürchterlich aus. Die Wesenheit, nach der dieses Bildnis modelliert war, konnte kein Mitleid empfinden. Der Zweck ihres Lebens bestand aus Schmerz, dem eigenen ebenso wie jenem, den sie anderen zufügte. Man sagte, Dämonen weideten sich besonders gern an der Qual von Menschen, weil diese mit solcher Intensität zu leiden vermochten.

Nirto hatte ihr beigebracht, schnell zuzuschlagen. Wenn man angriff, durfte man nichts zurückhalten. Man musste mit voller Wucht attackieren oder vor dem Kampf fliehen. Und man musste das Ziel direkt angehen, sofort den entscheidenden Treffer suchen, der den Gegner tötete und damit den Sieg errang.

Fiafila-Ignuto versuchte, ihre Muskeln zu lockern. Es gelang nicht recht.

Schweiß lief in ihre Augen.

Sie stieß die Hand vor, so schnell sie konnte, schloss sie um den Zylinder und riss sie wieder heraus.

An ihrem Keuchen merkte sie, dass sie die Luft angehalten hatte. Dafür hätte sie sich eine Rüge von Nirto eingehandelt, wäre er hier gewesen.

Zufrieden betrachtete sie ihre Beute. Der Zylinder war überraschend kalt. Die gleißenden Symbole ließen sich nicht ertasten, die Oberfläche fühlte sich glatt an, wie Glas.

Noch während sie auf dem Weg die Leiter hinunter war, betrat ein Adept die Halle der Erkenntnis. Er ging barfuß, was darauf hindeutete, dass er zu einer Strafe verurteilt war, weswegen man ihn wohl auch von den Lobgesängen des Feiertags ausschloss. Seine schwarze Robe wies kaum Verzierungen auf, nur eine Handvoll orangefarbener Zeichen verlor sich im dunklen Stoff. Er schleppte einen Sack, den er nun abstellte.

Er schluckte. Bestimmt verunsicherte ihn der Anblick von Prekestas verbrannter Haut.

»Was tut Ihr hier?«, fragte er. »Eigentlich sollte die Halle doch verschlossen sein. Ich war nur kurz raus, um …«

Erst jetzt entdeckte er Fiafila-Ignuto auf der Leiter.

»Habt Ihr die Erlaubnis der Priesterschaft?«

Lächelnd zog sich Prekesta einige Schritte zurück, wobei sie den Blick auf Yra beließ. Die Heroldin des roten Risses bewegte die Lippen, vielleicht flüsterte sie etwas, das Fiafila-Ignuto entging.

Yra straffte sich. Mit schwingenden Hüften stolzierte sie auf den Adepten zu. »Du hast bestimmt starke Muskeln, wenn du eine solche Last schleppen kannst.« Mit einem Wischen deutete sie auf den Kohlesack.

»Ihr habt meine Frage nicht beantwortet«, beharrte der Adept.

»Fällt dir wirklich nichts anderes ein als diese dumme Frage?« Yra stellte sich dicht vor ihn.

Wohl nur sein Stolz hielt ihn ab, einen Schritt zurückzutreten.

»Heute feiert man doch«, gurrte Yra. »Warum soll ein so strammer Jüngling der Einzige sein, der keinen Spaß hat?«

Sie legte die Arme auf seine Schultern und küsste ihn.

Fiafila-Ignuto erreichte den Boden. Sie sah zu Prekesta hinüber, die noch immer Yra beobachtete.

Die Küsse des Mädchens wanderten über die Wange zum Ohr.

Der Adept schien unentschlossen. Er stand wie ein Holzklotz, aber seine Hände tasteten an Yras Seite und er schloss genießerisch die Lider.

Yras Kopf senkte sich.

Plötzlich riss der junge Mann die Augen auf. Er versuchte Yra fortzustoßen und er wollte schreien, aber es wurde nur ein Gurgeln daraus. Als es ihm gelang, sich zu lösen, stolperte er rückwärts. Blut spritzte aus einer Wunde an seinem Hals, wo der Kehlkopf hätte sein sollen.

Yra spuckte etwas Rotes aus.

Der Adept brach zusammen. Wilde Zuckungen rissen an seinen Gliedern.

Yra raffte das Kleid, zog das rechte Knie hoch und trat mit voller Wucht auf seinen Hals.

Das Genick knackte.

Er lag still.

Yra wandte sich an Prekesta. »War das wild genug für ein Eselchen?«

Lächelnd ging die Heroldin des roten Risses zu ihr. »Du hast dich bekleckert.« Sie benutzte einen Zipfel ihres Gewands, um den Mund der Magd abzuputzen.

Hat sie nur Yras Gefühle angefacht oder auch ihre eigenen übertragen?, fragte sich Fiafila-Ignuto schaudernd.

»Das Böse wohnt in jedem Herzen, egal, wie unschuldig seine Hülle erscheinen mag.«

Prekesta hat früher gern Männer gequält. Sie erinnerte sich an die lederüberzogene Eisenstange, mit der die Söldnerin den Unterlegenen bei einer Plünderung beigebracht hatte, wie sich eine Schändung anfühlte.

»Gehen wir«, schlug Prekesta vor, »bevor noch weiterer Besuch kommt.«

»Sollten wir uns nicht um die Leiche kümmern?«, fragte Fiafila-Ignuto.

Yra bebte und betastete ihre Lippen.

Prekesta bedachte den toten Körper mit einem abfälligen Blick. »Wieso?«

»Werden uns die Dämonen nicht zürnen, wenn sie unsere Tat entdecken?«

»Vielleicht, wenn du die Rolle des Triumphs zu lange behältst, aber nicht wegen dem hier. Sie lieben die Zwietracht.«

Aglix streckte sich in einem der Sandtische aus. Offensichtlich genoss es der Feuersalamander, wieder zu Hause zu sein. Eivora drehte eine Laterne hoch und stellte sie neben ihn, damit er es während ihrer Abwesenheit warm hatte.

Ohne das Schwert ihres Vaters wirkte die Wand über dem Bett kahl. Sie würde etwas anderes an die Stelle hängen, bezweifelte aber, dass es die Lücke füllen könnte. Sie hätte es gern gegeben, damit es einen Platz im Portal der Kontrakthalle fände, aber dazu käme es nun wohl nicht mehr.

Noch einmal las sie Fiafila-Ignutos kurze Nachricht. Eivora sollte um Mitternacht zur Ruine von Festung Feuerträne kommen und die Waffe mitbringen. Zwar konnte man sich nicht vorstellen, was die Avatar mit einer so schweren Klinge wollte, aber wenn damit ihre Hilfe bei Prekesta abgegolten war, erschien dieser Preis angemessen. Hätte die Heroldin des roten Risses die Zwietracht innerhalb der Banner weiter angeheizt, hätte sie die Söldner wie ein Spaltpilz auseinandergetrieben.

Dennoch war Eivora unwohl, als sie die Arme durch die beiden Schlaufen des Geschirrs schob, das die Waffe auf ihrem Rücken fixierte. Der Pfad zur Ruine war in schlechtem Zustand, an eine Beleuchtung war nicht zu denken. Also wäre sie mit ihrer Lampe weithin sichtbar, jeder Wegelagerer könnte sich in aller Ruhe auf sie vorbereiten. Sie prüfte die Bolzen in ihrem Köcher und vergewisserte sich, dass sich das Kurzschwert leicht aus der Scheide ziehen ließ, ohne irgendwo festzuhaken.

»Mach's gut, Winzling«, sagte sie zu Aglix.

Er krabbelte auf einen Hügel Silbermünzen, als wäre er ein Drache, der einen Hort bewachte.

Eivora stieg die Leiter hinunter.

Schon zehn Schritt vor ihrem Turm, noch zwischen den rechteckigen Gebäuden, die dem Sturmbanner als Unterkunft dienten, sah sie eine dunkle Gestalt.

»Wer da?« Sie zog ihr Kurzschwert.

Der andere hob beschwichtigend die Hände. »Ich bin es, Nirto. Darf ich weiterleben?«

»Entschuldige.« Sie steckte die Klinge weg. »Ich bin heute Nacht etwas nervös.«

»Ich war auf dem Weg zu dir.« Das Sternenlicht schimmerte auf seinem aschblonden Haar. Die Axt hing im Ring an seinem Gürtel, aber das war nicht ungewöhnlich. »Nun, da der Kontrakt beendet ist und wir zurück sind, sollten wir darüber sprechen, was mit Gonter geschehen soll.«

Ihr Herz tat einen heftigen Schlag. *Gonter.* Sie versuchte, nicht an ihn zu denken, und fragte sich doch, ob er wohl jemanden hatte, mit dem er durch Rorgators Schenken zog. Er war ein gut aussehender Mann, und sein Sieg im Duell mit Eilan war sicher eine Geschichte, die Frauen gern hörten.

Um Zeit zu gewinnen, setzte Eivora ihren Weg fort und lud Nirto mit einem Wink ein, sich ihr anzuschließen. Das Geröll über der erstarrten Lava knirschte unter den Füßen. Wenn er sich darüber wunderte, dass sie in die Einsamkeit der Berge statt in die Metropole hinuntergingen, sagte er es nicht.

»Welchen Eindruck hast du von ihm?«, fragte Eivora schließlich. Die Worte kratzten in ihrer Kehle.

»Gonter hinterfragt viel.«

»Aber er ist ein hervorragender Schwertkämpfer!«

Sie ärgerte sich über ihren schnellen Einwurf. Hätte sie einen anderen Söldner auch auf diese Weise in Schutz genommen?

Nirto wartete einige Schritte ab. »Wer Teil einer Rotte ist, braucht Disziplin«, meinte er. »Wenn ich einem meiner Krieger sage, er soll eine Botschaft überbringen, eine Nacht lang an einer Brücke wachen oder eine Sturmleiter sichern, dann muss ich mich darauf verlassen, dass er genau das tut.«

»Und bei Gonter ist das nicht der Fall?«

Sie presste die linke Faust zusammen und konzentrierte sich auf den Schmerz, den die Nägel in der Handfläche verursachten. Dadurch fiel es ihr leichter, sich von den Dingen abzulenken, die auf ihre Zunge drängen wollten. *Gonter hat tapfer gekämpft, Kameraden das Leben gerettet, Gegner erschlagen. Er ist während des Marschs nie zurückgefallen. Was den Schwertkampf angeht, kann er den Söldnern noch etwas beibringen. Er hat nur ein paar Wochen gehabt, Nirto zu überzeugen. Die meisten Krieger brauchen wesentlich länger, bis man sie überhaupt für den Klingenrausch oder erst recht für das Sturmbanner in Betracht zieht. Auch Gonter wird mit den Gepflogenheiten des Söldnerlebens vertraut werden.*

Sie brachte nichts davon vor. »Es ist deine Entscheidung, Nirto«, sagte sie stattdessen.

Eivora fühlte sich von ihrem eigenen Herzen verraten, das so heftig pochte. Gonter hatte sie weggeschoben wie ein aufgetragenes Hemd. Er hatte ihr klargemacht, dass er nichts mehr von ihr wollte, jedenfalls nicht von ihr als Frau. Sie wünschte, ihr wäre egal, was aus ihm wurde!

Aber so war es nicht.

Gonter hatte sie vertrauen können, gerade weil er sich in Rorgator nicht auskannte, der Einzige war, der mit Sicherheit nicht im oft undurchsichtigen Netz der Verpflichtungen innerhalb der Söldnermetropole verflochten war. Wenn man lange genug darüber nachdachte, konnte jeder etwas mit Zigûns Tod zu tun haben, sogar Nirto und die anderen Rottmeister. Es ging immer nur darum, wer sich einen Vorteil versprach, dann wogen Loyalitäten und Menschenleben leicht. Gonter war anders, von seinem ganzen Wesen her. Ob Rorgator ihn zu seinem Nachteil verändern würde?

Oder würde die Söldnermetropole ihn brechen?

Und was wünschte Eivora sich wirklich?

»Was soll passieren, wenn ich Gonter ablehne?«, fragte Nirto.

»Dann wird er keinen Platz im Sturmbanner haben«, sagte sie.

»Aber was heißt das? Gonter weiß zu viel. Er war mit uns in Ygôda, als wir den Blitzstein benutzt haben.«

Eivora lauschte auf die Worte, die Nirto unausgesprochen ließ. *Niemand, der dieses Wissen hat, lebt außerhalb unseres Eids.*

Sie blieben stehen, als sie den Pfad erreichten, der hinauf zur Ruine führte. Eivora versuchte, Nirtos Gesicht zu erkennen, aber er war nur ein Schattenriss.

»Der Klingenrausch ist alles, was zählt.« Eivoras Brust fühlte sich an, als würde sie versteinern. »Du wirst die beste Entscheidung für die Legion treffen.«

Er legte die Hand auf den Axtkopf. »Das habe ich bereits.«

Die Krieger des Zauberbanners standen unbewegt wie Statuen. Das Sternenlicht, das ihre Roben grau färbte, verstärkte den Eindruck von Stein. Nur einer von ihnen streckte den Arm, als sich Eivora näherte.

Er zeigte nicht zum Portal der verfallenen Feste, sondern auf einen Pfad, der davor den Hang hinabführte. Das Knirschen der Steine war das einzige Geräusch, als Eivora dem gewundenen Weg folgte. Hier gab es keine Bäume, deren Kronen im leichten Wind hätten rauschen können. Überhaupt wuchs hier nichts, noch nicht einmal Gras schlug auf der Lava Wurzeln.

Erst als sie stehen blieb, um sich zu vergewissern, welche Richtung der Pfad im Schatten eines großen Felsens nahm, hörte sie die fremden Worte. Sie wurden getragen gesprochen, wie bei einem Gedicht, das jemand auf einer Bühne rezitierte, aber Eivora kannte die Sprache nicht. Benutzte jemand eine dämonische Zunge?

Ihre Nackenhärchen stellten sich auf, aber sie ging weiter. Wer einen Pakt mit einer Avatar schloss, durfte sich nicht wundern, wenn die Herren des Feuers eine Rolle dabei spielten.

Hinter dem Felsen sah sie roten Lichtschein. Er kam zwanzig Schritt entfernt aus dem Boden und über ihm flackerte die Luft. Obwohl die Landschaft eine Gesteinswüste blieb, stand hier ein großer Tisch, um den sich vier Gestalten versammelt hatten. Eine von ihnen breitete die Arme aus. Aus ihrer linken Schulter wuchs ein Homunkulus.

Im Näherkommen erkannte Eivora, dass es sich wie erwartet um Fiafila-Ignuto handelte. Die anderen drei waren ihre Magd Yra, Prekesta, die heute ihr verbranntes Gesicht unverhüllt zeigte, und Gennetos, der Schmied, der Garallo wieder gerichtet hatte. Mehr noch als die Anwesenheit des kräftigen Mannes, dessen Lederschürze auf die Bereitschaft hinwies, seinem Handwerk nachzugehen, wunderte Eivora, dass der Tisch das Schwertfeuer war. Sein Eisen schimmerte im Licht, das vom Magma ausging, das sich in einem zwei Schritt breiten Strom aus der Bergflanke wälzte und zehn Schritt später wieder in einer Felsspalte verschwand. Es war weiß wie Schnee, aber die Luft flimmerte darüber.

Fiafila-Ignuto brach ihre Intonation ab, senkte die Arme

und sah Eivora an. »Hast du das Schwert deines Vaters mitgebracht?«

Eivora nahm die Waffe von ihrem Rücken und gab sie der Avatar. Zufrieden bemerkte sie, dass Fiafila-Ignuto das Gewicht unterschätzte, sodass das Schwert ein Stück absackte, als sie es entgegennahm.

Sie reichte es an Gennetos weiter. Der Schmied war kräftiger als die vier Frauen zusammen und er hatte einen Blick für diese Dinge. Er hielt die Waffe vorsichtig, aber ohne Schwierigkeit. Sie machte kaum ein Geräusch, als er sie aus der Scheide zog.

»Das ist eine sehr schöne Arbeit«, meinte er.

Eivora hatte die Klinge gut gepflegt, kein Körnchen Rost zeigte sich darauf. Das Licht zeichnete die Schmiedewellen nach. Der Stahl schien zu brennen.

»Bist du sicher, dass ich das tun soll?«, fragte Gennetos.

»Wir haben darüber gesprochen«, antwortete Fiafila-Ignuto mit einer Spur Schärfe in der Stimme. »Du hast mein Silber genommen. Jetzt wirst du tun, wofür ich dich bezahlt habe.«

In der Dunkelheit war Gennetos' Miene schwer zu erkennen, aber Eivora glaubte, dass ein fragender Ausdruck darauflag, als er sie ansah.

»Die Avatar und ich haben einen Pakt geschlossen«, sagte sie. »Wir tun, was sie wünscht.«

»Es ist ein Jammer«, murmelte Gennetos.

Er schob die Klinge zurück in die Scheide und hielt das Schwert so, dass das Licht auf den Griff fiel. Er betrachtete ihn genau, wendete die Waffe und musterte auch die andere Seite. Dann folgte er dem Magmastrom bis zu einem Amboss, den er an seinem Rand aufgestellt hatte. Er nahm ein kleines Werkzeug und machte sich am Griff zu schaffen.

»Bekomme ich das Schwert meines Vaters zurück?«, fragte Eivora.

»Es ist ein Teil des Preises.«

»Nur ein Teil?«

»Du hast zugesagt, alles zu tun, was ich von dir will, solange es die Legion nicht schwächt. Das wird es nicht. Sie wird gestärkt aus dieser Nacht hervorgehen.«

»Und ich werde frei von meinem Versprechen sein?«

Fiafila-Ignutos Blick war seltsam, als mischten sich Vorfreude und Bedauern darin. »Mit dieser Nacht erfüllst du alle Pflichten, die du mir gegenüber eingegangen bist.«

Eivora nickte. »Das soll mir recht sein.«

»Du gibst dein Wort leichtfertig.«

»Ab morgen werde ich mich bessern.«

Ein Lächeln erschien auf Fiafila-Ignutos Lippen, machte aber rasch einer nachdenklichen Miene Platz.

Gennetos hob das Schwert an. Die Angel, die zuvor der Griff umschlossen hatte, war jetzt ein nackter Metallstab, der in die Klinge überging. Der Schmied legte den Stahl in das fließende Magma. Die Strömung war zu träge, um ihn mitzuziehen.

»Wir ehren deinen Vater«, sagte Fiafila-Ignuto.

Eivora sah den Eisentisch an. »Du willst seine Klinge zu einem Teil des Schwertfeuers machen?«

»Nur großen Helden wird diese Ehre zuteil.«

Tränen stiegen in Eivoras Augen. Sie hatte befürchtet, einen hohen Preis für die Hilfe der Avatar zu zahlen, vielleicht einen, der sie bereuen ließe, Prekesta nicht selbst aufgehalten zu haben. Stattdessen half Fiafila-Ignuto dem Klingenrausch und machte den Ruhm ihres Vaters unsterblich, viel mehr noch, als wenn man seine Klinge in das Portal der Kontrakthalle geschmiedet hätte. Es war, als hätte sich Eivora den schönsten Palast Rorgators genommen und würde dafür mit Gold überhäuft, statt dafür zu bezahlen.

»Das Schwertfeuer ist ein Artefakt«, sagte Fiafila-Ignuto. »Die Dämonen verlangen einen Preis, um seine Macht zu erweitern.«

»Jeden«, hauchte Eivora.

»Wir brauchen das Blut des Helden.«

»Mein Vater ist verbrannt. Sein Blut ist …« Sie verstummte unter dem vielsagenden Blick der Avatar.

»Ja.« Fiafila-Ignuto zog eine dünne Klinge. »Es fließt in deinen Adern.«

Eivoras Kehle wurde trocken. »Werde ich es überleben?«

Die Avatar wechselte einen Blick mit Prekesta, bevor sie wieder Eivora ansah. »Erst habe ich geglaubt, das sei möglich.« Sie zögerte. »Auch noch, als wir unseren Pakt geschlossen haben. Aber jetzt habe ich die Rolle des Triumphs studiert. Die Klinge braucht einen Geist, der ihr in das Schwertfeuer folgt, sonst wird sie kein Teil davon.«

Eivora merkte, wie sie zitterte. »Warum hast du mich nicht überwältigt? Ich könnte mir meinen Weg in die Freiheit erkämpfen.«

Fiafila-Ignuto zuckte die rechte Achsel. »Vielleicht hofft ein Teil von mir darauf. Aber der größere Teil glaubt, dass du begreifst, dass diese Nacht auch deinen Vater bei seinem Kampf im Jenseits stärken wird. Zudem wird ihn das Ritual an den Klingenrausch binden. Er wird nicht mehr der Flammenbringer sein, aber euer Blut wird immer für die Legion streiten.«

»Was bedeutet ›immer‹?«

Fiafila-Ignutos Fingerspitzen tasteten über die unebene Fläche des Schwertfeuers. »Es ist sehr alt. Jahrhunderte. Ich sehe keinen Grund, weshalb es nicht auch noch in tausend Jahren bestehen sollte. Und die Rolle des Triumphs wird Kesters Namen verzeichnen, solange man im Glühenden Tempel Dämonen verehrt.«

Eivora lachte auf, ob aus Verzweiflung oder Genugtuung, wusste sie nicht. »Das wird die Blutkrähen aber grämen.«

Fiafila-Ignuto winkte Yra heran. Die Magd brachte einen Becher.

»Gift?«, fragte Eivora.

»So ähnlich.«

»Ich habe keine Angst vor Schmerzen.«

»Darum geht es nicht. Es ist notwendig, damit das Ritual gelingt.«

Eivoras Hand zitterte, als sie den Trunk leerte. Er schmeckte bitter.

Prekesta umrundete das Schwertfeuer. Dabei streute sie mit einem hellen Pulver Runen auf den schwarzen Boden.

Fiafila-Ignuto lächelte. »Willst du noch Abschied nehmen? Der Stahl braucht einen Moment.«

Eivora löste ihr Schwertgehänge und legte es ab. Sie wollte vermeiden, dass ihre Angst sie im letzten Augenblick dazu bringen würde, ihrem Entschluss untreu zu werden. Die Abmachung, die sie mit Fiafila-Ignuto getroffen hatte, war so gut wie ein Kontrakt. Und auch wenn Ehre im Leben einer Söldnerin nur selten eine Rolle spielte, so gab es doch eine Regel, die man niemals brechen durfte, ohne sich selbst zu verraten. *Der Kontrakt ist alles, was zählt.*

Sie ging ein Stück hinaus in die Dunkelheit und betrachtete die Sterne. Rauchschwaden von den Vulkanen verdunkelten einige davon, die anderen standen kalt und mitleidlos in einem schwarzen Himmel. Es wäre wohl der rechte Augenblick gewesen, um über ihr Leben nachzudenken, aber in diesem Moment schien ihr, dass es noch gar nicht wirklich begonnen hatte. Über die Hälfte davon hatte sie in einer Rüstung verbracht, auf dem Marsch, im Gefecht, mit Schwert, Bogen und Armbrust. Zumeist an der Seite ihres Vaters und nach dessen Tod in seinem Schatten. Selbst ihr Sterben diente ihrem Vater. Vielleicht hätte es den Dämonen gefallen, wenn sie ihm deswegen gegrollt hätte. Aber damit wollte sie ihren letzten Moment nicht vertun.

Sie betrachtete die Sterne und fragte sich, wie viele es wohl gab. *Wieso habe ich sie nie gezählt?* Ihr Funkeln war so wunderschön, es ähnelte dem Blitzen von Silbermünzen, die sich im Flug überschlugen. Niemand konnte sie erobern, niemand sie besitzen, und gerade deswegen gehörten sie jedem, vom verkrüppelten Bauernjungen bis zum edelsten Herrscher. Den Sternen waren die Menschen nicht nur gleichgültig, vor ihnen waren auch alle gleich.

»Wir sind so weit«, sagte Yra, die plötzlich neben ihr stand.

Gerade noch hatte Eivora eine tiefe Ruhe verspürt, aber jetzt zitterte sie wieder und ihr Herz schlug schnell.

Mit seiner Zange hob Gennetos die weißglühende Klinge aus dem Magma. In der anderen Hand hielt er den Schmiedehammer.

Yra half ihr, die Tunika auszuziehen. Vielleicht war es kalt. Eivora vermochte es nicht zu sagen, sie hätte auch im Glühenden Tempel gefroren.

»Am einfachsten ist es, wenn du dich auf den Tisch legst«, sagte Fiafila-Ignuto. Das Licht des Magmas schimmerte auf ihrem Dolch.

Eivora spürte die eingeschmiedeten, alten Klingen in ihrem Rücken, als sie sich ausstreckte. *Ich hätte Aglix mitnehmen sollen*, dachte sie. *Er hätte mir Glück gebracht.*

Mit konzentriertem Gesicht beugte sich die Avatar zu ihr herüber.

»Opferst du mein Gold im Glühenden Tempel?«, fragte Eivora. »Damit die Feuerherren milde gestimmt sind, wenn meine Seele vor sie tritt.«

»Ich glaube nicht, dass du in ihr Reich kommst«, meinte Fiafila-Ignuto. »Das Schwertfeuer wird deine Seele fordern. Du wirst alle Schlachten des Klingenrauschs sehen.«

Eivora packte den Arm mit dem Dolch. »Bitte!«, sagte sie. »Ich halte unseren Pakt, aber schlage mir diese letzte Gunst nicht ab. Bring mein Gold den Dämonen. Nur, um sicher zu sein.«

Fiafila-Ignuto sah sie an, bis sie den Griff löste.

»Ich werde mich um alles kümmern«, sagte sie dann.

Gennetos legte das weißglühende Schwert neben ihr auf das Metall. Es knackte und die Hitze brannte an Eivoras nacktem Arm. Auf der anderen Seite öffnete die Avatar eine Ader.

Das warme Blut lief auf ihren Unterarm.

Fiafila-Ignuto redete wieder in der fremden Sprache. Die Silben erschienen Eivora deutlich, aber sie vermochte nicht, sie zu Wörtern zusammenzusetzen, die Sinn ergaben. Sie hatten viele Vokale und der Fluss der Laute endete oft unvermittelt.

Sprach man im Jenseits so? Würde Eivora das auch bald lernen? Vielleicht, wenn sie ihrem Vater begegnete?

Wäre er stolz auf sie? Oder wenigstens zufrieden?

Aber was hatte sie schon erreicht? Zwei Kontrakte hatte sie für den Klingenrausch erfüllt. Oder, nein, nur für das Sturmbanner. Sie war keine Flammenbringerin, nicht die Anführerin der

Legion. Ihr Leben verkümmerte neben dem des großen Kester, des Helden, der nun auf ewig mit dem Schwertfeuer verbunden wäre. Das zumindest würde auch für Eivora zutreffen. Wie war es wohl, ein Geist zu sein?

Sie sah eine blaue Gestalt, die sich über sie beugte. Ihr Körper war durchsichtig, sie erkannte die Sterne dahinter. Der Mann hatte ein längliches Gesicht. Es schien unverletzt, ohne Narben, mit einer geraden Nase, sogar ohne Falten, doch aus seinem Kinn wuchs ein gebogenes Horn.

War das ein Trugbild oder war es Eivoras Zukunft?

Neben ihr stoben Funken, weil der Schmiedehammer auf den Stahl schlug, doch dieser Lärm entfernte sich. Auch ihr Herzschlag wurde ruhiger. Nur die Wärme, die aus ihrem Arm floss, blieb. Fiafila-Ignuto setzte einen weiteren Schnitt.

Die blaue Gestalt sank herab, durch Eivora hindurch. Sie spürte eine jenseitige Kälte, aus der sie schloss, es wirklich mit einem Geist zu tun zu haben. Sein Ziel war jedoch nicht sie selbst, sondern ihr Blut. Offenbar nahm er es auf. In dem Teil seines durchscheinenden Körpers, den sie noch sah, erschienen violette Adern.

Weitere Geister kamen hinzu, Männer wie Frauen, manche schön, andere entstellt mit Klauen, spitzen Zähnen und verdrehten Gliedern.

Eivora hoffte, dass sie das Opfer annahmen. Ihr Tod sollte einen Sinn haben!

Auf ihrer linken Seite erschien eine Helligkeit. Zuerst glaubte Eivora, dass Gennetos das Schwert neu erhitzt hatte, aber das Licht strahlte nicht so sehr. Es ähnelte dem Glanz von Gold.

Eivora war jetzt sehr müde. Es strengte sie an, den Kopf zu drehen.

Der überlebensgroße Totenhelm ihres Vaters schwebte in der Luft. Er musste großer Hitze ausgesetzt sein, denn das Gold zerfloss und tropfte. Dennoch blieb die Form mit der Rune vor der Stirn, den schräg gestellten Öffnungen für die Augen und dem geweihartigen Kranz unter der Klingenkrone erhalten.

Eivora versuchte zu sprechen oder wenigstens zu lächeln, doch ihre Lippen gehorchten ihr nicht.

Die anderen schienen den Helm nicht zu sehen. Gennetos arbeitete weiter konzentriert, sein Hammer schlug in gleichmäßigem Takt auf den Tisch. Die Geister, die Eivoras Blut nicht erreichten, waren in einen Streit miteinander verfallen. Fiafila-Ignuto sprach auf der anderen Seite des Schwertfeuers.

Ich habe immer versucht, dir eine würdige Tochter zu sein, dachte Eivora.

»*Was erdreistet ihr euch?*« Das war die Stimme ihres Vaters, doch sie klang anders als im Leben. Sie war noch voller, noch entschiedener.

Fiafila-Ignuto brach die Intonation ab. »*Großer Kester.*«

Auch ihre Stimme war verändert. Eigentlich waren es zwei Stimmen, die gleichzeitig sprachen. Gennetos schien auch sie nicht zu hören, er arbeitete weiter.

»*Wir erflehen deinen Schutz*«, sagten die Stimmen der Avatar. »*Wir stellen uns in deinen Dienst, und Prekesta ebenso. Du wirst einen Geist erhalten, den wir ans Schwertfeuer binden.*«

»*Das ist meine Tochter!*«

»*Ja, Kester. Nur eine Seele mit einer Bindung an dich ist geeignet. Durch sie wirst du mit der Legion verbunden sein. Wo immer der Klingenrausch marschiert, werde ich dich konsultieren und deine Wünsche an die Kampfherren weitergeben.*«

Eivora hatte das Gefühl, die Wahrnehmung für ihren Körper zu verlieren. Weder spürte sie die Kälte der Nacht noch den Schnitt in ihrem Arm oder die Hitze der Schwertklinge. Stattdessen nahm sie auf seltsame Weise das Eisen des Tischs wahr. Ihre Sicht veränderte sich. Sie wurde breiter, umfassender, als sähe sie nicht länger nur mit ihren Augen. Tatsächlich erkannte sie nun sowohl den Totenhelm, vor dem die Luft flimmerte, als auch Fiafila-Ignuto, die mit der blutigen Klinge in der Hand auf der anderen Seite des Schwertfeuers stand.

»*Du musst uns als dein Gefolge anerkennen, Kester*«, klang Fiafila-Ignutos Doppelstimme durch ihren Kopf, »*sonst wird Harnastes uns vernichten.*«

»Du hast mir nichts zu befehlen!«, donnerte ihr Vater.

»Das stimmt, aber wenn wir nicht deine Diener werden dürfen, wird Eivora sinnlos sterben.«

»Meine Tochter soll leben!«

Eivora entging der Sinn dieser Worte, Fiafila-Ignuto schienen sie jedoch zu überraschen. Die Avatar starrte erst zu Prekesta, die reglos ein wenig abseits stand, und dann auf die Geister, die den Körper auf dem Eisentisch bedeckten und durchdrangen.

»Sie werden das Opfer nicht wieder freigeben«, meinte Fiafila-Ignuto unsicher. *»Die Geister fordern einen Gefährten für die Ewigkeit. Das ist ihr Lohn aus dem Handel. Dein Schwert ist nun Teil des Artefakts.«*

In der Tat beendete Gennetos mit ein paar letzten Hammerschlägen seine Tätigkeit.

»Wenn ich mit dir fertig bin, Avatar, wirst du froh sein, an Harnastes übergeben zu werden«, drohte Eivoras Vater. *»Eine Ewigkeit lang wirst du die Stunde verfluchen, in der du Hand an meine Tochter gelegt hast!«*

Hektisch sah Fiafila-Ignuto zunächst auf Eivoras Körper, den diese nun auf seltsame Weise von mehreren Seiten gleichzeitig wahrnahm, und dann auf den Totenhelm. *»Ich kann die Geister nicht verscheuchen«*, klagte sie. *»Selbst du könntest das nicht! Das Schwertfeuer ist ein zu mächtiges Artefakt. Es ist zu spät! Sie fordern eine Seele.«*

»Dann sollen sie deine nehmen«, grollte ihr Vater. *»Verglichen mit dem, was ich mit dir machen werde, ist das ein mildes Schicksal. Ich werde mich mit Harnastes beraten. Um deine Qual zu vergrößern, werde ich ihm geben, was immer er will!«*

»Tu das nicht!«, schrie Fiafila-Ignutos Doppelstimme. *»Meine Seele ist wertlos, sie ist nicht an dich gebunden!«*

Der goldene Totenhelm verschwamm in Eivoras Sicht, als tauche er in einen von Wellen bewegten See.

Eivora blinzelte nicht, sie atmete nicht, sie spürte ihren Körper nicht. *Bin ich tot?*, fragte sie sich. *Oder schwebe ich noch zwischen Diesseits und Jenseits?*

Fiafila-Ignuto wischte den Schweiß von der Stirn und stützte sich auf dem Tisch ab. Sie war so bleich, dass sie Eivora leidtat.

Der Totenhelm gewann wieder an Festigkeit. *»Nimm die hier.«*

Neben ihm trieb eine durchscheinende, blaue Frau in der Luft. Sie trat und schlug um sich, traf aber nichts, was Eivora erkannt hätte. Es sah aus, als stecke sie in einer unsichtbaren Kiste.

Fiafila-Ignuto straffte sich. »Das ist ein unerwartetes Wiedersehen.« Offenbar sprach sie laut, denn Yra und Gennetos sahen sie an.

Die Geistfrau war eine Avatar, ein Homunkulus wuchs aus ihrer linken Schulter. Rechts hing ihr Haar ungewöhnlich lang auf ihren Rücken.

»Wie schön, dass du dich Kester bereits verschrieben hattest«, flüsterte Fiafila-Ignuto. »Komm zu mir, Wilania-Pressito.«

Über Eivora verloschen die Sterne.

Das Feldzeichen des Sturmbanners stand in einem Tunnel der Mine, vor deren Eingang Eivoras Turm und die Unterkünfte der Einheit lagen. Auf den grünen Stoff mit der Faust, die einen Turm zertrümmerte, schien das Licht von Flammen, deren Ursprung Gonter unklar war. Sie züngelten in einem leeren Kohlebecken. Obwohl er sich so sehr darauf konzentrierte, dass helle Flecken vor seinen Augen tanzten, erkannte er auch kein Öl darin.

»Ich frage mich, wo Eivora bleibt.« Er sprach nur halblaut. Dennoch hallte seine Stimme von den Wänden wider.

Eivora … Ihre Trennung hatte gebracht, was Gonter sich davon erhofft hatte. Natürlich kam er nicht mit jedem Söldner gut aus, aber inzwischen betrachteten ihn die käuflichen Schwerter als einen von ihnen. Er war nicht länger ein Anhängsel der Kommandantin. Man scherzte mit ihm, soff mit ihm, zeigte sich gegenseitig Tricks mit den Waffen. Er war ein Krieger unter vielen. So hatte er es gewollt.

Wieso fühle ich mich trotzdem so leer?

Nirto trug die Lederrüstung, eine Axt hing in einem Eisenring an seinem Gürtel. Inzwischen wusste Gonter, dass der Rottmeister mehrere davon besaß. Sie sahen sich ähnlich, weil Nirto meinte, dass er dann, wenn es darauf ankam, wohl keine Zeit hätte, sich an eine andere Gewichtsverteilung in der Waffe zu gewöhnen.

Gonters Schwert lag in seiner Kammer. Er trug nur ein Wams, ein bequemes Hemd und eine einfache Hose, was gegen die Kälte des Tunnels nicht ankam. Er stellte sich näher ans Feuer.

»Wir warten«, sagte Nirto, der wohl annahm, dass er die Sache vorantreiben wollte.

Dabei konnte Gonter nur vermuten, worum es ging. Hier in der Mine hatte er gelernt, sich Fesseln zu entwinden, Verfolger abzuhängen, im Dunkeln zu kämpfen, gemeinsam mit anderen jemanden im Netz der Stollen in die Enge zu treiben und sich ohne Waffen zu behaupten. Er war mit dem Sturmbanner auf einen Feldzug gegangen. Ob er dabei den Ansprüchen der Offiziere genügt hatte, wusste er nicht, aber irgendwann musste man sich ja für oder gegen ihn entscheiden. In jedem Fall war er sich gewiss, dass er sein Bestes gegeben hatte.

Schritte näherten sich.

Gonter erschrak, als er Eivora sah. Sie war bleich wie eine Leiche.

Er wollte zu ihr eilen, doch sie hielt ihn mit der vorgestreckten Rechten davon ab. Der linke Arm lag über Fiafila-Ignutos Schultern, die Hand umfasste den Muskel jenseits des Homunkulus. Die Avatar stützte Eivora. Wohl deswegen trug sie heute ein Kleid anstelle der Dornenrüstung.

Eivora trug ein Schwert auf dem Rücken. Sie lächelte schwach. »Nirto hat mir hart zugesetzt, als wir über deine Aufnahme ins Sturmbanner gesprochen haben.« Sie sah aus, als würde sie stürzen, sobald man sie ihres Halts beraubte.

Nirto legte seine Hand auf den Kopf der Axt. Das tat er häufig, es war eine Angewohnheit. »Du verstehst doch viel von Pferden, Gonter.«

Er nickte. »Ich hoffe, du willst mir jetzt nicht sagen, dass ich ein Ackergaul bin, dem man den Gnadenstoß geben muss, weil er zu keiner Feldarbeit mehr taugt.«

Mit einem Mal erschien ihm das Becken wie ein Opferfeuer und die Standarte ähnelte einem Götterbildnis. Wurden die Feldzeichen nicht den Dämonen geweiht? War die Dunkelheit im Tunnel dann vielleicht so etwas wie eine Kapelle, in der die Feuerherren ihre Gaben entgegennahmen?

Unwillkürlich drückte er die Hand an die Brust. Der Brief seiner Mutter, den er ungeöffnet unter dem Wams trug, knisterte.

»Ein echter Krieger braucht einen eigenen Kopf, wie ein Schlachtross«, sagte Nirto. »Man darf seinen Willen nicht brechen. Dein Schädel ist dick genug, dass in dieser Hinsicht keine Gefahr besteht.«

»Heißt das ...?« Gonter lachte. »Bedeutet das, dass ihr mich ins Sturmbanner aufnehmt?«

Nirto nickte mit einem schiefen Grinsen. Für einen Moment verschwand sogar die unterschwellige Wut, die sonst immer in seinem Gesicht stand. »Ich bin stolz darauf, dass du neben mir kämpfen wirst, Kamerad.«

Gonters Erleichterung machte sich in einem unartikulierten Jubelschrei Luft.

Eivora lächelte schwach. Sie hielt sich an Fiafila-Ignuto fest, während sie das Schwert vom Rücken schnallte. »Ich fürchte, du hast noch nicht alles verstanden.«

Gonter runzelte die Stirn. »Aber er hat doch gesagt ...« Er überlegte, fand aber seinen Fehler nicht. »Wenn ich Nirtos Kamerad bin, werde ich doch zum Sturmbanner gehören. Das hat er doch gemeint?«

Um sich zu vergewissern, sah er ins Gesicht des Rottmeisters, das aber undeutbar blieb.

»Ich meine den anderen Teil«, sagte Eivora. »Nirto wird dich als Kameraden neben sich haben. *Neben* sich. Nicht *unter* sich.«

Gonter blinzelte. *Was entgeht mir?*

Eivora seufzte. »Ich bin praktisch ausgetrocknet, aber du bist derjenige, der heute schwer von Begriff ist.« Sie streckte ihm das Schwert entgegen. »Willkommen im Sturmbanner, *Rottmeister*!«

»Was? Ich?« Er nahm die Waffe. Das Schwert war eine von Zigûns Klingen, eine besondere Anfertigung, lang und schmal.

Zum Griff hin bildete der Stahl Zacken aus, mit denen ein guter Fechter die Waffe eines Gegners fangen konnte. In die Parierstange war ein Dämonenhaupt eingearbeitet. »Ich erhalte ein Kommando? Über Lostors Rotte?«

»Irgendwer muss diesen Haufen schließlich übernehmen«, beschied Eivora. »Ich habe keine Lust, mich ewig mit ihnen herumzuschlagen. Nirto meint, du wärst der Sache gewachsen, und er wird wissen, was er sagt.«

»Ich … danke für euer Vertrauen.«

Eivora nickte lächelnd. »Dann ist es jetzt Zeit für deinen Eid.«

Er stellte sich vor das Feuerbecken und sah in die Flammen. Es galt, den letzten Schritt in sein neues Leben zu tun.

Er knöpfte das Wams auf und zog den Brief seiner Mutter heraus. ›An meinen geliebten Sohn‹, stand in schön geschwungenen Lettern darauf.

Gonter legte das Pergament in die Flammen, die es sofort verzehrten. Es wurde schwarz und zog sich zur Mitte hin zusammen wie eine Hand, die sich zur Faust ballte. Er erahnte einzelne Wörter, wenn das Feuer sie freilegte, aber sie vergingen, bevor er sie hätte lesen können.

Er zog sein neues Schwert ein Stück aus der Scheide, schnitt in seinen Arm und sah zu, wie das Blut in die Flammen tropfte. »Ich bürge mit meinem Leben und meiner Seele für meine Treue zum Sturmbanner. Seine Kameraden sind meine Kameraden, seine Feinde sind meine Feinde und seine Geheimnisse sind meine Geheimnisse. Die Dämonen mögen mich zu Tode hetzen und meine Seele auf ewig martern, sollte ich sie verraten.«

Glossar

Abidia: Die Stadt der tausend Tempel, Ziel unzähliger Pilger.

Alton: Die Hauptstadt Iljugas.

Armbrust: Eine moderne, Bolzen verschießende Fernkampfwaffe.

Arohn: Der göttliche Jäger, Schutzherr der Grafschaft Iljuga.

Ascheland: Die Gegend westlich von Rorgator, wohin der Seewind beständig die Asche der Vulkane treibt.

Asgord: Ein rauflustiger Gott.

Avatar: Ein Doppelwesen, die Verbindung aus einem Homunkulus und einem menschlichen Träger.

Balliste: Eine übergroße Armbrust, wird als Geschütz eingesetzt.

Banner: Eine militärische Einheit mit einer Sollstärke von einhundert Kriegern.

Bannerherr: Der Befehlshaber eines Banners.

Basäon: Eine Windgottheit.

Blitzstein: Ein Artefakt, das Blitze anzieht.

Blutkrähen: Eine der besten Söldnerlegionen Rorgators.

Bolzen: Ein kurzer, kompakter Pfeil.

Entsatzheer: Eine Streitmacht, die anrückt, um eingeschlossene Verteidiger zu befreien.

Feuerschlund: Eine dämonische Stätte in den Bergen von Rorgator, die die zeitverlustfreie Reise von Truppen ermöglicht.

Feuerträne: Die Ruine einer Festung, die einen inzwischen unbenutzbaren Pass nach Rorgator bewacht hat.

Flammenbringer: Der höchste Offiziersrang Rorgators, üblicherweise Befehlshaber einer Legion.

Frejo: Einer der Vulkane, die Rorgator umgeben.

Fulohn: Einer der Vulkane, die Rorgator umgeben.

Geist: Eine sphärische Wesenheit. Geister können beschworen werden und unter bestimmten Umständen die Welt der Lebenden beeinflussen.

Geliora: Ein Fürstentum, das mit seinem Nachbarn Arino im Krieg liegt.

Glühender Tempel: Die größte Verehrungsstätte für die Dämonen Rorgators und Sitz des Meisters der Qualen.

Gugel: Eine abnehmbare Kapuze, meist mit langem Zipfel, der sich als Schal und Depot für Münzen verwenden lässt.

Harnastes: Ein mächtiger Dämon, ungewöhnlich interessiert an den Vorgängen in der Welt der Menschen.

Hellebarde: Eine Stangenwaffe, die in einer Beilklinge, einer Stoßklinge und einem Reißhaken ausläuft, was vielfältige Einsatzmöglichkeiten bietet.

Hellebardier: Ein Krieger, der eine Hellebarde führt.

Homunkulus: Eine aus dämonischem Samen gezüchtete Wesenheit, die oftmals Besitz von ihrem Träger ergreift.

Hornspitze: Ein Hügel im Ascheland.

Hul: Der Gott der Spannkraft und Gesundheit, auch als Gott der Jugend verehrt.

Iljuga: Eine wohlhabende Grafschaft, von den Folgen einer Seuche gezeichnet.

Irquala: Die Göttin der Würger, die den Tod zur unrechten Zeit bringt.

Kampfherr: Ein hoher Offiziersrang, kommandiert in der Regel eine Kampfeinheit aus mehreren Bannern.

Klingenrausch: Eine ruhmreiche Söldnerlegion aus Rorgator.

Kontrakt: Ein Vertrag, der die Dienstbedingungen und die Bezahlung einer Söldnereinheit sowie die Verpflichtungen ihres Auftraggebers regelt.

Lava: Erstarrtes Magma, schwarzes Gestein, oft mit Glaseinschlüssen.

Legion: Eine große Söldnereinheit, die mehrere Tausend Krieger umfasst und meist von einem Flammenbringer befehligt wird.

Magma: Glutflüssiges Gestein.

Meile: Ein Längenmaß, entspricht einem Kilometer.

Meister der Qualen: Der oberste Dämonenpriester Rorgators.

Oberster Deuter: Höchster klerikaler Rang in Iljuga; der Oberste Deuter bringt die Anliegen aller Götterkulte mit den Bedürfnissen der Menschen zusammen.

Pike: Eine Stangenwaffe, ein schwerer Spieß.

Pikenier: Ein Krieger, der mit einer Pike kämpft.

Rauchsee: Das Meer östlich von Rorgator.

Rat von Eisen und Gold: Die Regierung Rorgators.

Rorgator: Eine Söldnermetropole, geschützt von den schlagkräftigsten Legionen der Welt, Vulkanen und dämonischen Mächten.

Rotte: Eine militärische Einheit mit einer Sollstärke von fünfundzwanzig Kriegern.

Rottmeister: Ein Offiziersrang, befehligt eine Rotte.

Salzzacken: Eine von Iljuga beherrschte, aber nach Unabhängigkeit strebende Provinz.

Schanzknecht: Ein Krieger, der auf Pionierarbeiten wie den Bau von Brücken und Katapulten oder das Graben von Belagerungstunneln spezialisiert ist.

Schneefeuer: Pferderasse; Fell meist weiß, Mähne und Schweif rot.

Schritt: Ein Längenmaß, entspricht einem Meter.

Schwertfeuer: Eine dämonisch/magische Erscheinung, bei der Geister die Empfindungen von Kämpfern während einer Schlacht in farbigen Flammen darstellen.

Steinsalbe: Eine graue Paste, die vor Verbrennungen schützt.

Ugor: Die wichtigste Hafenstadt Iljugas.

Ygôda: Eine Metropole mit riesiger Handelsmacht, geschützt von einer einhundert Schritt hohen Mauer. Vom Klingenrausch in seinem 98. Kontrakt gestürmt.

Zeutron: Der Gott der Erneuerung und des Wandels.

Dramatis Personae – Hauptfiguren

Eivora (w, 24)**:** Eine Söldnerin, die von ihrem Vater Kester, dem Befehlshaber des Klingenrauschs, gelernt hat, Besonnenheit und Entschlusskraft zu vereinen. Eivora ist auffällig klein und eine schlechte Nahkämpferin, aber sehr gut mit der Armbrust.

Eivora wuchs in der idyllischen Küstenstadt Ebilion auf, bis diese von Piraten überfallen wurde. Dabei kam ihre Mutter zu Tode. Ihr Vater nahm seinen früheren Beruf als Söldner wieder auf und kehrte nach Rorgator zurück. Mit zwölf Jahren begleitete Eivora ihn erstmals auf einem Feldzug, mit vierzehn tötete sie ihren ersten Gegner, als die Marschkolonne überfallen wurde.

Eivora wurde zunächst bei den Bogenschützen eingegliedert, später bei den Armbrustern. Ihr Vater achtete darauf, sie umfassend auszubilden, verhinderte aber, dass sie an vorderster Front kämpfte. Mit zwanzig wurde Eivora durch einen Stich schwer verwundet. Das Eingreifen der Kameraden rettete ihr Leben, sie ist jedoch seitdem unfruchtbar. Eine lange Narbe am Bauch und eine kleinere am Rücken zeugen von dieser Verletzung.

Eivora liebt den Glanz von Silbermünzen. Sie ist immer auf der Suche nach besonderen Formen und Prägungen. Sie bewunderte ihren Vater und teilt seine Faszination für das Söldnertum und den Klingenrausch. Nach seinem Tod sieht sie es als ihre Pflicht an, die Legion zusammenzuhalten. Dazu vereinte sie die höchsten Offiziere in einem Kommandorat. Sie selbst führt den Befehl über das Sturmbanner, das auf besonders kühne Einsätze spezialisiert ist.

Fiafila-Ignuto (w, 28)**:** Eine Avatar, ein Mischwesen aus einer Frau und einem Homunkulus, der aus ihrer linken Schulter wächst. Die Frau war bis vor Kurzem eine Priesterin des Windgottes Basäon und Vorsteherin seines Tempels in Abidia.

Die Tochter von Teppichknüpfern zeigte schon als Kind ungewöhnliche Weisheit in Gesprächen mit Erwachsenen. Von ihren Spielkameraden wurde sie häufig gebeten, Streit zu schlichten und für die gerechte Verteilung von Süßigkeiten Sorge zu tragen.

Nach dem Tod von zwei Brüdern gaben die Eltern Fiafila mit zehn Jahren am Abschluss einer Pilgerreise nach Abidia in die Obhut des dortigen Basäontempels – ein Vorschlag, den das Mädchen selbst vorbrachte. Diese Opfergabe sollte das Leben des dritten, damals fünfjährigen, Bruders schützen.

Auch innerhalb der Tempelgemeinschaft fielen Fiafilas Verständigkeit und ihr ausgleichendes Wesen auf. Viele Gläubige wünschten, bei den heiligen Riten von ihr betreut zu werden. Bereits mit fünfundzwanzig Jahren wurde sie zur Tempelvorsteherin bestimmt.

Ignuto, der Homunkulus, wechselte nach dem Tod seines vorigen Trägers Chastro auf Fiafila über und bringt einen Großteil seiner Erinnerungen aus dieser Zeit in die Verbindung ein. Er ist aus dem Samen des Dämons Harnastes entstanden und fürchtet, dass sein Herr sein Leben nun zurückfordert. Der sichtbare Teil von Ignutos Körper ist etwa eineinhalb Handspannen groß, er wächst mit der Hüfte aus der linken Schulter seines Wirts. Der Homunkulus ist von steingrauer Farbe und strahlt Hitze aus, wodurch die ihm zugewandte Hälfte des menschlichen Gesichts leidet.

Ignuto besitzt keinen Mund, aber unverhältnismäßig große, fächerförmige Ohren. Aus seinen von Wulsten beschatteten Augen schießen immer wieder Flammen. Er kann menschliche Gefühle schmecken und manchmal Gedankenfetzen sehen, vor allem dann, wenn der Beobachtete leidet. Der gehörnte Kopf ist unbehaart. Die Wurzeln des Homunkulus reichen in die Brust seiner Trägerin.

Fiafila-Ignuto hält sich besonders aufrecht und hat eine edle Gestalt. Als Avatar zeigt sie eine große Begabung, sie geht intuitiv mit den jenseitigen Mächten und ihren übersinnlichen Kräften um.

Gonter (m, 26)**:** Den Großteil seines Lebens verbrachte Gonter als Prinz im sich ständig ausdehnenden Reich seines Vaters. Diesen sah er jedoch vergleichsweise selten, weil König Harlef häufig Krieg führte.

Hochgewachsen und breitschultrig war er ein Thronfolger nach dem Geschmack seines Vaters, der sich selbst als Kriegerfürst stilisiert. Daher ließ er seinen Sohn neben den feinen Hofsitten auch den Umgang mit Frauen, die Verwaltung und die Fechtkunst studieren. Gonter hatte viele Lehrer, beherrscht mehrere Kampfstile und gilt als exzellenter Fechter, verfügt jedoch nur über dürftige Kampferfahrung.

Bei der Belagerung von Ygôda verliebte er sich in Eivora. Zudem wurde ihm klar, dass er aus dem Schatten seines Vaters treten wollte. Als dieser den Söldnern ihre Bezahlung verwehrte, stahl er die Krone und setzte sich nach Rorgator ab, wo er dem Klingenrausch beitreten will. Da er Kenntnis vom Blitzstein hat, wird er zur Ausbildung dem Sturmbanner zugeordnet.

Trotz seines kämpferisch geübten Körpers gilt Gonter als sanftmütig. Er sieht sich in der Pflicht, die Menschen zu beschützen, die sich ihm anvertraut haben. Durch seine harte Erziehung hat er jedoch auch gelernt, sich gewaltsam durchzusetzen, um seine Ziele zu erreichen.

Dramatis Personae – Nebenfiguren

Aglix (m, 2)**:** Ein anhänglicher Feuersalamander.
Bol (m, 27)**:** Ein kräftiger Söldner im Sturmbanner.
Brono (m, 26)**:** Ein sehr beleibter Rottmeister im Sturmbanner.
Eilan (m, 28)**:** Ein Rebell, der für die Freiheit der Salzzacken kämpft.
Elint (m, 17)**:** Nach dem Tod seiner Eltern der Dorfschulze von Sternmühl.
Estro: (m, 11)**:** Ein Sohn des Wehrbauern Toguso, geschickt mit der Armbrust.
Garallo: Die Standartenfigur des Klingenrauschs, hat die Gestalt eines grinsenden Dämons.
Gennetos (m, 49)**:** Einer der besten Schmiede von Rorgator.
Gileza (w, 70)**:** Eine ›Braut des Hul‹, also Tempelvorsteherin im Kult des Gottes von Gesundheit und Spannkraft.
Hilenn (w, 19)**:** Ein adliges Fräulein aus Iljuga.
Honrek (m, 40)**:** Der Hohepriester des Asgord in Abidia.
Iskala (w, 38)**:** Die Kampfherrin des Zauberbanners, Befehlshaberin der Magier und Spione.
Itena (w, 27)**:** Eine Söldnerin im Sturmbanner, einäugig, im Nahkampf aber dennoch tödlich.
Jenuna (w, 23)**:** Eine breitknochige Schwertkämpferin im Sturmbanner.
Kasol (m, 50)**:** Ein Mitglied in Rorgators Rat von Eisen und Gold, Eivoras Onkel.
Keijo (m, 40)**:** Der Oberste Deuter Iljugas und damit höchster Kleriker der Grafschaft.
Kester (m, 49, verstorben)**:** Der gerühmte Flammenbringer des Klingenrauschs, Eivoras Vater. In Abidia gefallen.
Kistur (m, 29)**:** Ehemals ein Leibwächter Prinz Gonters.

Kort (m, 47)**:** Ehemals ein Kampfherr bei den Blutkrähen, nun Anwärter auf den Grafenthron von Iljuga.

Lostor (m, 28)**:** Ein Rottmeister des Sturmbanners, der seine Schätze im Mund trägt.

Mehol (m, 24)**:** Ein Schwertkämpfer im Sturmbanner.

Nirto (m, 26)**:** Ein Rottmeister des Sturmbanners, Axtkämpfer, für trickreiche Taktiken bekannt.

Pirlitu (w, 31)**:** Die Kampfherrin der Armbruster im Klingenrausch.

Prekesta (w, 27)**:** Eine Söldnerin mit einem Talent für Organisation und einer Schwäche für Grausamkeit; zur Initiation hat sie sich in den Glühenden Tempel zurückgezogen.

Rastor (m, 26)**:** Ein Bogenschütze im Sturmbanner.

Rodalf (m, 43)**:** Korts Bruder und damit einer der Anwärter auf den Grafenthron von Iljuga.

Salvaya (w, 28)**:** Eine Rottmeisterin des Sturmbanners, bekannt für ihre aggressive Kampfweise.

Seulek (m, 19)**:** Ein Bogenschütze im Sturmbanner.

Tersten (m, 28)**:** Ein Weibel des Sturmbanners mit großer Körperkraft.

Tibea (w, 24)**:** Eine Bogenschützin im Sturmbanner.

Toguso (m, 53)**:** Ein Wehrbauer im Ascheland, früher Bannerherr bei den Blutkrähen.

Treskor (m, 73)**:** Der Meister der Qualen, höchster Dämonenpriester Rorgators.

Untar (m, 28)**:** Ein grobschlächtiger Söldner, der die Kneipen Rorgators schätzt.

Wareno (m, 23)**:** Ein Heiler auf der Soldliste des Klingenrauschs.

Wilania-Pressito (w, 33)**:** Eine Avatar, die im Glühenden Tempel Homunkuli züchtet und nach neuen Optionen sucht.

Worran (m, 24)**:** Ein Kundschafter des Zauberbanners, der auf Zauberzeichen vertraut.

Yra (w, etwa 13)**:** Die Magd der Avatar Fiafila-Ignuto.

Zein (m, 26)**:** Ein Söldner im Sturmbanner mit ungewöhnlichem Zahn.

Zeranel (m, 40)**:** Ein Verhandlungsführer, der Truppen für Geliora anwerben soll.

Perry Rhodan
Das größte Science-Fiction-Abenteuer aller Zeiten
© Pabel-Moewig Verlag KG, Illustration: Arndt Drechsler
Als Romanheft am Kiosk,
als Hörbuch und als E-Book auf
allen digitalen Endgeräten.
Weitere Informationen unter:
www.perry-rhodan.net
www.perry-rhodan.net/facebook
Perry Rhodan
Leo Lukas
Der Mechanische Orden
Kostenloses Infopaket anfordern bei: PERRY RHODAN-Kommunikation,
Stichwort »Piper«, Postfach 2352, D-76413 Rastatt